U0144342

中國聲韻學大綱

謝雲飛著

臺灣學生書局印行

修訂版序

這本書原是由「蘭臺」出版的，發行以來，銷路一直很好。但因該書局乏人主理，以至經營不善而停止營業了。現在轉請「學生書局」來發行，而作進一步的修訂。

這本書從初版到現在，已有整整的十六年了，十六年來，某些聲韻的觀念已有了改變，如陳新雄先生主張「談添盍帖分四部」；龍宇純先生主張韻圖中通入二等及四等的「三等韻」應視爲眞正的「二等韻」和「四等韻」；周法高先生主張中古重紐所以產生的因素在聲母之異，而不在介音或韻母之異；丁邦新先生對「漢語聲調的演變」也提出了一些新的看法❶；本書作者則提出中古「敷」「微」二母的音值再擬測新意見❷。這些新見解，雖未必就可把它們視爲定論，但這却明示着這一門學問一直在往前進步，是我們不可忽視的。

本書是一册入門的基礎書，在一些基本的方法上，在新修訂時仍不作太大的改變，因爲那是應該具備的基礎知識。至於原有的一些最基本的語音及聲韻術語說明，與本書的另

❶ 諸先生的新見，請參見「中央研究院第二屆漢學會議論文集」。

❷ 詳見本書附錄。

一姊妹篇「語音學大綱」❶原有許多重複的地方，這一次都把它給删削了。讀者只消配合「語音學大綱」來看就好了，因此，在本書中就略而不贅了。

本書作者這一年在韓國任交換教授，發覺在韓國的五十多所中文系當中，最缺乏的竟是文字及聲韻方面的師資，回看國內各中文系，近幾年來學文字聲韻的人才也漸漸地減少了，與作者在三十多年前學生時代那種研究文字聲韻的熱潮相比，我們這些教文字聲韻的教師，似乎應該愧對先師了。好在滄海桑田，世事一直在改變，也許三年五年之後，文字聲韻之學，又該轉趨熱絡了，那麼，本書的重行修訂，不就負了一個重要的傳承大任了嗎？

民國七十六年元月二十五日 **謝雲飛** 序於臺北新店

❶ 學生書局民國七十六年出版。

序

民國四十八年（1959）我進入國立政治大學的中國文學系任教，民國五十六年（1967）又轉入新加坡南洋大學的中國語言文學系任教，在這兩個大學的十多年教學歷程中，除教過四年的中國文字學以外，差不多有一半以上的時間是在教中國聲韻學。幾年來，深深地感到，若只憑口授，學生們往往記不下筆記來；若要在黑板上一段一段抄錄教材，又實在太浪費時間；油印講義，則又因抄寫員不習於此道，而至於錯誤百出，不勝其修改講義的麻煩。於是決心要編一本深入淺出的中國聲韻學，旣可作爲課本使用；也可作爲初學者入門的參考之用。因鑒於當今的一些聲韻書籍，不是直述音韻史而不列研究方法，便是僅舉廣韻、古韻，偏而不全。而且忌用音標，不能細析音素，使初學者茫茫然而無法具體地把握聲、韻、調的正確概念，至於欲更深入韻頭、韻腹、韻尾與夫主要元音之洪細等的分析，更是無從談起了。因此本書就定下幾個基本的原則：希望眞正能實現到「深入淺出」，實用而易於了解，具體而易於把握，完整而不偏重，條理而不繁雜，以使學者能循此以入門，掌握基本概念，獲致基本方法，明瞭應走的途徑，而不至於視音韻爲絕學、爲天書、爲畏途。首編是音韻研究的範圍，歷史分期，研究材料等的介紹；次編是基本知識的開導❶;三至六編是各期的詳細內容的介紹，每一時期必將聲、韻、調三方面及研究的方法，作一個詳盡的說明；第七編是實用功能的提示，深望藉此以使初學者明瞭學習這門學問的價值，進而更發生濃厚的興趣，而有志於深入的鑽研。有些書可能把上古音介紹得十分繁雜，而所得的結果是否可靠，仍難自信；本書則以爲既然去古太遠，宜先給初學者指點一條簡明的途徑，使其能得一個條理而清晰的概念，如果學者本身更望在這方面求專精，自可別求材料，自行深究，不必在這一本介紹整個歷史過程的書中，羅列得過於繁雜。因此本書在注重條理而給以大綱的揭舉之外，一切枝蔓的細節都從簡不贅；而在音值的擬測方面，也只給以一個簡明的指示和指點而已。中國的歷史太長了，可羅列以供研究的材料也實在太多了，在這個掛一漏萬的撰述當中，我們只期望能提供給初學者一個管鑰性質的啓導，其餘的，只好俟諸異日了。

民國六十年三月二十九日 **謝雲飛** 序於

新加坡南洋大學

❶ 此指舊版而言，新修訂版「基本知識」部分已刪，編次亦已改變。詳情請參見「修訂版序」說明。

中國聲韻學大綱目錄

第一編　緒　論

第一章　中國聲韻學之名義及研究範圍

第一節　中國聲韻學之名義

壹、中國聲韻學的異名

中國聲韻學這一門學問，異名很多，通常爲這門學問的學者所稱用的，有「中國聲韻學」「中國語音學」「中國音韻學」「漢語語音學」「漢語音韻學」，偏重於語音歷史之考證的，則又有稱爲「中國語音史」或「中國音韻學史」的。

貳、名稱之含義

通常在「聲韻學」的名稱之前加上「中國」或「漢語」兩個字，是避免與一般的「語音學」或鄰國的「音韻學」相混之故。因爲使用漢字、漢語的地區，未必全在中國國內，外國的華人固可閱讀和研究其祖先傳下來的語音學問，不同種族的非華人也可閱讀和研究中國的語音。唯其如此，所以在這方面著書立說的人，都喜歡在「聲韻學」或「音韻學」之前冠上「中國」二字。至冠上「漢語」二字的，則是因爲中國境內的語言文字，不止一種，雖官府明定漢語爲國語，但邊疆民族自己的語言文字，却不因此戛然中止，而且像滿州語、蒙古語、維臥兒語、藏語、苗傜語等，仍有學者在進行研究。因此單純討論漢語的音韻學，也就不能不冠上「漢語」二字了。但反過來說，既是官定漢語爲國語，則不冠「漢語」二字於前，自然也是行得通的。又其學設若僅在國內研究討論，則不冠「中國」二字也是可行的。

一、中國聲韻學：因漢語是單音節的語言，一字一音，每一音的前一部分叫做「聲」（ Initial ），後一部分叫作「韻」（ Final ），以聲和韻所拼合成的單音節語音，所以稱之爲「聲韻」，而研究這方面的學問，則稱之爲「聲韻學」，又因是研究中國的聲韻，所以就稱之爲「中國聲韻學」。

二、中國語音學：以語言的觀點來看，聲韻學就是語音學，即令是研究字音，字音也是語音，因爲文字是「書面語」。這裡所說的語音既然是指「中國」的語音，則研究這門學問，也就可以稱爲「中國語音學」了。不過一般的「中國語音學」只是指當代的語音之研究而言的，所以應譯爲 Chinese Phonetics，是屬於「描寫的語音學」；而「中國聲韻學」則是指「中國的歷史語音學」來說的，所以應譯爲 Chinese Phonology。如此說來，則知以「中國語音學」來稱述「聲韻學」是顯然不妥的。

三、中國音韻學：據蘄春黃季剛先生的解釋❶，音、韻、聲的含義是：

1. 音：凡聲與韻相合爲音。

2. 韻：凡音歸本於喉謂之韻。

3. 聲：凡音所從發謂之聲，有聲無韻不能成音。

以此定義言之，知「音」係兼「聲」與「韻」而言的，音中既含有「韻」，而又加「韻」而名之爲「音韻」，豈非重複累贅？此又不然，自沈約以來之講語音者，皆特重韻學，以韻爲韻文中之特點故也。若以語音之觀點論之，「音韻學」即「聲韻學」，非有二致者也。

四、漢語語音學：「語音學」前再冠「漢語」，其含義較「中國語音學」爲尤顯，以中國非漢族一種語言故也，然中國國語爲漢語，故「中國語音學」與「漢語語音學」之內涵實無二致。

五、漢語音韻學：以「中國語音學」與「漢語語音學」之內涵相同以例之，則「漢語音韻學」與「中國音韻學」亦爲同義。

叁、何稱最當

如果只是籠統地講中國當代的語音，則其研究對象爲

---

❶ 參見本師林景伊先生著「中國聲韻學通論韻」P. 8—9。

Chinese Phonetics ，自然是用「中國語音學」或「漢語語音學」爲是；若是研究漢語語音之衍變源流的，則其研究對象爲Chinese Phonology，自然以稱「漢語音韻學」「中國音韻學」「中國聲韻學」爲是。但有人以爲漢語語音是包涵了「聲、韻、調」三個要素的，要是棄了「調」而以「聲韻學」爲稱，似乎頗不完善。其實這也是容易解釋的，以反切爲例，切語上字表聲，切語下字表韻，韻中本已包涵了「聲調」，所以僅稱「聲韻」二字，實已包涵了「聲、韻、調」三者，而稱「聲韻學」仍是完善無缺的。至於究竟以何一名稱爲最妥善，實際上是見仁見智的問題，套一句老話來說，就是「名無固宜，約定俗成」，用久了自然也就習慣了。

第二節　中國聲韻學之研究範圍

壹、聲韻與語言文字之關係

本師林景伊先生云❶：「語言不憑虛而起，文字附語言而作。故有聲音而後有語言，有語言而後有文字，此天下不易之理也」。文字是語言的書面表現，故有人稱文字爲「書面語」，語音是語言的聲音表現，語法是語言的規則，唯語義是憑語音與文字表達的抽象之一面，合而觀之，則語音、

❶ 參見林先生「中國聲韻學通論」P.1。

語法、文字、語義，爲語言之四方面，亦爲語言之整體，是缺一不可的。

貳、中國聲韻學之研究範圍

中國聲韻學之研究範圍，計包括了「一般的語音知識」「標準語」「方言」「音韻的流變」「文學的音律」「字音的變遷」「文字音義的關係」等。茲分別簡述如下：

一、一般的語音知識：

1.介紹語音學之類別：如「描寫語音學」「歷史語音學」「發音學」「音響學」「音素學」「普通語音學」「特種語音學」「實驗語音學」「實用語音學」等。

2.介紹發音之方法：如「塞音」「擦音」「鼻音」「邊音」「塞擦音」等。

3.介紹發音之部位：如脣、舌、齦、顎、喉等。

4.介紹標記語音的符號：如「國際音標」「國語注音符號」之類。

5.解釋語音學名詞：如音位、類化、鼻化、顎化、異化、音值之類。

二、標準語：這裡是指中國的標準國語，凡國語的聲、韻、調、連音變化、兒化等均予以說明並介紹出來。

三、方言：凡漢語方言的類別、地區、聲、韻、調等的調查研究，均屬中國聲韻學的範圍。

四、音韻的流變：凡漢語的歷史分期，每一時期的研究材料之運用，「聲」「韻」音值的擬訂等，也都是屬於中國聲韻學的範圍。

五、文學的音律：韻母的分類，押韻的方法，平仄的判別、平仄的調配等也都屬於中國聲韻學的研究範圍。

六、字音的變遷：形聲字的諧聲之法，轉注、假借與字音的關係，同音通假之原理等的研究。

七、文字音義的關係：字音與訓詁，音義是否同源，音訓與詞義之關係等的研究。

第二章　中國聲韻學之分期及研究材料

第一節　中國聲韻學之分期

壹、林景伊先生之分期

本師林景伊先生，爲使研究之方便，因紋歷代字音之變遷，予中國聲韻以極恰當之分期，計分六期如下❶：

第一期　紀元前十一世紀——前三世紀（周秦）

第二期　前一世紀——二世紀（兩漢）

第三期　三世紀——六世紀（魏晉南北朝）

第四期　七世紀——十三世紀（隋唐宋）

第五期　十四世紀——十九世紀（元明清）

第六期　二十世紀——今日（現代）

貳、本書之分期

本書爲教學方便起見，則又稍有改變，以上六期中之第二期，西漢部分尙承第一期之餘緒而少有變化，清代以來鑽研西漢聲韻者並不多見，故僅用之爲「周秦古音」之旁證而

❶　見林先生著「中國聲韻學通論」PP.11—12。

已。東漢以下，反切注音已啓其端，魏晉南北朝期之反切注音，使用更見普遍，韻書已見撰輯，唯至今都已亡佚，其零星音切，只能作「切韻系韻書」時期之旁證而已，故本書詳於第一、第四期，而略去第二、第三期。及今可見之切韻系韻書，始於隋代的陸法言「切韻」，直至宋代前期，仍爲切韻系韻書期之賡續，因此本書列「隋、唐、宋」期爲中古音時期；宋代後期，語音已漸起變化，這現象可從宋末若干歸併韻目的韻書中看出，而其中以「古今韻會舉要」爲重要代表。但韻書的運用，沿襲先代而略有改變的較多，驟然予以大事改革的較少，因此有些韻書可能在時間上來說，是晚到後來的清初才面世，但它們代表的語音現象，可能還是宋代後期的語音，所以有時對語音的分期，也不能硬性地完全以時間爲區分之標準，也要看韻書本身的內容來決定，因此我們把宋代後期以下，已起了變化的切韻系之餘緒的韻書，特別列出一個「近古期」的語音期來，除了廣韻、集韻、禮部韻略以外，我們把那些已經起了很大變化的切韻系韻書，在「古今韻會」之前的，或遲至清初的「音韻闡微」，都把它列入「近古音」期中去。在近古音期之後，元代的北方漢語已大起變化，因此我們把自「中原音韻」以來，直到清代爲止，那些爲北方早期官話之代表的韻書都列爲一期，而稱之爲「近代音」期。民國以來，承官話之餘緒，制訂拼音符號，推行標準國語，語音又步入一新階段，故本書把現代的標準語和從事各地區當代方言的研究，特立一期，稱爲「現代音」

期。若以時間先後來說，自今以溯古，則其分期為：

一、現代音：現代標準語及現代方言。

二、近代音：早期官話。

三、近古音：經大事歸併後的切韻音系之餘緒的語音。

四、中古音：切韻系韻書時期之語音。

五、上古音：周秦古音。

第二節　各時期之研究材料

壹、現代音期

國語的注音符號，方言的紀錄材料等，這些研究的對象，因為是屬於現在的語音，只須去找發音的對象來紀錄、實驗就足夠研究的了。

貳、近代音期

周德清的「中原音韻」，卓從之的「中州音韻」、明代官修的「洪武正韻」、蘭茂的「韻略易通」、畢拱辰的「韻略滙通」、清代樊騰鳳的「五方元音」、西洋傳教士金尼閣（Nicolas Trigault）的「西儒耳目資」、康熙字典前的「明顯四聲等韻圖」等。在實際用韻方面則如元曲的用韻，山歌民謠的用韻也是值得研究的。

叁、近古音期

廣韻以後的切韻系韻書，如禮部韻略和集韻均歸入本期來介紹，但禮部韻略和集韻大致還與廣韻相近，至於禮部韻略和集韻之後的韻書，則已起很大的變化，應是列入本期來討論的重要材料，本期經歸併後的韻書有：江北平水劉淵的「壬子新刊禮部韻略」（這與廣韻同時的「禮部韻略」完全不同），金韓道昭的「五音集韻」，宋末元初黃公紹的「古今韻會」、熊忠的「古今韻會舉要」、清代官修的「音韻闡微」等。

肆、中古音期

本期的研究資料，以切韻系的韻書爲主，旁輔以等韻圖、佛經的韻圖和音韻著作等。至如詩人的實際用韻之統計、佛典中梵文對音等也都是研究本期語音的重要資料。

伍、上古音期

周秦時代因爲沒有韻書、韻圖，所以我們只能利用下列的幾種研究材料：

一、古韻語：就是古代韻文所用以押韻的韻腳，凡是在詩、騷中相押的韻腳，也就是考求古韻的重要材料。

二、文字：漢字雖號稱爲「象形文字」，但其發展和孳乳，主要的還是形聲相益，形聲字佔了中國文字的絕大多數，因此用形聲字的諧聲偏旁去歸納上古的韻部和聲類是很有價值的。

三、古籍異文：如左傳的「陳恒」，史記稱爲「田恒」；爾雅釋地的「孟諸」，史記夏本紀作「明都」。這些相同的人名、地名，在不同的古籍中以不同的文字（但在古代是同音的）出現，正是我們考查古音的重要資料。

四、假借字：孟子云：「爲叢敺爵者鸇也」，「爵」即「雀」字，假借之故也；大學：「儀監於殷，峻命不易」，「儀」爲「宜」之假借字。知其假借因同音之故，則以此材料可以考古音可知也。

五、音訓：如說文：「日，實也」，「月，闕也」，「水，準也」，「戶，護也」，「火，燬也」之類，或聲同、或韻同，皆可以爲考古音之材料也。

六、讀如、讀若、讀與某同、讀爲等之直音法：如說文：「自讀若鼻」，「橐」字下段注云：「讀爲亦言讀曰，讀若亦言讀如」；又說文「玒，从玉厶聲，讀與私同」段注云「凡言讀與某同者，亦即讀若某也」。又禮記聘義「孚尹旁達」，鄭注「孚讀爲浮，尹讀爲竹筠之筠」，這當中固也有訓詁上的關係，但更兼有聲韻上的關係，這自然也是考求古音的極好資料。

七、譬況字音：如公羊傳莊公二十八年注「伐人爲客，讀伐長言之」，又「見伐者爲主，讀伐短言之」；淮南子修務篇注「胵，讀似質，緩氣言之者，在舌頭乃得」，又墬形篇注「㢋，讀近綢繆之繆，急氣言乃得之」；又公羊傳宣公八年何休注「言『乃』者內而深，言『而』者外而淺」。此中的「長言之」「短言之」「緩氣言之」「急氣言之」「內而深」「外而淺」等的譬況字音之法，也是我們探求古音的重要資料。

陸、其　他

除上述各時期各有其不同的研究材料以外，今日各鄰國的同族系語言，外國譯述漢語的譯音等，也都可以借助為推求各時期的漢語語音之用。

第二編　現代音

第三章　國語音

第一節　國語史略

壹、我國的語言環境

我國是一個多民族的國家，每個民族都有自己不同的語言，漢語只是其中的一種語言而已。就以漢語來說，雖然全國所用的文字是統一的，但各地方在語音上的差別却是十分之大，廣州人說的話，北平人根本不懂；福州人說的話，同一省分的廈門人就聽不懂。交通不方便一點兒的地區，越鄉即如異國，雖只一山一水之隔，方言却往往不同。語言的環境旣是如此，則要求在諸般方言之中提出一種來，定以爲標準國語，是十分有必要的，現行的國語就是因此而定出來的。

貳、清末的國語運動

清代末年，政府要變法革新，興辦學校；熱心的教育家，眼看日本的富強，完全得力於教育的普及；而教育之所以普及，則在於文字之易通，語言之統一，於是想到要推行一個全國統一的語言，而名之為國語。宣統元年❶，學部在各方的督促之下，奏報分年籌備國語教育事宜，預定編輯官話課本，編輯各種辭典，並令各省師範學堂及中小學堂兼學官話。宣統二年，學部中央教育會有議決統一國語的議案。

叁、民國的國語運動

一、讀音統一會：民國元年七月十日，教育部在北平召開臨時教育會議，八月七日通過採用注音字母案。十二年，公布讀音統一章程：

1. 會員組織：

a 教育部延聘，員無定額。

b 各地代表員每省二人，由行政長官選派；蒙藏各一人，由在京蒙藏機關選派；華僑一人，由華僑聯合會選派。

2. 讀音統一會之任務：

a 審定法定國語音。

b 將所有的國音均析為至單至純之音素，核定所有音素之總數。

c 採定字母，一切字音之每一音素均以一字母表

---

❶ 清末的國語運動簡史請參見那宗訓「國語發音」P. 13.

之。

3. 開會：民國二年二月十五日正式開會，全體會員七十九人中到會者四十四人，票選吳敬恒爲議長，王照爲副議長，開會一月餘。

a 審定六千五百多字，標以國音，成一「國音字典」。

b 通過會中所預備之暫用字母爲正式字母，定名爲「注音字母」，國音字典即以注音字母標注音讀。

c 字母之形體採「古文篆籀逕省之形」，用章炳麟「紐文」「韻文」之法以制訂字母（字母中有十五個是採用章氏之「紐文」與「韻文」的）。

4. 國音字典之誕生：

a 民國七年，議長吳敬恒將民國二年由讀音統一會所議定之「國音彙編草案」依康熙字典部首排列，再增加六千字，而成「國音字典」，並在北平集專家商決全稿。

b 民國八年九月，國音字典初印本出版。由教育部通令全國各級學校，一律遵照學習。

二、注音字母及國音之改造：民國八年九月所出版之「國音字典初印本」，其中音讀是雜採各地方音而成的，通令學習以後，困難極多，故民國九年乃有人主張改造原由讀音統一會所議訂之「注音字母」及「國音」。認爲「國音」要以受過中等教育的北平本地人的語音爲標準。

1. 改造辦法：

a　由教育部公布合於學理的標準語言定義，就是以至少受過中等教育的北平人的本地話爲國語之標準。

b　由教育部主持，請有眞正科學，語音學訓練的人去研究標準語中所用之音，分析後用科學方法紀錄之。

c　由教育部主持，請語音、語言及心理、教育各方面之專家，合力配製字母。

2. 以北平音爲準之通過：民國十三年十二月二十一日，國語統一籌備會開談話會，決定以北平音爲國音之標準。

3. 國語字典之增修：民國十四年十二月，國音字典增修委員會推定起草委員，完成增修「國音字典」之稿本。

三、國音常用字彙之公布：民國二十一年五月七日，教育部正式公布「國音常用字彙」，該書以「北平地方爲國音標準，所謂標準，乃取其現代之音系，而非字字必遵其土音，南北習慣，宜有通融，仍加斟酌，俾無窒礙❶」。自此以後，總算有了確定而且有標準可循的國語。至國語與北平音之異同，亦有規定❷：

1. 凡現代北平音系中所沒有的音如「ㄪㄟ、ㄫㄛ、ㄬㄧ、ㄗㄧ、ㄗㄩ、ㄔㄧ、ㄔㄩ……」等音全改從北平音。

2. 凡口語中習用的詞類及其聲調全依北平音，因爲

❶ 參見「國音標準彙編」P. 68，民國廿一年四月廿八日國語統一籌備委員會「請公布國音常用字彙函」。

❷ 參見「國音常用字彙」之說明部分。

國語必須以北平的活語言作標準，才能說得活潑自然。

3. 凡舊入聲字爲口語中習用的，亦全依北平音。

4. 凡較高深之詞類，或出於舊籍，或屬於專門，北平的讀音往往有彼此自相歧異的，又有一部分字與其他官話區域之讀音不相合的。諸如此類，既非口語所習用，其讀書音又不一致，自當斟酌取捨，參校方俗，考覈古今，爲之折衷，庶易通行於全國。

四、以北平音系爲國語之理由❶：

1. 音素簡易：北平話聲母只有廿一個，韻母十六個，聲調四個，比南方其他方言易學。

2. 長期之建都：北平自遼金元明清一直到民國十七年，中間除了三十多年南遷以外，共有九百多年都是以北平爲首都的，長期的建都，促使北平話取得了最爲通行，被多數人接受的「官話」資格。

3. 白話文學作品的影響：元明以來的白話小說，比較出名而膾炙人口的，都是以北方官話寫成的，而以純粹北平話著作的也不少。至於五四運動以後，用北平話創作的文藝作品，更是居絕大多數，這無形中就等於是向全國人提倡以北平話爲國語了。

4. 北平話的通行區域廣：北平話是北方官話的代表，

❶ 參閱王玉川「我的國語論文集」。

北方官話通行了整個華北與東北地區，而西南官話，江淮官話雖腔調小有差異，也與北平人可以對答通話，所以北平話是通行最廣的。

5. 簡字運動的影響：清光緒二十六年，王照作「官話字母」；光緒三十三年勞乃宣依王照字母改訂成「京音簡字」，都是以北平話爲標準的，也促使了北平話爲大衆所接受。

肆、注音符號制訂之經過

一、清光緒十八年，福建同安盧戇章積十餘年之研究，選定五十五個記號，制成一套橫寫拼注的字母，名爲「中華第一快切音新字」，以推行「字話一律」理想，此爲最早的注音符號。

二、清光緒二十一年，吳敬恒作「豆芽字母」，以冀統一全國的語言。

三、光緒二十二年，力捷三作「閩腔快字」，以助讀書識字。

四、光緒二十三年，王炳耀作「拼音字譜」，以協助新教育之普及推廣。

五、光緒二十六年，直隸寧河王照作「官話合聲字母」，計有聲母五十個，稱爲「字母」；韻母十二個，稱爲「喉音」；共爲六十二個。聲調四個，平聲分上下，無入聲調。

六、光緒三十年，李元勳作「代聲術」，也是一套注音的符號。

七、光緒三十一年，蔡錫勇作「傳音快字」，以幫助初學者識字。

八、光緒三十三年，浙江桐鄉勞乃宣據王照字母改訂成一套「簡字譜」，中分「京音譜」「寧音譜」兩部分。京音譜五十聲母，十二韻；寧音譜則於五十聲母外，再加六母；十二韻外再加三韻；又加上一個入聲符號。兩江總督所辦的簡字學堂，就是用他的「寧音譜」的。簡字學堂又增加了七母、三韻，一濁聲符號，而訂為「吳音譜」。又加二十母、二韻為「廣音譜」。合共有一百十六母。又在廣音譜之外，再加三十三母，二十韻，而成「簡字全譜」，中國各地方音皆包括在內了。

九、民國二年，蔡璋作「音標簡字」，以推行國語。

十、民國二年，汪怡作「國語音標」，提倡國語，普及語文教育。

十一、民國二年，開讀音統一會，暫用章太炎先生所制之「記音字母」來記音，當時，大家都爭取希望大會採用自己所制之字母，最後通過以「記音字母」作為國音的「注音字母」。

1. 延至民國七年十一月二十三日，才由教育部公布，其順序為：

聲母二十四個：ㄍㄎㄫ　ㄐㄑㄬ　ㄉㄊㄋ　ㄅㄆㄇ　ㄈㄪ　ㄗㄘㄙ　ㄓㄔㄕ　ㄏㄒ　ㄌㄖ

韻母十二個：ㄚㄛㄝㄞㄟㄠㄡㄢㄣㄤㄥㄦ

2. 民國八年四月六日，教育部又依據國語研究會呈請，照音類次序公布如下：

ㄅㄆㄇㄈㄪ　ㄉㄊㄋㄌ　ㄍㄎㄫㄏ　ㄐㄑㄬㄒ

ㄓㄔㄕㄖ　ㄗㄘㄙ　ㄧㄨㄩ　ㄚㄛㄝ　ㄞㄟㄠㄡ

ㄢㄣㄤㄥ　ㄦ

3. 民國九年五月二日，國語統一籌備會開會商討後，分「ㄛ」為二，一仍作「ㄛ」，另加「ㄜ」而列於「ㄛ」之後。

4. 民國十七年九月二十六日，大學院又公布羅馬字拼音法式，與注音字母並行，稱為「國音字母第二式」，其後於民國三十九年又改稱「譯音符號」，而注音字母則稱為「國音字母第一式」。

5. 民國十九年四月二十九日，國民政府行政院改「注音字母」之稱謂為「注音符號」。

6. 民國二十年，國語統一籌備會又把「ㄧㄨㄩ」列在韻母的最後。

伍、注音符號之說明與寫法 ❶

---

❶ 參閱「國語運動史綱」 P.P.77-78 此一說明為民國七年教育部公布字母時之說明，次序改從現行次序，本書作者另加入「ㄜㄧㄨㄩ」四母之說明。

一、聲　母：

ㄅ　（幫），布交切，義同包，讀若博（一筆，收筆帶鉤）。

ㄆ　（滂），普木切，小擊也，讀若潑（兩筆，不可寫作四筆「攵」）。

ㄇ　（明），莫狄切，覆也，讀若墨（兩筆，末筆無鉤）。

ㄈ　（敷），府良切，受物之器，讀若弗（兩筆，連接處不出頭）。

万　（微），無販切，同萬，讀若物（三筆）。

ㄉ　（端），都勞切，即刀字，讀若德（兩筆，首筆有鉤，作「ㄌ」者誤）。

ㄊ　（透），他骨切，同突，讀若特（三筆，作「ㄊ」者誤）。

ㄋ　（泥），奴亥切，即乃字，讀若訥（一筆，上橫稍長，作「了」者誤）。

ㄌ　（來），林直切，即力字，讀若勒（二筆，作「ㄌ」者誤）

ㄍ　（見一），古外切，與澮同。發音務促，下同（兩筆）。

ㄎ　（溪一），苦浩切，氣欲舒出有礙也，讀若克（兩筆）。

兀　（疑），五忽切，兀高而上平也，讀若愕（三筆）。

ㄏ（曉一），呼旰切，山側之可居者，讀若黑（兩筆，連接處不出頭）。

ㄐ（見二），居尤切，延蔓也，讀若基（兩筆）。

ㄑ（溪二），本姑泫切，今苦泫切。古畎字，讀若欺（一筆，作「ㄥ」者誤）。

ㄬ（娘），魚儉切，因崖為屋也，讀若膩（三筆）。

ㄒ（曉二），胡雅切，古下字，讀若希（兩筆）。

ㄓ（照），眞而切，即之字，讀之（三筆，首筆凵，作「ㄓ」者誤）。

ㄔ（穿），丑亦切，小步也，讀若癡（三筆）。

ㄕ（審），式之切，讀尸（三筆，末筆與首筆不連接，作「尸」者誤，亦可寫一筆ㄕ）。

ㄖ（日），人質切，讀若入（三筆，首筆作└，次筆作˥，中間一點，不可作短畫）。

ㄗ（精），子結切，古節字，讀若資（二筆）。

ㄘ（清），親吉切，即七字，讀若疵（二筆，末筆無鈎）。

ㄙ（心），相姿切，古私字，讀私（二筆）。

二、韻　母：

ㄚ 於加切，物之歧頭，讀若阿（三筆）。

ㄛ 呵本字，讀若疴（三筆，作二筆亦可）。

ㄜ 據「ㄛ」改變以成，讀若鵝（三筆，亦可作二筆，中直連下，不可作點，作「ㄜ」者誤❶。

ㄝ　羊者切，即也字，讀若也（三筆）。

ㄞ　古亥字，讀若哀（三筆，末筆無鈎）。

ㄟ　余之切，流也，讀若危（一筆，上有短横）。

ㄠ　於堯切，小也，讀若傲平聲（三筆）。

ㄡ　于救切，讀若謳（二筆）。

ㄢ　乎感切，嘾也，讀若安（二筆，末筆無鈎）。

ㄣ　古隱字，讀若恩（一筆，末尾無鈎）。

ㄤ　烏光切，跛曲脛也，讀若昂（三筆，末筆無鈎）。

ㄥ　古肱字，讀若翰（一筆）。

ㄦ　而鄰切，同人，讀若兒（二筆，首筆直撇，末筆無鈎）。

ㄧ　於悉切，數之始也，讀若衣（一筆）。

ㄨ　疑古切，古文五，讀若烏（二筆）。

ㄩ　去魚切，筶籚，飯器名，讀若迂（二筆）。

第二節　國語之聲母及韻母

壹、聲　母

一、聲母之注音符號與國際音標之對照：

---

❶ 「ㄜㄧㄨㄩ」四母爲民國七年十一月二十三日公布之注音字母所無者，此處之說明及筆畫係本書作者所增列者。以下「ㄧㄨㄩ」不別作註。

ㄅ〔p〕	ㄆ〔p′〕	ㄇ〔m〕	ㄈ〔f〕
ㄉ〔t〕	ㄊ〔t′〕	ㄋ〔n〕	ㄌ〔l〕
ㄍ〔k〕	ㄎ〔k′〕	ㄏ〔x〕	
ㄐ〔tɕ〕	ㄑ〔tɕ′〕	ㄒ〔ɕ〕	
ㄓ〔tʂ〕	ㄔ〔tʂ′〕	ㄕ〔ʂ〕	ㄖ〔ʐ〕
ㄗ〔ts〕	ㄘ〔ts′〕	ㄙ〔s〕	

二、按發音部位分：

1. 雙脣音：〔p〕、〔p′〕、〔m〕——上下脣發的音。

2. 脣齒音：〔f〕——上齒與下脣發的音。

3. 舌尖音：〔t〕、〔t′〕、〔n〕、〔l〕——舌尖與上牙牀發的音。

4. 舌根音：〔k〕、〔k′〕、〔x〕——舌根與軟顎發的音。

5. 舌面音：〔tɕ〕、〔tɕ′〕、〔ɕ〕——舌面與硬顎發的音。

6. 舌尖後音：〔tʂ〕、〔tʂ′〕、〔ʂ〕、〔ʐ〕——舌尖後與硬顎發的音。

7. 舌尖前音：〔ts〕、〔ts′〕、〔s〕——舌尖前與上齒發的音。

三、按發音方法分：

1. 塞音：〔p〕、〔p′〕、〔t〕、〔t′〕、〔k〕、〔k′〕。

2. 擦音：〔f〕、〔x〕、〔ɕ〕、〔ʂ〕、〔ʐ〕、〔s〕。

3. 塞擦音：〔tɕ〕、〔tɕ′〕、〔tʂ〕、〔tʂ′〕、〔ts〕、〔ts′〕。

4. 鼻音：〔m〕、〔n〕。

5. 邊音：〔l〕。

四、國語聲母之清濁與送氣：

國語聲母之濁音僅鼻音〔m〕、〔n〕，邊音〔l〕與擦音〔ʐ〕四個而已，其餘均為清聲母。送氣音則僅出現於塞音、塞擦音，故只有〔p′〕、〔t′〕、〔k′〕；〔tɕ′〕、〔tʂ′〕、〔ts′〕六母而已，其餘均為不送氣聲母。

貳、韻　母

一、韻母之注音符號與國際音標之對照❷：

ㄚ〔a〕　ㄛ〔o〕　ㄜ〔ɤ〕　ㄝ〔e〕

ㄞ〔ai〕　ㄟ〔ei〕　ㄠ〔au〕　ㄡ〔ou〕

ㄢ〔 an 〕　ㄣ〔 ən 〕　ㄤ〔 aŋ 〕　ㄥ〔 əŋ〕

ㄦ〔 ɚ 〕　ㄧ〔 i 〕　ㄨ〔 u 〕　ㄩ〔 y 〕

ㄭ〔 ï 〕 =〔 ʅ 〕和〔 ɿ 〕

說明：「ㄭ」原是專門用作「ㄓㄔㄕㄖ」及「ㄗㄘㄙ」七個聲母拼音之用的韻母，實際上「ㄓㄔㄕㄖ」的韻母是〔 ʅ 〕，「ㄗㄘㄙ」的韻母是〔 ɿ 〕，但因在音位上並不發生辨義上的衝突，因此注音符號只用一個共同的「ㄭ」，後來又開會決定取消用韻符，只單以聲母「ㄓㄔㄕㄖㄗㄘㄙ」出現，由聲母兼管韻母的職務，以求教學上之方便，稱之爲「空韻」。但用國際音標或羅馬字注音就不能不用韻符了，爲方便計，國際音標也算它們是一個音位，而以一個〔 ï 〕代替〔 ʅ 〕〔 ɿ 〕兩個韻母。

二、結合韻：

結合韻是指與介音結合以後的韻母，通常我們以開、齊、合、撮來分韻的，開口呼自然不是「結合韻」，不過我們仍附列在下面，以示「四呼」之完整性。

1. 開口呼：〔 ï 〕、〔 a 〕、〔 ɤ 〕、〔 ai 〕、〔 ei 〕、〔 au 〕、〔 ou 〕、〔 an 〕、〔 ən 〕、〔 aŋ 〕、〔 əŋ 〕。

2. 齊齒呼：〔 i 〕、〔 ia 〕、〔 ie 〕、〔 iau 〕、〔 iou 〕、〔 ian 〕、〔 in 〕、〔 iaŋ 〕、〔 iŋ 〕。

3. 合口呼：〔 u 〕、〔 ua 〕、〔 uo 〕、〔 uai 〕、〔 uei 〕、〔 uan 〕、〔 uən 〕或〔 un 〕、〔 uaŋ 〕、〔 uŋ 〕。

4. 撮口呼：〔 y 〕、〔 ye 〕、〔 yan 〕、〔 yn 〕、〔 yuŋ 〕。

叁、聲　調❶

一、陰平（第一聲），高平調（ 55 ）˥，巴梯申皆。
二、陽平（第二聲），高升調（ 35 ）˧˥，拔提神潔。
三、上聲（第三聲），降升調（ 315 ）˧˩˥，把體沈姐。
四、去聲（第四聲），全降調（ 51 ）˥˩，霸替甚戒。
五、輕聲　˧·，吧的了嗎。

第三節　幾套不同的音標

壹、各式音標之名稱

一、注音符號：民國七年十一月二十三日，教育部所公布（參見本章第一節）。

---

❶ 參見本書作者另一著作「語音學大綱」第十章。

❷ 本節材料曾發表於新加坡「新社季刊」第三卷第三期，原名「華語注音的各式音標之比較」。

二、國語羅馬字拼音：民國十五年十一月九日，教育部國語統一籌備會公布，亦稱「國語注音符號第二式」。

三、韋卓馬式（T.F.Wade's System）：是英國駐華公使韋卓馬（Sir Thomas Wade）所制作，韋氏著有「語言自邇集」（1867），這一式華語拼音的方法，就錄在「語言自邇集」當中，後來，翟理斯（H.A.Giles）編漢英字典（Chinese-English Dictionary）採用了韋氏的拼音法，又略加修訂，而成了「Wade-Giles System」。1931年麥氏漢英大辭典（Mathews' Chinese-English Dictionary）用「韋翟拼音法」編成，中華民國官方拼譯中國的人名、地名，都是以「Wade-Giles System」爲標準的。而這一式音標，在習慣上却是被人稱作「韋卓馬式」或簡稱爲「韋氏拼音法」的。

四、漢語拼音方案：這是大陸赤化以後，在1956年由「文字改革委員會」的「拼音小組」參照「T.F.Wade's System」修訂而成的，公布於1956年二月十二日的人民日報上，原是爲漢字羅馬化作鋪路之用的，後來改革文字失敗，漢字羅馬化也消聲匿跡了，而這一套System也只成了洋人學習華語的注音工具罷了。

五、耶魯大學式（Yale System）：是第二次世界大戰期中，美國政府爲了派遣大批的空軍到遠東參與戰事，要想使這一批人員懂一點兒華語，於是跟耶魯大學合辦了一個「遠東語文學院」，編了一套「Mirror Series」的教材，其中有基本的會話，讀本、詞彙及補充讀物等，教材的拼音方式是根據趙元任先生的「羅馬字拼音式」稍加修訂而成的。

六、國際音標式：這一式國語標音的工具，是以國際音標爲主，而根據國語的實際需要，增加了幾個國語中所特有而歐西語言中所無的音標而成的。國際音標本身是國際語音學會所擬訂的一套國際性的標音工具，依據學會會章的規定，會員可以從這一套音標中選取所需的符號，來標注自己的語音或所要研究的語音，如不夠用，可依實際之需要而添製新的符號，通知該會登記備案，因此自1888年國際音標初稿公布至今，已經有過很多次的增訂了。這一式音標自公布以來，早已得到各國語音學家和教育家的公認，是全世界最通行的一式標音工具。符號本身是採用拉丁字母小寫的印刷體爲主的，不夠用時，偶而兼採合體字母（如〔œ〕〔æ〕等），或用跟小寫字母同一 size 的大寫字母（如〔E〕〔A〕等），或者把某些字母倒寫（如〔ə〕〔ɟ〕〔ɐ〕〔ɯ〕等），或用草體補充（如〔ɑ〕〔χ〕等），或改變字母的原形（如〔ŋ〕〔ɳ〕〔ʃ〕〔ʒ〕等），或在字母上增加「附加號」（如〔ɨ〕〔ç〕〔ã〕等），甚或借用希臘字母（如〔β〕〔θ〕〔ϕ〕〔γ〕等）。因爲該會的原則是：一個符號只代表一個音値，旣不可借爲他用，也不可權宜變更，所以可免去很多含糊，混淆的缺點。國際語音學會公布的音標中，沒有「送氣音」，也沒有漢語特有的一些「塞音」「塞擦音」「鼻音」等的音標，後來研究漢語語音的人，已在當中增訂了不少符號，如〔p'〕〔t'〕〔k'〕〔tʂ〕〔tɕ〕〔ʐ〕〔ȵ〕〔ʂ〕〔ȶ〕等都是後來增加而通知國際語音學會登記有案的。

貳、各式音標的符號

一、聲母符號：

①注音符號：	ㄅ	ㄆ	ㄇ	ㄈ	ㄉ	ㄊ
②羅馬字拼音：	〔p〕	〔p〕	〔m〕	〔f〕	〔d〕	〔t〕
③T.F.Wade's System：	〔p〕	〔p'〕	〔m〕	〔f〕	〔t〕	〔t'〕
④漢語拼音方案：	〔b〕	〔p〕	〔m〕	〔f〕	〔d〕	〔t〕
⑤Yale System：	〔b〕	〔p〕	〔m〕	〔f〕	〔d〕	〔t〕
⑥國際音標式：	〔p〕	〔p'〕	〔m〕	〔f〕	〔t〕	〔t'〕

①	ㄋ	ㄌ	ㄍ	ㄎ	ㄏ	ㄐ	ㄑ	ㄒ
②	〔n〕	〔l〕	〔g〕	〔k〕	〔h〕	〔j(i)〕	〔ch(i)〕	〔sh(i)〕
③	〔n〕	〔l〕	〔k〕	〔k'〕	〔h〕	〔ch(i)〕	〔ch'(i)〕	〔hs〕
④	〔n〕	〔l〕	〔g〕	〔k〕	〔h〕	〔j〕	〔Q〕	〔x〕
⑤	〔n〕	〔l〕	〔g〕	〔k〕	〔h〕	〔j(i)〕	〔ch(i)〕	〔si〕
⑥	〔n〕	〔l〕	〔k〕	〔k'〕	〔x〕	〔tɕ〕	〔tɕ'〕	〔ɕ〕

①	ㄓ	ㄔ	ㄕ	ㄖ	ㄗ	ㄘ	ㄙ
②	〔j〕	〔ch〕	〔sh〕	〔r〕	〔tz〕	〔ts〕	〔s〕

③〔ch〕	〔ch′〕	〔sh〕	〔j〕	〔tz〕 〔ts〕	〔tz′〕 〔ts′〕	〔sz〕 〔s〕
④〔zh〕	〔ch〕	〔sh〕	〔r〕	〔z〕	〔c〕	〔s〕
⑤〔j〕	〔ch〕	〔sh〕	〔r〕	〔dz〕	〔ts〕	〔s〕
⑥〔tʂ〕	〔tʂ′〕	〔ʂ〕	〔ʐ〕	〔ts〕	〔ts′〕	〔s〕

聲母符號之比較說明：

1. 注音符號是漢字的筆法，以它來作漢字的注音工具，對未學過洋文的人來說，自然比較合適，但這一套符號中的「塞擦音」和某些「擦音」，只用一聲母拼音而不用韻母，這是不合理的一點。又「塞擦音」是「複輔音」，但從注音符號上看（如ㄓ、ㄗ、ㄐ），看不出「複輔音」的結構來，這也是一個小缺點。

2. 國語音除了〔m〕〔n〕〔l〕〔ʐ〕四個濁聲母外，別無其他的濁聲母，而「羅馬字拼音」、「T.F. Wade′s System」、「漢語拼音方案」、「Yale System」等都用了濁音字母（如〔b〕〔d〕〔g〕〔j〕〔zh〕〔z〕〔tz〕等）作清聲母的音標，往往會使人誤讀成濁音，這是很大的缺點。

3. 用〔ch〕〔sh〕〔j〕作ㄓ、ㄔ、ㄕ或ㄐ、ㄑ、ㄒ的音標，往往會使習於英語的人誤讀成〔tʃ〕〔ʃ〕〔dʒ〕，把「張先生」和「姜先生」都讀成了〔tʃaŋ-ʃianʃiŋ〕。又有些熟習國際音標的人，則又往往會把〔j〕誤讀成「半元音」，這也是一個很大的缺點。

4. 在這裡要特別提到的一點是：Wade's System 的ㄗ、ㄘ、ㄙ三個聲母的空韻拼音用〔tz〕〔tz'〕〔sz〕再加上〔u〕爲韻母，而其餘的韻母則是用〔ts〕〔ts'〕〔s〕再加上韻母。Wade's System 的送氣符號是向下剔的，作〔'〕；國際音標的送氣符號是向上挑的，作〔‘〕。

5. 爲使世界各國的人都能很方便地學習國語語音，當以「國際音標式」的一套System 爲最理想。

二、韻母符號：

①注音符號：	(ㄭ)	ㄚ	ㄛ	ㄜ	ㄝ
②羅馬字拼音：	〔Y〕	〔a〕	〔o〕	〔e〕	〔è〕
③T.F.Wade's System:	〔u〕 〔ih〕	〔a〕	〔o〕	〔ê〕	〔è〕
④漢語拼音方案：	〔i〕	〔a〕	〔o〕	〔e〕	〔e〕
⑤Yale System:	〔z〕 〔r〕	〔a〕	〔o〕	〔é〕	〔e〕
⑥國際音標：	〔i〕 〔ï〕 〔ʅ〕	〔a〕	〔o〕	〔ɤ〕	〔e〕

---

①	ㄞ	ㄟ	ㄠ	ㄡ	ㄢ	ㄣ	ㄤ	ㄥ
②	〔ai〕	〔ei〕	〔au〕	〔ou〕	〔an〕	〔en〕	〔ang〕	〔eng〕
③	〔ai〕	〔ei〕	〔ao〕	〔ou〕	〔an〕	〔ên〕	〔ang〕	〔êng〕
④	〔ai〕	〔ei〕	〔au〕	〔ou〕	〔an〕	〔en〕	〔ang〕	〔eng〕

⑤	〔ai〕	〔ei〕	〔au〕	〔ou〕	〔an〕	〔en〕	〔ang〕	〔eng〕
⑥	〔ai〕	〔ei〕	〔au〕	〔ou〕	〔an〕	〔ən〕	〔aŋ〕	〔əŋ〕

①	ㄦ	ㄧ	ㄧㄚ	ㄧㄛ	ㄧㄝ	ㄧㄞ	ㄧㄠ
②	〔el〕	〔i〕	〔ia〕	〔io〕	〔ie〕	〔iai〕	〔iau〕
③	〔êrh〕	〔i〕	〔ya〕 〔-ia〕		〔yeh〕 〔-ieh〕	〔yai〕	〔yao〕 〔-iao〕
④	〔er〕	〔i〕	〔ya〕 〔-ia〕	〔yo〕 〔-io〕	〔ye〕 〔-ie〕	〔yai〕	〔yau〕 〔-iau〕
⑤	〔er〕	〔yi〕 〔-i〕	〔ya〕		〔ye〕	〔yai〕	〔yau〕
⑥	〔ɚ〕〔ï〕	〔i〕	〔ia〕	〔io〕	〔ie〕	〔iai〕	〔iau〕

①	ㄧㄡ	ㄧㄢ	ㄧㄣ	ㄧㄤ	ㄧㄥ	ㄨ	ㄨㄚ
②	〔iou〕	〔ian〕	〔in〕	〔iang〕	〔ing〕	〔u〕	〔ua〕
③	〔yu〕 〔-iu〕	〔yen〕 〔-ien〕	〔yin〕 〔-in〕	〔yang〕 〔-iang〕	〔ying〕 〔-ing〕	〔wu〕 〔-u〕	〔wa〕 〔-ua〕
④	〔you〕 〔-iu〕	〔yan〕 〔-ian〕	〔yin〕 〔-in〕	〔yang〕 〔-iang〕	〔ying〕 〔-ing〕	〔wu〕 〔-u〕	〔wa〕 〔-ua〕
⑤	〔you〕	〔yan〕	〔yin〕 〔-in〕	〔yang〕	〔ying〕 〔-ing〕	〔wu〕 〔-u〕	〔wa〕
⑥	〔iou〕	〔ian〕	〔in〕	〔iaŋ〕	〔iŋ〕	〔u〕	〔ua〕

①	ㄨㄛ	ㄨㄞ	ㄨㄟ	ㄨㄢ	ㄨㄣ	ㄨㄤ	ㄨㄥ
②	〔uo〕	〔uai〕	〔uei〕	〔uan〕	〔uen〕	〔uang〕	〔ueng〕 〔-ong〕
③	〔wo〕 〔-uo〕	〔wai〕 〔-uai〕	〔wei〕 〔-uei〕〔-ui〕	〔wai〕 〔-uan〕	〔wên〕 〔-un〕	〔wang〕 〔-uang〕	〔wêng〕 〔-ung〕
④	〔wo〕 〔-uo〕	〔wai〕 〔-uai〕	〔wei〕 〔-ui〕	〔wan〕 〔-uan〕	〔wen〕 〔-un〕	〔wang〕 〔-uang〕	〔weng〕 〔-ong〕
⑤	〔wo〕	〔wai〕	〔wei〕	〔wan〕	〔wun〕	〔wang〕	〔ung〕
⑥	〔uo〕	〔uai〕	〔uei〕	〔uan〕	〔uən〕	〔uaŋ〕	〔uŋ〕

①	ㄩ	ㄩㄝ	ㄩㄢ	ㄩㄣ	ㄩㄥ
②	〔iu〕	〔iue〕	〔iuan〕	〔iun〕	〔iong〕
③	〔yü〕 〔-ü〕	〔yüeh〕 〔-üeh〕	〔yüan〕 〔-üan〕	〔yün〕 〔-ün〕	〔yung〕 〔-iung〕
④	〔yu〕 〔-ü〕	〔yue〕 〔-üe〕	〔yuan〕 〔-üan〕	〔yun〕 〔-ün〕	〔yong〕 〔-iong〕
⑤	〔yu〕	〔ywe〕	〔yuan〕	〔yün〕	〔yung〕
⑥	〔y〕	〔ye〕	〔yan〕	〔yn〕	〔yuŋ〕

韻母符號之比較說明：

1. 注音符號把複合韻也製爲單一的符號（如ㄞ、ㄟ、ㄠ、ㄡ、ㄢ、ㄣ、ㄤ、ㄥ等是），這在分析音素來說，是很不方便的，而ㄣ、ㄥ和ㄧㄣ、ㄧㄥ之間，前面的ㄣ、ㄥ是有

〔ə〕元音的，後面的結合韻中的ㄣ、ㄥ是沒有〔ə〕元音的，在其他音標可以把它們寫成〔in〕〔iŋ〕或〔ing〕等省去〔ə〕元音的符號，而ㄧㄣ、ㄧㄥ卻仍是以「ㄧ」配「ㄣ」「ㄥ」，而無法省去ㄣ、ㄥ中的〔ə〕元音。

2. 注音符號ㄓㄔㄕㄖ和ㄗㄘㄙ原先曾用「ㄭ」作韻母過的，後來國語統一委員會又商議乾脆省略韻母來注音。其實ㄓㄔㄕㄖ的韻母是〔ʅ〕，ㄗㄘㄙ的韻母是〔ɿ〕，在國際音標中是分得很清楚的，不過，我們為方便起見，只用一個音位的〔ï〕音標來代替〔ʅ〕〔ɿ〕兩個音素，而且有時連〔ɚ〕也用〔ï〕來代替，因為不會發生辨義上的混淆，所以就這麼做了。Wade's System 的ㄓㄔㄕㄖ是用〔-ih〕作為「空韻」的韻母的，Yale System 則是用〔-r〕的；Wade's System ㄗㄘㄙ的「空韻」是用「-u」的，Yale System則是用〔-z〕的。

3. 有幾套符號的結合韻，「有聲母」的韻頭與「無聲母」的韻頭是不一樣的，凡是前列韻母當中加〔-〕號的（如〔-in〕〔-u〕等）是有聲母韻頭的拼法；凡是沒有加〔-〕號的（如〔yin〕〔wu〕等）是無聲母韻頭的拼法，不過Yale System有時也用〔yin〕〔wu〕等作為「有聲母」的韻頭拼音的。

4. 以音標的易於辨析、與不至混淆來說，諸System韻母的比較結果，還是以國際音標式為最清楚明白而合用。

三、聲調符號：

	陰平	陽平	上聲	去聲	輕聲
①注音符號：	—	ˊ	ˇ	ˋ	·
②Wade's System：	1	2	3	4	5
③漢語拼音方案：	—	ˊ	ˇ	ˋ	·
④Yale System：	—	ˊ	ˇ	ˋ	（無）
⑤國際音標：	˥	˧˥	˨˩˦	˥˩	˧·

聲調符號之比較說明：

1. 注音符號的陰平號，平時都可省略不用，但遇有必要時仍可用它。

2. 國際音標式的調號是採用趙元任先生所創的「五點制」❶，國語聲調的標號是：陰平〔˥〕（55），陽平〔˧˥〕（35），上聲〔˨˩˦〕（315），去聲〔˥˩〕（51），輕聲〔˧·〕不在五點制範圍之內，是一種輕而模糊的調，雖然因為前後連接的字之不同，也頗有高低的不同，不過一般的寬式標音都是不管它的。除T.F.Wade 用「1 2 3 4 5」外，注音符號、漢語拼音方案、Yale System 的調號也都是採自「五點制」而省略之的，所省略的部分是「五點制」標號中的「直線座標」。

3. 羅馬字拼音不用調號，調的變化用字母表示：

a. 陰平用基本形式，但逢〔m〕〔n〕〔l〕

❶ 參見本書作者另一著作「語音學大綱」第十章「調值標號」。

〔 r 〕諸濁聲母時，則須在聲母之後加一個〔 h 〕，然後再連接基本形式的韻母。

b. 陽平的開口韻在元音後面加〔 r 〕；單韻母〔 i 〕〔 u 〕兩韻的前面要加〔 y 〕〔 w 〕；〔 iu〕要改成〔 yu 〕；結合韻母的韻頭〔 i 〕〔 u 〕〔 iu 〕要改爲〔y〕〔 w 〕〔 yu 〕；聲母如果是〔 m 〕〔 n 〕〔 l 〕〔 r 〕，就用基本形式。

c. 上聲的韻母中如果只用一個元音字母的，就把原來的元音字母重複多寫一個；不止一個元音字母的，就把其中的〔 i 〕〔 u 〕改爲〔 e 〕〔 o 〕，如已改了頭的，就不必再改尾了；〔 ie 〕〔 ei 〕〔 uo 〕〔 ou 〕四韻把〔e〕〔 o 〕重複多寫一個；結合韻母單獨使用時，無聲母的音，把〔 i 〕〔 u 〕〔 iu 〕改爲〔 e 〕〔 o 〕〔 eu 〕以後，再在前面加上〔 y 〕〔 w 〕。

d. 去聲的單韻母〔 y 〕〔 a 〕〔 o 〕〔 e 〕〔 i 〕〔 u 〕〔 iu〕以及它們的結合韻，在後面加〔 h 〕；複韻母及它們的結合韻，把〔 i 〕〔 u 〕改爲〔 y 〕〔 w 〕；聲隨韻母收〔 -n 〕尾的把〔 n 〕重複多寫一個，收〔-ng〕尾的把〔 ng 〕改爲〔 Q 〕；〔 el 〕重複寫爲〔 ell〕；〔i〕〔 u 〕獨用時，在它們的前面加一個〔 y 〕；結合韻母獨用時，把〔 i 〕〔 u 〕〔 iu 〕改爲〔 y 〕〔 w 〕〔 yu 〕，但〔 inn 〕〔 inq 〕則改爲〔 Yinn 〕〔 Yinq 〕。

e. 輕聲調以用基本形式爲原則。

f. 儿化韻在原拼法後面加〔 l 〕;〔 a 〕〔 o 〕〔 e 〕的去聲把〔 h 〕改爲〔 l 〕,又再加寫一個〔 l 〕;〔 ai 〕〔 an 〕儿化後變成〔 al 〕;〔 y 〕〔 i 〕〔 iu 〕儿化後在原韻的後面加寫一個〔 el 〕;〔 ei 〕〔 en 〕儿化後變成〔 el 〕。

g. 除了四聲以外,羅馬字拼音又有重疊的符號,也在此處附說,〔 x 〕號表示音節重疊,如「爸爸」拼成〔 bahx 〕。〔 v 〕表示隔一個音節重疊,如「好不好」拼成〔 Hao buv 〕。〔 vx 〕表示兩個音節都重疊,如「可以,可以」拼成〔 kee yii vx 〕。

第四節 輕聲調、儿化韻與連音變化

壹、輕聲調

說話時,爲了發音之方便,或詞義上之特別需要,常把一些字讀得比平常的四聲的聲調輕了一點兒,輕得辨不出原來的聲調,這就叫做「輕聲調」。如「蓮子」與「簾子」,書名的「老子」與稱父親爲「老子」的「老子」,其中「子」字的聲調是有極大的區別的。再如「蛇頭」與「舌頭」,如果我們把兩個「頭」字讀成一樣的聲調,則「蛇」「舌」就混淆莫辨了。

一、輕聲的讀法:

1. 複音詞:原則上都是詞尾輕聲,如「好了」「石頭」「我們」「這個」「裡邊」「英國」「哥哥」「瞎子」等。

2. 多音詞：三個以上的字構成的詞，原則上都是第二個字讀成輕聲，如「柳宗元」「丈母娘」「大大方方」「莫名其妙」「慌裡慌張」等。

二、輕聲變音：

因輕聲的結果，有時會促使聲母或韻母，發生變化的如：

1. 聲母變音：

a. 鑰匙：由〔iau˩ tʂ'ï˥〕變成〔iau˩ ʂï|·〕。

b. 耳朵：由〔ɚ^˨ tuo˨〕變成〔ɚ^˨ t'uo|·〕。

c. 夥計：由〔xuo˨ tɕi˩〕變成〔xuo˨ tɕ'i|·〕。

d. 觔斗：由〔kən˥ tou˨〕變成〔kən˥ t'ou|·〕。

2. 韻母變音：

a. 溜達：由〔liou˥ ta˦〕變成〔liou˥ tə|·〕。

b. 王家：由〔uaŋ˦ tɕia˥〕變成〔uaŋ˦ tɕie|·〕。

c. 底下：由〔ti˨ ɕia˩〕變成〔ti˨ ɕie|·〕。

d. 黃瓜：由〔xuaŋ˦ kua˥〕變成〔xuaŋ˦ kuo|·〕。

e. 買賣：由〔mai˨ mai˩〕變成〔mai˨ mei|·〕。

三、固定的輕聲字：

有些輕聲字在注音時仍注原來的聲調，讀出時則由說話人依國語的習慣去捉摸它的輕聲。還有一種輕聲字是固定的，若不讀爲輕聲，整個字音就完全不同的，如「好了」的「·了」與「了不起」的「了」，讀音是完全不同的。茲舉例如下：

1. 的：「我的」〔uoꜜ təꜙ〕的「的」不可讀成「目的」〔muꜜ tiꜜ〕的「的」。

2. 得：「趕得上」〔kanꜜ təꜙ ʂaŋꜜ〕的「得」不可讀成「得到」〔tɤ˥ tauꜜ〕的「得」。

3. 了：「好了」〔xauꜜ ləꜙ〕的「了」不可讀成「不得了」〔puꜜ tɤ˥ liauꜜ〕的「了」。

4. 嗎：「是嗎」〔ʂïꜜ məꜙ〕的「嗎」不可讀成「嗎啡」〔maꜜ fei〕的「嗎」。

5. 呢：「誰呢」〔ʂei˥ nəꜙ〕的「呢」不可讀成「呢絨」〔ni˥ ʐuŋ˥〕的「呢」。

貳、儿化韻

國語中的「花兒」「鳥兒」在文字上都是分開來寫成兩個字的，但讀起來卻須合為一字之音；而且從語法的觀點去看，我們應該說「花兒」「鳥兒」是詞根〔xua˥〕〔niauꜜ〕加詞尾〔ɹ〕構成的，而它們都是一個音節的。〔ɹ〕尾對於詞根的影響，是使若干韻母起了一些變化，茲舉例分述如下❶：

一、〔ï〕加〔ɹ〕變成〔əɹ〕：如「字兒」〔tsəɹꜜ〕，「紙兒」〔tʂəɹꜜ〕。

❶ 參閱董同龢先生「中國語音史」P.16.

二、〔 i 〕〔 u 〕〔 y 〕〔 a 〕〔 ia 〕〔 ua 〕〔 ɤ 〕〔 ie 〕〔 uo 〕〔 ye 〕加〔 ɹ 〕無變化：如「雞兒」〔tɕiɹ˥〕，「鼓兒」〔 kuɹ˨˩˦ 〕，「 魚兒」「靶兒」「家兒」「瓜兒」「格兒」「葉兒」「桌兒」「月兒」等是。但〔 i 〕〔 y 〕兩韻的上去聲，有一部分北平人是變〔 ieɹ 〕〔 yeɹ 〕的，如「幾兒」〔 tɕieɹ˨˩˦ 〕，「雨兒」〔 yeɹ˨˩˦〕，「氣兒」〔 tɕ'ieɹ˥˩ 〕，「句兒」〔 tɕyeɹ˥˩ 〕。

三、帶〔 -i 〕韻尾的複元音韻母加〔 -ɹ 〕時，〔 -i 〕尾消失：如「牌兒」〔 p'aɹ˧˥ 〕，「帥兒」〔 ʂuaɹ˥˩ 〕，「杯兒」〔 peɹ˥ 〕。

四、帶〔 -u 〕韻尾的複元音韻母加〔 -ɹ 〕 時，無變化：如「刀兒」〔 tauɹ˥ 〕，「頭兒」〔 t'ouɹ˧˥ 〕。

五、帶〔 -n 〕韻尾的韻母加〔 -ɹ 〕時，〔 -n〕消失：如「今兒」〔 tɕiɹ˥ 〕，「碗兒」〔 uaɹ˨˩˦ 〕，「雲兒」〔 yɹ˧˥ 〕。

六、帶〔 -ŋ 〕韻尾的韻母加〔 -ɹ 〕時，〔 -ŋ〕消失，主要元音鼻化：如「凳兒」〔 tə̃ɹ˥˩ 〕，「空兒」〔 kũɹ˥˩ 〕，「樣兒」〔 iãɹ˥˩ 〕，「名兒」〔 mĩɹ˧˥ 〕。不過，有時爲書寫及印刷排版方便起見，往往不用鼻化符號〔 ～ 〕，而保留原來的〔 -ŋ 〕，如「凳兒」〔 təŋɹ˥˩ 〕。

叄、連音變化

連音變化是很複雜的，我們這裡爲簡便起見，只介紹幾個明顯而常用的例子，其餘就從略不贅了。

一、上聲變調：

1. 前半上：上聲字跟陰平、陽平、去聲、輕聲的字連在一起時，前面的上聲字只讀了上聲調的前一半，而省去了抬高的後一半，這種因連音而起變化的上聲字，我們稱之為「前半上」，如「管家」「小盒」「努力」「嫂嫂」等是。

2. 後半上：上聲字跟上聲字相連，前面的上聲字，通常只讀上聲調的後一半，它的調值和陽平相似，這種因連音而起變化的上聲字，我們稱之為「後半上」，如「米粉」「好馬」「小姐」等。至於多音節的上聲字連音，就得看句子本身的組合情況來決定它的變調了，不過無論怎麼變，總不外乎是「後半上」的調子和「全上」的調子結合，如「我跑五百里」，有些人把前四字都變成「後半上」，但也有些人只把「我」和「五百」變成「後半上」的。

二、「一七八不」的變調：

1. 「一」：

a. 「一」字在數數的時候是陰平，如：「一、二、三……」讀作〔 i˥ ɚ˄˅ san˥ ……〕；「一」是複音詞的後一個字時是陰平，如「第一」〔 ti˅ i˥ 〕，「唯一」〔 uei˧˥ i˥ 〕等是。

b. 「一」字和陰平、陽平、上聲的字連接時，讀去聲調，如「一張」〔 i˅ tʂaŋ˥ 〕，「一條」〔 i˅ t'iau˧˥〕，「一把」〔 i˅ pa˨˩˦〕。

c.　「一」字和去聲字連接時，讀陽平調，如「一塊」〔 i˧˥ k'uai˥˩ 〕，「一定」〔 i˧˥ tiŋ˥˩ 〕，「一個」〔 i˧˥ kɤ˥˩ 〕。

2.　「七八」：

a.　「七八」二字通常都是讀陰平調，如數數的時候是「七、八、九、十」〔 tɕ'i˥ pa˥ tɕiou˨˩˦ ʂï˧˥ 〕；是複音詞的的後一個字時也是陰平，如「第八」〔 ti˥˩ pa˥ 〕，「老八」〔 lau˨˩˦ pa˥ 〕等是。

b.　「七八」二字和去聲字連接時，變爲陽平調，如「七個」〔 tɕ'i˧˥ kɤ˥˩ 〕，「八架」〔 pa˧˥ tɕia˥˩ 〕等是。不過，也有很多北平人是依然讀陰平的，所以「七八」兩個字的連音是可以變調也可以不變調的。

3.　「不」：

a.　「不」字通常是讀去聲調，如「不來」〔 pu˥˩ lai˧˥ 〕，「不好」〔 pu˥˩ xau˨˩˦ 〕。

b.　「不」和去聲字相連時，則要變爲陽平調，如「不去」〔 pu˧˥ tɕ'y˥˩ 〕，「不夠」〔 pu˧˥ kou˥˩ 〕等是。

三、二字合音的變化：

北平人有二字合音的讀法，即把兩個字的音節合爲一個字的單音來讀，茲舉例如下：

1.　「甭」：是「不用」二字的合音，讀作〔 pəŋ˧˥ 〕，〔 pu˧˥ 〕省去了〔 -u 〕，〔 yuŋ˥˩ 〕省去了〔 y 〕，〔-uŋ〕循雙唇聲母拼音的習慣而變成了〔 -əŋ 〕，調子用「不」字的陽平調而成〔 pəŋ ˧˥ 〕。

2. 「這一」的合音：讀作〔 tʂei ˥˩ 〕，如「這一個人」讀成〔 tʂei ˥˩ kɤ ˥˩ ʐən ˧˥ 〕，「這」〔 tʂɤ ˥˩ 〕字的韻母〔 -ɤ 〕在連音時有了變化。

3. 「那一」的合音：讀作〔 nei ˥˩ 〕，如「那一個人」讀成〔 nei ˥˩ kɤ ˥˩ ʐən ˧˥ 〕，「那」〔 na ˥˩ 〕字的韻母〔 -a 〕在連音時有了變化。

4. 「哪一」的合音：讀作〔 nei ˨˩˦ 〕，如「哪一個？」讀成〔 nei ˨˩˦ kɤ ˥˩ ？〕，「哪」〔 na ˨˩˦ 〕字的韻母在連音時有了變化。

以上「這」的韻母〔 -ɤ 〕和「那、哪」的韻母〔 -a 〕都變爲〔 -e 〕，是因爲受了前高元音〔 i 〕的影響所致的。

第四章　方言音

第一節　方言概述

壹、我國的語言

我國因疆土廣大，人口衆多，種族複雜，所以境內的語言，種類極多。如果我們粗略地把它分成幾個大類，則有阿爾泰語族、南島語族、南亞語族、印歐語族、漢藏語族等五大類。在五大語族當中，以人數來計算，在我國境內的，以漢藏語族的人口最多，漢藏語族當中，可分爲漢語系、洞台語系、苗傜語系、藏緬語系等四大系，在四系語言中，因爲以漢人爲最多，所以在我國最大的一系語言，使用的人口最多的就是漢語，其餘各大語族或漢藏語族中漢語以外的各大語系，都是邊疆地區的語言，使用的人口不多，而且本書主要是探討漢語音韻，所以漢語以外的語系就從略不論了。

貳、漢語方言的種類

一、北方官話：凡淮河及終南山以北，到長城一帶，關外的東北地區等是北方官話的分布地區。

二、西南官話：凡四川、雲南、貴州及湖北的大部分地區，湖南的西部，廣西的一小部分是它分布的區域。

三、江淮官話：或稱「下江官話」，分布於安徽中部、江蘇北部，以及湖北和江西的一小部分地區。

四、吳語：江蘇的長江以南地區，跟浙江的大部分地區都是吳語的分布地區，其中以常州、蘇州、上海、杭州、嘉興、湖州、寧波、紹興、嚴州諸地爲純粹的吳語區域；到衢州、處州、溫州等處，則變化甚大，是吳語的邊區語言了。

五、客語：凡江西南部、廣東東部爲主要分布地區，其他如福建南部、湖南、廣西、四川、臺灣也各有一小部分，海外則新加坡、馬來亞、沙巴、砂勝越、汶萊、越南、泰國、高棉等地也都有一些華僑分布於各處。

六、贛語：分布於江西贛江流域、湖北東南及福建西北的邊境一帶。

七、閩北語：以福州爲中心，遍布於閩江流域及三都澳沿岸一帶地區。

八、閩南語：分布於福建的厦門、漳州、泉州、廣東的潮州、汕頭一帶，外及於臺灣、海南島與中南半島、菲律賓、星馬、婆羅州、印尼等地。

九、粵語：分布於廣東、廣西及海外的星馬、港澳、中南半島與南洋各地、美洲的舊金山、夏威夷也散布着很多華僑。

十、湘語：分布於湖南省的湘江、資水及沅江流域等地區。

叁、漢語各類方言的特質

一、北方官話

中古濁塞音、濁塞擦音、濁擦音到現代的北方官話中都變爲清音；聲調大體上是分陰平、陽平、上聲、去聲四個；中古的入聲調已分別被派入陰平、陽平、上聲、去聲中去了。

二、西南官話

跟北方官話的不同點是：

1.［əŋ］跟［ən］不分，如「徵」往往讀作「眞」。［iŋ］跟［in］也不分，如「驚」往往讀作「斤」。

2.自金沙江、泯江流域，以至四川的嘉陵江以上，都分陰平、陽平、上聲、去聲、入聲五個調；湖北東部有分陰平、陽平、上聲、陰去、陽去、入聲等六個調的；其他地區的聲調則與北方官話一樣只分陰、陽、上、去四個調，但它們的入聲是一律讀爲陽平的，與北方官話中的「入派三聲」不同。

三、江淮官話

與北方官話的不同點是：

1.［əŋ］與［ən］不分，［iŋ］與［in］也不分，如「根」往往讀成［kəŋ］，「巾」往往讀成［tɕiŋ］。

2.聲調在有些地區是陰、陽、上、去、入五個，但有些地區是陰平、陽平、上、陰去、陽去、入六個的；所有的入聲都收喉塞音［ ? ］的韻尾。

四、吳 語

吳語的特點是：

1. 保留了中古的濁塞音、濁塞擦音和濁擦音，而這些濁音都是送氣的讀法。

2. 聲調分陰平、陽平、上聲、陰去、陽去、陰入、陽入七個，有些地方甚至連上聲調也分陰陽的。入聲字都收喉塞音［ ʔ ］的韻尾。

五、客 語

客語之特點是：

1. 中古的濁塞音、濁塞擦音、濁擦音都變作清音，且濁塞音和濁塞擦音不論平聲仄聲都一律變作送氣的清音，如「停」和「定」的聲母都是［ t'- ］。

2. 舒聲韻還保留了雙唇鼻音的韻尾［ -m ］，如「金」「甘」［ kim ］［ kam ］等是。

3. 入聲韻還保留了中古［ -p ］［ -t ］［ -k ］的韻尾，如「鴿」「日」「錫」［ kap ］［ ȵit ］［ siak ］等是。

4. 聲調大致是分陰平、陽平、上聲、去聲、陰入、陽入六個，但有些地區把去聲也分成陰去、陽去的。

六、贛　語

這一類語言的特點大體與客語相似，惟在北部鄱陽湖一帶，常有把送氣清音讀成濁音的傾向。

七、閩北語

其特點爲：

1. 中古舌上音「知、徹、澄」都讀作舌尖塞音［t］［t′］。
2. 中古濁塞音、濁塞擦音、濁擦音都變不送氣清音。
3. 有些地方的脣齒擦音及鼻音還讀作雙脣塞音及鼻音。
4. 中古舒聲韻的［-m］［-n］［-ŋ］三種韻尾在閩北語中，往往都混爲一個［-ŋ］的韻尾。入聲韻也只有舌根塞音［-k］的韻尾，有時這個［-k］也變作喉塞音［-ʔ］的韻尾。
5. 聲調分陰平、陽平、上聲、陰去、陽去、陰入、陽入七個。

八、閩南語

其特點爲：

1. 中古舌上音「知、徹、澄」三母的字都讀舌尖音［t］［t′］；脣齒擦音都讀作雙脣塞音［p］［p′］；中古的雙脣鼻音［m］當作聲母的，在閩南語中讀雙脣不送氣濁塞音［b］。

2.中古的濁塞音、濁塞擦音、濁擦音除［b-］以代替中古的［m-］外，其餘一概變爲清音。

3.舒聲韻的韻尾［-m］［-n］［-ŋ］俱全，入聲韻則除了［-p］［-t］［-k］三種韻尾外，有時也有喉塞音［ʔ］的韻尾。

4.四聲都有鼻化的元音；聲調大致都是七個，上聲不分陰陽。

九、粵　語

其特點爲：

1.舒聲韻的韻尾［-m］［-n］［-ŋ］三者俱全；入聲韻也具有［-p］［-t］［-k］三種韻尾。

2.聲調多達九個，四聲各分陰陽，入聲韻的陰入，又因長短元音之不同而分成「上陰入」與「下陰入」兩個調。

十、湘　語

其特點爲：

1.中古濁塞音、濁塞擦音、濁擦音在湘語的有些地區中，還保留着全濁的成分，有些地區則顯示其在不久之前還是濁音。

2.入聲仍然保留；聲調有七個，也有六個的，通常以六個調的地區爲多，如果是六個調的話，就是上聲、入聲不分陰陽；如果是七個調的話，則只有上聲不分陰陽。

第二節　幾個方言點的聲韻舉例

在前節所述的十種現代漢語方言當中，因為分布的面十分廣大，而且細分起來，實在不止十類。本書因為限於篇幅，而且不是專門在研究漢語方言，所以下面我們只提出幾個有代表性的「方言點」，作舉例性的介紹。在十大方言當中，最有助於我們研究古音的，是官話、吳語、客語、閩北語、閩南語、粵語等六大類，六類中我們選取的「方言點」是北平、蘇州、梅縣、福州、廈門、廣州等六種方言，北平話我們在第三章「國語音」中已有詳細的介紹，本章不再重複，下面是五個「方言點」的聲韻調的介紹和舉例：

壹、蘇州方言

一、聲　母：

[p]（邊布百）　[p′]（鋪普潑）　[b′]（蒲步薄）
[m]（矛母莫）　[f]（方風福）　[v]（文武復）
[t]（多帝得）　[t′]（湯吐託）　[d′]（堂地特）
[n]（奴內諾）　[l]（良里烈）　[ts]（資借作）
[ts′]（倉親測）　[s]（蘇先速）　[z]（情從俗）
[tɕ]（九軍吉）　[tɕ′]（區起乞）　[dʑ]（其巨局）
[ȵ]（牛年玉）　[ɕ]（希香蓄）　[k]（姑過各）

[k′]（口可客）	[g′]（跪狂共）	[ŋ]（俄傲額）
[h]（花海黑）	[ɦ]（胡形滑）	[○]（衣羊翼）

二、韻母

[ɿ][ʮ]（資之豬）	[i]（妻西耳）	[u]（波多過）
[y]（魚居巨）	[ɒ]（介帶家）	[iɒ]（諧邪謝）
[uɒ]（懷怪壞）	[æ]（早刀好）	[iæ]（蕭小弔）
[e]（來蘭三）	[ie]（兼田先）	[ue]（規回關）
[o]（花奢罵）	[io]（靴）	[uo]（夥卦蛙）
[ϕ]（寒安滿）	[iϕ]（圓眷權）	[uϕ]（官寬換）
[Y]（走州謀）	[iY]（九有幼）	[ən]（跟本登）
[in]（今新玲）	[uən]（困袞昆）	[yən]（君云運）
[aŋ]（耕生盲）	[iaŋ]（羊獎亮）	[uaŋ]（橫）
[ɒŋ]（浪當岡）	[uɒŋ]（黃光廣）	[oŋ]（東從翁）
[ioŋ]（雄用兄）	[ɒʔ]（白格赤）	[iɒʔ]（卻脚）
[aʔ]（合瞎法）	[iaʔ]（甲洽夾）	[uaʔ]（括闊滑）
[ɣʔ]（黑鴿得）	[iɣʔ]（力接亦）	[uɣʔ]（國落忽）
[yɣʔ]（月越缺）	[ɔʔ]（毒谷足）	[iɔʔ]（玉曲覺）
[m̩]（姆）	[n̩]（唔）	[ŋ̩]（五魚）

三、聲調

（44）陰平（東風空）	（24）陽平（同隆寒）
（41）上聲（總並馬）	（513）陰去（背快凍）

(31)陽去(隊畫賣)　　(4)陰入(滴谷尺)
(23)陽入(敵及力)

貳、梅縣方言

一、聲　母：

[p](幫兵北)　[p′](普平白)　[m](眉望莫)
[f](方花護)　[v](萬鑊屋)　[t](當冬德)
[t′](湯啼讀)　[n](那奴農)　[l](來林力)
[ts](精張脂)　[ts′](車助釵)　[s](時生絲)
[ȵ](巖倪捏)　[k](古格過)　[k′](起奇跪)
[ŋ](牙俄呆)　[h](河荒希)　[○](因衣羊)

二、韻　母

[ɿ](私詩)　[i](美機)　[u](姑都)
[a](巴花)　[ɔ](火河)　[ɛ](細)
[iu](幽求)　[ia](借遮)　[ui](歸鬼)
[ua](卦寡)　[uɔ](果過)　[ai](懷哉)
[uai](怪乖)　[ɔi](茱稅)　[au](交好)
[iau](妖小)　[eu](狗搜)　[am](監三)
[iam](念檢)　[im](林心)　[an](間藍)
[uan](彎慣)　[ɔn](寒專)　[uɔn](端亂)
[en](根生)　[ien](田線)　[in](眞蒸)

[un]（倫袞） [iun]（永準） [aŋ]（生硬）
[iaŋ]（病頸） [ɔŋ]（唐江） [iɔŋ]（鄉養）
[uɔŋ]（廣光） [uŋ]（東雙） [iuŋ]（隆松）
[ip]（急立） [ap]（甲盒） [iap]（業葉）
[at]（沒達） [uat]（括滑） [ɔt]（葛刷）
[et]（責克） [iet]（越厥） [uet]（國或）
[it]（一必） [ut]（骨忽） [iut]（悅屈）
[ak]（隻格） [iak]（壁逆） [ɔk]（學捉）
[iɔk]（卻藥） [uɔk]（郭落） [uk]（谷木）
[iuk]（菊欲） [m̩]（嘸） [ŋ̍]（五蜈）

三、聲　調

（44）陰平（東光） （12）陽平（聊黃）
（31）上聲（好董） （42）去聲（帝漢）
（21）陰入（篤的） （ 4 ）陽入（毒敵）

叁、福州方言

一、聲　母

[p]（幫平） [p′]（飛鋪） [m]（明尾）
[t]（丁啼） [t′]（透抽） [n]（日奴）
[l]（柳梨） [ts]（莊精） [ts′]（清車）
[s]（詩蘇） [k]（溝羣） [k′]（開敲）

[ŋ]（傲瓦）	[h]（希花）	[○]（因延）

二、韻 母：

[i]（機飛）	[u]（姑粗）	[iu]（久秋）
[y]（書許）	[a]（蝦炒）	[ia]（額寧）
[ua]（華卦）	[ɔ]（褒高）	[iɔ]（厨綠）
[uɔ]（課補）	[e]（排你）	[ie]（世啓）
[ai]（開皆）	[uai]（怪快）	[ɔi]（對雷）
[uɔi]（外貝）	[ei]（被器）	[ay]（豆內）
[œy]（處住）	[au]（交巧）	[ou]（度富）
[eu]（浮口）	[ieu]（嬌聊）	[aŋ]（寒柄）
[iaŋ]（病命）	[uaŋ]（橫還）	[ieŋ]（先念）
[ɔŋ]（端算）	[iɔŋ]（唱建）	[uɔŋ]（光送）
[iŋ]（金經）	[uŋ]（公魂）	[yŋ]（宮允）
[œŋ]（雙冬）	[aiŋ]（冷硬）	[eiŋ]（陣性）
[auŋ]（很項）	[ouŋ]（訓江）	[ayŋ]（ 銃 ）
[œyŋ]（仲近）	[aˀ]（答八）	[uaˀ]（活闊）
[ieˀ]（業傑）	[iɔˀ]（卻說）	[uɔˀ]（忽國）
[iˀ]（逆侄）	[uˀ]（毒術）	[yˀ]（錄逐）
[œˀ]（六雹）	[aiˀ]（瑟刻）	[eiˀ]（橘失）
[auˀ]（各駁）	[ouˀ]（哭學）	[ayˀ]（ 殼 ）
[æyˀ]（菊乞）	[m̩]（ 嘸 ）	[ŋ̩]（口語用）

三、聲 調

(44)陰平(通歸)	(52)陽平(平郎)
(31)上聲(假桶)	(213)陰去(帝退)
(242)陽去(地洞)	(23)陰入(滴答)
(4)陽入(敵達)	

肆、廈門方言

一、聲 母

[p](幫部)	[p′](普芳)	[b](馬武)
[t](丁豆)	[t′](透湯)	[l](來南日)
[ts](情正)	[ts′](親春叉)	[s](蘇時疏)
[k](見其)	[k′](溪空)	[g](牛鵝)
[h](花反)	[○](烏以)	

中古「日」母字在廈門語的老派讀法是[dʑ],新派讀法是[l],甚而還有讀作[d]的,本書根據新派讀法以定其音位。

二、韻 母

[i](機兒)	[ui](對水)	[u](母厨)
[iu](酒州)	[a](家怕)	[ia](謝借)
[ua](歌)	[ɔ](姑布)	[o](課寶)

[e]（計牙）	[ue]（火瓜）	[ai]（介排）
[uai]（乖怪）	[au]（包膠）	[iau]（叫笑）
[am]（男甘）	[iam]（鹽念）	[im]（心枕）
[an]（限但）	[ian]（堅寬）	[uan]（般泉）
[in]（眞印）	[un]（軍倫）	[ɔŋ]（工光）
[iɔŋ]（陽弓）	[iŋ]（明幸）	[ap]（合甲）
[iap]（葉級）	[ip]（急執）	[at]（拔葛）
[uat]（越缺）	[iet]（熱結）	[it]（一密）
[ut]（忽律）	[ɔk]（國毒）	[iɔk]（藥菊）
[ik]（格伯）	[m̩]（「不敢」讀作[m̩ kan˨]）	[ŋ̩]（黃）

三、聲　調

（55）陰平（東湯）	（24）陽平（唐同）
（51）上聲（董廣）	（11）陰去（帝計）
（33）陽去（弄地）	（32）陰入（滴答）
（5）陽入（白毒）	

伍、廣州方言

一、聲　母

[p]（幫並）	[p′]（普平）	[m]（明文）
[f]（火快非）	[t]（端洞）	[t′]（通同）

[n]（南年）	[l]（來臨）	[tʃ]（則政）
[tʃ']（情楚）	[ʃ]（思常）	[j]（雨陰）
[k]（見近）	[k']（曲強）	[ŋ]（疑銀）
[h]（口何）	[kw]（光桂）	[k'w]（曠葵）
[w]（烏黃）		

二、韻　母

[i]（支衣）	[u]（烏姑）	[y]（書如）
[a]（霞沙）	[ua]（華瓜）	[ɔ]（楚河）
[uɔ]（果貨）	[e]（車者）	[ie]（夜野）
[œ]（靴）	[ui]（回恢）	[ai]（快賣）
[uai]（乖怪）	[ɐi]（泥揮）	[uɐi]（規桂）
[ɔi]（開才）	[ei]（幾飛）	[œy]（余舉）
[iœy]（稅銳）	[iu]（小叫）	[au]（茅包）
[ɐu]（求口）	[iɐu]（由幽）	[ou]（豪保）
[im]（鹽甜）	[am]（南談）	[ɐm]（金心）
[iam]（陰飲）	[in]（延展）	[un]（潘管）
[yn]（專損）	[an]（凡但）	[wan]（慣關）
[ɐn]（根巾）	[iɐn]（引人）	[wɐn]（坤君）
[ɔn]（寒干）	[œn]（春準）	[iœn]（閏俊）
[iŋ]（停命）	[uŋ]（東隆）	[iuŋ]（絡庸）
[aŋ]（行庚）	[waŋ]（橫）	[ɐŋ]（耕增）
[wɐŋ]（轟宏）	[ɔŋ]（唐幫）	[wɔŋ]（光黃）

[œŋ]（長窗） [iœŋ]（陽樣） [ip]（協接）
[ap]（夾答） [ɐp]（合急） [iɐp]（及入）
[it]（傑結） [ut]（撥末） [yt]（說越）
[at]（拔怯） [wat]（滑闊） [ɐt]（侄七）
[iɐt]（一日） [wɐt]（忽鬱） [ɔt]（葛喝）
[œt]（卒出） [ik]（益食） [uk]（穀木）
[iuk]（菊肉） [ak]（革摘） [wak]（ 劃 ）
[ɐk]（德則） [wɐk]（ 或 ） [ɔk]（學岳）
[wɔk]（國郭） [œk]（却掠） [iœk]（藥約）
[m̩]（ 唔 ） [ŋ̍]（用於口語）

三、聲　調

（55或53）陰平（幫東）　（21）陽平（明陵）
（35）陰上（桶酒）　（23）陽上（動並）
（33）陰去（帝計）　（22）陽去（地漏）
（5）上陰入（出汲）　（33）下陰入（迫倪）
（22或2）陽入（傑奪）

第三編　近代音與近古音

第五章　中原雅音(近代音)

元代的戲曲及元曲之後曾盛極民間的白話小說，都是用當時北方的標準口語寫的。所謂「標準口語」，即是說不受傳統韻書的字音之影響，純以口語爲據而來寫「話本」或「曲詞」。元朝的重要人物固爲蒙古人，但在當時的中國北方却自有一種一般作官人所通用的語言，而且是漢語，影響所及，北方的民間也都用這種語言，當時稱這種語言爲「中原雅音」或「中原雅聲」，或者有些人乾脆就稱之爲「官話」；又因現代的中國北方也有所謂「官話」，爲區別計，於是稱早期的北方話爲「早期官話」，這早期的官話，跟現代的北方官話頗相近似。茲舉出幾部韻書，分節討論如下。

第一節　中原音韻

壹、中原音韻的作者

中原音韻的作者周德清，字挺齋，元高安人，所著中原音韻一書，完成於泰定元年，歲次甲子（1324）；氏精通音律，長於分析字音，所撰除「中原音韻」以外，別有「中原音韻正語作詞起例」，書與「中原音韻」同時編成，其後再加以修改增訂，其中平聲原分「陰」「陽」「陰陽」三類，增訂時自覺字音不屬陰，必屬陽，未有旣陰又兼陽者，故修改爲「陰」「陽」二類。至「中原音韻」則雖謂爲製曲而作，然係以當時北方口語爲據的，在音韻學史上是很有價值的。全書收錄了五六千字，依北曲的押韻及當時北方的口語訂定韻目爲十九個，而以平聲統上去，與傳統韻書之四聲各有獨立之韻目名稱者，迴乎不同。入聲雖獨列一處，然皆分別附於同音之平、上、去聲字中，以示在當時入聲字已分別派入「陰平」「陽平」「上聲」「去聲」中去了。

貳、十九韻韻目

一、東鍾	二、江陽	三、支思
四、齊微	五、魚模	六、皆來
七、眞文	八、寒山	九、桓歡
十、先天	十一、蕭豪	十二、歌戈
十三、家麻	十四、車遮	十五、庚青
十六、尤侯	十七、侵尋	十八、監咸
十九、廉纖		

叁、聲類之特質及音值之擬測

依「中原音韻」各韻的歸字來看，凡聲母相同之同韻字，必類聚在一起，據此以參證方言，而來擬測它們的聲母是很容易的。以全書的系統來看，大部的音都與北平的現代口語相近，因此可用今北平音爲基準，分析觀察其聲類，若其所舉例字以今北平音按之仍相合，則以北平音以定其聲母；若以北平按之而不相合，則須參證其他方言以訂定之，玆分述如下：

一、以中原音韻的歸字分類來看，其［p］［p′］［m］［f］；［t］［t′］［n］［l］諸母之字，與現代的北平音恰好相合，所以就以北平音的脣音和舌尖音來擬訂中原音韻的脣音聲母和舌尖音聲母。但脣音部分有一類字，如「忘、亡、微、維、無、蕪、罔、網、尾、亹、武、舞、刎、吻」等在北平音是與「王、圍、危、吾、梧、枉、往、委、猥、五、午、穩」等同爲「無聲母」字，而是以［u］介音起首的。也就是說，在北平話中「王亡」「圍微」「吾無」是無別的，可是在中原音韻却顯然有別，必須分成兩類，而現在的官話方言中（如成都方言、西安方言）「忘亡微維……」是［v］的聲母，而「王圍危……」是無聲母，因此我們就據分爲兩類的方言而定中原音韻也是［v］和［○］兩個聲母。

二、北平話的［tɕ］［tɕ′］［ɕ］三母所統轄的字音，在中原音韻是分作兩類的，如「將妻須」和「姜溪虛」在北平都讀作［tɕiaŋ］［tɕ′i］［ɕy］，可是在方言中「將妻須」是［ts］［ts′］［s］的細音，「姜溪虛」則是［k］［k′］［x］的細音，因此我們據方言以擬定中原音韻的［ts］［ts′］［s］和［k］［k′］［x］都還是可以跟細音結合的，北平話則不可與細音結合，而兩系均因顎化而混爲一途，成了今日國語中的［tɕ］［tɕ′］［ɕ］。

三、屬於中古「照系」二等及三等的字音和屬於「知系」的字音，我們也依據北平音擬定它們都是［tʂ］［tʂ′］［ʂ］；屬於中古「止攝」以外的「日」母字，我們也依北平音擬作［ʐ］。至於中原音韻把「梳疏」「書舒」；「楚礎」「杵楮」；「助」「注」等各分爲兩類，與北平音的合爲一類不同，我們認爲那是韻母的不同，而不是聲母的有異。至於說［tʂ］［tʂ′］［ʂ］［ʐ］是否可以與細音相配，則只須一聽度曲家的「上口音」❶，也就不言可喩了。

四、中原音韻的［ŋ］母字，有些已變無聲母，有些仍還存在，與國語之全部變無聲母者不同；正如北平有一部人讀「餓」爲［ŋɤ］，讀「疑」爲［i］是一樣的道理，不必斤斤於說［ŋ］母已完全消失抑或完全保存，須視各韻之實際分類而定。

五、玆據以上諸特質，擬測中原音韻之聲母如下：

---

❶ 今世唱崑曲或平劇者之「正音上口」，「知」讀爲［tʂi］，「朱」讀爲［tʂy］；「日」讀爲［ʐi］，「如」讀爲［ʐy］。

[p]（幫步）	[p′]（滂普）	[m]（模明）
[f]（方扶）	[v]（無亡）	[t]（對誕）
[t′]（痛同）	[n]（農能）	[l]（類靈）
[ts]（早阜）	[ts′]（妻曹）	[s]（相顙）
[tʂ]（衆狀）	[tʂ′]（寵蟲）	[ʂ]（上商）
[ʐ]（戎日）	[k]（具谷）	[k′]（可群）
[ŋ]（熬餓）	[x]（悔惑）	[〇]（翁危）

肆、韻類之特質及音值之擬測

一、北平音無［-m］韻尾，故中原音韻的「侵尋」「監咸」「廉纖」三韻字，在今北平音是與「眞文」「寒山」「先天」無別的，但在中原音韻當中必須分開。不過，中原音韻也不是保留了中古全部的［-m］尾字，實際上已有少數的［-m］尾字已變作［-n］尾了，如「帆凡」及「範泛范犯」等字已由中古的［-m］尾變爲中原音韻的［-n］尾而歸入「寒山」韻了。又「稟」在中古原也是收［-m］尾的，中原音韻已把它歸入收［-ŋ］尾的「庚青」韻去了。另有「品」在中古原也是收［-m］尾的，中原音韻則把它歸入到收［-n］尾的「眞文」韻中去了。於此可知當時［-m］尾與［-n］尾只有少數混同，大部仍是界限分明的。

二、今北平音與中原音韻彼此在韻母上的歸字之不同者，有以下數端：

1　北平音歸入［-əŋ］韻的，中原音韻却歸入「東鍾」韻❶：

a. ［p-］與［-əŋ］結合的字如「崩繃」等。

b. ［p'-］與［-əŋ］結合的字如「烹蓬彭捧」等。

c. ［m-］與［-əŋ］結合的字如「萌盲夢猛孟」等。

d. ［f-］與［-əŋ］結合的字如「風封逢馮」等。

e. ［x-］與［-əŋ］結合的字如「橫」。

2. 北平音歸入「捲舌韻」的，中原音韻則歸入「支思」韻：如「兒而爾耳二餌」等。

3. 北平音歸入［-ï］韻的，中原音韻則歸入「齊微」韻：如「癡知池直恥隻失日」等是。

4. 北平音歸入［-uo］［-ɤ］韻的，中原音韻却歸入「齊微」韻：如「惑劾賊德國墨勒」❷等。

5. 北平音歸入［-e］［-ua］［-uo］［-ɤ］韻的，中原音韻却歸入「皆來」韻：如「皆鞋帛澤畫策革客責索嚇則儕」等。

6. 北平音歸入［-uo］［-ɤ］韻的，中原音韻却歸入「蕭豪」韻：如「濁鐸縛鶴鑊芍捉斫爍託郭朔剝各綽諾落弱」等。

---

❶ 「崩烹盲萌橫孟」中原音韻同時又歸入「庚青」韻。

❷ 北平「賊勒」有讀音，語音之異，讀音入［-ɤ］韻，語音則入［-ei］韻。

7. 北平音歸入［-ye］韻的，中原音韻却歸入「蕭豪」韻：如「爵岳略掠學」❶等。

8. 北平音歸入［-ua］韻的，中原音韻却歸入「歌戈」韻：如「聒括」❷。

9. 北平音歸入［-ɣ］韻的，中原音韻却歸入「車遮」韻❸：如「奢車遮蛇折者捨惹拙轍哲設說舍」等是。

10. 北平音歸入［-u］韻的，中原音韻却歸入「尤侯」韻：如「逐竹燭宿」等是。

三、玆據以上諸特質擬測中原音韻之韻母如下：

1. 東鍾：［-uŋ］［-yuŋ］。
2. 江陽：［-aŋ］［-iaŋ］［-uaŋ］。
3. 支思：［-ï］。
4. 齊微：［-i］［-ei］［-uei］。
5. 魚模：［-y］［-u］。
6. 皆來：［-ai］［-uai］。
7. 眞文：［-ən］［-in］［-uən］［-yn］。
8. 寒山：［-an］［-ian］［-uan］。
9. 桓歡：［-uœn］。

---

❶ 「學」字中原音韻又歸「歌戈」韻。

❷ 「括」字北平音又讀［k'uo˩］。

❸ 中原音韻的「車遮」韻是［-e］［-ie］韻，這些字在北平却讀［-ɣ］韻。

10. 先天：[-iɛn] [-yɛn]。
11. 蕭豪：[-au] [-ɑu] [-iau]。
12. 歌戈：[-o] [-io] [-uo]。
13. 家痲：[-a] [-ia] [-ua]。
14. 車遮：[-e] [-ie] [-ye]。
15. 庚青：[-əŋ] [-iŋ] [-uəŋ] [-yəŋ]。
16. 尤侯：[-ou] [-iou]。
17. 侵尋：[-əm] [-im]。
18. 監咸：[-am]。
19. 廉纖：[-iɛm]。

伍、中原音韻之四聲歸字與今北平音聲調之比較

一、中原音韻與今北平音的入聲韻都已消失，而分別變爲不同的陰聲韻，因此在聲調方面來說，中原音韻和北平音都是沒有「入聲調」的，凡入聲調的字，都分派到陰平、陽平、上聲、去聲四個聲調中去了。但同一個字，中原音韻所歸的調與北平音所歸的調未必相同，這是因爲在時間上先後差了六百餘年的語言應有的差異，玆以它們在四聲歸字上之不同者分別列述如下：

1. 中原音韻歸入上聲而北平音却歸入去聲的：如「瑟澀塞炙赤拭室釋飾鯽訖泣必僻不復酷畜黜促速縮沃兀刻仄側策嚇撮榻颯薩歿恰切怯泄浙澈攝宿」等是。

2. 中原音韻歸入上聲而北平音却歸入陽平的：如

「吉昔德福足隔責則閣琢覺爵掇扎察答結節決哲折竹燭」等是。

3. 中原音韻歸入上聲而北平音却歸入陰平的：如「隻織濕失七吸撲督禿哭出屋郭捉割鴿鉢潑括脫託塌揷殺發八搭瞎缺歇說粥」等是。

4. 中原音韻歸入陽平而北平音却歸入去聲的：如「夕惑述術續鶴鑊」等是。

5. 中原音韻歸入陽平而北平音却歸入陰平的：如「伐逼鶴」等。

二、中原音韻入聲調的字，以歸入上聲的爲最多，而在現代的北平話當中却大部變到其他聲調中去了；中原音韻入聲調的字讀作陰平的根本沒有；但現在的北平話中，讀陰平的入聲字却很多。入聲字在北平話中變爲陰平，大約是近百年的事。

第二節　中原音韻以外的韻書和韻圖

壹、中州音韻

「中州音韻」是「中州樂府音韻類編」的簡稱。此書爲元卓從之所作，其顯於世在元至正辛卯年（1351），比泰定甲子年（ 1324 ）中原音韻成書的時間晚了二十六年多。此書規範可以說完全是沿襲周氏的中原音韻而來的，唯一不同的是平聲之下旣分「陰」「陽」又多出「陰陽」一類，如

「江陽」韻平聲的三類是：

陰：姜邦雙章商漿莊岡桑康光當。

陽：忙良穰忘娘郎航囊昂。

陰陽：腔牀香降鎊傍腔強鴦陽方防昌長湯唐湘詳槍牆匡狂倉藏荒黄。

觀上列平聲所分的三個類，可知其第三類是混「陰平」「陽平」於一爐的一個類，實際語言還只是「陰平」「陽平」二類而已。周德清的「中原音韻正語作詞起例」有一條說：

中原音韻的本內，平聲陰如此字，陽如此字。蕭存存欲鋟梓以啓後學，值其早逝。泰定甲子以後，嘗寫數十本，散之江湖，其韻內平聲陰如此字，陽如此字，陰陽如此字 。夫一字不屬陰則屬陽，豈有一字而屬陰又屬陽也哉 ？ 此蓋傳寫之謬，今旣的本刊行，或有得余墨本者，幸無譏其前後不一。

以此語觀之，知當時有把平聲分爲三類的韻書行世，卓從之不察，也就因襲而不改正，其實分三類是毫無道理可說的。

貳、韻略易通

此書簡稱「韻略」，明楊林人蘭茂字廷秀所撰，蘭氏潛心理道，淹通經史術數，嘗從尚書王驥征麓川，佐以方略，乃獲成功，著有「元壺集」「鑑例折衷」「經史餘論」「聲律發蒙」等書，「韻略易通」蓋其餘學也。其內容如下：

一、全書分二十韻：

1. 東洪　2. 江陽　3. 眞文　4. 山寒

5. 端桓　6. 先全　7. 庚晴　8. 侵尋

9. 緘咸　10. 廉纖　11. 支辭　12. 西微

13. 居魚　14. 呼模　15. 皆來　16. 蕭豪

17. 戈何　18. 家麻　19. 遮蛇　20. 幽樓

二、分中原音韻的「魚模」韻爲「居魚」「呼模」兩韻，可見當時的實際語音［-y］和［-u］已不能押韻了。此書除深受中原音韻之影響以外，又受「洪武正韻」❶之影響，故有許多地方是與當時北方的實際語音不合的。

三、有「入聲韻」，「平、上、去、入」四聲，平聲分陰陽，實際是五個調，其入聲韻附於陽聲韻內，受洪武正韻及傳統韻書之影響，不能吻合當時北方語音的「入派三聲」，這是與實際語音最不相合的一點。

四、其聲母是二十類，用「早梅詩」一首來代表，詩云：

　　東風破早梅，向暖一枝開，冰雪無人見，春從天上來。

若配以音標，按發音部位以分類，可排列爲：

［p］（冰）　［p'］（破）　［m］（梅）

❶ 見本書第六章第三節第壹小節之說明。

[f]（風）　[v]（無）　[t]（東）
[t']（天）　[n]（暖）　[l]（來）
[ts]（早）　[ts']（從）　[s]（雪）
[tʂ]（枝）　[tʂ']（春）　[ʂ]（上）
[ʐ]（人）　[k]（見）　[k']（開）
[x]（向）　[○]（一）

叁、韻略滙通

明崇禎間，山東掖縣畢拱辰所作，據其自序所言，知是改訂蘭茂的「韻略易通」而成的，其內容大體與蘭氏之作相似，其少異處如下述：

一、[-uŋ] 與 [-uəŋ]，[-yuŋ] 與 [yəŋ] 已顯示混淆，這可從畢氏改蘭氏「東洪」與「庚晴」二韻的歸字看出來。

二、[-uan] 與 [-uœn]已顯示合併為 [-uan]，這可從畢氏把蘭氏的「端桓」「山寒」二韻合併為一個「山寒」韻看出來。

三、[-m] 韻尾已變為 [-n] 韻尾，這可從畢氏併大部分的蘭氏「緘咸」韻字入「山寒」韻，又併小部分的齊齒呼字入「先全」韻；而併全部「廉纖」韻字入「先全」韻；併「侵尋」韻字入「真文」韻，而改韻目名稱為「真侵」等諸事看出其變遷之痕跡。

四、[-i] 與 [-y] 合為一韻，可從畢氏分蘭氏「西微」韻中之［-i］韻母字入「居魚」韻看出此一變化。至「西微」韻中原爲［-ei］韻母之字，則獨立而改名「灰微」韻。

五、入聲韻［-p］［-t］［-k］韻尾的系統已形混亂，可能已完全如吳語而一律收喉塞音［-ʔ］韻尾了。這種現象可從其「入聲韻」與「陽聲韻」相承而非蘭氏之舊觀一事觀察出來。

六、聲調方面，其平聲分「上平」及「下平」兩類，「上平」即中原音韻的「平聲陰」；「下平」即中原音韻的「平聲陽」。

肆、五方元音

五方元音爲清初堯山樊騰鳳所作，樊字凌虛。所作「五方元音」與「韻略易通」「韻略滙通」是同一系的書，不過韻類改訂得更少了，兹約略記其內容如下：

一、全書分十二韻，每韻以一字代表，用十種動物（包括人）爲稱，外加「天地」以成十二之數，其韻目爲：

1. 天：［-an］（干談）［-ian］（堅甜）［-uan］（官端）［-yan］（涓全）。
2. 人：［-ən］（根門）［-in］（賓侵）［-un］（昆溫）［-yn］（君尋）。
3. 龍：［-əŋ］（登增）［-iŋ］（兵丁）［-uŋ］（工風）［-yuŋ］（弓窮）。

4. 羊：[-aŋ]（岡唐）[-iaŋ]（江央）[-uaŋ]（光汪）。

5. 牛：[-ou]（鉤頭）[-iou]（鳩幽）。

6. 獒：[-au]（高刀）[-iau]（交標）。

7. 虎：[-u]（孤模）。

8. 駝：[-o]（歌何）[-io]（角岳）[-uo]（鍋火）。

9. 蛇：[-e]（徹舌）[-ie]（結嗟）[-ue]（叕吶）[-ye]（月說）。

10. 馬：[-a]（把巴）[-ia]（加牙）[-ua]（瓜話）。

11. 豺：[-ai]（該災）[-iai]（皆挨）[-uai]（乖懷）。

12. 地：[-ï]（知思）[-i]（飢西）[-ei]（悲眉）[-uei]（推灰）[-y]（居須）。

二、聲母方面只比蘭廷秀「早梅詩」少一個「無」[v-]，大約在樊氏的口語感覺，[v-]母已變爲無聲母[○]了。玆列其二十字母及擬測之音值如下：

[p]（梆）　[p′]（匏）　[m]（木）
[f]（風）　[t]（斗）　[t′]（土）
[n]（鳥）　[l]（雷）　[tʂ]（竹）
[tʂ′]（蟲）　[ʂ]（石）　[ʐ]（日）
[ts]（剪）　[ts′]（鵲）　[s]（系）

［y］（雲）　［k］（金）　［k′］（橋）

［x］（火）　［u］（蛙）

二十聲母中「雲」「蛙」兩母事實上是兩個韻頭不同的「無聲母」，而［-y］［-u］以外的無聲母字則爲樊氏所忽略，這是因爲樊氏受「早梅詩」的「二十」字母所影響，他雖改訂了字母內容，却未改「二十」的數目，這是他的不密之處。

三、聲調方面與「韻略滙通」相同；入聲韻則是分配在陰聲韻及陽聲韻兩邊的，這可能與實際的口語又不相合了。

伍、明顯四聲等韻圖❶

此書作者無考,是附在康熙字典前面的一個韻圖,玆略述述其內容如下：

一、全書分十二攝，大致與「五方元音」的十二韻相當，各攝皆以「開、齊、合、撮」分爲一、二、三、四等，其十二攝之名稱及所擬測之音值爲：

1. 迦攝：［-a］，開齊合撮四等俱全。
2. 結攝：［-e］，開齊合撮四等俱全。
3. 岡攝：［-aŋ］，開齊合撮四等俱全。
4. 庚攝：［-əŋ］［-iŋ］［-uŋ］［-yuŋ］，四等俱

❶ 參看拙著「明顯四聲等韻圖之研究」一文（在國立臺灣師範大學國文研究所出版慶祝高仲華先生六秩誕辰論文集中）。

全。

5. 械攝：〔-ei〕〔-i〕〔-ï〕〔-u〕〔-y〕二等部分容納兩個韻母，四等俱全。

6. 高攝：〔-au〕，只有開齊兩等，三四等無。

7. 該攝：〔-ai〕，四等俱全。

8. 傀攝：〔-ei〕，四等俱全，一等與「械」攝相同。

9. 根攝：〔-ən〕〔-in〕〔-un〕〔-yn〕，四等俱全，唯主要元音不同耳。

10. 干攝：〔-an〕，四等俱全。

11. 鉤攝：〔-ou〕；只有開齊兩等，四等無，三等若干輕脣音字應歸入一等，因受傳統韻圖之影響而排入三等者。

12. 歌攝：〔-o〕，四等俱全。

二、圖中聲母是襲用宋元等韻圖的三十六字母的，但據本書作者在「明顯四聲等韻圖之研究」一文中考定，其聲母與中原音韻無異，這是從圖中的「照系」字與「知系」字混雜不分，「照二」與「照三」不分等現象看出來的。在清濁方面也是濁塞音、濁塞擦音已全部消失，這可從圖中把全濁音字歸到清音中去的現象看出來❶。

---

❶ 參見拙著「明顯四聲等韻圖之研究」聲母研究部分。

三、聲調是分平上去入四聲的，這可能與當時的實際口語不合，但圖中已有入聲字混入「舒聲韻」中去，且單獨列出的入聲字是歸入陰聲韻的圖中的，字的周圍畫上圓圈，與舒聲韻字之不加圓圈迥乎有異，可見作者一面想以口語爲準來編排字音，一面又不能擺脫傳統等韻圖的影響，所以有很多不倫的現象。

陸、西儒耳目資

這是西方傳教士所作的一部書，編撰方法完全不同乎前述諸書，故放在這一節的末後來介紹。作者金尼閣（Nicolas Trigault），書成於明代天啟六年（1626），用羅馬字以拼成我國字音，內容是屬於「早期官話」系統的語音，金氏稱聲母爲「字父」，稱韻母爲「字母」，字父二十個，字母五十個，另外加上五個符號是標注「清」「濁」「上」「去」「入」五個聲調用的，金氏所稱的「清」是「陰平」，「濁」是「陽平」。其拼音方法則觀其字子字母切法也就可知了。

一、其「字子四品切法」云：

1. 本父本母切：例如以「黑」［h］「藥」［iǒ］兩字切「學」［hiǒ］字，父母相合，不必減首減末，見西字（羅馬字）自明。

2. 本父同母切：例如以「黑」［h］「略」［liǒ］兩字切「學」［hiǒ］字，必先減去同母「略」字起首之［l-］。

3. 同父本母切：例如以「下」［hiá］「藥」［iǒ］兩字切「學」［hiǒ］字，必須減去同父「下」字末尾之［-iá］。

4. 同父同母切：例如以「下」［hiá］「略」［liǒ］兩字切「學」［hiǒ］字，必須減去同父「下」字末尾之［-iá］及同母「略」字起首之［l-］。

二、其「字母四品切法」云：

1. 代父代母切：字母有二字自鳴，以首字爲父，以末字爲母；有三字或四字者，以首字爲父，以餘字爲母。但代父因係自鳴實不是父，故曰代父；後字雖是本母，但因不是本字之母，故曰代母。例如「藥」［iǒ］以「衣」［i］爲代父，以「惡」［ǒ］爲代母；「埃」［iāi］字以「衣」［i］爲代父，以「哀」［āi］爲代母；「遠」［iuèn］字以「衣」［i］字爲代父，以「穩」［uèn］字爲代母。

2. 代父同代母切：例如以「衣」［i］「褐」［hǒ］二字切「藥」［iǒ］字，須減去代母「褐」［hǒ］字起首之［h-］。

3. 同代父代母切：例如以「堯」［iâo］「惡」［ǒ］兩字切「藥」［iǒ］字，須減去同代父「堯」字末尾之［-âo］。

4. 同代父同代母切：例如以「堯」［iâo］「褐」［hǒ］兩字切「藥」［iǒ］字，須減去同代父「堯」字末尾之［-âo］及同代母「褐」字起首之［h-］。

三、其聲調符號是：

清［-］　　濁［^］　　上［、］　　去［ˏ］

入［ˇ］

四、其羅馬字母之讀法及用法與今世所通行之羅馬字母相同，其切字法必舉出兩個漢字以拼一字之音，是怕初學的人適應於切語用法而不習慣於羅馬字之用法，同時亦可用此法使初學者見漢字而可讀出字母之音，然後分析聲、韻、調，終而至於運用自如。

第六章 近古音

自廣韻以後的韻書看來，韻的數目有漸形減少的趨勢，韻的數目減少，即是韻的內容因歸併而擴大，這種現象在廣韻之後的「集韻」已可看出，其中注明「文」與「欣」通，「吻」與「隱」通，「問」與「焮」通，「勿」（即物）與「迄」通，「隊」與「代」「廢」通，「鹽」與「沾」（即添）「嚴」通，「琰」與「忝」「儼」通，「豔」與「栝」（即栝）「驗」（即釅）通，「葉」與「帖」「業」 通 ，「咸」與「銜」「凡」通，「豏」與「檻」「范」通，「陷」與「鑒」（即鑒）「梵」通，「洽」與「狎」「乏」通等。雖其韻的數目仍爲 206 ，但實際上已作歸併,減少的打算了。當時既然有所謂「獨用」「同用」的規定，自然也就有人乾脆把同用的韻合併起來。依照「集韻」的「通用」例，可以把 206 韻省併爲 108 個韻，所以在宋淳祐十二年（ 1252 ）時，江北平水的劉淵就用省併之法而編成了一部「壬子新刊禮部韻略」，全書只 107 韻，比集韻「通用」的規定還少了一韻，那就是把去聲的「證」「嶝」兩韻歸併到「徑」韻去了。在與廣韻同時，本已有一部「禮部韻略」，與劉氏的「壬子新刊禮部韻略」不同，「禮部韻略」目多(206 韻），「壬子新刊禮部韻略」目少（ 107 韻），但二書前後暉映，正可看出省併之跡，而這些都是宋代自廣韻以下漸起變化的韻書。韻書內容之起變化，也說明了當時實際語言已漸與傳統韻書不合，這些是爲求詩文押韻貼切起見，而自然發生的一種語音變化現象。「集韻」之下有「五音集韻」、「詩韻」、「古今韻會」。直到明代的「洪武正韻」，雖說與早期官話相關，但受傳統韻書的影響更深，因此我們不能完全以編撰年代來看這本書所代表的時代性，甚至到清代的「音韻闡微」也都是代表「早期官話」與「切韻系韻書」之間的變遷之橋樑，因此我們把這幾部書列入這一章，作約略性的介紹。

第一節　禮部韻略、集韻

壹、禮部韻略

禮部韻略與廣韻同時頒行，據玉海所載：

> 景德四年（1007）龍圖待制戚綸等承詔詳定考試聲韻，綸等與殿中丞邱雍所定切韻同用獨用例，及新定條例參定。

由此可知，書中已開始有「同用」例注明了。廣韻與禮部韻略，可以說是同一書的繁簡二本，廣韻詳而禮韻略，廣韻收26194字，禮韻則只收了9590字，現存的禮韻有郭守正的重修本和毛晃的增修本，其與廣韻有以下幾點不同處：

一、廣韻「殷、桓」二韻，禮韻改爲「欣、歡」二韻。

二、廣韻「魂、仙」二韻，禮韻改爲「䰟、僊」，而

「魂、仙」二字各爲本韻之第二字。

三、廣韻「肴」韻，禮韻改爲「爻」韻；廣韻「儼」韻，禮韻改爲「广」韻；廣韻「号」韻，禮韻改爲「號」韻。

四、廣韻「映」韻，禮韻改爲「敬」韻；廣韻「物」韻，禮韻改爲「勿」韻；廣韻「鍩」韻，禮韻改爲「轄」韻；廣韻「怗」韻，禮韻改爲「帖」韻。

五、其「同用」「獨用」之例則尙與廣韻無異。其實時至廣韻，同用之現象已不能不有，與隋及唐初時期之分韻情況，已迥然不同了。

貳、集　韻

宋景祐四年（ 1037 ）詔宋祁、王詵等改修廣韻，丁度、李淑典領，改名「集韻」，所以集韻實在也是禮部韻略及廣韻之同一書的另一本子，只是詳略和分韻稍有差異而已，除此之外，就是集韻的「通用」例和廣韻的「同用」例有異了。

一、集韻與廣韻之內容差異爲：

1. 集韻有平聲四卷，上去入聲各一卷，收 53525 字，比廣韻多 27331 字。

2. 韻數與廣韻同爲 206 韻，韻目少異，如「麌」集韻改爲「噳」，「鍩」集韻改爲「舝」等。

3. 「諄、準、稕；魂、混；緩、換；戈、果」九韻，廣韻原只有合口呼，集韻於此九韻則兼有開口呼。

4. 「隱、焮、迄、恨」四韻，廣韻僅有開口，集韻則兼有合口。

5. 集韻「軫、震」二韻僅有正齒二等及半齒音，其餘在廣韻屬「軫、震」二韻的字，到集韻都歸入「準、稕」二韻去。

6. 廣韻平聲「眞」韻屬「影、喩」二紐之字及「見系」開口四等之字，在集韻都歸入「稕」韻。

7. 廣韻「吻、問、物」三韻之喉、牙音，到集韻都歸入了「隱、焮、迄」三韻，故集韻「吻、問、勿」三韻只有脣音字。

8. 廣韻「痕、很」二韻之「疑」紐字，在集韻都歸入到「魂、混」二韻去。

9. 集韻「慁」韻僅有喉、牙音，其他各紐之字屬於廣韻「慁」韻者，在集韻都歸入到「恨」韻去了。

10. 廣韻「旱、翰」二韻之舌音、齒音、半舌音，在集韻都歸入到「緩、換」二韻去了。

11. 集韻「歌」韻僅有喉、牙音，其餘在廣韻屬「歌」韻之字，在集韻都歸入「戈」韻去了。

12. 廣韻「諄」韻無舌頭音字，集韻則有舌頭古音如「顚天田年」等字。

13. 集韻之反切上、下字亦與廣韻不同。

14. 廣韻有類隔音，集韻無之。

二、廣韻「同用」例之不同於集韻「通用」例者：

	廣韻舊第	集韻改併
1.	二十文（獨用） 二十一欣（獨用）	二十文（與欣通） 二十一欣
2.	二十四鹽（添同用） 二十五添 二十六咸（銜同用）	二十四鹽（與沾嚴通） 二十五沾 二十六嚴
3.	二十七銜 二十八嚴（凡同用） 二十九凡	二十七咸（與銜凡通） 二十八銜 二十九凡
4.	十八吻（獨用） 十九隱（獨用）	十八吻（與隱通） 十九隱
5.	五十琰（忝同用） 五十一忝 五十二豏（檻同用）	五十琰（與忝广通） 五十一忝 五十二广
6.	五十三檻 五十四儼（范同用） 五十五范	五十三豏（與檻范通） 五十四檻 五十五范
7.	十八隊（代同用） 十九代 二十廢（獨用）	十八隊（與代廢通） 十九代 二十廢

8.	二十三問（獨用） 二十四焮（獨用）	二十三問（與焮通） 二十四焮
9.	五十五豔（㮇同用） 五十六㮇 五十七陷（鑑同用）	五十五豔（與㮇驗通） 五十六㮇 五十七驗
10.	五十八鑑 五十九釅（梵同用） 六十梵	五十八陷（與鑒梵通） 五十九鑒 六十梵
11.	八物（獨用） 九迄（獨用）	八物（與迄通） 九迄
12.	二十九葉（怗同用） 三十怗 三十一洽（狎同用）	二十九葉（與帖業通） 三十帖 三十一業
13.	三十二狎 三十三業 三十四乏	三十二洽（與狎乏通） 三十三狎 三十四乏

第二節　五音集韻、詩韻、韻會

壹、五音集韻

此書爲金韓道昭所撰，道昭字伯暉，眞定松水人，書成於崇慶元年（ 1211 ），其書之特點爲：

一、每一韻的字都轄於三十六字母之下，按字母先後的次序，凡是同一個字母的字，都把它們歸在這個字母之下，字母的次序是「見溪群疑，端透定泥，知徹澄娘，幫滂並明，非敷奉微，精淸從心邪，照穿牀審禪，影曉匣喻，來，日」。

二、全書共160韻，比劉淵的「壬子新刊禮部韻略」多出53韻，有些人以爲歸併廣韻韻目始於劉淵，但稽諸實際，却是始於韓道昭此書。

三、韓氏併韻並不遵照唐宋人的「同用」「通用」之例，而是以當時北方的口語爲依據的，所以我們認爲這部書在「近代音」和「中古音」之間，是「近古音」期的寶貴語音史料。其韻目同於唐韻者姑不備載，其歸併廣韻韻目者列述如下：

1. 上平聲：

a. 「五脂」：併廣韻「支之脂」三韻而成。

b. 「十一皆」：併廣韻「皆佳」二韻以成。

c. 「十四眞」：併廣韻「眞臻」二韻以成。

d. 「廿三山」：併「山刪」二韻而成。

2. 下平聲：

a. 「一仙」：併「先仙」二韻以成。

b. 「二宵」：併「宵蕭」二韻以成。

c. 「十庚」：併「庚耕」二韻以成。

d. 「十五尤」：併「尤幽」二韻以成。

e. 「十八覃」：併「覃談」二韻以成。

f. 「十九鹽」：併「鹽添」二韻以成。

g. 「二十咸」：併「咸銜」二韻以成。

h. 「廿一凡」：併「凡嚴」二韻以成。

3. 上 聲：

a. 「四旨」：併「紙止旨」三韻以成。

b. 「十駭」：併「駭蟹」二韻以成。

c. 「廿二產」：併「產潸」二韻以成。

d. 「廿三獮」：併「銑獮」二韻以成。

e. 「廿四小」：併「小篠」二韻以成。

f. 「三十梗」：併「梗耿」二韻以成。

g. 「卅七有」：併「有黝」二韻以成。

h. 「四十感」：併「感敢」二韻以成。

i. 「四十一琰」：併「琰忝」二韻以成。

j. 「四十二豏」：併「豏檻」二韻以成。

k. 「四十三范」：併「范儼」二韻以成。

4. 去 聲：

a. 「五至」：併「至寘志」三韻以成。

b. 「十三怪」：併「怪卦夬」三韻以成。

c. 「廿六諫」：併「諫襉」二韻以成。

d. 「廿七線」：併「線霰」二韻以成。

e. 「廿八笑」：併「笑嘯」二韻以成。

f. 「卅六映」：併「映靜」二韻以成。

g.　「四十一宥」：併「宥幼」二韻以成。

h.　「四十四勘」：併「勘闞」二韻以成。

i.　「四十五豔」：併「豔㮇」二韻以成。

j.　「四十六陷」：併「陷鑑」二韻以成。

k.　「四十七梵」：併「梵釅」二韻以成。

5.　入　聲：

a.　「五質」：併「節櫛」二韻以成。

b.　「十三鎋」：併「鎋黠」二韻以成。

c.　「十四薛」：併「薛屑」二韻以成。

d.　「十七麥」：併「陌麥」二韻以成。

e.　「廿三合」：併「合盍」二韻以成。

f.　「廿四葉」：併「葉怗」二韻以成。

g.　「廿五洽」：併「洽狎」二韻以成。

h.　「廿六乏」：併「乏業」二韻以成。

貳、詩　韻

宋淳祐十二年壬子（1252）江北平水劉淵據景德四年（1007）之「禮部韻略」增加了436字，歸併了唐人「通用」之韻，改原來的206韻爲107韻，而成「壬子新刊禮部韻略」，書已佚，但元代的黃公紹編了一部「古今韻會」，卽是據「壬子新刊禮部韻略」編成的，見「韻會」也就可知劉淵書的大概內容了。今世流行的「詩韻」，共分106韻，有人認爲就是劉淵的那部「壬子韻略」，所以有人稱「詩韻」爲

「平水韻」，就是這個原因。但又有人認爲「詩韻」不是劉淵的「壬子韻略」，爲元代陰時夫所著。王國維先生考定 106 韻的韻書❶，在金朝是很流行的，是金時的功令，凡科場求試者應試時，均用以爲參考書，是當時皇命頒布的，不過是由民間纂輯，群臣疏請，國子監看詳，然後才准許的。當時這種書可分爲二類，一類是依宋韻的「同用例」歸併，再把去聲的「徑、證、嶝」三韻合併，而成 107 韻，如劉淵的「壬子新刊禮部韻略」是；另一類是再把「迥」韻歸併入原已通用的「拯、等」二韻，而成 106 韻，如王文郁的「新刊韻略」和張天錫的「草書韻會」是也。陰時夫的書比王文郁、張天錫晚出很多，所以我們知道 106 韻的併成，是早在陰氏之前就有的，不過我們現在所見到的「詩韻」，其中所載的詞藻都是從陰時夫的「韻府群玉」中錄出來的，所以有人說「詩韻」爲陰氏所併成，其實併爲 106 韻原是在陰氏之前的事。玆將詩韻的 106 韻韻目抄錄如下，括弧內是廣韻的韻目。

一、上平聲：

1. 東（東）　2. 多（多鍾）
3. 江（江）　4. 支（支脂之）
5. 微（微）　6. 魚（魚）

---

❶ 參見王國維先生「觀堂集林」卷八。

7. 虞（虞模）
8. 齊（齊）
9. 佳（佳皆）
10. 灰（灰咍）
11. 眞（眞諄臻）
12. 文（文殷）
13. 元（元魂痕）
14. 寒（寒桓）
15. 刪（刪山）

二、下平聲：

1. 先（先仙）
2. 蕭（蕭宵）
3. 肴（肴）
4. 豪（豪）
5. 歌（歌戈）
6. 麻（麻）
7. 陽（陽唐）
8. 庚（庚耕清）
9. 青（青）
10. 蒸（蒸登）
11. 尤（尤侯幽）
12. 侵（侵）
13. 覃（覃談）
14. 鹽（鹽添嚴）
15. 咸（咸銜凡）

三、上　聲

1. 董（董）
2. 腫（腫）
3. 講（講）
4. 紙（紙旨止）
5. 尾（尾）
6. 語（語）
7. 麌（麌姥）
8. 薺（薺）
9. 蟹（蟹駭）
10. 賄（賄海）
11. 軫（軫準）
12. 吻（吻隱）
13. 阮（阮混很）
14. 旱（旱緩）
15. 潸（潸產）
16. 銑（銑獮）

17. 篠（篠小）
18. 巧（巧）
19. 晧（晧）
20. 哿（哿果）
21. 馬（馬）
22. 養（養蕩）
23. 梗（梗耿靜）
24. 迥（迥拯等）
25. 有（有厚黝）
26. 寑（寑）
27. 感（感敢）
28. 儉（琰忝儼）
29. 豏（豏檻范）

四、去聲

1. 送（送）
2. 宋（宋用）
3. 絳（絳）
4. 寘（寘至志）
5. 未（未）
6. 御（御）
7. 遇（遇暮）
8. 霽（霽祭）
9. 泰（泰）
10. 卦（卦怪夬）
11. 隊（隊代廢）
12. 震（震稕）
13. 問（問焮）
14. 願（願慁恨）
15. 翰（翰換）
16. 諫（諫襉）
17. 霰（霰線）
18. 嘯（嘯笑）
19. 效（效）
20. 號（号）
21. 箇（箇過）
22. 禡（禡）
23. 漾（漾宕）
24. 敬（映諍勁）
25. 徑（徑證嶝）
26. 宥（宥候幼）
27. 沁（沁）
28. 勘（勘闞）
29. 豔（豔㮇釅）
30. 陷（陷鑑梵）

五、入　聲

1. 屋（屋）　2. 沃（沃燭）
3. 覺（覺）　4. 質（質術櫛）
5. 物（物迄）　6. 月（月沒）
7. 曷（曷末）　8. 黠（黠鎋）
9. 屑（屑薛）　10. 藥（藥鐸）
11. 陌（陌麥昔）　12. 錫（錫）
13. 職（職德）　14. 緝（緝）
15. 合（合盍）　16. 葉（葉怗業）
17. 洽（洽狎乏）

叁、韻　會

本名「古今韻會」，「韻會」蓋其略稱，元黃公紹編，此書之完成，大約在至元廿九年（ 1292 ）之前，因爲劉長翁的「韻會序」作於至元廿九年，故成書當在此時之前。黃公紹，昭武人。所作韻會，特重訓詁，故書中所徵引之典故特繁，與黃氏同時同地之熊忠（字子忠），因嫌其書之繁，乃別撰一簡本，名爲「古今韻會舉要」，黃氏書今已不傳，可見者爲熊氏書，其分韻及內容除訓詁有詳略之異外，其餘想必大同。舉要成於元大德元年丁酉（ 1297 ）。書分 107 韻，與今世通行之詩韻相比，只多一「拯」韻。其大要之內容爲：

一、從全書的表面觀之，似是歸併傳統韻書之同用例以成者，細按其內涵，實已隱藏有甚多元代語音系統之語音於其中。故其凡例云：

> 舊韻所載，考之七音，有一韻之字而分為數韻者，有數韻之字而併為一韻者，今每韻依七音韻各以類聚，注云：「已上案七音屬某字母韻」。

其所謂的「某字母韻」，就是當時的實際語音之系統。

二、所謂「某字母韻」者列如下：

1. 平聲六十七個：

居孤歌戈迦瘸嘉瓜牙嗟
雞貲規嬀麾惟佳該覊乖
驍驕交高鳩樛裒鉤浮
公弓雄江岡光黃莊京行兄經揯弘
巾筠均根欣昆干官關閒鞬堅賢𢍆涓
金歆簪甘兼箝嫌吹緘

2. 入聲韻二十九個：

穀匊覺郭各脚爵格虢額矍黑克國洫
吉訖聿櫛橘厥訐怛結玦葛括戛刮

三、書中反切不甚精確：如「雄」字「胡公切」，「洪」字亦「胡公切」，但「洪」歸「公字母韻」，「雄」歸「雄字母韻」（韻略通考云：「雄」屬「弓」字母韻），既不同韻，自當不同切；既同切則不當分韻。書中注云「同音」，但不用同一切語音極多，如「宜」與「疑」，「支」與「脂」「之」等，此蓋不敢完全違背舊韻之所致也。

四、書中「江」與「陽」同，「支」與「齊」同，這是與舊韻異而與當時之北音同的現象；又「爲」字注云「音與危同」，這也是不同於廣韻而合於當時口語的一個音。可見其中已蘊藏許多當時北地的口語音韻了。

五、在韻會之後，有孫吾與撰「韻會定正」，就大膽地用「一公」「二居」「三觚」「四江」❶等目來作爲全書的標目了，可見「韻會」是舊韻系統開始轉變的一本韻書，在中國音韻史上是很有價值的。

第三節　洪武正韻、音韻闡微

壹、洪武正韻

明代樂韶鳳、宋濂等人所撰，完成於明洪武八年（1375），玆分項列述如下：

一、作者及籍貫：樂韶鳳，安徽全椒人。宋濂，浙江浦江人。王僎、李叔允、朱右，浙江義烏人。瞿莊、鄒孟達、孫蕡，廣東順德人。荅祿與權，蒙古人。

二、顧問及籍貫：汪廣洋，江蘇高郵人。陳寧，湖南茶陵人。劉基，浙江青田人。陶凱，浙江臨海人。

三、依據他們所謂的中原雅音，將舊韻歸併分析之後，共得平上去各二十二部，入聲十部，合計爲七十六韻。

❶　參見錢曾「敏求記」。

四、洪武正韻之歸併舊韻與劉淵、王文郁、黃公紹之歸併舊韻，方法大不相同，劉、王僅將整個韻部按同用例歸併，如將「支」「脂」「之」合併是。黃公紹則已開始參用北地當時之語音系統，但舊韻成分還濃。洪武正韻却要把一個字音重新依中原雅音估價，既得其認定之音值，才予以重新歸類，所以與舊韻系統大不相同，但又受舊韻許多影響，因此我們認爲洪武正韻是「近古音」，而周德清的「中原音韻」才是眞正的「近代音」。如書中「二支」所收者，僅舊韻「支脂之微」中之部分字音而已，舊韻原「支」韻中之「離彌」，「脂」韻中之「尼肌」，「之」韻中之「基欺」，「微」韻中之「機幾」，均被歸入「三齊」。又原屬「支脂微」之「規危」「追推」「歸揮」，則被歸入「七灰」。其歸字之自由，與「中原音韻」相似，然何字歸入何韻，却又與中原音韻不同。

五、中原音韻中之濁塞音、濁塞擦音已經變爲清音，洪武正韻之濁塞音、濁塞擦音却依然存在，而且清濁之界限極嚴，絲毫不亂，與舊韻三十六字母相比，只少五母，即「非敷」混、「知照」混、「徹穿」混、「澄牀」混、「泥娘」混。

六、以編撰人大部爲南方籍貫之故，受南方語音之影響必多，然又須以「中原雅音」爲據，所以洪武正韻並不能代表當時北方之純粹語音，甚且全書所包，並非一地之音，而是有着多種方言雜揉於書中的。

七、玆將應裕康教授所擬訂之洪武正韻音值列如下：

1. 聲　母❶：

[p]（博）	[p′]（普）	[b′]（蒲）
[m]（莫）	[f]（方）	[v]（符）
[ɱ]（武）	[t]（都）	[t′]（佗）
[d′]（徒）	[n]（奴）	[tʃ]（陟）
[tʃ′]（丑）	[dʒ′]（直）	[ʃ]（所）
[ʒ]（時）	[ts]（子）	[ts′]（七）
[dz′]（昨）	[s]（蘇）	[z]（徐）
[k]（古）	[k′]（苦）	[g′]（渠）
[ŋ]（五）	[ʔ]（烏）	[x]（呼）
[ɣ]（胡）	[○]（以）	[l]（來）
[ȵ]（日）		

2. 韻　母❷：

東董送：[-uŋ] [-yuŋ]　屋：[-uk] [-yuk]

支紙寘：[-ie]

齊薺霽：[-i]

魚語御：[-y]

---

❶ 參見國立政治大學「中華學苑」第六期PP. 1－36，「洪武正韻聲母值之擬訂」。

❷ 參見臺北淡江文理學院中文系漢學論文集第一集「許詩英先生六秩誕辰論文集」PP. 275－299，「洪武正韻韻母音值之擬訂」。

模姥暮：［-u］

皆解泰：［-ai］［-iai］［-uai］

灰賄隊：［-uei］

眞軫震：［-ən］［-iən］［-uən］［-yən］

質：［-ət］［-iət］［-uət］［-yət］

寒旱翰：［-on］［-uon］　曷：［-ot］［-uot］

刪產諫：［-an］［-uan］　轄：［-at］［-uat］

先銑霰：［-ien］［-yen］　屑：［-iet］［-yet］

蕭篠嘯：［-ieu］

爻巧效：［-au］或［-au］［-ɑu］或［-au］［-iau］

哥哿箇：［-o］［-uo］

麻馬禡：［-a］［-ua］或［-a］［-ia］［-ua］

遮者蔗：［-iə］

陽養漾：［-aŋ］［-iaŋ］［-uaŋ］

藥：［-ak］［-iak］［-uak］

庚梗敬：［-əŋ］［-iəŋ］［-uəŋ］［-yəŋ］

陌：［-ək］［-iək］［-uək］［-yək］

尤有宥：［-ou］［-iou］

侵寢沁：［-iəm］或［-əm］［-iəm］

緝：［-iəp］或［-əp］［-iəp］

覃感勘：［-am］［-iam］或［-am］［-ɑm］［-iam］

合：［-ap］［-iap］或［-ap］［-ɑp］［-iap］

鹽琰豔：［-iem］　葉：［-iep］

貳、音韻闡微

清李光地奉敕承修，王蘭生編纂，徐元夢校看。始編於康熙十四年（1715），書成於雍正四年（1726），先後凡歷十一年而底於成。其特徵爲：

一、紐部依三十六字母，韻部則據當世通行之詩韻（即俗所謂平水韻）所編成。

二、韻中各字之次序，先按開、齊、合、撮四呼分開，然後於每呼中再按三十六字母分開，字母之次序爲始「見」終「日」，喉音次序則爲「曉匣影喻」。

三、此書之最大特色爲反切之改革，如：

1. 反切上字用「支、微、魚、虞、歌、麻」諸韻之字，開口用「歌麻」韻字，齊齒用「支微」韻字，合、撮口則用「魚虞」韻字。

2. 反切下字取「影、喻」二母中字，以此二母在當時語音中多爲無聲母或半元音聲母之故，於拼音時，不致發生切語下字多出一個聲母的阻礙。

3. 不但反切下字要與被切字同聲調，連反切上字也要與被切字同聲調。

4. 在平聲裏，不僅反切上字要與被切上字同清濁，就是反切下字也得與被切字同清濁，原因是平聲字在當時的口語裏，清濁音影響聲調的調值很大，所以反切下字在平聲裏必須與被切字同清濁。如桃：廣韻「徒刀切」，　　　闡微「駝敖切」。

班：廣韻「布還切」，　　　闡微「逋彎切」。

5. 如其基本條例行之不通，只好產生變通條例，如「煎」音「即烟切」，是變通地用了入聲字作反切上字；「庚」音「歌亨切」，是變通地用了有聲母的字作反切下字;「旭」音「虛郁切」，是變通地用「屋」韻字作「沃」韻字的反切下字；「弘」音「胡籠切」，是變通地用「東」韻的「籠」來作「蒸」韻的「弘」之反切下字。這些都是經改良後而仍不能合乎理想的切語。

6. 因受若干條件之限制，如無聲母之反切下字求之不得之韻，自然不能不求之於有聲母字爲反切下字；本韻的反切下字不夠用，則又不得不借用於音近的鄰韻。以其不能完全據基本條例改良反切，則其步法自亂，仍不能如其理想而制作合乎口語而易於拼音的切語。但於其改革之正例而言，其新制之切語倒是頗便於一般普通人之拼音的。如：

坡：鋪倭切（廣韻原爲「滂禾切」）

干：歌安切（廣韻原爲「古寒切」）

牽：欺烟切（廣韻原爲「苦堅切」）

巾：基因切（廣韻原爲「居銀切」）

蕭：西腰切（廣韻原爲「蘇彫切」）

第四編 中古音

第七章 切韻系韻書

第一節 韻 書

壹、何謂切韻系韻書

中古期的韻書之所以形成，是在於反切注音之被廣爲利用之後的事。反切注音之起始，請參看作者另一著作「語音學大綱」❶，是在東漢之時已見應用了，到了魏晉六朝之時，更爲盛行，於是音義一類的書興起；而纂集切語注音的韻書也產生了。依據謝啟昆「小學考」所錄，音義類的書就有晉李充「周易音」、徐邈「古文尚書音」等七十種❷；聲韻類的書就有魏李登「聲類」、晉呂靜「韻集」等二十七種。但是這些早期的音學書籍，我們雖可在他書著錄中知其名，却

---

❶ 學生書局民國七十六年初版。

❷ 參見日本崗井愼吾「玉篇研究」（東洋文庫發行）㈠正編第三章P. 38。

無法知其眞實的內容，拙著「中國文字學通論」中也曾提到最早的音韻書籍❶有魏李登「聲類」，晉呂靜「韻集」，但我們現在見到的最早韻書却是魏晉以後的隋代陸法言所撰的「切韻」一書，切韻以後，唐代據「切韻」以增字加注，更且把韻分得越來越細，韻目也越來越多，這樣的書就有好多部，都是仍「切韻」之舊名，有些則略事變更，但內容大體都是一樣的，直到宋初的廣韻、集韻、禮部韻略都沒有很大的變更，這一系列內容相同的韻書，因以「切韻」爲首，所以我們稱之爲「切韻系韻書」。切韻系韻書的共同特點是：

一、以反切注音，書至少分 193 韻，至多分 206 韻。

二、以四聲分卷，平聲字多，又分「上」「下」，但「上平」與「下平」之稱跟「陰平」「陽平」無關，只是字多而析爲「卷上」「卷下」的意思。

三、每一個韻所包涵的字，並不一定都同屬一個韻母。雖自切韻以至廣韻，諸家分韻都小有差異，但立場都只在詩文用韻的寬嚴上，與韻母系統無關。

四、各韻內同音的字排在一起，用小圈跟別的不同音的字隔開，不按什麼次序，有點兒像「中原音韻」，但比中原音韻多一重要節目，就是在同音字的第一字下注明反切，比

❶ 參見拙著「中國文字學通論」第二章第一節 P. 15 （臺北學生書局民國五十四年一月二版。

較早的韻書稱「某某反」，晚一點兒的韻書稱「某某切」。

五、同音字的切語只注在第一字之下，其餘不再逐字注音，如一東韻「東」字下同音的有十七個字，只在「東」字下注「德紅切」，其餘的同音字都是「德紅切」就不再注切語了。

六、一個字有兩讀的，在本字之下再注「又某某切」，更有少數是用直音的，則注云「又音某」，凡有「又」字的，只指所注的那一個字，與其他的字無關。

貳、切韻以前有些什麼韻書

陸法言撰集「切韻」，並非初創，其大部體例與內容材料，原是前有所承的，前文我們提到最早的韻書是魏李登的「聲類」與晉呂靜的「韻集」，其中「韻集」一書便是陸法言在切韻序中提到過的六部韻書中之一部，除此以外，據謝啟昆「小學考」所錄❶，尚有下列幾種：

李槩　修續音韻決疑（隋志十四卷，按空海「文鏡秘府論」引稱「音韻決疑」）。

李槩　音譜（隋志四卷，按陸法言切韻序稱李季節「音譜」）。

❶ 參見「小學考」卷二十九及張世祿「中國音韻學史」第五章第一節 PP. 171 — 172 。

王延　文字音（隋志七卷）。

無名氏　文章音韻（見七錄）。

王該　五音韻（七錄五卷）。

釋靜洪　韻英（隋志三卷）。

無名氏　字書音同異（隋志一卷）。

無名氏　敍同音義（隋志三卷）。

無名氏　雜字音（隋志一卷）

無名氏　借音字（隋志一卷）。

無名氏　音書考原（隋志一卷）。

周研　聲韻（隋志四十一卷，按陸法言「切韻序」稱周思言「音韻」，蓋即是書）。

周彥倫　四聲切韻（見南史）。

沈約　四聲（隋志一卷，按「文鏡秘府論」引作「調四聲譜」）。

王斌　四聲論（見南史）。

張諒　四聲韻林（隋志二十八卷，按舊新唐志並載張諒「四聲部」三十卷，蓋即是書）。

劉善經　四聲指歸（隋志一卷，按「文鏡秘府論」引作「四聲論」）。

夏侯詠　四聲韻略（隋志十三卷，按陸法言「切韻序」作「韻略」，宋本廣韻序「詠」字誤作「該」，唐寫本「切韻序」不誤）。

楊休之　韻略（隋志一卷，按「楊」亦作「陽」，顏氏家訓稱「楊休之造切韻」，恐是一書。陸法言「切韻序」亦稱陽休之「韻略」）。

杜臺卿　韻略（見陸法言「切韻序」）。

無名氏　群玉典韻（隋志五卷，謝氏錄作「群玉韻典」）。

無名氏　纂韻鈔（隋志十卷，慧琳「一切經音義」引「纂韻」，或即是書）。

潘徽　韻纂（三十卷，見隋書）。

上列所舉諸韻書，今已不傳，徒見其名，而不得覩其面目，故其實際內容已無可考，彼此間之同異，亦不可知矣。

叁、陸法言「切韻」

今傳最早的一部韻書，就要推陸法言的「切韻」了，切韻原書已佚，法國伯希和於清光緒三十三年（1907）在我國甘肅敦煌得唐寫本「切韻」凡三種，皆殘缺不全，現存巴黎國民圖書館，第一種存上聲「海」至「銑」十一韻，四十五行，且有斷爛，計存全行十九行，不全行二十六行。第二種存卷首一直到九「魚」共九韻，前有陸法言、長孫訥言兩篇序，陸序前面有一行是「伯加千一字」，長孫序云「又加六百字，用補闕遺」，又「其有類雜，並爲訓解，但案稱者，俱非舊說」，這兩條文字，都是今廣韻「長孫序」所沒有的。第三種存平聲上、下二卷，上聲一卷，入聲一卷；平聲缺「東」「冬」兩韻，入聲末缺二十八「鐸」以下五韻）中間也有一些缺佚。近人對「切韻殘卷」的考證，則有王國維❶、本師董彥堂先生❷、丁山先生❸等三家，主張略有異同，要皆無確實之證據，所論很難斷定孰是孰非，不過，據一般推測，殘卷俱非陸氏原本，這種推測相信是可靠的。

一、切韻制作之緣起：陸法言制作切韻之緣起，我們只須一讀其切韻序，卽可分曉，其言云：

> 昔開皇初，有劉儀同臻、顏外史之推、盧武陽思道、魏著作彥淵、李常侍若、蕭國子該、辛諮議德源、薛吏部道衡等八人，同詣法言門宿，夜永酒闌，論及音韻，以今聲調旣自有別，諸家取捨，亦復不同，吳楚則時傷輕淺，燕趙則多傷重濁，秦隴則去聲為入，梁益則平聲似去。又支脂魚虞，共為一韻；先仙尤侯，俱論是切。欲廣文路，自可清濁皆通；若賞知音，卽須輕重有異。呂靜韻集、夏侯詠韻略、陽休之韻略、周思言音韻、李季節音譜、杜臺卿韻略等，各有乖互；江東取韻，與河北復殊。因論南北是非，古今通塞，欲更捃選精切，除削疏緩，蕭顏多所決定。魏著作謂

❶ 參見「觀堂集林」卷八「書巴黎國民圖書館所藏唐寫本切韻後」。

❷ 參見董作賓先生「跋切韻殘卷」（中央研究院歷史語言研究所集刊第一本第一分）。

❸ 參見丁山先生「唐寫本切韻殘卷跋」（中山大學語文歷史學週刊25、26、27期）。

> 法言曰：向來論難，疑處悉盡，何不隨口記之？我輩數人，定則定矣。法言卽燭下握筆，略記綱紀，博問英辯，殆得精華。於是更涉餘學，兼從薄宦，數十年間，不遑修集；今返初服，私訓諸弟子，凡有文藻，卽須明聲韻，屛居山野，交遊阻絕，疑惑之所，質問無從，亡則生死路殊，空懷可作之歎；存則貴賤禮隔，以報絕交之旨。遂取諸家音韻，古今字書，以前所記者，定之為切韻五卷。

見此序文，則知其制切韻之緣由爲：

1. 法言等諸人皆有感於當時各地之聲調之不一，宜令時人知其實況，以便人之爲文，如云「吳楚則時傷輕淺，燕趙則多傷重濁，秦隴則去聲爲入，梁益則平聲似去」是也。

2. 有感於當時口語之辨音不夠精細，如「支脂」「魚虞」之莫辨，「先仙」「尤侯」之共韻是也。

3. 當時流行之韻書如呂靜、夏侯詠、陽休之、周思言、李季節、杜臺卿等人之作，均「各有乖互」，頗不一致。

4. 各地用韻亦不盡相同，所謂「江東取韻，與河北復殊」是也。

5. 因乃「論南北是非，古今通塞」，「捃選精切，除削疏緩」，而制此「切韻」一書。

二、切韻制作之準則：陸法言切韻是依據八人討論的結果，而八人當中，尤以顏之推、蕭該二人的意見最爲重要，所謂「略記綱紀」，卽是指記下當時討論決定的分部原則，遵照各人共同的意見，先筆錄下一個大綱，不過其中最重要的是要兼容各地不同的聲調，區別口語莫辨的各韻，統一當時流行韻書的乖互，反映各地用韻的差異。所以他們重要的準則就是要顧到「南北是非，古今通塞」，冀能「捃選精切，除削疏緩」，以成一完美無缺的爲文作詩的參考韻書。

三、切韻承用前人何種作品；切韻本身，至今僅可見殘卷，則其以前之韻書，今更不易見矣。前列謝氏「小學考」所載諸韻書，想在陸法言時，尙大部可見，而陸氏切韻序已論及呂靜、夏侯詠、陽休之、周思言、李季節、杜臺卿之作，陸氏制作切韻之目的，既只在統一乖互，兼容方音，弁包古今，以冀完成一當時各地文人皆可合用的韻書，則在切韻之前問世的韻書，陸氏都是有參考及承用之可能的。

四、切韻之內容：在清光緒三十三年之前，世人只知有切韻之名，而無緣得覩切韻之面目，自光緒三十三年(1907)於敦煌發現切韻殘卷以後，雖有陸氏之書現世，但亦非陸氏原本，特別是因爲發現的是「殘卷」，所以切韻的眞實內容必須經過考證以後，始可知其大概。根據各方面的記載，以及今存之殘卷，可知切韻之內容是這樣的：

1 以平上去入四聲分卷，平聲又分上下兩卷，全書共爲五卷。

2 平聲上包二十六韻，平聲下包二十八韻，上聲包五十一韻，去聲包五十六韻，入聲包三十二韻，共計全書爲 193 韻。

3. 全書所收字數據封演「聞見記」所載為 12150 字。

4. 書前有陸法言及長孫訥言兩篇序文。

5. 切韻每韻所包括的字，適與南北朝韻文所表現的系統相當，可以說是以南北朝的實際語音為標準的。

肆、唐代增訂切韻而成的韻書

從陸法言的切韻，直到宋代的廣韻，唐代有許多為切韻增字加注的韻書，其收納之字數及訓詁之繁簡固容有不同，而面目大綱則無異於陸氏原書，見於各書著錄的有❶：

一、廣韻卷首載增字諸家姓名為：郭知玄、關亮、薛峋、王仁煦、祝尚丘、孫緬、嚴寶文、裴務齊、陳道固。

二、日本見在書目有：王仁煦、郭知玄、祝尚丘、裴務齊、陳道固之「切韻」各五卷；麻果、孫伷、蔣魴、盧自始、韓知十、沙門清徹之「唐韻」各五卷；釋弘演「切韻」十卷。

三、唐書藝文志有：李舟「切韻」十卷（宋志作五卷）、僧猷智「辨體補修加字切韻」五卷。

四、通志藝文略有：李邕「唐韻要略」一卷，無名氏「唐韻」五卷。

---

❶ 參見王國維先生「觀堂集林」卷八「唐諸家切韻考」及魏建功「十韻彙編序」PP. 25 — 26。

五、汗簡佩觿及古文四聲韻所引有：王存乂「切韻」，李審言「切韻」，義雲「切韻」。

六、宋史藝文志有：天寶元年「集唐韻」五卷。

以上所舉增補「切韻」的人雖然很多，但根據現存的資料，能見到的或可考的只有下列幾部書：

七、王仁煦「刊謬補缺切韻」：早些時，我們所能看到的王仁煦刊謬補缺切韻，只有兩種唐寫本的殘卷，一種出自敦煌，一種出自故宮，近年來，故宮又出現一種寫本，可以說是刊謬補缺切韻的全本，故宮本的刊謬補缺切韻存有王仁煦的自序，其中有云：

> 陸法言切韻，時俗共重，以為典規；然苦字少，復闕字義，可為刊謬補缺切韻。

可見此書之工作，在於爲陸氏的切韻增字加注，陸氏的韻目和次序，都沒有什麼大的變動。王國維先生云❶：

> 仁煦此書，以刊謬補缺為名；其書於陸韻次序，蓋無變更。今本蓋為寫書者所亂，非其朔也。

從敦煌本的殘存部分來看，次序正和陸韻相同，只較陸韻多出上聲五十一「儼」，去聲五十六「釅」(敦煌作五十一广，五十六嚴)，可知敦煌本是王氏原本。王韻對於陸氏切韻改訂之處，必自加注明，如敦煌本刊謬補缺切韻韻目下附注云：

❶ 見王氏「觀堂集林」卷八「書內府藏唐寫本王仁煦刊謬補缺切韻後」。

上聲五十一广　陸無此韻目，失。

　　五十二范　陸無反，取凡上聲，失。

去聲五十六嚴　陸無此韻目，失。

各字下注云：

平聲三十三歌　「𩇯」字下　陸無反語，何□誣於古。

上聲六止　「記」字下　陸訓不當，故不錄。

王韻既多析出兩韻，則視陸韻之 193 韻增益二韻，自必爲 195 韻可知也。

八、孫愐「唐韻」：卞令之「式古堂書畫彙考」所錄孫愐「唐韻序」，有謂陸氏切韻「遺漏字多，訓釋義少，若無刊正，何以討論？」可見孫氏唐韻也是爲陸書增字加注而作的。吳縣蔣斧藏有唐韻殘卷，據王國維先生考知❶。

1. 書名又稱「廣切韻」，又或稱「切韻」或「廣韻」。

2. 書有開元本與天寶本，差別頗大。開元本部目次序大致與王仁煦刊謬補缺切韻同。天寶本分韻加密，平聲多出三韻，上去聲各多出四韻，入聲多兩韻。

3. 下平聲韻目序數與上平聲啣接。

九、李舟「切韻」：李氏切韻久已失傳，惟其部次則可

---

❶ 參見「觀堂集林」卷八「書蔣氏藏唐寫本唐韻後」。及董同龢先生「中國語音史」第四章 P. 41。

自大徐（鉉）所改定的「說文解字篆韻譜」見到。分韻與唐韻大抵相同，其特色在整理各韻的次序，與平上去入各韻的配合，至今爲音韻家所遵用，王國維先生云❶：

取唐人韻書與宋以後韻書比較觀之，則李舟於韻學上有大功二：一，使各部皆以聲類相從。二，使四聲之次，相配不紊是也。

伍、廣　韻

一、廣韻之撰人及其年代：四庫總目提要云：

宋景德四年，以舊本偏旁差訛，傳寫漏落，又注解未備，乃命重修，大中祥符四年，書成，賜名大宋重修廣韻，卽是書也。

今廣韻卷首載有祥符元年勅牒，提要所謂四年者，蓋元年之誤。

廣韻之撰集修訂人，卷首未載，以丁度「集韻」考之，知爲陳彭年、邱雍等。集韻韻例云：

真宗時，令陳彭年、邱雍因法言切韻，就為刊益。

王應麟「玉海」卷四十五，陳振孫「書錄解題」以及宋史藝文志所錄皆同。

二、廣韻之版本：陳蘭甫云❷：

❶ 參見「觀堂集林」卷八「李舟切韻考」。

❷ 參見陳氏「切韻考」卷一。

> 今世所傳廣韻二種：其一注多，其一注少。注多者有張士俊刻本，注少者有明刻本，顧亭林刻本。又有曹楝亭刻本，前四卷與張本同，第五卷注少，而又與明本、顧本不同。

注詳者，張氏澤存堂本也；注略者，明內府本及顧亭林重刻本也。曹楝亭本則前四卷注詳，末一卷注略。

顧廣圻「思適齋集」有「書元槧廣韻後」一篇，其言曰：

> 今世之廣韻凡三：一澤存堂詳本，一明內府略本，一局刻（楊州詩局重刊曹本）平、上、去詳而入略本。三者迥異，各有所祖：傳是樓所藏宋槧者，澤存堂刻之祖也；曹楝亭所藏宋槧，第五卷配元槧者，局刻之祖也；此元槧者，明內府本及家亭林重刻之祖也。

明內府本、顧本皆出於元槧，今古逸叢書有「覆元泰定本」可證。

王了一先生所錄❶廣韻繁本與簡本有以下七種：

1. 古逸叢書覆宋本重修廣韻（繁本）。
2. 古逸叢書覆元泰定本（簡本）。
3. 張氏澤存堂重刊宋本（繁本）。
4. 小學彙函張氏本（即澤存堂本）。
5. 小學彙函內府本（簡本）。

❶ 參見王著「漢語音韻學」第二編第四章第十九節，P. 176。

6. 新化鄧氏重刊張氏本（即澤存堂本）。

7. 商務印書館影印古逸本（繁本）。

以上所謂繁本、簡本，除注解之多寡不同外，其每韻所收之字數也不完全相同，不過，所謂繁簡，主要是指注解之多寡。

三、廣韻之分卷：廣韻全書共分五卷，平聲分上下兩卷，上、去、入聲各一卷。平聲之分「上」「下」，完全是因爲字數過多，一卷無法容納，只好把它分作兩卷，與後世「韻略滙通」之類的「上平聲」「下平聲」意義不同，廣韻的上平是「平聲上卷」，下平是「平聲下卷」；韻略滙通的上平是「陰平調」，下平是「陽平調」。廣韻平聲之分上下與陰陽平無關，可從切韻系韻書的本身找出幾項事實作證明❶：

1. 兩種故宮本的王仁煦刊謬補缺切韻與各本孫愐唐韻，下平聲韻目的序數都與上平聲連接，不自爲起迄。

2. 無論那部韻書，把上下平聲的韻連接起來，恰好可與上去入三聲的韻相配合。

3. 上平聲卷中有「陰平字」，也有「陽平字」；下平聲卷中也有「陰平字」和「陽平字」。

四、廣韻之反切及字數：廣韻用反切注音，反切之法，見拙作「語音學大綱」第四章第四節，此處不贅。廣韻全書

❶ 前二項請參見董同龢先生「漢語音韻學」第五章P.82（民國五十七年版）。

共有三千多個切語，反切上字用了四百多個不同的字，反切下字也在一千以上。至全書收錄的字數，則說法頗不一致，以下是幾種不同的記載：

1. 玉海云：「廣韻凡二萬六千一百四十九言，注一十九萬一千六百十二字。」

2. 顧炎武「書廣韻後」云：「今僅二萬五千九百二言，注一十五萬三千四百二十一字；則注之刪去者，三萬八千二百七十一，而正文亦少二百九十二言矣。」

3. 邵光祖「切韻指掌圖跋」云：「廣韻凡二萬五千三百字。」

五、廣韻之四聲相配及「獨用」「同用」例：茲錄戴東原「聲韻考」卷二所載「考定廣韻獨用,同用四聲表」如下：

上平聲	上聲	去聲	入聲
東一 獨用	董一 獨用	送一 獨用	屋一 獨用
冬二 鍾同用	湩䳉字附見腫韻	宋二 用同用	沃二 燭同用
鍾三	腫二 獨用	用三	燭三
江四 獨用	講三 獨用	絳四 獨用	覺四 獨用
支五 脂之同用	紙四 旨止同用	寘五 至志同用	
脂六	旨五	至六	
之七	止六	志七	
微八 獨用	尾七 獨用	未八 獨用	

魚九獨用	語八獨用	御九獨用	
虞十模同用	麌九姥同用	遇十暮同用	
模十一	姥十	暮十一	
齊十二獨用	薺十一獨用	霽十二祭同用	
		祭十三	
		泰十四獨用	
佳十三皆同用	蟹十二駭同用	卦十五怪夬同用	
皆十四	駭十三	怪十六	
		夬十七	
灰十五咍同用	賄十四海同用	隊十八代同用	
咍十六	海十五	代十九	
		廢二十獨用	
眞十七諄臻同用	軫十六準同用	震二十一稕同用	質五術櫛同用
諄十八	準十七	稕二十二	術六
臻十九	𧤛齔字附見隱韻	齔字附見焮韻	櫛七
文二十獨用	吻十八獨用	問二十三獨用	物八獨用
欣二十一獨用	隱十九獨用	焮二十四獨用	迄九獨用
元二十二魂痕同用	阮二十混很同用	願二十五慁恨同用	月十沒同用
魂二十三	混二十一	慁二十六	沒十一
痕二十四	很二十二	恨二十七	麧、紇字等附見沒韻

寒二十五 桓同用	旱二十三 緩同用	翰二十八 換同用	曷十二 末同用
桓二十六	緩二十四	換二十九	末十三
刪二十七 山同用	潸二十五 產同用	諫三十 襉同用	黠十四 鎋同用
山二十八	產二十六	襉三十一	鎋十五
下平聲	**上聲**	**去聲**	**入聲**
先一 仙同用	銑二十七 獮同用	霰三十二 線同用	屑十六 薛同用
仙二	獮二十八	線三十三	薛十七
蕭三 宵同用	篠二十九 小同用	嘯三十四 笑同用	
宵四	小三十	笑三十五	
肴五 獨用	巧三十一 獨用	效三十六 獨用	
豪六 獨用	皓三十二 獨用	號三十七 獨用	
歌七 戈同用	哿三十三 果同用	箇三十八 過同用	
戈八	果三十四	過三十九	
麻九 獨用	馬三十五 獨用	禡四十 獨用	
陽十 唐同用	養三十六 蕩同用	漾四十一 宕同用	藥十八 鐸同用
唐十一	蕩三十七	宕四十二	鐸十九
庚十二 耕清同用	梗三十八 耿靜同用	映四十三 諍勁同用	陌二十 麥昔同用
耕十三	耿三十九	諍四十四	麥二十一
清十四	靜四十	勁四十五	昔二十二
青十五 獨用	迥四十一 獨用	徑四十六 獨用	錫二十三 獨用

蒸 十六 登同用	拯 四十二 等同用	證 四十七 嶝同用	職 二十四 德同用
登 十七	等 四十三	嶝 四十八	德 二十五
尤 十八 侯幽同用	有 四十四 厚黝同用	宥 四十九 候幼同用	
侯 十九	厚 四十五	候 五十	
幽 二十	黝 四十六	幼 五十一	
侵 二十一 獨用	寑 四十七 獨用	沁 五十二 獨用	緝 二十六 獨用
覃 二十二 談同用	感 四十八 敢同用	勘 五十三 闞同用	合 二十七 盍同用
談 二十三	敢 四十九	闞 五十四	盍 二十八
鹽 二十四 添同用	琰 五十 忝同用	豔 五十五 㮇同用	葉 二十九 怗同用
添 二十五	忝 五十一	㮇 五十六	怗 三十
咸 二十六 銜同用	豏 五十二 檻同用	陷 五十七 鑑同用	洽 三十一 狎同用
銜 二十七	檻 五十三	鑑 五十八	狎 三十二
嚴 二十八 凡同用	儼 五十四 范同用	釅 五十九 梵同用	業 三十三 乏同用
凡 二十九	范 五十五	梵 六十	乏 三十四

六、廣韻之四聲相配何以參差不齊：

1 有些韻因爲字少，不能自成一韻，就把那一二個字附入他韻，如「冬」韻上聲只有「湩𪒠」二字，只好附寄在「腫」韻；「臻」韻上聲只有「𧤛齔」二字，只好附寄在「隱」韻；「臻」韻去聲只有「齔」一字，只好附寄在「焮」韻。

2 去聲「祭、泰、夬、廢」四韻是沒有相承的平上入韻的。

3. 入聲三十四韻，足夠與陽聲韻的平上去相配，且十一「沒」韻是既與「魂混慁」相配，又與「痕很恨」❶相配，所以在四聲相配表上看起來，「痕很恨」是沒有入聲的；至於所有的陰聲韻則都無入聲韻與之相配。

4. 語言是自然發生的，音韻亦不例外，四聲的相配本不必刻板地求整齊，參差是自然的現象。

第二節　切韻系韻書之研究法

研究切韻系韻書的方法，主要是要能歸納出這時期語音的系統。清代的陳澧（字蘭甫，廣東番禺人，1810—1882）作「切韻考」，首先研究出一套歸納廣韻聲類及韻類的方法，其言云❷：

> 澧謂切語舊法，當求之陸氏切韻，切韻雖亡，而存於廣韻。乃取廣韻切語上字系聯之為雙聲四十類；又取切語下字系聯之，每韻或一類、或二類、或三類、四類；是為陸氏舊法。

董同龢先生「漢語音韻學」分陳氏之系聯方法爲三類，一曰基本系聯條例，二曰分析條例，三曰補充條例❸，玆分述如

❶ 十一「沒」韻中的「紇」字，等韻圖中是與「痕很恨」相配的。

❷ 參見陳氏「切韻考」自序。

❸ 參見董氏「漢語音韻學」第五章P.89。

下：

壹、廣韻切語系聯基本條例❶

陳蘭甫「切韻考」論其廣韻切語系聯之基本條例云：

切語之法，以二字為一字之音，上字與所切之字雙聲，下字與所切之字疊韻。……今考切語之法，皆由此而明之。

又敘其反切上字系聯條例云：

切語上字與所切之字為雙聲，則切語上字同用者，互用者，遞用者，聲必同類也。同用者如「冬」「都宗切」，「當」「都郎切」，同用「都」字也。互用者如「當」「都郎切」，「都」「當孤切」，「都」「當」二字互用也。遞用者如「冬」「都宗切」，「都」「當孤切」，「冬」字用「都」字，「都」字用「當」字也。今據此系聯之，為切語上字四十類。

又敘其反切下字系聯條例云：

切語下字與所切之字為疊韻，則切語下字同用者，互用者，遞用者，韻必同類也。同用者如「東」「德紅切」，「公」「古紅切」，同用「紅」字也。互用者如「公」「古紅切」，「紅」「戶公切」，「紅」「公」

---

❶ 參見陳氏「切韻考」卷一。

二字互用也。遞用者如「東」「德紅切」，「紅」「戶公切」，「東」字用「紅」字，「紅」字用「公」字也。今據此系聯之，為每韻一類、二類、三類、四類。

貳、廣韻切語系聯分析條例

陳氏「切韻考」又云：

廣韻同音之字不分兩切語，此必陸氏舊例也。其兩切語下字同類者，則上字必不同類。如「紅」「戶公切」，「烘」「呼東切」，「公」「東」韻同類，則「戶」「呼」聲不同類。今分析切語上字不同類者，據此定之也。上字同類者，下字必不同類。今分析每韻二類、三類、四類者，據此定之也。

叁、廣韻切語系聯補充條例

陳氏「切韻考」又云：

切語上字既系聯為同類矣，然有實同類而不能系聯者，以其切語上字兩兩互用故也。如「多」「得」「都」「當」四字，聲本同類；「多」「得何切」，「得」「多則切」，「都」「當孤切」，「當」「都郎切」；「多」與「得」，「當」與「都」兩兩互用，遂不能四字系聯矣。今考廣韻，一字兩音者互注切語，其同一音之兩切語上字，聲必同類。如一東「涷」「德紅切又都貢切」；一送「凍」「多貢切」，「都貢」「多貢」同一音，則「都」「多」二字實同一類也。今於切語上字不系聯而實同類者，據此以定之。

切語下字旣系聯爲一類矣，然亦有實同類而不能系聯者，以切語下字兩兩互用故也。如「朱」「俱」「無」「夫」四字韻本同類，「朱」「章俱切」，「俱」「舉朱切」，「無」「武夫切」，「夫」「甫無切」；「朱」與「俱」，「無」與「夫」兩兩互用，遂不能兩類系聯矣。今考平上去入四韻相承者，其每韻分類亦多相承；切語下字旣不系聯，而相承之韻又分類，乃據以定其分類；否則雖不系聯，實同類耳。

肆、對陳氏系聯條例之批判

一、反切拼音之不精確，而導致系聯方法之不能盡善盡美，其原因是❶：

1　反切的原理是上字只取其聲母，而下字只取其韻母，但上字的韻母與下字的聲母却仍然是不可避免地夾在中間；旣有它們存在，有時就不免有些不合實際的切語出現，如五支「爲」「薳支切」；下平聲八戈「韡」「許戈切」等是。

❶ 參見董同龢先生「中國語音史」第四章 PP. 49—51。

2. 陸法言作切韻，從頭便是前有所承的，而經唐至宋，諸家又僅僅只是增訂而已，內容並未改變，所以廣韻裏面還包括了些時代較早的切語，頗與切語中心時代的常軌不合，如上聲五十三豏韻「斬」「則減切」；去聲三十六效韻「罩」「都教切」。這些不合常軌的切語，往往會使不同的類合在一起，這就影響聲母或韻母系聯的準確性了。

3. 韻書的反切是一個一個造出來的，本來沒注意到後代人的系聯問題，因此實同類而因切語兩兩互用不能系聯的情形，也就隨處可遇了。既是如此，則是同類抑或不同類就很難斷定了。

二、陳氏系聯條例本身的缺失：

1. 分析條例：如以上聲五旨韻來說，「癸誄軌洧美鄙」是可以系聯在一起的，但「癸」「軌」皆以「居」爲反切上字，依分析條例的理論「凡上字同類，下字必不同類」，則可析爲兩類；但也可據條例說「癸」之反切下字用「誄」錯了，不過，也可反過來說「誄」之反切下字用「軌」是錯的。孰是孰非，就不得不借助於其他資料而判斷來分類了。

2. 反切下字補充條例：有些類之不能系聯，或因兩兩互用，或因韻母不同，如下平聲六豪韻，「袍毛褒」爲一類；「刀勞曹遭牢」爲一類。若依上去聲皆爲一類觀之，當合爲一類，但切韻系韻書中的脣音字一向是開合混亂的，我們是否要因爲「袍毛褒」都是脣音字而特別加以考慮呢？這也是補充條例不能完全解決的問題。

3. 反切上字補充條例：廣韻中的「又切」，多數是抄襲自早期的韻書，例外的切語比正常的切語更多，如上聲八語韻「褚，丑呂切又張呂切」，同韻「褚，丁呂切」；又下平聲十陽韻「長，直良切又丁丈切」，上聲三十六養韻「長，知丈切」。看這兩個又切的例子，「知」母與「端」母是可以聯爲一類的，但事實是否如此？這也不能不求助於其他資料來分析判斷了。

三、必須參用其他材料：如果單用陳氏的基本條例，則所得的聲類不止四十類，若兼用補充條例，則又只有三十類左右，所以白滌洲氏所定的廣韻聲類是四十七類❶，而張煊氏則只歸爲三十三類❷，可見陳澧自己所歸的四十類，並非如其所言「惟以考據爲準」的結果，其間還是參合了一些主觀的成見的。我們爲分類更精密起見，無論在上字與下字的系聯上，除了採用陳氏的方法以外，還要兼採等韻圖的歸字，字母的分類，早期韻書與廣韻的勘對，以證後期韻書中有些增加字的不妥當或錯誤，這樣來整理切韻系韻書的切語上下字，才會得出精確可據的聲類和韻類。

❶ 白滌洲作「廣韻聲紐韻類之統計」（北平女師大「學術季刊」第二卷第一期）。

❷ 張煊作「求進步齋音論」，三十三類之說卽在其中（載北大國故月刊第一期）。

第三節　廣韻之聲類

依陳澧的基本系聯條例所得的反切上字之類是四十七類，玆列四十七聲類如下（反切上字之排列，以使用次數之多寡爲先後之次）：

古類：見紐一二四等。

古公過各格兼姑佳詭

居類：見紐三等。

居舉九俱紀几規吉

苦類：溪紐一二四等。

苦口康枯空恪牽謙楷客可

去類：溪紐三等。

去丘區墟起驅羌綺欽傾窺詰袪豈曲乞

渠類：群紐三等。

渠其巨求奇暨臼衢強具狂跪

五類：疑紐一二四等。

五吾研俄

魚類：疑紐三等。

魚語牛宜虞疑擬愚遇危玉

烏類：影紐一二四等。

烏伊一安烟鷖愛挹哀握

於類：影紐三等。

於乙衣央紆憶依憂謁委

呼類：曉紐一二四等。

呼火荒虎海呵馨花

許類：曉紐三等。

許虛香況興休喜朽義

胡類：匣紐一二四等。

胡戶下侯何黃乎護懷獲

于類：喻紐三等。

于王雨為羽云永有雲筠遠韋洧榮薳

以類：喻紐四等。

以羊余餘與弋夷予翼營移悅

陟類：知紐二三等。

陟竹知張中豬徵追卓珍

丑類：徹紐二三等。

丑敕恥癡楮褚抽

直類：澄紐二三等。

直除丈宅持柱池遲治場佇馳墜

側類：照紐二等。

側莊阻鄒簪仄爭

初類：穿紐二等。

初楚測叉芻廁創

士類：牀紐二等。

士仕鋤鉏牀查雛助犲崇崱俟

（廣韻「俟」「牀史切」，可與本類系聯，但切韻與刊謬補缺切韻都是「俟，漦史切」，「漦，俟之切」，兩字自成一類，故宜析出「俟」類。）

所類：審紐二等。

所山踈色數砂沙疏生史

之類：照紐三等。

之職章諸旨止脂征正占支煑

昌類：穿紐三等。

昌尺充赤處叱春姝

食類：牀紐三等。

食神實乘

式類：審紐三等。

式書失舒施傷識賞詩始試矢釋商

時類：禪紐三等。

時常市是承視署氏殊寔臣殖植嘗蜀成

都類：端紐一四等。

都丁多當得德冬

他類：透紐一四等。

他吐土託湯天通台

徒類：定紐一四等。

徒杜特度唐同陀

奴類：泥紐一四等。

奴乃那諾內妳

女類：泥（娘）紐二三等。

女尼拏穠

子類：精紐一四等。

子卽作則將祖臧資姊遵茲借醉

七類：清紐一四等。

七倉千此親采蒼麤麁青醋遷取雌

昨類：從紐一四等。

昨徂從才在慈秦藏自匠漸情前酢疾

蘇類：心紐一四等。

蘇息先相私思桑素斯辛司速雖悉寫胥須

徐類：邪紐四等。

徐似祥辝詳辭隨旬夕

博類：幫紐一二四等。

博北布補邊伯百巴晡

普類：滂紐一二四等。

普匹滂譬

蒲類：並紐一二四等。

蒲薄傍步部白裴捕

莫類：明紐一二四等。

莫模謨摸慕母

方類：幫（非）紐三等。

方甫府必彼卑兵陂幷分筆畀鄙封

芳類：滂（敷）紐三等。

芳敷撫孚披丕妃峰拂

符類：並（奉）紐三等。

符扶房皮毗防平婢便附縛浮馮父弼苻

武類：明（微）紐三等。

武亡彌無文眉靡明美綿巫望

盧類：來紐一二四等。

盧郎落魯來洛勒賴練

力類：來紐三等。

力良呂里林離連縷

而類：日紐三等。

而如人汝乃兒耳儒

以上脣音之切語上字聲類，屬於「方芳符武」四類者，在「東鍾微虞文元陽尤廢凡」十韻及與之相承的上去入韻，則其聲紐爲「非敷奉微」；於此十韻及相承之韻以外之韻，即令其反切上字用「方芳符武」類，其聲紐亦爲「幫滂並明」。如五支韻「皮，符羈切」，反切上字雖用「符」，但仍算「並」紐，而不算「奉」紐。

第四節　廣韻之韻類

廣韻雖只有206韻，但每韻不止一韻母，所以206韻中所含的韻母却有290個之多，如果除了聲調不算，則依王了一先生的歸納，只有九十個韻類❶，兹將其九十韻類及每類

❶ 參見王著「漢語音韻學」第二十二節P.222。

所涵之切語下字列如下表。其中「支脂祭眞諄仙宵侵鹽」九韻及與之相承之上去入韻，則因在等韻圖中，無論開合口圖，都有兩套「脣、牙、喉」音，所以依「廣通侷狹」的門法及陳蘭甫的分析條例再析爲兩類；又「戈」韻析出「伽迦」二字，「痲」韻三類及「庚」韻四類的序次略有調整。並在各類之前附注韻圖中所居之等第如下（凡各類中之反切下字加［ ］者，係與另一類重複出現，在本類爲借用者，其先後次序則依使用次數之多寡爲準）：

第一紅類：（東韻一等）紅東公（董韻一等）孔董動揔蠓（送韻一等）貢弄送凍（屋韻一等）木谷卜祿。

第二弓類：（東韻三等）弓戎中融宮終（送韻三等）仲鳳衆（屋韻三等）六竹逐福菊匊宿。

第三多類：（多韻一等）冬宗（上聲僅「䲨湩」二字，皆一等，廣韻併入「腫」韻，玆仍列回本類）䲨湩（宋韻一等）綜宋統（沃韻一等）沃毒酷篤。

第四容類：（鍾韻三等）容恭封鍾凶庸（腫韻三等）隴勇拱踵奉宂悚冢（用韻三等）用頌（燭韻三等）玉蜀欲足曲錄。

第五江類：（江韻二等）江雙（講韻二等）項講㓝（絳韻二等）絳降巷（覺韻二等）角岳覺。

第六支類：

a.（支韻開口三等）支移離知（紙韻開口三等）氏紙爾此豸侈（寘韻開口三等）義智寄賜豉企。

b.（支韻開口三等）宜羈奇（紙韻開口三等）綺倚彼［委］。

第七爲類：

a.（支韻合口三等）［為］規隋隨（紙韻合口三等）婢彌俾（寘韻合口三等）恚避［義］。

b.（支合三等）為垂危吹［支］（紙合三等）委累捶詭毀髓靡（寘合三等）僞睡瑞累。

第八夷類：

a.（脂開三等）夷脂尼資飢私（旨開三等）几履姊雉視矢（至開三等）利至四冀二器自。

b.（至開三等）［利］。

第九追類：

a.（脂合三等）追悲隹遺眉綏維（旨合三等）軌鄙美水洧誄壘（至合三等）類位遂醉愧秘媚備萃寐。

b.（至合三等）季悸。

第十之類：（之開三等）之其茲持而甾（止開三等）里止紀士史市理已擬（志開三等）吏記置志。

第十一希類：（微開三等）希衣依（尾開三等）豈狶（未開三等）既家。

第十二非類：（微合三等）非韋微歸（尾合三等）鬼偉尾匪（未合三等）貴胃沸味未畏。

第十三魚類：（魚開三等）魚居諸余菹（語開三等）呂與舉許巨渚（御開三等）據倨恕御慮預署洳助去。

第十四俱類：（虞合三等）俱朱無于輸俞夫逾誅隅芻（麌合三等）矩庾主雨武甫禹羽（遇合三等）遇句戍注具。

第十五胡類：（模合一等）胡都孤乎吳吾姑烏（姥合一等）古戶魯補杜（暮合一等）故誤祚暮路。

第十六奚類：（齊開四等）奚雞稽兮迷鷖（薺開四等）禮啓米弟（霽開四等）計詣戾。

第十七攜類：（齊合四等）攜圭（霽合四等）惠桂慧。

第十八例類：

a.（祭開三等）例制祭憩弊袂蔽罽。

b.（祭開三等）［例］。

第十九芮類：（祭合三等）芮銳歲稅衞。

第二十蓋類：（泰開一等）蓋太帶大艾貝。

第廿一外類：（泰合一等）外會最。

第廿二佳類：（佳開二等）佳膎（蟹開二等）蟹買（卦開二等）懈賣隘。

第廿三媧類：（佳合二等）媧蛙緺（蟹合二等）夥丫（卦合二等）卦責。

第廿四皆類：（皆開二等）皆諧（駭開二等）駭楷（怪開二等）拜介界戒。

第廿五懷類：（皆合二等）懷乖淮（怪合二等）怪壞。

第廿六犗類：（夬開二等）犗喝。

第廿七夬類：（夬合二等）夬邁快話。

第廿八回類：（灰合一等）回恢杯灰胚（賄合一等）罪猥賄（隊合一等）對內佩妹隊輩繢昧。

第廿九來類：（咍開一等）來哀才開哉（海開一等）亥改宰在乃紿愷（代開一等）代溉耐愛亥槩。

第三十廢類：（廢合三等）廢肺穢。

第卅一鄰類❶：（眞諄開三等）鄰真人賓（軫準開三等）忍引軫盡（震稕開三等）刃覲晉遴振印（質術開三等）質吉悉栗必七畢一日叱。

第卅二巾類❷：（眞諄開三等）巾銀（軫準開三等）殞敏（質術開三等）乙筆密。

第卅三倫類：（眞諄合三等）倫勻遵迍脣綸旬贇（軫準合三等）準允尹（震稕合三等）閏順峻（質術合三等）聿律邺。

第卅四臻類：（臻開二等）臻詵（櫛開二等）瑟櫛。

第卅五云類：（文合三等）云分文（吻合三等） 粉吻（問合三等）問運（物合三等）勿物弗。

第卅六斤類：（欣開三等）斤欣（隱開三等）謹隱（焮

---

❶ 合「眞」「諄」兩韻之反切下字以系聯之，共得「三十一」「三十二」「三十三」等三個韻類，因陸氏切韻是「眞」「諄」合爲一韻的，廣韻雖分作兩類，却分得不清楚。

❷ 王了一先生原稱「贇」類，本書合併「眞」「諄」以系聯，「贇」類可併入「倫」類，而在「鄰」中析出「巾」類。

開三等）靳㪘（迄開三等）訖迄乞。

第卅七言類：（元開三等）言軒（阮開三等）偃幰（願開三等）建堰（月開三等）竭謁歇訐。

第卅八袁類：（元合三等）袁元煩（阮合三等）遠阮晚（願合三等）願万販怨（月合三等）月伐越厥發。

第卅九昆類：（魂合一等）昆渾尊奔魂（混合一等）本損忖衮（慁合一等）困悶寸（沒合一等）沒骨忽教勃。

第四十痕類：（痕開一等）痕根恩（很開一等）很懇（恨開一等）恨艮（沒開一等）麧［沒］。

第四一干類：（寒開一等）干寒安（旱開一等）旱但笴（翰開一等）旰案贊按旦（曷開一等）割葛達曷。

第四二官類：（桓合一等）官丸潘端（緩合一等）管伴滿纂緩［旱］（換合一等）貫玩半亂段換喚算（末合一等）括活撥秳末。

第四三姦類：（刪開二等）姦顏（潸開二等）板赧（諫開二等）晏諫澗鴈（鎋開二等）鎋轄瞎。

第四四還類：（刪合二等）還關班頑（潸合二等）［板］綰皖（諫合二等）患慣（鎋合二等）刮頒。

第四五閑類：（山開二等）閑山閒瞷（產開二等）限簡（襇開二等）莧襇（黠開二等）八黠。

第四六頑類：（山合二等）［頑］鰥（產合二等）［綰］（襇合二等）幻辨（黠合二等）滑拔［八］。

第四七前類：（先開四等）前賢年堅田先顛煙（銑開四等）典殄繭峴（霰開四等）甸練佃電麪（屑開四等）結屑蔑。

第四八玄類：（先合四等）玄涓（銑合四等）泫畎（霰合四等）縣［練］（屑合四等）決穴。

第四九連類：

a.（仙開三等）連延然仙（獮開三等）善演免淺蹇輦展辨剪（線開三等）戰扇膳（薛開三等）列薛熱別竭滅。

b.（仙開三等）乾焉（線開三等）箭線面賤碾膳（薛開三等）［列］。

第五十緣類：

a.（仙合三等）緣專川宣全（獮合三等）兗轉緬篆（線合三等）戀眷倦卷囀彥變［見］（薛合三等）悅雪絕。

b.（仙合三等）員圓攣權（獮合三等）［兗］（線合三等）絹掾釧（薛合三等）劣輟爇。

第五一聊類：（蕭四等）聊么彫蕭（篠四等）了鳥皎皛（嘯四等）弔嘯叫。

第五二遙類：

a.（宵三等）遙招昭霄邀消焦（小三等）小沼兆少（笑三等）照召少笑妙肖要。

b.（宵三等）嬌喬囂瀌（小三等）夭表矯［兆］

（笑三等）廟［召］。

第五三交類：（肴二等）交肴茅嘲（巧二等）巧絞爪飽（效二等）敎孝皃稍。

第五四刀類：（豪一等）刀勞袍毛曹遭牢褒（皓一等）皓老浩早抱道（號一等）到報導秏倒。

第五五何類：（歌開一等）何俄歌河（哿開一等）可我（箇開一等）箇佐賀个邏。

第五六禾類：

a.（戈合一等）禾戈波婆和（果合一等）果火（過合一等）臥過貨唾。

b.（戈開三等）伽迦。

第五七鞾類：（戈合三等）鞾骴肥靴［戈］。

第五八加類：（麻開二等）加牙巴霞（馬開二等）下雅賈疋（禡開二等）駕訝嫁亞罵。

第五九瓜類：（麻合二等）瓜華花（馬合二等）瓦寡（禡合二等）化吴霸［駕］。

第六十遮類：（麻開三等）遮邪車嗟奢賒（馬開三等）者也野冶姐（禡開三等）夜謝。

第六一良類：（陽開三等）良羊莊章陽張（養開三等）兩丈奬掌養网昉（漾開三等）亮讓向樣（藥開三等）略約灼若勺爵雀虐藥。

第六二方類：（陽合三等）方王（養合三等）往［兩］（漾合三等）放況妄［訪］（藥合三等）縛钁籰。

第六三郎類：（唐開一等）郎當岡剛（蕩開一等）朗黨（宕開一等）浪宕（鐸開一等）各落。

第六四光類：（唐合一等）光旁黃（蕩合一等）晃廣（宕合一等）曠謗（鐸合一等）郭博穫［各］。

第六五庚類：（庚開二等）庚行［盲］（梗開二等）梗杏冷打（映開二等）孟更（陌開二等）格伯陌白。

第六六橫類：（庚合二等）橫盲（梗合二等）猛礦營［杏］（映合二等）橫［孟］（陌合二等）［伯］擭虢［白］。

第六七京類：（庚開三等）京卿驚（梗開三等）影景［丙］（映開三等）敬慶（陌開三等）戟逆劇郤。

第六八兵類：（庚合三等）兵明榮（梗合三等）永憬（映合三等）病命。

第六九耕類：（耕開二等）耕莖萌（耿開二等）幸耿（諍開二等）迸諍（麥開二等）革核戹摘責戹。

第七十萌類：（耕合二等）萌宏（麥合二等）獲麥摑。

第七一盈類：（清開三等）盈貞成征情幷（靜開三等）郢井整靜（勁開三等）正政盛姓令鄭（昔開三等）益石隻亦積易辟迹炙昔。

第七二營類：（清合三等）營傾（靜合三等）頃潁（昔合三等）役［隻］。

第七三經類：（青開四等）經丁靈刑（迥開四等）挺鼎頂剄醒涬（徑開四等）定徑佞（錫開四等）歷擊激

狄。

第七四扃類：（青合四等）扃螢（迥合四等）迥熲（錫合四等）闃昊鶪。

第七五陵類：（蒸開三等）陵冰兢矜膺蒸乘仍升（拯開三等）拯殑（證開三字）證孕應餕甑（職開三等）力職側卽翼極直逼。

第七六域類：（職合三等）［逼］。

第七七登類：（登開一等）登滕棱增崩朋恆（等開一等）等肯（嶝開一等）鄧亙隥贈（德開一等）則得北德勒墨黑。

第七八肱類：（登合一等）肱弘（德合一等）或國。

第七九鳩類：（尤三等）鳩求由流尤周秋州浮謀（有三等）九久有柳酉否婦（宥三等）救祐又咒副僦溜富就。

第八十侯類：（侯一等）侯鉤婁（厚一等）后口厚苟垢斗（候一等）候奏豆遘漏。

第八一幽類：（幽三等）幽虯彪烋（黝三等）黝糾（幼三等）幼謬。

第八二林類：

a.（侵三等）林尋心深針淫（寑三等）荏甚稔枕朕凜（沁三等）禁鴆蔭任譖（緝三等）入立及戢執汁。

b.（侵三等）金今音吟岑（寑三等）錦飲痒（緝三等）急汲［入］。

第八三含類：（覃一等）含南男（感一等）感禫唵（勘一等）紺暗（合一等）合答閤沓。

第八四甘類：（談一等）甘三酣談（敢一等）敢覽（闞一等）濫瞰噉暫蹔（盍一等）盍臘搕雜。

第八五廉類：

a.（鹽三等）廉鹽占（琰三等）琰冉染歛漸（豔三等）豔贍（葉三等）涉葉攝接。

b.（鹽三等）淹炎［廉］（琰三等）檢險儉奄（豔三等）驗窆（葉三等）輒［葉］。

第八六兼類：（添四等）兼甜（忝四等）忝玷簟（㮇四等）念店（帖四等）協頰愜牒。

第八七咸類：（咸二等）咸讒（豏二等）減斬豏（陷二等）陷韽賺（洽二等）洽夾図。

第八八銜類：（銜二等）銜監（檻二等）檻黤（鑑二等）鑑懺（狎二等）甲狎。

第八九嚴類：（嚴三等）嚴醶（儼三等）广掩（釅三等）釅［欠］［劍］（業三等）業怯刼。

第九十凡類：（凡三等）凡芝［咸］（范三等）范犯錽（梵三等）劍梵泛欠（乏三等）法乏。

第八章　等韻圖

第一節　幾個重要的等韻圖❶

壹、何謂等韻圖

等韻圖是反切拼音的後期，按語音的構成音素、性質、特點、關係等條件，而歸納編排出來的一種語音圖表。圖表中將三十六字母與206韻配合成圖，字母依照所謂「五音」與「清濁」排比起來；然後又把韻書中的各類韻母比較異同，每韻按照音量的洪細分成四個「等」；又按韻頭元音的不同，分成開合兩呼，進而依四聲與四等相配的關係，合若干韻母以爲一轉。如此聲母、韻母、聲調、等呼都成了有系統的歸納，據它們的關係，橫列字母，縱分四等，作成若干圖表，把韻書中的字按照「聲」「韻」「調」的成素分別塡入，使每一個字音都可以在縱橫交錯中有一個位置，只要學會圖中所有音節的讀法，再按反切上下字的位置去求索，就能得到正確的讀音。這便是「等韻圖」。

❶ 本節內容大部爲作者於新加坡南洋大學授課時之討論材料，由林幼莉同學整理成篇，原名「宋元等韻圖的形式」，林同學於1970年3月曾把它發表在南洋大學中文學會的「中國語文學報」第三期。

貳、等韻圖的格式及其形成因素

一、等韻圖的格式：現存的等韻圖最古且最有研究價值的，有「七音略」「韻鏡」「四聲等子」「切韻指掌圖」「經史正音切韻指南」等五個。一般學者講等韻圖，也以這五本書爲代表。因此論等韻圖的格式，也就以這些書爲依據。各種等韻圖的格式雖不完全一樣，但歸納起來，有以下幾項形式是相同的。

1. 橫列字母：或三十六行，或二十三行。

2. 縱列韻母：或先分四聲，於四聲欄中再分四等；或先分四等，於四等欄中再分四聲。

3. 聲母與韻母縱橫交錯，其交叉點就是該聲母和韻母所構成的語音之位置，有的有音就有代表字；有的有音而沒有代表字。

二、等韻圖的形成因素：等韻圖的形成，是音韻學史上的必然現象，因爲到了唐代末期悉曇學之輸入，梵文拼音表入華，加上字母興起，對音素的分析越來越深入，佛經中漢字語音的轉唱圖表應運而生，於是也就影響到正統音韻的研究和創制圖表了。分析各種韻圖，其組成的因素有以下數端：

1. 七音❶：這是按照發音部位的不同，把聲紐分成

❶ 參見「語音學大綱」第十章第一節「七音」條。

牙音、舌音、脣音、齒音、喉音、半舌音、半齒音七類。有的等韻圖還照這種分類再配上角、徵、宮、商、羽、半徵、半商等七音綱目。

2. 字母：這是指聲母的代字，共有三十六個，即「見溪群疑，端透定泥，知徹澄娘，幫滂並明，非敷奉微，精清從心邪，照穿牀審禪，影曉匣喻，來，日」。

3. 清濁❶：這是按照發音時是否振動聲帶而區分的發音類別，有全清、次清、全濁、次濁等類。

4. 韻母：按 206 韻的九十韻類❷，編排成四十三轉，十六攝；或二十四圖，二十圖。

5. 等呼❸：早期的韻圖都是分開合兩呼的，所製成的圖表也就分「開口圖」與「合口圖」之不同。還有些不分開合的，則稱之爲「獨韻」，如十六攝中的「通、江、遇、效、流、深、咸」等是。「等」是按照介音及主要元音的不同，分成不同洪細的四等。

6. 聲調：指平上去入四個調類而言的。

叁、七音略❹

❶ 參見「語音學大綱」第三章第一節「清濁閉塞音」條。

❷ 參見「語音學大綱」第七章第四節「廣韻之韻類」。

❸ 參見「語音學大綱」第十章第三節「等呼」條。

❹ 參見拙著「七音略之作者及成書」（臺灣國立政治大學「文海」七期）。

七音略是今傳最早的等韻圖，成書於宋高宗紹興三十一年以前，其後才被表彰顯世。它的價值在於能保留切韻系韻書的系統，韻書中不同音切的字，在七音略中便分居不同的地位，少有遺漏和混淆的，是正韻書之失，與補韻書之不足的最好材料。

一、七音略的作者：

七音略是通志一書二十略中的一略，通志是宋鄭樵仿通史的體例而著的一部書。鄭樵（ 1104 — 1162 ）字漁仲，宋莆田人，講學於夾漈山上，人稱夾漈先生，好爲考據倫類之學，閉門著述，成書甚多，其中以「通志」一書最著名。他在文字、聲韻方面尤有深入之研究，並多創見。通志內除七音略外，六書略也是屬於小學方面的著作。

二、七音略的聲母排列：

有關聲母的排列，應與發音部位、清濁、等呼等條件配合，構成一個完整的發音系統，使韻圖發生作用。七音略並沒有在書首特立一個聲母表，欲知它的聲母排列情形，必須擷取四十三轉圖中的聲紐分佈，始可知其聲母排列之實況，其次序如下表：（表見下頁）

三、七音略的內容：

七音略是純粹以切韻爲對象，分析它的系統而製成的韻圖，所以它的內容，可以說是切韻的圖解。七音略四十三轉圖前有「文字諧聲圖例」，鄭氏稱之爲「諧聲製字六圖」，這是說明形聲字的諧聲偏旁與三十六聲紐、二百零六韻之間

發音部位＼清濁	脣音：（羽）		舌音：（徵）		牙音：（角）	齒音：（商）		喉音：（宮）	半舌音（半徵）	半齒音（半商）
	重脣	輕脣	舌頭	舌上		齒頭	正齒			
全清	幫	非	端	知	見	精	照	影		
次清	滂	敷	透	徹	溪	清	穿	曉		
全濁	並	奉	定	澄	羣	從	牀	匣		
次濁	明	微	泥	娘	疑			喻	來	日
全清						心	審			
全濁						邪	禪			

的正變關係。七音略 把 206 韻分成四十三轉，每轉制一圖，把切韻所有的字音都用圖表示出來。每一圖所納的韻數並不相等，須視其實際配合的情況來決定的。圖中上橫，按發音部位與清濁，將三十六字母排列成二十三行，縱右按聲調分平上去入四欄，每欄分四格，就是四個等。四十三圖計包括內

轉十九圖，外轉二十四圖。

肆、韻 鏡

韻鏡是第二部最古的等韻圖，也是純粹以切韻爲對象來分析語音系統的韻圖。宋紹興辛巳年（1161）三山張麟之刊行韻鏡，慶元丁巳（1196）重刊，嘉泰三年（1203）他又替它作序。這本書雖是中國人所作，却久已失傳，到清末黎蒓齋出使日本，偶得享祿戊子（1528）覆宋本韻鏡，把它收入「古逸叢書」中，才再流傳於中國。

一、韻鏡的作者：

韻鏡的作者，至今並無明確的定論。張麟之在韻鏡序中以爲是沙門神珙所作，但又自認沒有證據。日本人大矢透氏在「韻鏡考」中稱韻鏡原型隋唐，羅常培先生在「通志七音略研究」❶中，較相信此說，但仍沒有足夠的證據。董同龢先生就韻鏡的內容與形式看❷，認爲是宋朝的作品，這應該是比較可靠的。

二、韻鏡的聲母排列：

韻鏡的聲母也是三十六個，排成二十三行，始「幫」終「日」，但在四十三轉圖中，並不標出字母，張麟之在韻鏡全書之前作有聲母表，茲錄之如下：

❶ 「通志七音略研究」載中央研究院歷史語言研究所集刊第五本第四分。

❷ 參見董著「中國語音史」第五章P. 68。

韻鏡聲母排列表

	唇音	舌音	牙音	齒音	喉音	舌齒音
	清、次清、濁、清濁	清、次清、濁、清濁	清、次清、濁、清濁	清、次清、濁、清、濁	清、清、濁、清濁	清濁、清濁
○三十六字母	幫-滂-並-明（唇音重） 非-敷-奉-微（唇音輕）	端-透-定-泥（舌頭音） 知-徹-澄-娘（舌上音）	見溪羣疑	精-清-從（齒頭音） 照-穿-牀（正齒音） 心-邪（細齒頭音） 審-禪（細正齒音）	影（喉音二獨立） 曉匣（喉音雙飛） 喻	來、日（半徵半商）
○歸納助紐字	賓邊　繽篇　頻蠙　民眠 分蕃　芬翻　汾煩　文構	丁顛　汀天　廷田　寧年 珍邅　⿰犭辡辿　陳廛　紉⿰女辡	經堅　輕牽　勤虔　銀言	精煎　親千　秦前　新仙　錫延 真氈　瞋燀　蓁潺　身羶　辰禪	殷焉　馨祆　礥賢　勻緣	鄰連　人然
此圖每韻呼吸四聲字並屬之						

（按：此表係錄自古逸叢書十六韻鏡）

三、韻鏡的內容：

1. 韻鏡序：張麟之作於嘉泰三年（ 1203 ）。

2. 聲母表：說明韻鏡聲母的排列次序。

3. 凡例：解說韻圖各因素的含義。

4. 四十三轉圖：韻鏡的四十三轉圖，除了各圖的次序與代表個別字音的字與七音略少有不同外，大體上是和七音略沒有什麼大的差別的。各圖所注明的內外轉，大體上也與七音略相同。韻鏡的各個圖中，並不標列字母，只在上橫格內寫明「五音」與「清濁」，表面上與七音略不同，實際上還是一樣的。圖中的「重脣」與「輕脣」合爲四行，「舌頭」與「舌上」含爲四行，「齒頭」與「正齒」合爲五行，情況與七音略相同，也是分排爲二十三行，但七音略上標的字母，韻鏡不標；所以我們要了解韻鏡的歸字，就必須先揣摩清楚各類字音的詳細位置，尤其是輕重脣不分，舌頭舌上不分，齒頭正齒不分，就必須依靠「等」來幫忙了解了。從排列的次序和輕重脣等之合爲壹欄的情況來看，韻鏡完全是依據切韻系的韻書而作是沒有疑問的。此外是韻鏡所標的「清」「濁」，在他書謂之「全清」「全濁」；它所謂的「清濁」，在他書則謂之「次濁」。

伍、四聲等子

四聲等子是出於七音略和韻鏡之後的一部韻圖，早期韻圖的四十三轉，是根據切韻系統制成的，但這不能反映當時的實際語音系統，特別是切韻系的後期，語音有了新的發展和變化，原來的韻圖就顯得更不合適了。四聲等子是把四十三轉圖簡化爲二十韻圖，併四十三轉爲十六攝，這雖然泯滅了許多韻的畫分，對考訂中古語音不利，但却使韻圖更切合當時語言的實際語音系統了。

一、四聲等子的作者：

等子的作者，聲韻學家們都認爲已無法稽考。至於它撰述年代，根據四聲等子的序文所提供的資料，和各家的考證，應是北宋時期的產物，它的傳述年代，最早不會早過宋至道三年（997），最晚是在南宋之前❶。這種推斷，雖不能說完全正確，相信也不會相差太遠。

二、四聲等子的聲母排列：

四聲等子的聲母也是三十六字母，三十六聲母分排二十三行，喉音次序在書前的「七音綱目」中是「影曉匣喻」，但在每一個圖中的次序却是「曉匣影喻」。「七音綱目」是說明全書所用聲紐之次第及清濁的，綱目配以七音，每一聲紐下列舉兩個例字，玆抄錄如下：

❶ 參見趙蔭棠「等韻源流」P.75 及拙著「切韻指掌圖及四聲等子之成書年代考」（臺北學粹雜誌九卷一期）。

四聲等子聲母排列表

			全清	次清	全濁	不清不濁	全清	半清半濁
角	牙音		見 經堅	溪 牽輕	羣 乾勤	疑 研銀		
徵	舌音	舌頭	端 顛丁	透 汀天	定 田延	泥 年寧		
		舌上	知 邅珍	徹 [illegible]	澄 纏陳	娘 [illegible]紐		
宮	唇音	唇重	幫 邊賓	滂 篇砏	並 便貧	明 綿民		
		唇輕	非 蕃分	敷 翻芬	奉 煩墳	微 亡文		
商	齒音	齒頭	精 煎津	清 千親	從 前秦		心 先新	邪 延錫
		正齒	照 專諄	穿 川春	牀 遄神		審 羶申	禪 船純
羽	喉音		影 烟因	曉 軒馨	匣 賢刑	喻 延寅		
半徵	半舌		來 連鄰					
半商	半齒		日 然人					

三、四聲等子的內容：

比較劉鑑的「經史正音切韻指南」與「四聲等子」二書的內容後，我們可以確定錢曾「敏求記」所謂之「古四聲等子一卷，卽劉士明（鑑）切韻指南，曾一經翻刻，冠以元人熊澤民序而易其名」之說是完全不對的，玆簡述其內容如下：

1. 四聲等子序。
2. 七音綱目。
3. 九個門法。
4. 圖式解說圖。
5. 十六攝二十圖：十六攝二十圖是四聲等子的眞正內容，四聲等子把舊韻圖的四十三轉併爲十六攝，用二十個圖來容納韻書 206 韻的單字音，有時在同一圖同一等當中，容納兩韻以上的字，於是該當見圖的字也不能完全出現圖中，在檢字方面來說，是十分不便的。四聲等子二十圖還有一點特殊的地方，就是圖中上下先分四欄，就是四個等，每個等中再分四小格，就是平上去入四個聲調，跟韻鏡、七音略之先分四個聲調，然後再於四個聲調中各分四個等的情況完全不同。

陸、切韻指掌圖

切韻指掌圖是在四聲等子以後出現的一個等韻圖，兩書同是把以前的四十三轉圖歸併而成的韻圖。切韻指掌圖全書也是二十個圖，從圖的表面看，像是分爲十三攝，但並未標出攝名。

一、切韻指掌圖的作者：本書之前有序文，云「涑水司馬光書」，所以在清代以前，一向都認爲是司馬光作的，自從莫友芝「韻學源流」以司馬光「傳家集」沒有記載此書而首先提出疑問❶，此後就有很多學者懷疑此書的作者和年代，清末鄒特夫根據孫覿的「切韻類例序」，考證不是司馬光作，以爲是南宋楊中修所作，但並無確證。趙蔭棠「等韻源流」❷以爲切韻指掌圖實非司馬光所作，因爲嘉泰三年以前，沒有人提到此圖，但在嘉泰三年以後的著作物中提到此圖的却很多，可見亦非元代人的作品。從各家的記載看來，可推知切韻指掌圖的形式，或受到四聲等子的影響，但其中可能也有楊倓「韻譜」的成分。根據等韻源流的推斷，此書完成於淳熙三年（1176）之後，嘉泰三年（1203）之前❸至於作者是誰，則已無法考證了。不過，從它歸併前人韻圖的痕跡看來，應該不是一個時期的作品，也不是出於一人之手的作品。

二、切韻指掌圖的聲母排列：切韻指掌圖全書各圖的三十六聲紐分成三十六行排列，與前面所介紹的幾部二十三行

---

❶ 參見羅氏鉛印本「韻學韻流」P.27。

❷ 參見趙氏「等韻源流」P.106。

❸ 參見「等韻源流」P.106，及拙著「切韻指掌圖及四聲等子之成書年代考」（在臺北「學粹」雜誌九卷一期內）。

的韻圖不同，主要是把舌音中的舌頭、舌上分成八行；脣音中的重脣、輕脣也分成八行；齒音中的齒頭、正齒則分成十行，共增加了十三行。次序是始「見」終「日」，「邪」母改作「斜」母，圖前有「三十六字母圖」，用以說明本圖聲母的排列和其他有關的事項，字母圖標題下有「引類」「淸濁」四字，「引類」是指字母左下的兩個「例字」；「淸濁」是指字母右下所注明的該字母之淸濁。茲將切韻指掌圖之「三十六字母圖」抄錄如下：（圖見下頁）

三、切韻指掌圖的內容：書首有所謂的「司馬光自序」，書後有刊行本圖的董南一所作的後序。書中有三十六字母圖，及一些「等韻門法」的解說。全書共爲二十圖，表面上與四聲等子是一致的，實際上却不相同，因爲本書把「止」攝和「蟹」攝重新畫分，並沒有用轉或攝的名稱。同時，本書把206韻歸併爲二十圖，其中首六圖是「獨韻」，其後十四圖是「開合韻」，開口與合口各七圖。每類之中，又以四等字之多寡爲次，所以「高」爲「獨韻」之首，「干」「官」爲「開合韻」之首。切韻指掌圖雖然仍用切韻或廣韻的標目，但在語音系統方面，已參照當時的讀音，加以合併了。在等第方面，如「玆雌慈思詞」，在以前的韻圖都是列在四等的，可是到了指掌圖却列在一等，這種改變，是顯示指掌圖已顧慮到實際語音的變遷了。

此外，書中的入聲韻是分承陰聲韻和陽聲韻的，這是和其他韻圖所不同的一點。

切韻指掌圖聲母排列表

三十六字母圖 引類清濁

見 經堅 全清	端 丁顛 全清	知 珍邅 全清	幫 賓邊 全清	非 分番 全清	精 津煎 全清	照 征氈 全清	影 因煙 全清	來 鄰連 不清不濁
溪 輕牽 次清	透 汀天 次清	徹 癡脡 次清	滂 繽篇 次清	敷 芬蕃 次清	清 親千 次清	穿 嗔彈 次清	曉 馨軒 次清	日 人然 不清不濁
群 勤乾 全濁	定 廷田 全濁	澄 陳纏 全濁	並 貧便 全濁	奉 墳煩 全濁	從 秦前 全濁	牀 諍潺 全濁	匣 刑賢 全濁	
疑 銀研 不清不濁	泥 寧年 不清不濁	娘 紉孄 不清不濁	明 民綿 不清不濁	微 文亡 不清不濁	心 新先 全清	審 身羶 全清	喻 寅延 不清不濁	
					斜 餳涎 半清半濁	禪 蜃船 半濁半清		
是牙音	舌頭音	舌上音	脣音重	脣音輕	齒頭音	正齒音	是喉音	舌齒音

柒、經史正音切韻指南

本書簡稱切韻指南，內容和形成都和四聲等子相似。其體制源於四聲等子而與金韓道昭的「五音集韻」有極深密的關係。作者自序云：

> 因其舊制，次成十六通攝，作檢韻之法，析繁補隙，詳分門類；並私述元關六段，總括諸門，盡其蘊奧，名之曰經史正音切韻指南；與韓氏五音集韻互為體用。諸韻字音，皆由此韻而出也。

可見切韻指南是以五音集韻爲依據而作成的。

一、切韻指南的作者：切韻指南作者是元代的劉鑑，此書卷首有後至元丙子熊澤民序，其中有一段說：

> 古四聲等子，為流傳之正宗，然中間分析，尚有未明。關西劉士明著書曰經史正音切韻指南。

今世聲韻學家都認爲此書是元人劉鑑所作無疑。切韻指南成書於元朝的至元二年（1366），由於流傳不廣，難得見及。

二、切韻指南的聲母排列：本書字母亦爲三十六個，分二十三行排列，次序與韻鏡、七音略不同，始「見」終「日」，順序是牙、舌、脣、齒、喉、半舌、半齒。喉音次序是「曉匣影喻」。

三、切韻指南的內容：本書共分十六攝，而有二十四圖。十六攝是通、止、遇、果、宕、曾、流、深、江、蟹、臻、山、效、假、梗、咸。各攝的內外轉之注明，和四聲等子，切韻指掌圖一樣，把單是開口或單是合口的諸攝，都注明是「獨韻」。把開合兼具的諸攝，則分別注明「開口」或「合口」。在入聲韻方面，切韻指南是兼承陰聲韻和陽聲韻的。切韻指南既併轉爲「攝」，且於各攝注明開口呼或合口呼，更以入聲兼配陰陽，這是爲了實際語言的轉變，而改變了初期韻圖的面目。但它分等的方法，還是承襲從前的舊貫，所分的等第並不合當時實際的音讀，於是在書後作「門法玉鑰匙」十三門：1. 音和門；2. 類隔門；3. 窠切門；4. 輕重交互門；5. 振救門；6. 正音憑切門；7. 精照互用門；8. 寄韻憑切門；9. 喻下憑切門；10. 日寄憑切門；11. 通廣門；12. 侷狹門；13. 內外門。

第二節　韻圖歸字❶

等韻圖因爲三十六字母與韻書反切的實際聲類❷有了出入，所以在歸字上就發生了許多不合理的現象，而這些不合理的現象也正是使後人對等韻圖在了解上發生了許多困難的部分。所以爲使人便於了解起見，我們必須把等韻圖中的字母和一二三四等韻在韻圖中出現的位置，有一個條理化的分

❶ 本節文字曾發表於新加坡南洋大學學報第二期，文稱「韻圖歸字與等韻門法」。下節同此。

❷ 系聯廣韻反切上字可得四十一個聲類，與韻圖中所用的三十六字母已有很大的出入。

析，現在把字母和四等的區分，圖解說明如下。

壹、字母的安排

先據韻鏡、七音略的「字母排列次序」列表如下圖。

	半齒	半舌	喉				齒					牙				舌				脣				
	日	來	喻	匣	曉	影	邪禪	心審	從牀	清穿	精照	疑	羣	溪	見	泥娘	定澄	透徹	端知	明微	並奉	滂敷	幫非	
韻目		○		○	○	○		○	○	○	○	○		○	○	○	○	○	○	○	○	○	○	一等
		○		○	○	○	○	○	○	○	○	○		○	○	○	○	○	○	○	○	○	○	二等
	○	○	○		○	○	○	○	○	○	○	○	○	○	○	○	○	○	○	○	○	○	○	三等
		○	○	○	○	○	○	○	○	○	○	○		○	○	○	○	○	○	○	○	○	○	四等

說明：(1)這是韻鏡、七音略的字母次序，四聲等子和經史正音切韻指南雖然字母的次序與韻鏡、七音略不同，但各字母所屬的單字音在韻圖中所出現的位置却是完全一致的。至於切韻指掌圖的字母雖分三十六行排列，其每一字母所屬的單字音在圖中出現的位置也是一樣的。

(2)圖中有圓圈的部分，是表示有各韻的單字音出現的位置。

⑶脣音「幫、滂、並、明」四母的字在圖中一、二、三、四等都有出現，「非、敷、奉、微」四母的字則只出現於三等韻「東、鍾、微、虞、文、元、陽、尤、廢、凡」及與它們相承的上、去、入聲韻中。

⑷舌頭音「端、透、定、泥」四母的字只出現在圖中一、四等的地位；舌上音「知、徹、澄、娘」四母的字則只出現在圖中二、三等的地位。

⑸牙音「見、溪、疑」三母的字在圖中一、二、三、四等的地位都有出現；「群」母字則只出現於三等，一、二、四等是沒有「群」母字的。

⑹齒頭音「精、清、從、心、邪」五母的字只出現於圖中一、四等的地位，且眞正的一等韻和四等韻是沒有「邪」母字的，見於圖中四等地位的「邪」，母字是三等韻的「邪」母字借用四等的地位而見圖的；正齒音「照、穿、牀、審、禪」五母的字則只出現於二、三等。

⑺喉音「影、曉」二母的字是一、二、三、四等的地位都出現的，「匣」母字則只出現於一、二、四等而無三等，「喻」母字則只出現於三、四等，且圖中四等地位中的「喻」母字是三等韻的「喻」母去借用四等的地位，實際上「喻」母是沒有一、二、四等字的。

⑻半舌音「來」母字，一、二、三、四等都有出現。

⑼半齒音「日」母字，只出現於圖中三等的地位。

貳、一等韻出現於韻圖的位置

先列「一等韻」出現於韻圖的位置如下圖：

	日	來	喻	匣	曉	影	邪	心	從	清	精	疑	羣	溪	見	泥	定	透	端	明	並	滂	幫	
韻目		○		○	○	○		○	○	○	○	○		○	○	○	○	○	○	○	○	○	○	一等
																								二等
																								三等
																								四等

圖中圓圈是表示有單字音出現的地方（以下仿此），有單字音出現於韻圖中「一等」的位置的韻目計有：東、董、送、屋；冬、（湩）、宋、沃；模、姥、暮；泰；灰、賄、隊；咍、海、代；魂、混、慁、沒；痕、很、恨；寒、旱、翰、曷；桓、緩、換、末；豪、皓、號；歌、哿、箇；戈、果、過；唐、蕩、宕、鐸；登、等、嶝、德；侯、厚、候；覃、感、勘、合；談、敢、闞、盍等六十一韻，這些韻的全部或是部分，因爲只出現在韻圖「一等」的位置，且是「一

等」的洪音，所以我們稱之爲「一等韻」❶。一等韻在韻圖中的特徵是：沒有「非、敷、奉、微」；「知、徹、澄、娘」；「照、穿、牀、審、禪」及「群」；「邪」；「喻」；「日」等十七母的字。因爲它們的單字音只單純地見於韻圖「一等」的地位，所以閱圖檢字，並無難以了解的地方。

叁、二等韻出現於韻圖的位置

先列「二等韻」出現於韻圖的位置如下圖：

	日	來	喻	匣	曉	影	禪	審	牀	穿	照	疑	羣	溪	見	娘	登	徹	知	明	並	滂	幫	
																								一等
韻目		○		○	○	○		○	○	○	○	○		○	○	○	○	○	○	○	○	○	○	二等
																								三等
																								四等

有單字音出現於韻圖中「二等」的位置的韻目計有：

---

❶ 說某個韻是「一等韻」，並不完全是指韻書中的整個韻而言的，像「模、姥、暮」固然整個韻都是「一等韻」，但如「東、送、屋」却除了一部分是「一等韻」以外，另一部分却是屬於「三等韻」的。以下「二」、「三」、「四」等韻都是如此，不另注釋。

江、講、絳、覺；佳、蟹、卦；皆、駭、怪；夬；臻、櫛；刪、潸、諫、黠；山、產、襉、鎋；肴、巧、效；麻、馬、禡；庚、梗、敬、陌；耕、耿、諍、麥；咸、豏、陷、洽；銜、檻、鑑、狎等四十三韻，這些韻的全部或部分因為只出現於等韻圖中「二等」的地位，且是次於一等的洪音，所以我們稱之為「二等韻」，二等韻 在韻圖中的特徵是：沒有「非、敷、奉、微」;「端、透、定、泥」；「精、清、從、心、邪」及「群」；「禪」；「喻」;「日」等十三母的字，因為它們的單字音很單純地只見於韻圖中「二等」的地位，所以檢示圖中的字音，也像「一等韻」一樣是很容易了解的。

肆、三等韻出現於韻圖的位置

「三等韻」的情形最為複雜，而且因為受韻圖格式及字母不足數的限制，至於借用「三等」以外的地位的權宜辦法產生，在製圖人來說，已是煞費苦心，以閱圖檢字的人來說，却因此而被它攪得頭昏腦脹，感覺十分難以了解。玆為便於了解起見，把「三等韻」分成三個類型的三個圖來分別說明之。

一、第一類三等韻❶出現於韻圖的位置：

❶ 本書作者視「三等韻」出現於韻圖的位置之異，分「三等韻」為三個類，而名之為「第一類三等韻」，「第二類三等韻」，「第三類三等韻」。

	日	來	喻	匣	曉	影	禪	審	牀	穿	照	疑	羣	溪	見	娘	澄	徹	知	明微	並奉	滂敷	幫非	
																								一等
																								二等
韻目			○		○	○						○	○	○	○					○	○	○	○	三等
																								四等

「第一類三等韻」是純出現在圖中「三等」的地位的，其包括的韻目計有：微、尾、未；廢；文、吻、問、物；殷（欣）、隱、焮、迄；元、阮、願、月；庚、梗、敬、陌；嚴、儼、釅、業；凡、范、梵、乏等二十八韻。這類三等韻的特點是只出現在韻圖三等「脣」、「牙」、「喉」音的位置，而是沒有「舌」、「齒」音的。在「脣音」部分，凡屬微、尾、未；廢；文、吻、問、物；元、阮、願、月；凡、范、梵、乏等十六韻的字都是屬於「非、敷、奉、微」四母的，其餘十二韻則是屬於「幫、滂、並、明」四母的。這二十八韻的韻母因為是屬於「三等」的細音，所以我們稱之為「三等韻」。至於三個類型的「三等韻」的共同特徵，容把三類三等韻都介紹完了，再行說明，此處不贅。

二、第二類三等韻出現於韻圖的位置：

	日	來	喻	匣	曉	影	禪邪	審心	牀從	穿清	照精	疑	羣	溪	見	娘	澄	徹	知	明微	並奉	滂敷	幫非	
																								一等
							○	○	○	○	○													二等
韻目	○	○	○		○	○	○	○	○	○	○	○	○	○	○	○	○	○	○	○	○	○	○	三等
			○				○	○	○	○	○													四等

「第二類三等韻」的韻目計有；東、送、屋；鍾、腫、用、燭；之、止、志；魚、語、御；虞、麌、遇；海；齊；歌；麻、馬、禡；陽、養、漾、藥；蒸、拯、證、職；尤、有、宥；幽、黝、幼等三十六韻。這一類的三等韻，經系聯韻書中的切語下字，所得的結果，是可以證明它們無論歸屬任何一個聲母，在韻母方面是同一類的。在聲母方面，系聯韻書中的切語上字的結果，發覺在「照、穿、牀、審、禪」五母中，它們可分爲必不可合的兩類，因此研究「切韻系」聲母的人，認爲韻圖中的三十六字母顯然已不夠用，「照、穿、牀、審、禪」五母，應析爲「莊、初、牀、疏、俟」❶及「照、穿、神、審、禪」十母才是，再經調查方言以相印證，發覺「莊、初、牀、疏、俟」五母的發音是「tʃ—、 tʃ′—、dʒ′—、ʃ—、ʒ—」、「照、穿、神、審、禪」五母的發音則是「tɕ—、tɕ′—、dʑ′—、ɕ—、ʑ—」，就因爲聲母的不同，所以製作韻圖的人，雖發覺放在二等地位而屬於「莊、初、牀、疏、俟」五母的單字音與放在三等地位而屬於「照、穿、神、審、禪」五母的單字音，它們的韻母是完全相同的，但因聲母在當時的語音中已有了區別，所以不惜費許多周折，把「莊、初、牀、疏、俟」五母的字安排在二等，它們雖被安排在圖中二等的地位，但它們並不是「二等韻」，只是因爲在三等的地位上已有「照、穿、神、審、禪」五母的單字音佔滿了，它既因聲母有異而無法併入「照、穿、神、審、禪」五母，所以只好不得已地借用二等的地位，因爲凡是在這種情形之下，二等的地位都恰好是空着沒用的，於是也就正好可以被它們借用了。所以，這一類的字，閱圖者切不可因其置於二等而誤認它們爲「二等韻」，實際上，它們並不是「二等韻」，只是「三等韻」到二等來借地位的罷了。

---

❶ 「俟」母字僅「之」韻有一「漦」字，「止」韻有一「俟」字，他韻皆無「俟」母字，且因廣韻的「俟」與「士」是可以系聯的，故近世有少數研究韻圖的人，以爲「俟」母字可以併入「牀」母，其實那種作法是不對的，應當使它獨立才是。

此外又有「喻」母字也因在製圖時的語音中已可區分為兩類聲母了，系聯韻書切語上字的結果，也確是有必不可合的兩類聲母，因此研究韻圖聲母的人，又把它們分為「為」、「喻」二母，「為」母字在韻圖中是安置在三等的，「喻」母字在韻圖中是安置在四等的，調查方言以印證之，發覺「為」母的發音是［ɣj－］，「喻」母的發音是屬於「無聲母」的，就因為「喻」母字在製作韻圖者的當時語音中及韻書反切上字系聯的結果，都應該分作兩類，所以製作韻圖的人就不敢把這兩類不同聲母的字安置在相同的位置中，當然，這兩類不同聲母的字，它們的韻母是毫無區別的，只是因為聲母有別，所以在圖中的位置也不得不予分開，於是製圖者把發［ɣj-］母的一類字放在圖中「喻」母下三等的地位，把「無聲母」一類的字放在韻圖中「喻」母下四等的地位，雖然在圖上是放在四等，但它們却仍是「三等韻」，只是借用四等的地位而已，而且因為「四等韻」是沒有「喻」母字的，所以「三等韻」的「喻」母字借用四等的地位，也不會發生衝突的現象。

除此以外，「幽、黝、幼」三韻因與「侯、厚、候」；「尤、有、宥」等六韻合製一圖的緣故，所以把「幽、黝、幼」三韻的字擠到圖中四等的地位去了，據考證，這三韻都是「三等」，其所以放在四等，純因九韻合圖以致安置不下，而被擠入四等的，若製圖者在當時能為「幽、黝、幼」三韻特立一圖的話，那麼這三韻的字自然應該安置在三等的，這三個韻必是「三等韻」的理由是：

⑴這三韻中除有一「鏐」字屬「來」母外，餘皆爲脣、牙、喉音。其切語上字均用「居、方……」等出現在三等的字，而不用「古、博……」等出現在一、二、四等的字。

⑵有「群」母字，「群」母字爲「三等韻」的特徵之一，「四等韻」絕無「群」母字。

據此兩點理由可知：雖「幽、黝、幼」三韻俱出現於韻圖四等的地位，然必爲「三等韻」無疑，不過，這三韻的字在「第二類三等韻」中，其安排方式是比較特殊一點兒的，但如果當時製圖人能加立一轉的話，相信這三韻就可很順利地歸入「第二類三等圖」中去了。

「第二類三等韻」除了有前述兩種借地位的現象以外，又有「齒頭音」「精、淸、從、心、邪」五母的字，它們也是「三等韻」，應該安置在圖中三等的地位的，但因「正齒」音已先佔了圖中齒音五行的二等及三等的地位，結果「齒頭」音只好排在其他的地方了，於是製圖者經過許多困難，想出用「四等韻」「齒頭」音的地位來安排「三等韻」的「齒頭」音，但是，借用的情形却並不是每一個屬於「三等韻」的圖都很順利的；如果同轉四等齒音無字的話，就可順利地借用同轉四等齒音的地位，東、鍾、支、脂、之、魚、虞、眞、諄、陽、尤、侵、蒸諸韻❶及與它們相承的上、去、入韻都是如此安排的；如果同轉齒音已經有了「四等韻」的字的，就只好改入韻母相近的另外一轉的四等地位去，如祭、仙、清、鹽四韻❷是；如果連韻母相近的一轉也找不到位置安排的話，就只好特別爲它們立一個新圖來安置了，如宵韻❸及其相承的上、去韻就是這樣安排的。

「第二類三等韻」的三十六韻中的「脣音」部分，凡屬東、送、屋；鍾、腫、用、燭；虞、麌、遇；陽、養、漾、藥；尤、有、宥等十七韻字都是屬於「非、敷、奉、微」四母的，其餘之、止、志；魚、語、御;海;齊；歌；麻、馬、禡；蒸、拯、證、職；幽、黝、幼等十九韻則是屬於「幫、滂、並、明」四母的。這三十六韻的韻母因爲是屬於三等的細音，所以我們也像前文「第一類三等韻」一樣稱之爲「三等韻」，「三等韻」共同的特徵容下一節一並敍述，此處不贅。

❶ 此中支、脂、眞、諄、侵是屬於「第三類三等韻」的，「圖解」在下節「第三類三等韻出現於韻圖中的位置」，此處因情形相同，故先行說明，下節則從略矣。

❷ 祭、仙、清、鹽也是「第三類三等韻」，爲方便起見，先在此處說明它們的安排，下節不贅。

❸ 宵韻爲「第三類三等韻」其安排情形先在此處說明，「圖解」則見下一節。

三、第三類三等韻出現韻圖的位置：

	日	來	喻	匣	曉	影	禪邪	審心	牀從	穿清	照精	疑	羣	溪	見	娘	澄	徹	知	明	並	滂	幫	
																								一等
								○	○	○	○													二等
韻目	○	○	△		△	△	○	○	○	○	○	△	△	△	△	○	○	○	○	△	△	△	△	三等
			○		○	○	○	○	○	○	○	○	○	○	○					○	○	○	○	四等

「第三類三等韻」的韻目計有：支、紙、寘；脂、旨、至；祭；眞、軫、震、質；諄、準、稕、術；仙、獮、線、薛；宵、小、笑；清、靜、勁、昔；侵、寑、沁、緝；鹽、琰、豔、葉等三十四韻。這一類三等韻的「舌、齒、半舌、半齒」音在圖中的安排情形，與前述「第二類三等韻」完全相同，所略有不同的只是這一類三等韻中沒有「俟」母字出現於圖中而已。至於「脣、牙、喉」音的安排，則與前述的「第二類三等韻」有極大的區別，因爲在這三十四韻中都有一部分「脣、牙、喉」音的字伸入四等的地位，而在圖中「脣、牙、喉」音原來三等的地位上也仍有一些單字音塡滿着，這三十四韻當中只有「清、靜、勁、昔」四韻三等的「脣、牙、喉」音地位是空的，這四韻的「脣、牙、喉」音

全都塡在四等的位置上，可是經檢示四聲等子的結果，就發現等子的「昔」韻「牙音」有「攫、躩」兩個字是放在三等的位置上的，這兩個字「攫」音「俱碧切」，「躩」音「虧碧切」，都是據集韻的音切補上去的 ，早一點兒的韻圖在「淸、靜、勁、昔」的「脣、牙、喉」音的三等地位上是無字的，到了等子就有出現了，可見「淸、靜、勁、昔」確實是與「支、脂……」等「第三類三等韻」同類型的。在韻鏡與七韻略中，這些「脣、牙、喉」音伸入四等地位的「第三類三等韻」，它們是這樣安排的：如同轉四等有空位，便利用同轉四等的地位；如同轉四等已有眞正的「四等韻」的字佔滿位置了，那就改入相近的另一轉四等的地位去，這些字雖在韻圖中借用了四等的地位，但它們却是眞正的「三等韻」。經系聯韻書反切下字的結果，可以證明這些「韻圖放在四等」的字，它們的韻母是和「韻圖排在三等」的「舌、齒」音完全相同的，而三十四韻中「韻圖放在三等」地位的「脣、牙、喉」音的字，倒反而與三等的「舌、齒」音是不同韻母的。就因爲如此，所以我們可以發現「 第三類三等韻」與「第二類三等韻」的不同 是因「第三類三等韻 」的「脣、牙、喉」音是分作兩套的，兩套之中，韻圖放在三等的「脣、牙、喉」音，它們的韻母是自成一類，而不與韻圖放在三等的「舌、齒」音同類；韻圖放在四等的「脣、牙、喉」音則與韻圖放在三等的「舌、齒」音同類。因此，本節介紹「第三類三等韻」的圖解中，放在三等的「脣、牙、喉」

音是用「△」號代表的，這表示它們的韻母是自成一類的。至於放在四等的「脣、牙、喉」音則是用「○」號代表的，而「舌、齒」音也用「○」號代表，這表示放在四等的「脣、牙、喉」音與放在三等的「舌、齒」音是同韻母的，這一點，只要一見本節的圖解，便可一目瞭然了。至於韻圖放在三等的「脣、牙、喉」音與放在四等的「脣、牙、喉」音，它們的聲母是完全沒有區別的，有區別的只在韻母而已，那麼，它們的韻母是怎樣的不同呢？根據近人歸納各種文字資料研究的結果，再以調查方言以相印證，而求得它們的韻母音值，認為：放在三等與放在四等的韻母，只有主要元音的長短之間，有一點點微細的不同，如「支」韻的「祇」音「巨支切」，「奇」音「渠羈切」；「詑」音「香支切」，「羲」音「許羈切」，「祇、詑」是放在四等的，「奇、羲」是放在三等的，而實際上它們都是「三等韻」，但韻母却有微細的不同，經歸納文字資料及調查方言的研究的結果，一般學者都以為：「祇、詑」的韻母是［—je］，「奇、羲」的韻母是［—jĕ］，［e］是它們共同的主要元音，加［◡］號是表示這個主要元音應該稍微讀得短一點兒，這一點小小的區別，也就是它們之間的所謂「微細的區別」了。「第三類三等韻」雖也同樣有些「齒」音借用二等及四等的地位，但它們只是三等排不下，字母不合用，而借用二、四等的地位而已，它們仍然是單純的「三等韻」，所以，無論它們如何地伸入二、四等去，我們仍稱之為「三等韻」。

合前述「第一類三等韻」、「第二類三等韻」、「第三類三等韻」，我們統稱之爲「三等韻」，三個不同類型的三等韻，它們有共同的特徵，那就是：沒有「端、透、定、泥」「匣」等五母的字，反過來說，它們却有「一、二、四等韻」所沒有的「群」「邪」「禪」「喻」「日」五母的字。只因爲它們的單字音分三種不同的方式見圖，所以了解起來十分困難，歷來多少學者，視韻圖爲畏途，也是因爲「三等韻」的過於複雜所致，雖然曾有許多「等韻門法」如「辨廣通侷狹」等來說明「三等韻」通入二、四等的情形，但多數人還是把通入圖中二、四等地位的單字音看成是眞正的「二等韻」或「四等韻」的，因此，就更變本加厲地多撰了些「門法」出來，使人越看越糊塗了。所以，凡是沒能把「三等韻」的安排情形弄清楚的人，對「等韻門法」也必是不能了解的，於此也就可知了解「三等韻」的安排是如何的重要了。

伍、四等韻出現於韻圖的位置

先列「四等韻」出現於韻圖的位置如下圖：

	日	來	喻	匣	曉	影	邪	心	從	清	精	疑	羣	溪	見	泥	定	透	端	明	並	滂	幫	
																								一等
																								二等
																								三等
韻目		○		○	○	○		○	○	○	○	○		○	○	○	○	○	○	○	○	○	○	四等

有單字音出現於韻圖四等的位置的韻目計有：齊、薺、霽；先、銑、霰、屑；蕭、篠、嘯；青、迥、徑、錫；添、忝、㮇、怗等十八韻，這些韻全部 都出現在圖中四等的地位，且是最細的四等細音，所以我們稱之爲「四等韻」，「四等韻」的特徵是：沒有「非、敷、奉、微」；「知、徹、澄、娘」；「照、穿、牀、審、禪」及「群」、「邪」、「喻」、「日」等十七母的字的，因爲「四等韻」是很單純地只出現在圖中四等的地位，所以覽圖檢字，也像「一、二等韻」一樣是很容易了解的。

第三節　等韻門法

壹、等韻門法的發生及諸書的門法

「等韻門法」大部分是查考等韻圖的方法，如「內外轉」、「廣通侷狹」等是。不過，其中有一部分不完全是爲查考韻圖而設的，而是爲「以切語切字」的許多困難而設的，如「類隔」、「音和」等是。最早的「等韻門法」見於敦煌石室所發現的守溫韻學殘卷，殘卷所載「定四等輕重兼辨聲韻不和無字可切門」云：

高：此是喉中音濁，於四等中是第一等字，與歸審穿禪照等不和。若將審穿禪照中字為切，將「高」字為韻，定無字可切，但是四等喉音第一字總如「高」字例也。

交：此是四等中第二字，與精清從心邪中字不和。若將精清從心邪中字為切，將「交」字為韻，定無字可切。但是四等第二字，總如「交」字例也。「審高反」、「精交反」是例諸字也。

又「聲韻不和切字不得例」云：

切生 聖僧 床高 書堂 樹木 草鞋 仙客 夫類隔切字有數般，須細辨輕重，方乃明之。引例於後：

如：都教切罩 他孟切牚 徒幸切瑒 此是舌頭上類隔。

如：方美切鄙 芳逼切塩 符巾切貧 武悲切眉 此是切輕韻類隔。

如：匹問切忿 徂里切士 此是切重韻類隔。

恐人只以端、知、透、徹、定、澄等字為類隔，迷於此理，故舉例如上，更須仔細了。

這是最早見的等韻門法，其規則本極簡易，可是到了後代，愈演愈繁，都因「音隨時變」，切語如昔，字母未加增訂，以致使後世作韻圖的人感覺頗不能適應，乃產生了許多的「等韻門法」，在南、北宋之間，就出現了一本切韻指玄論，這本書雖已亡佚，但據猜測必是一本相當複雜的，屬於「等韻門法」之類的書籍，據韓道昭的記載，知道他的父親韓孝彥曾經注解過切韻指玄論，又編過一本切韻澄鑑圖，作了一首切韻滿庭芳詞，敍述了切韻指迷頌，這些著述，大約也都是關於門法方面的內容為多。至於現存的一些載有「門法」

的韻圖可分述如下：

一、四聲等子的九個門法：

⑴辨音和切字例 ⑵辨類隔切字例 ⑶辨廣通侷狹例 ⑷辨內外轉例 ⑸辨窠切門 ⑹辨振救門 ⑺辨雙聲切字例 ⑻辨疊韻切字例 ⑼辨正音憑切寄韻門法例：此中又分「正音憑切門」、「互用憑切門」、「寄韻憑切門」、「喩下憑切門」、「日母寄韻門法」五個門法。

二、切韻指掌圖的十二個門法：

⑴音和切 ⑵類隔切 ⑶辨五音例 ⑷辨字母清濁歌 ⑸辨字母次第例 ⑹辨分韻等第歌 ⑺辨內外轉例 ⑻辨廣通侷狹例 ⑼辨獨韻與開合韻例 ⑽辨來日二字母切字例 ⑾辨匣喩二字母切字歌 ⑿雙聲疊韻例。

三、經史正音切韻指南的十三個門法：

經史正音切韻指南書末有一「門法玉鑰匙」，載有十三個門法：⑴音和切 ⑵類隔切 ⑶窠切門 ⑷輕重交互門 ⑸振救門 ⑹正音憑切門 ⑺精照互用門 ⑻寄韻憑切門 ⑼喩下憑切門 ⑽日寄憑切門 ⑾通廣門 ⑿侷狹門 ⒀內外轉。

到了明代，有釋眞空其人，更蒐羅諸門法彙集而爲直指玉鑰匙，其中門法多達二十個，但二十個門法中，除與前述諸書所舉者相同以外，餘皆重複疊出的東西，如：既有「音和」及「精照互用」兩門法，又有「精照寄正音和」與「俶立音和」；既有「通廣」及「侷狹」兩門法，竟又別有「通廣侷狹」一門法，相與校比對證，其實與前述諸書所舉之門法大體上並無二致。至於「廣通」這個門法的名稱，在四聲等子與切韻指掌圖中是叫做「廣通」的，但在經史正音切韻指南及釋眞空的直指玉鑰匙中却是叫做「通廣」的，考其所述內容，諸書所指皆爲同一件事，唯名稱上却有「正」「倒」的不同，孰是孰非，已無可考，本文所稱，以時之先後爲據，故以等子及指掌圖之稱而爲「廣通」。

門法當中，有一種是因爲時代遷延久了，而所用的切語還是早時代的切語，口語裏的語音却已起了變化，於是那些不合的切語在後代人讀起來，頗有不合的感覺，如以「武悲」切「眉」，以「都教」切「罩」之類，在早時代的人「武」讀重脣，「罩」讀舌頭的情形下，本是沒有什麼不合的，可是到了後代，「武」字已讀輕脣了，「眉」字却依舊讀重脣；「罩」字讀舌上了，而「都」字却依然讀舌頭，於是後人就感覺不合了，這種因「反切音變」而起的門法，在各書中都有好幾條。另外一種是因爲製作切語時，沒有適切的「切語下字」，而用了一個不是完全適合的切語下字來製成一個切語，換言之，是因切語用字以變通之法而產生的門法，如「寄韻憑切門法」就是屬於這個類型的。此外又一種是因韻圖歸字有許多變通方法而產生的門法，這一類門法在以往是把它認作諸門法中最難了解的一種，其實只要了解了前節的「韻圖歸字和四等的區分」也就可以迎刃而解了。玆依「因反切音變」、「因切語用字之變通」、「因韻圖歸字」三方面來解釋諸門法的涵義。

貳、因反切音變而產生的門法

一、音和切字例：

四聲等子「辨音和切字例」云：

凡切字以上者為切，下者為韻，取同音、同母、同韻、同等，四者皆同謂之音和。謂如「丁增」切「登」字，「丁」字為切，「丁」字歸「端」字母，是舌頭字，「增」字為韻，「增」字亦是舌頭字，切而歸母，卽是「登」字，所謂「音和遞用聲」者此也。

其實，「音和」原是極容易了解的，就是說：切語上字必須跟被切字同母，切語下字必須跟被切字同韻、同等。例如：「登，丁增切」，「丁」和「登」同屬「端」母，「增」和「登」同屬登韻，同爲一等，所用的切語上、下字與被切字沒有因「時遷音變」而不合的感覺，這就叫做「音和切字」。可惜門法家並不十分了解，且有「增字亦是舌頭字」的錯誤出現，於是，後人了解起來便困難多了。至於四聲等子中「音和」條下還更有「協聲歸母」、「四聲一音」及洋洋數百言的解釋，那就更是多餘且更令人茫然的了。

二、類隔切字例：

四聲等子「辨類隔切字例」云：

凡類隔切字取脣重、脣輕、舌頭、舌上、齒頭、正齒，三音中清濁者謂之類隔。如「端」「知」八母下一四歸「端」，二三歸「知」，一四為切，二三為韻，切二三字；或二三為切，一四為韻，切一四字是也。假若「丁呂」切「柱」字，歸「端」字母，是舌頭字，「呂」字亦舌頭字，「柱」字雖屬「知」，緣「知」與「端」俱是舌頭純清之音，亦可通用，故以「符」代「蒲」，其類「奉、並」；以「無」代「模」，其類「微、明」；以「丁」代「中」，其類「知、端」；以「敕」代「他」，其類「徹、透」。餘仿此。

所謂「類隔」，是指早期的切語到了後代，因語音有了變化，使人就切語字面拼出音來，感覺與口語的讀音很不相合的意思。這種因「音變」而產生的「不合」現象，實際上只是指聲母而言的，就是說：一個早期的切語，雖然它的切語下字跟被切字同韻，同等，但切語上字已是不同母而只是同類而已了。類隔普通只是指：

1　「端」系與「知」系互相為切，如：「柱，丁呂切」、「椿，都江切」是。多數是指「知」系字用「端」系字為切語上字而言的。但偶而也有「端」系字用「知」系字為切語上字的，如：「體，敕洗切」❶。

---

❶ 有些韻圖把偶而發生的現象，特立一個門法，名之為「不定之切」，如「蕃」韻不定之切，「麻」韻不定之切（爹，陟邪切）等。但他們把「壇，濁干切」「丁，知經切」又算是類隔，而不是「不定之切」，實在有點兒不一致。

2. 「幫」系與「非」系互相爲切，如：「皮，符羈切」、「眉，武悲切」是。我們在前文「三等韻出現於韻圖中的位置」（請參見其中的第一類及第二類三等韻）一節中曾提到：「非、敷、奉、微」四母只出現於東、鍾、微、虞、文、元、陽、尤、廢、凡及與它們相承的上、去、入韻的各韻之中，所以凡是屬於這些韻的合口三等字，即使用重脣字作輕脣字的切語上字，這切語上字也必須讀作輕脣，如:「芝，匹凡切」，這「匹」字在廣韻卷末已把它改爲「敷」了，不過，以重脣字作輕脣字的切語上字的情形是很少的。

3. 「精」系字與「照」系字互相爲切，如：「斬，則減切」是。但到了後來的韻圖，如經史正音切韻指南及釋眞空的直指玉鑰匙等却又爲它特立一個門法，稱之爲「精照互用」，其實這種現象與前述的「端」「知」二系互用,「幫」「非」二系互用的情形完全是一樣的。

「類隔」本是很容易了解的一件事,但看了韻圖門法的說明,往往反而使人弄不清楚，像四聲等子中「……吕字亦舌頭字,柱字雖屬知，緣知與端俱是舌頭純清之音，亦可通用，故以符代蒲，其類奉並……」可以說連發音部位也弄錯了。對事實根本沒有了解，所以撰出來的文字也就令人莫名其妙了。

三、精照互用：

經史正音切韻指南「精照互用」門法云：

> 「精」「照」互用者，謂但是「精」等字為切，韻逢諸母第二，只切「照」一字；「照」等第一為切，韻

逢諸母第一，却切「精」一字；故曰「精照互用」。如「士垢」切「鯫」字，「則減」切「斬」字之類是也。

這裏所說的「照」，只是指韻圖放在二等的「照」系而言的，在前文我們已經說過，近人研究等韻圖都把「照」系二、三兩等字的字母分開了，管「照」系二等叫「莊、初、牀、疏、俟」，管「照」系三等的叫「照、穿、神、審、禪」，因爲「精」系與「莊」系字共起一源，所以也有像「端、知」、「幫、非」一樣的互用現象，其實，這也是「類隔」的一種（參見前條「類隔切字例」），不必另立一個門法的。

四、日下憑韻：

「日下憑韻」一條在切韻指掌圖中是與「來母切字」並條而論的，稱之爲「辨來日二母切字例」，但「來」母字是一、二、三、四等都有的，所以並無問題發生，「日」母字因只出現於三等，故有所謂「日下憑韻」的門法產生，其實，這也只是一種「類隔」而已，現在先把切韻指掌圖的「日下憑韻」錄在下面：

「來、日」二切則是憑韻與內外轉法也，唯有「日」字却與「泥、娘」二字母下字相通，蓋「日」字與舌音是親而相隔也。

歌曰：「日」下三爲韻，音和故莫疑（「如六」切「肉」，「如精」切「寧」），二來「娘」處取，一、四定歸「泥」（「仁頭」切「羺」，「日交」切

「鐃」)。

這是指一種較古的切語，因為「日」母只有三等，所以只要切語下字屬一等或四等，則被切字就算是「泥」母字，如：「獳，仁頭切」是也。若切語下字屬二等，則被切字就應算是「娘」母字，如：「鐃，日交切」是也。至於切語下字是三等的，則自是「日」母的「音和切字」無疑的了。

五、辨匣喻二字母切字例：

切韻指掌圖「辨匣喻二字母切字歌」云：

「匣」缺三四「喻」中見，「喻」虧一二「匣」中窮，上古釋音都具載，當今篇韻少相逢(「戶歸」切「幃」，「于古」切「戶」)。

這也是指較古的切語而言的，在等韻圖中的「匣」母字，見於一、二、四等，「喻」母字只見於三等，尤其是韻圖安置於三等位置的「喻」❶母字，剛好與「匣」母字成了互補的作用，有些以「匣」母字作為切語上字的被切字，可以去切「喻三」的字，如：「幃，戶歸切」；又有些以「喻三」母作為切語上字的被切字，也可以去切「匣」母字，如：「戶，于古切」，這完全是因為在早期的語音中，「喻三」與「匣」母是同出一源的緣故。

❶ 近人研究等韻者，稱之為「喻三」或「為」母，而韻圖安置於四等位置的，則稱之為「喻四」(實際是三等韻)或「以」母，這裏的「匣」「喻」互用，只單指「喻三」，與「喻四」無關。

叁、因切語用字之變通而產生的門法

這一類的門法只有一條，這個門法稱爲「寄韻憑切門法」。四聲等子是合「正音憑切門」、「互用憑切門」、「喻下憑切門」、「日母寄韻門法」爲一個「辨正音憑切寄韻門法例」的，經史正音切韻指南則單獨爲說，而名之爲「寄韻憑切」，其言云：

> 「寄韻憑切」者，謂「照」等第二為切（照等第二即等中第三也），韻逢一四，並切「照」二，音雖寄於別韻，只憑為切之等也，故日「寄韻憑切」。如「昌來」切「犨」字，「昌紿」切「茝」字之類是也。

這種切字法是以「字母」爲準的，所用的切語下字則是變通的用法，如：切語上字是屬於「照系」三等的，則下字雖變通地用了一等字或四等字，所切出來的字音，仍被認作是「三等字」，「犨，昌來切」，雖所用切語下字「來」爲「一等」，但因切語上字「昌」爲「穿母三等」，故「犨」仍算三等字」。又「茝，昌紿切」，雖下字用一等的「紿」，但上字是屬於「穿三」的「昌」，故「茝」仍算是三等字，這是因爲沒有適當的切語下字可用，而產生的一種變通切字法。

肆、因韻圖歸字而產生的門法

這一類門法，完全是因爲韻圖的格式及三十六字母與韻書的材料不能完全適合而產生的，等韻圖中最複雜的是三等韻，而這一類的門法也完全產生在三等韻中，同時因爲前人眞正了解韻圖歸字的法則的人並不多，所以有許多本來很容易了解的歸字法則，也使他們茫然摸不着頭腦，於是他們就編撰了一些「檢例」啦，「門法」啦之類的東西來助人了解，但因爲作「檢例」和「門法」的人自身也不太了解韻圖歸字的原則，因此，作出來的「檢例」和「門法」也就更令人摸不清頭腦了。其實，只要弄清楚了「三等韻」的歸字法則，這一類中的許多門法都是可以不存在的，所以本書先在前節「韻圖的歸字和四等的區分」中闡明了一、二、三、四等韻的歸字法則，再循歸字法則去了解這一類門法，所有的困難也就可以迎刃而解了。玆分條列擧並解釋「因韻圖歸字而產生的門法」之內容及涵義如下：

一、辨廣通侷狹例：

四聲等子「辨廣通侷狹例」云：

「廣通」者，第三等字通及第四等字；「侷狹」者，第四等字少，第三等字多也。凡脣、牙、喉下為切，韻逢支、脂、真、諄、仙、祭、清、宵八韻，及韻逢「來、日、知、照」、「正齒」第三等，並依「通廣門法」於第四等本母下求之（如：「余之」切「頤」字，「碑招」切「標」字）。韻逢東、鍾、陽、魚、蒸、尤、鹽、侵，韻逢「影、喻」及「齒頭」「精」等四為韻，並依侷狹門法於本母下三等求之（「居容」切「恭」字，「居悚」切「拱」字）。

依照四聲等子及經史正音切韻指南的「辨廣通侷狹例」的文字內容來說，「廣通」是指切語上字屬於「脣、牙、喉」音，而切語下字屬於支、脂、眞、諄、仙、祭、清、宵八韻❶中的「半舌、半齒、舌上、正齒」的三等，被切字的音應算作四等。這種情形是因三等通到四等去了，所以叫做「廣通」，如：「頤，余之切」，「之」字三等而「頤」字四等；「標，碑招切」，「招」字三等而「標」字四等是也。「侷狹」是指切語上字也是屬於「脣、牙、喉」音的，不過切語下字則是屬於「東、鍾、魚、陽、蒸、尤、侵、鹽❷」八韻中的「齒頭音」及「喻母四等」，被切字的音應算作三等。在這些韻裏的四等字少，三等字多，所以叫做「侷狹」。如：「恭，居容切」，「容」字四等而「恭」字三等；「拱，居悚切」，「悚」字四等而「拱」字三等是也。

但是僅就四聲等子原文那樣的解釋法，往往還是不易使人了解的，其實，這裏面所提到的四等字，它實際是三等的，只是在三等排不下的情形下，去借四等的地位而已，如果用我們自己的話來說，那就是：「廣通」是指三等韻的「脣、牙、喉」音有些字是通入到四等去的，如圖（請特別注意圖

---

❶ 切韻指掌圖雖也說八韻，但韻目名稱中却多舉了一個蕭韻，今按蕭韻爲眞正的「四等韻」，應據等子刪去。

❷ 切韻指掌圖多舉了登、麻、之、虞、齊五韻，但却少舉了東、蒸二韻，茲依四聲等子的八韻來說明。

中有「⊙」號的地方）。

半齒	半舌	喉				齒					牙				舌				脣				
日	來	喻	匣	曉	影	禪邪	審心	牀從	穿清	照精	疑	羣	溪	見	娘	澄	徹	知	明	並	滂	幫	
																							一等
							○	○	○	○													二等
韻目 ○	○	△		△	△	○	○	○	○	○	△	△	△	△	○	○	○	○	△	△	△	△	三等
		○		⊙	⊙	○	○	○	○	○	⊙	⊙	⊙	⊙					⊙	⊙	⊙	⊙	四等

這其中的「喻母」及三等「精系」之通入四等，算是各韻中的普通現象，因此各種韻圖都沒有特別加以說明的，「照系」中的「莊組」之通入二等，也算普通情形，各韻圖也沒有什麼特別的說明。所以「廣通」只是指「脣、牙、喉」音（喻四不算）通入四等而言。至於「侷狹」呢，是指「脣、牙、喉」音（喻四不算）沒有通入四等而言的，如圖：

	半齒	半舌	喉				齒					牙				舌				脣				
	日	來	喻	匣	曉	影	禪邪	審心	牀從	穿清	照精	疑	羣	溪	見	娘	澄	徹	知	明微	並奉	滂敷	幫非	
																								一等
							○	○	○	○	○													二等
韻目	○	○	○		○	○	○	○	○	○	○	○	○	○	○	○	○	○	○	○	○	○	○	三等
			○				○	○	○	○	○													四等

而且嚴格地說，「廣通」應是指支、脂、祭、眞、諄、仙、宵、清、侵、鹽諸韻及其相承的上、去、入聲韻所有通入四等的「脣、牙、喉」音（喻四不算）的單字音而言的，這種說法是經系聯韻書各韻的切語下字及整理各韻圖歸字的原則而得的結果。至於「侷狹」則是指東、鍾、之、虞、海、齊、歌、麻、陽、蒸、尤、幽❶諸韻及其相承的上、去、入各韻的單字音而言的。這其中要特別明白的是：在圖中四等地位的字也是「三等韻」，切不可因昧於此而使自己陷入茫然的境地，能知乎此，則了解「廣通侷狹」自是非常容易的。

---

❶ 幽韻的情形比較特殊，詳情請參看前節「韻圖歸字」和四等的區分中的「第二類三等韻出現於韻圖中的位置」一節。

二、辨內外轉例：

四聲等子「辨內外轉例」云：

「內轉」者，脣、舌、牙、喉四音更無第二等字，唯齒音方具足。「外轉」者，五音四等都具足。今以「深、曾、止、宕、果、遇、流、通」括內轉六十七韻；「江、山、梗、假、效、蟹、咸、臻」括外轉一百三十九韻。

切韻指掌圖的「辨內外轉例」，內容與四聲等子同。依照四聲等子和切韻指掌圖中所說的「內外轉」含義，是很容易了解的，「內轉」是指韻圖中「脣、舌、牙、喉」四音都沒有二等字的韻攝而言的，而且這其中應該特別注意是以「攝」為單位而言的，內轉的韻攝，只有齒音才有二等字，但這些二等字也不是眞正的二等字，而是三等韻到二等來借地位的（請參看前文「韻圖歸字和四等的區分」一節中的「三等韻出現於韻圖中的位置」之圖解及其說明），所以乾脆一點兒說「內轉」是根本沒有二等字的。「外轉」是「脣、舌、牙、齒、喉」五音都是四等俱全的，特別是說五音都有二等字的。同時，四聲等子和切韻指掌圖都說內轉「深、曾、止、宕、果、遇、流、通」包括了六十七韻；外轉「江、山、梗、假、效、蟹、咸、臻」包括了一百三十九韻。四聲等子與切韻指掌圖對「內外轉」所下的定義跟它們所列舉的內外轉各八攝中「五音具足」與否的實況，不能完全符合，因此，後人對內外轉的含義有了一些新的解釋：羅莘田先生有一篇「釋內外轉」❶，他用音標分析各攝的韻母，以爲凡屬 e、ɛ、æ、a、ɐ、ɑ、ɔ 諸舌面元音爲主要元音者有九攝，這九攝的主要元音因較前而低，舌舒口侈，故稱外轉；別有以 i、ə、o、u 諸舌面元音爲主要元音者七攝，此七攝的主要元音因較後而高，舌縮口弇，故稱內轉。這種解釋法純粹是用後人的語音學觀點來解說的，王了一先生以爲用後人的語音學的觀點去解釋古人的音學觀念，說服力是不夠的❷。董同龢先生則以爲四聲等子與切韻指南在各攝分注「內」或「外」，等子卷首有「辨內外轉例」，所舉內轉八攝、外轉八攝，與各攝所注的「內」「外」全相合❸，董先生分析轉是以「眞正的二等韻」之有無，作爲內外之依據的，他認爲：內轉八攝「通、止、遇、果、宕、曾、流、深」之中，果攝二等完全沒有字，其他各攝，也只有齒音部分有三等韻來借二等地位的字，所以實際上內轉八攝是完全沒有二等字的。至於外轉八攝呢？情形却恰恰相反，在「江、蟹、臻、山、效、假、梗、咸」之中，全都是有獨立性的二等韻的。因此，我們可以這樣說：內轉的莊系字居於三等韻應居的地位之外，而所切

---

❶ 見中央研究院歷史語言研究所集刊第四本第二分。

❷ 見王了一先生「漢語音韻」（知識叢書編輯委員會編，中華書局1963年版）PP. 136－137。

❸ 見董同龢先生「中國語音史」（中華文化出版事業委員會，民國四十七年版）PP. 87－88。

之字却又在三等之內，如：薑，古霜切，故稱「內轉」。外轉的莊系字本在三等之外，所切之字亦在三等之外（爲眞正的二等韻），如：江，古雙切，故稱「外轉」。關於「內外轉」的涵義，「玉鑰匙」又另外有一種解釋，以爲「脣、舌、牙、喉」及「半舌」「半齒」用作切語上字，「照系」二等用作切語下字時，若逢內轉，則被切字就應該算是三等字，如：「薑，古霜切」，「霜」雖屬二等，但「薑」算是三等字；若逢外轉，則被切字就算是二等字如：「江，古雙切」，「雙」爲二等字，「江」也是二等字。不過，「玉鑰匙」雖說「霜」是二等字，實際上「霜」是三等字到二等去借地位的（參見前文「三等韻出現於韻圖的位置」一節），所以「霜」仍是三等字。如此說來，則「玉鑰匙」的意見也是認爲：外轉是有獨立性的二等韻的，內轉是沒有獨立性的二等韻的了。

後人雖還有許多專著去解釋「內外轉」的涵義的，但內容都不會超出羅、董二氏的意見太多，在羅、董二位先生的意見當中，羅莘田先生的意見雖很現代化，但用現代語音學的觀點去看內外轉的涵義，恐怕確是相去太遠了一點兒，而且「內轉八攝，括六十七韻」，「外轉八攝，括一百三十九韻」，是內外轉「定義」文詞中的一部分，這是基本的說法，是絕對不可推翻的，如果說這個基本的說法都可以推翻的話，任由你說得頭頭是道，但根本已不是古人的原意了。所以，無論我們怎樣去解釋，必須記得，內轉是「八攝」，是「六十七韻」；外轉也是「八攝」，是「一百三十九韻」。因此，我們再回過頭來看：我們該以「攝」爲單位（不要一韻一韻、一圖一圖、一轉一轉的分開來看），看每攝有無獨立的、眞正的二等韻，以「每攝有無眞正的二等韻」的標準，來作爲區分內外轉的界限，看是否能夠分得清楚？依四聲等子、切韻指掌圖、切韻指南的門法中所舉的內轉八攝來看，深、曾、止、宕、果、遇、流、通八攝之中，果攝根本沒有二等字，深、曾、止、宕、遇、流、通七攝中，雖齒音部分有二等字，但這些二等字都是眞正的「三等韻」來借二等的地位的，如此說來，內轉八攝中，確是完全沒有獨立性的「二等韻」的（借二等地位的「三等韻」不能算作獨立性的「二等韻」）。外轉八攝，江、山、梗、假、效、蟹、咸、臻八攝之中，除臻攝以外，其餘都是有獨立性的「二等韻」的。再說臻攝當中，痕、很、恨、沒（或作麧）；魂、混、慁、沒，全是「一等韻」。眞、軫、震、質是第三類三等韻（參見前文「三等韻出現於韻圖的位置」一節），有些字借四等地位的，也有幾個字借二等地位的，這借二等地位的自然不能 算 作「二等韻」。欣、隱、焮、迄；文、吻、問、物是第一類三等韻，所有的單字音完全見於圖中三等的地位。只是臻、櫛二韻，上聲部分還有一個「𧾷秦」字，它們所有的單字音都是出現在韻圖中二等的地位的，這「臻、𧾷秦、〇、櫛」中的字，有些人把它看成是第三類三等韻，但董同龢先生是把它看作是「獨立性的二等韻」的，如果把「臻、𧾷秦、〇、櫛」中的字看成是「二等韻」的話，那麼，臻攝（以攝爲單位看）之中就是有「獨立性的二等韻」的了，而外轉八攝中，也就算是任何一攝中都有「獨立性的二等韻」的了。可惜「臻、𧤏、〇、櫛」中只有「莊系」的字，「莊系」的字有時是眞正的二等韻，如江韻；有時是三等韻到二等去借地位的，如東韻第二類❶。湊巧「臻、𧤏、〇、櫛」韻沒有脣、舌、牙、喉音來證明它們究竟是三等韻抑二等韻，因此，如王了一先生把它看成是三等韻，所以臻攝就成了「有問題的外轉之攝」了；董同龢先生把它看成眞正的二等韻，那麼，它們納入外轉之列，也就沒有什麼問題了（如果只以「二等韻之有無」作爲區分內外的標準的話）。不過，無論如何，古人對內外之分的標準，不致複雜到像羅莘田先生所說的那種程度，至少古人對音素的分析，還無法達到羅先生那樣細膩的境界。如果是用可能比較接近古人原意一點的說法去解釋這一個門法的話，保留韻圖門法中所提出的「內八攝六十七韻」，「外八攝一百三十九韻」，似乎是最可靠、最穩當的一種說法，果眞如此的話，那麼，在許多解釋之中，當然是以「二等韻之有無」作標準，而把「臻、𧤏、〇、櫛」看成是獨立性的二

❶ 系聯廣韻切語下字的結果，可分爲「紅公東空同」及「弓戎中宮終融」兩類韻母，前者稱爲「東韻第一類」，是放在韻圖一等地位的「一等韻」。後者稱爲「東韻第二類」是放在韻圖三等地位的「三等韻」。

等韻是最完美的說法了。

三、辨窠切門法：

四聲等子「辨窠切門法」云：

「知」母第三為切，韻逢「精」等「影、喻」第四，並切第三等是也（如：「中遙」切「朝」字）。

「窠切」是指：切語上字屬「知」系三等，下字屬「精」系四等或「影、喻」二母的四等❶，被切出來的字音仍算是三等，因爲「知」在三等，故以三等爲本窠，雖所用下字爲四等，但切出來的音，仍爲本窠三等之音。其實，只要一看前文所說明的「第二」及「第三類三等韻出現於韻圖的位置」，也就知道這種現象原是以三等的下字切三等的字音，雖圖中「精」系及「影、喻」二母安置在四等的地位，實際上它們仍是三等韻，只有韻圖格式及字母的不合用，才把這些三等字安置到四等去的，雖在四等，但它們只是借用四等的地位，它們本身仍是眞正的三等韻，不因借用了四等的地位而改變了它們三等韻的本質。所以，如果能徹底明白三等韻見圖的位置的話，這「窠切門法」是根本可以不產生的。

四、辨振救門法：

四聲等子「辨振救門」云：

---

❶ 各本韻圖都說：韻逢「精」等「影、喻」第四。今按：在這種情形之下的「精」系及「影、喻」都是三等韻去借四等的地位的，不是眞正的四等字。

「精」等五母下為切，韻逢諸母第三，並切第四，是名「振救門法例」（如：「蒼憂」切「秋」字）。

這也指的是三等韻，須先看本書前節「韻圖歸字和四等的區分」中的「三等韻出現於韻圖的位置」一節。「振救」的意思是說：凡切語上字屬「精」系，下字屬三等，切出來的字音應算是四等❶，如「秋，蒼憂切」。經史正音切韻指南解釋「振救」二字說：振者舉也，救者護也，爲舉其綱領，能整三四，救護「精」等之位也，故曰「振救」。其實，這個門法中的「精」系是三等韻中借四等地位的「精」系，根本就是「三等韻」，而不是眞正的四等，既不是眞正的四等，則這個「振救」云者，也完全是可以說不必要的門法了。

五、辨正音憑切門法：

經史正音切韻指南「辨正音憑切門法」云：

「正音憑切」者，謂「照」等第一為切（照等第一即四等中第二是也），韻逢諸母三四，並切「照一」，為正齒音中憑切也，故曰「正音憑切」。如：「楚居」切「初」，「側救」切「鄒」之類也。

這個門法也是三等韻中的門法，只要先看本書前節中的「三等韻出現於韻圖的位置」，也就可以了解到：這裏所說的

❶ 其實仍是三等韻，「精」系也是借四等地位的「三等精系」，前人不知，故有此說。

「照系二等」及「諸母三四」或在「四等」，是借用「二等」或「四等」的地位。因此這一門法當中所謂的切語上字屬「照系二等」，下字無論是三等或四等，被切字的字音應算是「二等」（指「照系二等」），其實，這個「二等」也就是眞正的三等韻，前人都因昧於此道，所以才撰出這麼一個門法，要是有緣一見「三等韻出現於韻圖的位置」一節中的「圖解」及說明，也就可以省去這些令人難懂的筆墨了。

六、辨喻下憑切門法：

經史正音切韻指南「辨喻下憑切門法」云：

> 「喻下憑切」者，謂單「喻」下三等為覆；四等為仰，仰覆之間，只憑為切之等也，故曰「喻下憑切」。如：「余招」切「遙」字，「于聿」切「颶」字之類是也。

此一門法的意思是：若切語上字是「喻」母，而是「喻四」，切出來的音就是四等的，不管切語下字是三等，如：「遙，余招切」，「余」是四等，「招」是三等，但切出來的「遙」字仍算四等。如果切語上字是「喻三」（今人都稱「爲」母），切出來的音就是三等，不管切語下字是四等，如：「颶，于聿切」，「于」是三等，「聿」是四等，切出來的「颶」字仍算三等。但是，這裏所謂的「四等」，我們無論如何該明白是三等字到四等去借地位的，而不是眞正的四等韻，這是前人不解的主要關鍵，我們不可再自陷前人的泥淖，須知「喻」母只有三等，「喻三」是韻圖放在三等部位的三等韻，「喻四」是借四等地位的三等韻，如果某兩個「喻三」「喻四」的字是同屬一個韻的話，它們的不同是在聲母而不是韻母，「喻四」是屬於無聲母的，「喻三」是屬於［ɣj一］聲母的，明乎此，則這一個門法也就是可以不設的了。

七、辨日母寄韻門法例：

四聲等子「辨日母寄韻門法例」云：

「日」母下第三為切，韻逢一二四，便切第三，故曰「日母寄韻門法」。

這個門法，經史正音切韻指南稱之爲「日寄憑切」，除了說明以外，指南還舉了「汝來」切「荋」字、「儒華」切「捼」字、「如延」切「然」字等三個切字例，其中「荋」字以一等「來」字爲切語下字，「捼」字以二等「華」字爲切語下字，這兩個字的切字法則與本節前文所舉的「因切語用字之變通而產生的門法」一節提出的「照系」切字的情形，完全是相類似的，凡是這種切語，都是比較後起的，在廣韻以前，這些切語原是沒有的。至於「然」字用「延」字爲切語下字，「延」字前人雖稱它爲四等字，實際上它是三等韻的字去借四等的地位，不能算是四等字，所以，「延」字爲切語下字，切出來的音算是三等，那是毫無疑問的。至於「荋」「捼」二字雖用了一等、二等的字爲切語下字，但因「日」母只有三等字，所以切出來的音，還是以聲母爲準，仍被視爲三等，這就叫作「日母寄韻」或「日寄憑切」的門法。其實，像「荋」「捼」的音原是後世變通的切語，「然」字則根本沒有問題，所以這一個門法，根本是可以與「照系」的「寄韻憑切」合爲一談的。

第九章　中古音值之擬測

第一節　聲母音值

壹、中古聲母音值擬測之方法及運用之材料

一、擬測中古聲母音值所可運用之材料

1 韻書切語上字的聲類：清代音韻學家陳澧在其「切韻考」中曾據廣韻的反切上字，考求切韻的聲母系統，他系聯廣韻中的反切上字，認為凡是「同用」「互用」「遞用」的切語上字，其聲母必然是同類的。另外一些不能直接系聯的，他又應用「又音」和「互見」的反切來考定❶。最初陳澧考定廣韻的聲類有四十類，比三十六字母多出四個類，那就是把「照穿牀審」和「喻」母各分為兩類，又「明」「微」二母合為一類。陳澧的研究方法是很科學的，可惜他不能完全遵守自己的原則，加上反切注音先天上便有許多缺點，因此他考定的四十聲類還有一些小問題存在。後來一些學者如白滌洲．黃淬伯，也仿照陳氏的系聯法，曾考定廣韻

❶ 參見本書第七章第二節「切韻系韻書之研究法」。

的聲類爲四十七類❶，曾運乾則考定廣韻聲類可析爲五十一類❷，不過這種過細的分析，對考求廣韻的聲母並無很大的作用，因爲有些剖析，只是跟反切下字有關，有時反切上字雖分爲兩類，但聲母却仍是一樣的。

2. 韻圖的字母：韻圖中的三十六字母，是我們考求中古聲母的一個好材料，雖其中有幾部分，還須更予剖析，但大部都是可以作爲擬測音值之依據的，尤其是韻圖中的「字母圖」或「七音綱目」，其中所注明的清濁和發音部位之名稱，對我們擬測音值的幫助是很大的。

3. 現代各地的方言：探求古語的音值，紙上的材料，顯然是不夠用的，加上中古記音都是用文字記錄，而字音的變遷極大，同一個字在各地不同的方言讀起來，往往相去極遠，若僅看字面，自不如音標之能直接顯示音值；古人既沒有留聲片，也沒有錄音帶。所以紙上的材料是很難推測中古的音值的。方言之不同，往往與各時代語音之不同相似，如果我們能把握若干種重要的現代方音，把這些方音的材料羅列比較，與紙上的材料對照而定取捨，便可獲得相當可靠的音值。

❶ 白滌洲作「廣韻聲紐韻類之統計」，四十七類之說即在其中（載北平女師大學術季刊第二卷第一期）。黃淬伯作「慧琳一切經音義反切」，四十七類之說在卷二，P.32，與白滌洲不謀而合。

❷ 見董同龢先生「漢語音韻學」第五章PP.92—97所引。

4. 外國語中的漢字譯音和漢語中的外語借詞：這一種翻譯的對音，如果時代合用，也是我們考求中古聲母的絕好資料，隋唐的佛學極盛，佛學名詞中音譯梵文的「對音」很多，這是很值得利用的。

二、擬測中古聲母音值之方法：

前面所舉的廣韻聲類、韻圖字母、方言、外國語譯音的對音等，把它們排比起來，加以推敲分析，然後取其最可靠的音值，以擬定中古聲母的系統。例如「幫滂並明」四母，韻圖上注明「幫」是全清，「滂」是次清，「並」是全濁，「明」是次濁。以各地的方言來讀這四個字的音，它們的共同點都是「雙脣音」，因此我們可以確定，中古人所謂的「重脣」就是現代人所謂的「雙脣音」。「幫」母字各地方言都讀［p-］的聲母，我們就假定中古「幫」母是「清雙脣塞音」不送氣；「滂」母字各地方言都讀送氣音［p′-］的聲母，我們也就確定全清與次清之異是不送氣和送氣。「並」母字在方言中的讀音比較複雜，有些方言讀送氣雙脣清塞音，有些方言讀不送氣雙脣清塞音；有些讀送氣雙脣濁塞音，有些讀不送氣雙脣濁塞音，既然中古資料注明是「全濁音」，我們自然先可揚棄清雙脣塞音而取濁雙脣塞音，至於送氣不送氣的問題是：各方言中在濁雙脣塞音上，送氣與不送氣都不在音位上發生辨義的混淆，我們就隨便都可以了，也就是說，在全濁音中，送氣與不送氣是無所謂的，所以中古「並」母隨你認爲是［b-］或［b′-］都是可以的。至於「明」母字則各地方言都讀［m］聲母，是雙脣鼻音，只有閩南語系統的發音是雙脣濁塞音［b］，我們查考其他各四字組的塞音字母，如「端透定泥」、「見溪群疑」、「知徹澄娘」等，最後一個都是鼻音，而且中古韻圖本就注明是「半濁」，自然不可能與「並」母相同，因此我們確定不採閩南語的雙脣塞音，而採其他各方言的雙脣鼻音。所有中古聲類我們都用這種比較推敲的方法而求得認爲不可改移的結果。如果廣韻聲類、韻圖字母、方言音等資料還難確定其音值的部分，我們可再進一步地用外國語譯音的對音來作旁證，務求合理盡善爲止，這就是我們擬測中古聲母音值的一套方法。

貳、擬測所得之音值

以上述的材料，用上述的比較研判方法，取捨方音的結果，可得中古聲母的音值如下❶：

❶ 參見高本漢「中國音韻學研究」（商務印書館趙元任、李方桂譯述本）。王了一先生「漢語音韻學」第二十一節 PP. 203－205，「漢語音韻」第五章 P. 76。董同龢先生「中國語音史」第六章 PP. 90－96。

發音部位＼清濁		全清	次清	全濁	次濁
脣音	重脣	幫［p］	滂［p′］	並［b］	明［m］
	輕脣	非［f］	敷［f′］	奉［v］	微［ɱ］
舌音	舌頭	端［t］	透［t′］	定［d］	泥［n］
	舌上	知［ȶ］	徹［ȶ′］	澄［ȡ］	娘［nj］
牙音		見［k］	溪［k′］	羣［g］	疑［ŋ］
齒音	齒頭	精［ts］ 心［s］	清［ts′］	從［dz］ 邪［z］	
	正齒二等	莊［tʃ］ 疏［ʃ］	初［tʃ′］	牀［dʒ］ 俟［ʒ］	
	正齒三等	照［tɕ］ 審［ɕ］	穿［tɕ′］	神［dʑ］ 禪［ʑ］	
喉音		影［ʔ］	曉［x］	匣［ɣ］ 為㈢［ɣj］	喻㈣［○］
半舌音					來［l］
半齒音					日［ȵ］

第二節　韻母音值

壹、中古韻母音值擬測之方法及運用之材料

一、擬測中古韻母音值所可運用之材料

1. 韻書切語下字的韻類：依陳澧系聯廣韻切語下字所得之類，可以作爲206韻究竟分多少個韻母的依據，而且這也是紙上材料中之頗有價值的一部分。

2. 韻圖的分等及開合：等韻圖中對韻母的安排和分析，可以說是深刻而細膩的，因此等韻圖中對韻母的處理，是我們擬測中古韻母音值的絕好材料，韻圖中注明開口呼和合口呼，同時又分別析爲一等、二等、三等和四等，這種開合洪細的區分，正是我們從方音中去取捨中古韻母音值必須要參考的資料。

3. 直接考察唐詩的用韻：詩人的作品，爲了能傳神，能抒情，往往要求他們的詩篇之音律密合口語，以使在吟咏之間更能傳達情趣，因此統計和歸納詩人的用韻，也是我們擬測中古韻母音值的重要參考資料。

4. 傳譯外國語的對音：傳譯的對音之足資參考，是擬測中古聲母和韻母的音值都可用到它們的，前文提到佛經傳譯時的許多對音，就是我們擬測中古韻母音值的最好參考資料。

5. 現代各地的方言：現代方言是活的語音資料，我

們把各類方言排比起來，定出科學的取捨標準，與文字資料兩相對照，口審耳辨，便可得具體的結果。

二、擬測中古韻母音值之方法：

把前述的紙上材料整理出一套表現語音的韻類，然後把現代方言中各種不同的「音讀」也排比起來，相互對照比較，留意到它們的開合洪細，如果某一方言的某些韻，其開合、洪細、介音、主要元音、韻尾都跟紙上記載的材料相合，而四等間也有適度的區分之界限，那麼這一系的方言音也就可以被我們接受，而以之作爲中古某韻韻母音值的假設資料了，如果說我們再找許多其他的資料來證明、修正、改訂，到最後可達至無法修正的完善程度，這就是我們擬測出來的音值了。研究中古韻母，我們可從以下幾個步驟入手：

1. 把握韻尾：中古韻母最大的類是「攝」，分攝的主要條件是「主要元音」與「韻尾」的同類。韻尾的痕跡，從現代的方言中可以找尋出來。

a. 凡止、遇、蟹、效、果、假、流七攝的字音，在任何方言中，都是一致地沒有任何輔音韻尾的，因此我們可以假定，中古時期這些攝的韻尾，原本也都是「開尾韻」，否則不會有這麼整齊的演變結果。

b. 通、江、宕、梗、曾五攝，歸納現代的方言，得的結果是：它們的舒聲韻都收［-ŋ］韻尾，與它們相承的入聲韻則都收［-k］韻尾。

c. 山、臻兩攝歸納方言的結果是：它們的舒聲韻都收［-n］韻尾，與它們相承的入聲韻都收［-t］韻尾。

d. 咸、深兩攝在可以跟山、臻區分開來的方言中，它們的舒聲韻都收［-m］韻尾，跟它們相承的入聲韻則都收［-p］韻尾。

2. 把握介音：韻圖上都注有開合，知其開合以後，再歸納方言，與韻圖上的四等相印證，看韻母本身有無介音，知其有無介音，又知其開合，則介音就把握住了。

3. 考察主要元音的舌位之前後高低：把韻圖四等的字，用各種不同的方言來讀，比較它們的舌位之高低前後，而決定該取捨何種方言之音爲其擬測之音值，這便是把握主要元音的一種方法。如「毛」「茅」二字，韻圖中是一等與二等之別，有些方言讀起來是完全同音的，有些方言則「毛」的韻母是［-ɑu］，「茅」的韻母是［-au］，我們就可從分的方言而定爲不同的兩個主要元音［-ɑ］和［-a］。按這種方法去比較，我們發覺如果某攝的主要元音是較低的元音，則它們的開合四等是：

	一等	二等	三等	四等
開口：	ɑ	a	jæ	iɛ
合口：	uɑ	ua	juæ	iuɛ

如果是四等俱全的攝，固當分開它們在等與等之間的界限，同時還要區分它們介音［-i-］的不同，依高本漢的意思，三等用半元音，四等用純元音。若四等不全的，則區分就比較簡單，如某攝只有三等而沒有四等，則介音寫作［-i-］也是

可以的。

貳、擬測所得之音值

本書只提供一個大概的中古韻母之面目，主要的是把握各韻的韻尾和大概的音讀，因此我們參考唐人的「同用例」，擬測而得的中古韻母之音值如下❶：

一、無尾韻母

[-ɑ] 韻（歌戈同用）：何 [-ɑ] 禾 [-uɑ] 靴 [-iuɑ]

[-a] 韻（麻獨用）：加 [-a] 瓜 [-ua] 遮 [-ia]

[-io] 韻（魚獨用）：魚 [-io]

[-u] 韻（虞模同用）：胡 [-u] 俱 [-iu]

[-i] 韻（支脂之同用）：移夷飴 [-i] 爲追 [-ui]

二、[-i]尾韻母：

[-ɔi] 韻（灰咍同用）：來 [-ɔi] 回 [-uɔi]

[-ɑi] 韻（泰獨用）：蓋 [-ɑi] 外 [-uɑi]

[-ai] 韻（佳皆夬同用）：佳皆犗 [-ai] 媧懷夬 [-uai]

[-iɛi] 韻（祭獨用）：例 [-iɛi] 芮 [-iuɛi]

[-iɐi] 韻（廢獨用）：刈 [-iɐi] 廢 [-iuɐi]

[-iei] 韻（齊獨用）：奚 [-iei] 攜 [-iuei]

[-əi] 韻（微獨用）：希 [-əi] 非 [-uəi]

❶ 參見王了一先生「漢語音韻」PP. 58－61。

三、［-u］尾韻母：

［-ɑu］韻（豪獨用）：刀［-ɑu］

［-au］韻（肴獨用）：交［-au］

［-iɛu］韻（蕭宵同用）：聊遙［-iɛu］

［-əu］韻（尤侯幽同用）：侯［-əu］鳩幽［-iəu］

四、［-ŋ］尾韻母：

［-uŋ］韻（東獨用）：紅［-uŋ］弓［-iuŋ］

［-oŋ］韻（多鍾同用）：多［-oŋ］鍾［-iuoŋ］

［-ɔŋ］韻（江獨用）：江［-ɔŋ］

［-aŋ］韻（陽唐同用）：郎［-aŋ］光［-uaŋ］

良［-iaŋ］方［-iuɐŋ］

［-ɐŋ］韻（庚耕清同用）：庚耕［-ɐŋ］橫萌［-uɐŋ］

京盈［-iɐŋ］兵營［-iuɐŋ］

［-ieŋ］韻（青獨用）：經［-ieŋ］扃［-iueŋ］

［-əŋ］韻（蒸登同用）：登［-əŋ］肱［-uəŋ］

陵［-iəŋ］

五、［-n］尾韻母：

［-ɑn］韻（寒桓同用）：干［-ɑn］官［-uɑn］

［-an］韻（刪山同用）：姦閑［-an］還頑［-uan］

［-ɐn］韻（元魂痕同用）：痕［-ɐn］昆［-uɐn］

言［-iɐn］袁［-iuɐn］

［-iɛn］韻（先仙同用）：前連［-iɛn］玄緣［-iuɛn］

［-in］韻（眞諄臻同用）：鄰巾臻［-in］倫［-iun］

[-ien] 韻（欣獨用）：斤 [-ien]

[-iuən] 韻（文獨用）：云 [-iuən]

六、[-m] 尾韻母：

[-ɑm] 韻（覃談同用）：含甘 [-ɑm]

[-am] 韻（咸銜同用）：咸銜 [-am]

[-iɐm] 韻（嚴凡同用）：嚴 [-iɐm] 凡 [-iuɐm]

[-iɛm] 韻（鹽添同用）：廉兼 [-iɛm]

[-im] 韻（侵獨用）：林 [-im]

七、[-k] 尾韻母（-ŋ 尾的入聲）：

[-uk] 韻（屋獨用）：木 [-uk] 六 [-iuk]

[-ok] 韻（沃燭同用）：沃 [-ok] 玉 [-iuok]

[-ɔk] 韻（覺獨用）：角 [-ɔk]

[-ak] 韻（藥鐸同用）：各 [-ak] 郭 [-uak]

略 [-iak] 縛 [-iuak]

[-ɐk] 韻（陌麥昔同用）：格革 [-ɐk] 伯獲 [-uɐk]

戟益 [-iɐk] 役 [-iuɐk]

[-iek] 韻（錫獨用）：歷 [-iek] 闃 [-iuek]

[-ək] 韻（職德同用）：則 [-ək] 或 [-uək]

力 [-iək] 域 [-iuək]

八、[-t] 尾韻母（-n 尾的入聲）：

[-ɑt] 韻（曷末同用）：割 [-ɑt] 括 [-uɑt]

[-at] 韻（黠鎋同用）：八鎋 [-at] 滑刮 [-uat]

[-ɐt] 韻（月沒同用）：麧 [-ɐt] 沒 [-uɐt]

蝎 [-iɐt] 月 [-iuɐt]

[-iɛt] 韻（屑薛同用）：結列 [-iɛt] 決悅劣 [-iuɛt]

[-it] 韻（質術櫛同用）：質乙櫛 [-it] 律率 [-iut]

[-iet] 韻（迄獨用）：迄 [-iet]

[-iuət] 韻（物獨用）：勿 [-iuət]

九、[-p]尾韻母（-m尾的入聲）：

[-ɑp] 韻（合盍同用）：合盍 [-ɑp]

[-ap] 韻（洽狎同用）：洽甲 [-ap]

[-iɐp] 韻（業乏同用）：業 [-iɐp] 法 [-iuɐp]

[-iɛp] 韻（葉怗同用）：涉協 [-iɛp]

[-ip] 韻（緝獨用）：入 [-ip]

第十章　中古音與現代國語之衍變關繫

第一節　聲母之衍變關繫

壹、現代音的淵源及聲韻衍變之特點

據陸法言切韻序所言，切韻之分韻，其所以如此之細，是因爲書中包含了「古今是非，南北通塞」，那麼現代音的淵源，差不多都可以從切韻系韻書的範圍中找到。「中原音韻」只代表元代北地一處的方言，雖也可以說是當時的標準語，但與現代的官話方言只是十分相近而已。實際上現代的各處方言和中原音韻的來源，都應該到切韻系的韻書中去追尋，因此我們要探求現代國語的淵源，就無須再經中原音韻的一段曲折路程，根本就可直接到切韻系的韻書中去尋求了。

關於古今的音變，無論其聲、韻，有如下的幾個特點，我們在此一併提示，到下節談到韻的時候，就不再重複了。

一、聲母的衍變多受韻頭的開合和洪細以及聲調的影響。

二、聲母的衍變多受發音部位的影響。

三、韻母的衍變多受元音舌位高低前後的影響。

四、鼻化元音的產生多受韻尾鼻音的影響。

五、聲調的衍變多受聲母清濁的影響。

貳、中古聲母與現代國語聲母的衍變關係 ❶

一、中古全濁音變爲現代國語，完全變作清音：

1. 濁塞音：

a. 平聲──→變送氣清音：如「陪」「徒」。

b. 仄聲──→變不送氣清音：如「度」「郡」。

2. 濁塞擦音：

a. 「從」母變化與塞音同：如「慈」「字」。

b. 「牀」母除「止」攝變清擦音，其餘都與塞音同：如止攝的「士」變清擦音，「牀」「狀」變化與塞音同。

c. 「神」母：

平聲──→變送氣的清塞擦音或清擦音，如「脣」「神」。

仄聲──→變清擦音，如「順」「實」。

3. 濁擦音：

a. 「邪」「禪」二母：

平聲──→變送氣的清塞擦音或清擦音，如「囚」「徐」；「匙」「時」。

仄聲──→變清擦音，如「袖」「市」。

---

❶ 參見董同龢先生「中國語音史」第七章 PP. 111 — 114。

b. 「俟」母有「俟、漦」二字：上聲的「俟」，現在的國語讀[sïv]；平聲的「漦」，讀音不詳。

c. 「匣」母全變清擦音，如「痕」「杏」。

二、中古清塞音及清塞擦音變爲現代國語，仍是清塞音及清塞擦音，但音值則有改變，其不改變者無論，茲誌其有改變者如下：

1. [ȶ] [ȶ'] 變 [tʂ] [tʂ']，如「鎭」「趁」。

2. [tʃ] [tʃ'] 變 [tʂ] [tʂ']，如「爪」「吵」。

3. [tɕ] [tɕ'] 變 [tʂ] [tʂ']，如「章」「昌」。

4. [k] [k'] 細音變 [tɕ] [tɕ']，如「見」「牽」。

5. [ts] [ts'] 細音變 [tɕ] [tɕ']，如「精」「清」。

三、清擦音變爲現代國語仍爲清擦音，但某些音値有改變，如：

1. [ʃ] 變爲 [ʂ]，如「師」「疏」。

2. [ʃ] 部分變爲 [s]，如「所」「色」❶。

---

❶ 「色」的讀音變[s']母，語音變[ʂ]母。

3. ［ɕ］變爲［ʂ］，如「書」「識」。

4. ［s］細音變爲［ɕ］，如「西」「息」。

5. ［x］細音變爲［ɕ］，如「曉」「香」。

四、「明」「泥」二母變爲現代國語依然爲雙脣鼻音及舌尖鼻音，「疑」母則大部變無聲母，如「五」「元」「吟」等；少數三等開口字變［n］母，如「牛」「逆」等。

五、「來」母變爲現代國語依然是邊音；「日」母變爲現代國語則分兩途：「止」攝的「日」母字都變無聲母，如「而」「耳」「二」；其他各攝則變爲濁擦音，如「人」「日」等。

六、重脣音變爲現代國語依然是雙脣音，輕脣音變爲現代國語則是：「非」「敷」「奉」三母全變淸的脣齒擦音，如「非」「敷」「奉」三字是；「微」母則變爲無聲母字，如「微」「武」「無」等是。

七、「端」系字變爲現代國語，仍爲舌尖音。

八、「知」「徹」「澄」三母大部分變捲舌塞擦音，只有梗攝二等的「讀音」變爲舌尖塞擦音，如「宅」「摘」等是。

九、「精」系如韻母變洪音，則仍爲舌尖塞擦音及擦音；若韻母變細音，則顎化爲舌面塞擦音及擦音，如「再」「蘇」聲母不變，「千」「須」顎化爲舌面音。

十、「莊」系大致是變爲捲舌音，只在「深」攝及「曾」「梗」「通」三攝的入聲韻中變舌尖音，如「抄」「沙」「師」變捲舌音；「森」「測」「責」變舌尖音。

十一、「照」系全變捲舌音，如「章」「昌」「船」「書」「常」等是。

十二、舌根音聲母洪音仍保持舌根音，細音則顎化爲舌面音，如「根」「匡」「汗」不變；「巾」「羌」「現」變舌面音。「影」「喻」二母字則全變無聲母，如「安」「焉」「遠」「爲」「余」「遙」等是。

十三、中古聲母演變舉例：

茲依韻鏡字母的先後次序，分列各字母（據廣韻切語上字系聯，分正齒音二三等爲兩類，析「喻」母三四等爲兩類）變爲現代國語後的衍變關係，並舉例字如下：

演變程式：中古字母（附音標）——→國語音標：例字（常例以外的變例，加括弧表示）。

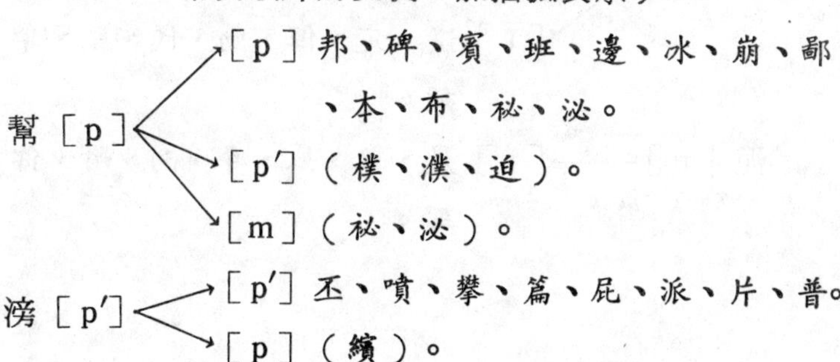
幫［p］→［p］邦、碑、賓、班、邊、冰、崩、鄙、本、布、祕、泌。
幫［p］→［p′］（樸、濮、迫）。
幫［p］→［m］（祕、泌）。
滂［p′］→［p′］丕、噴、攀、篇、屁、派、片、普。
滂［p′］→［p］（繽）。

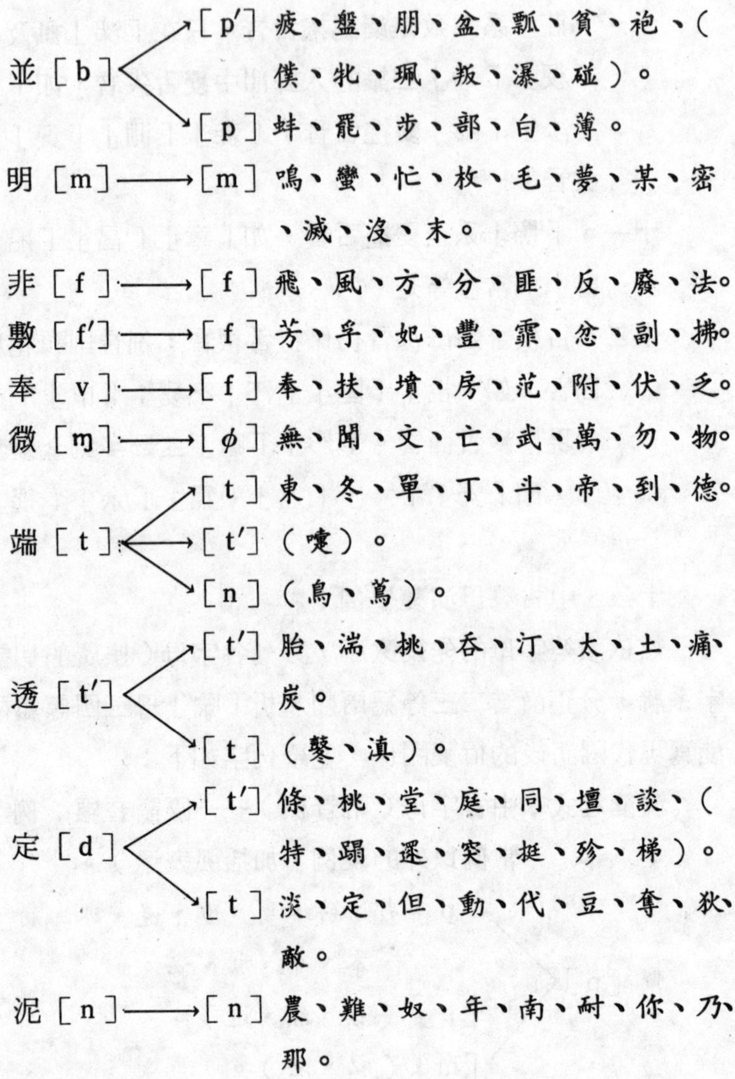
並［b］
［p′］疲、盤、朋、盆、瓢、貧、袍、（僕、牝、珮、叛、瀑、碰）。
［p］蚌、罷、步、部、白、薄。
明［m］——→［m］鳴、蠻、忙、枚、毛、夢、某、密、滅、沒、末。
非［f］——→［f］飛、風、方、分、匪、反、廢、法。
敷［f′］——→［f］芳、孚、妃、豐、霏、忿、副、拂。
奉［v］——→［f］奉、扶、墳、房、范、附、伏、乏。
微［ɱ］——→［ϕ］無、聞、文、亡、武、萬、勿、物。
端［t］
［t］東、冬、單、丁、斗、帝、到、德。
［t′］（嚏）。
［n］（鳥、蔦）。
透［t′］
［t′］胎、湍、挑、吞、汀、太、土、痛、炭。
［t］（鼕、滇）。
定［d］
［t′］條、桃、堂、庭、同、壇、談、（特、蹋、遝、突、挺、殄、梯）。
［t］淡、定、但、動、代、豆、奪、狄、敵。
泥［n］——→［n］農、難、奴、年、南、耐、你、乃、那。

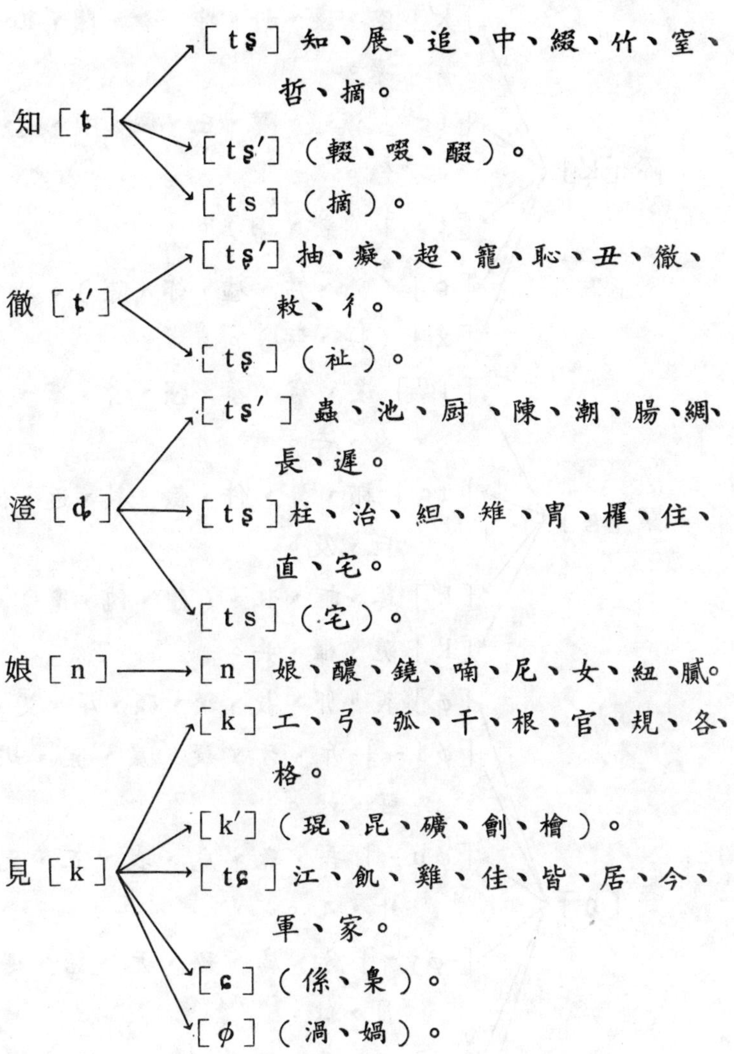
知［ȶ］
［tʂ］知、展、追、中、綴、竹、窒、哲、摘。
［tʂ′］（輟、啜、醱）。
［ts］（摘）。
徹［ȶ′］
［tʂ′］抽、癡、超、寵、恥、丑、徹、敕、彳。
［tʂ］（祉）。
澄［ȡ］
［tʂ′］蟲、池、厨、陳、潮、腸、綢、長、遲。
［tʂ］柱、治、組、雉、胄、櫂、住、直、宅。
［ts］（宅）。
娘［n］
［n］娘、醲、鐃、喃、尼、女、紐、膩。
見［k］
［k］工、弓、弧、干、根、官、規、各、格。
［k′］（琨、昆、礦、劊、檜）。
［tɕ］江、飢、雞、佳、皆、居、今、軍、家。
［ɕ］（係、梟）。
［ø］（渦、媧）。

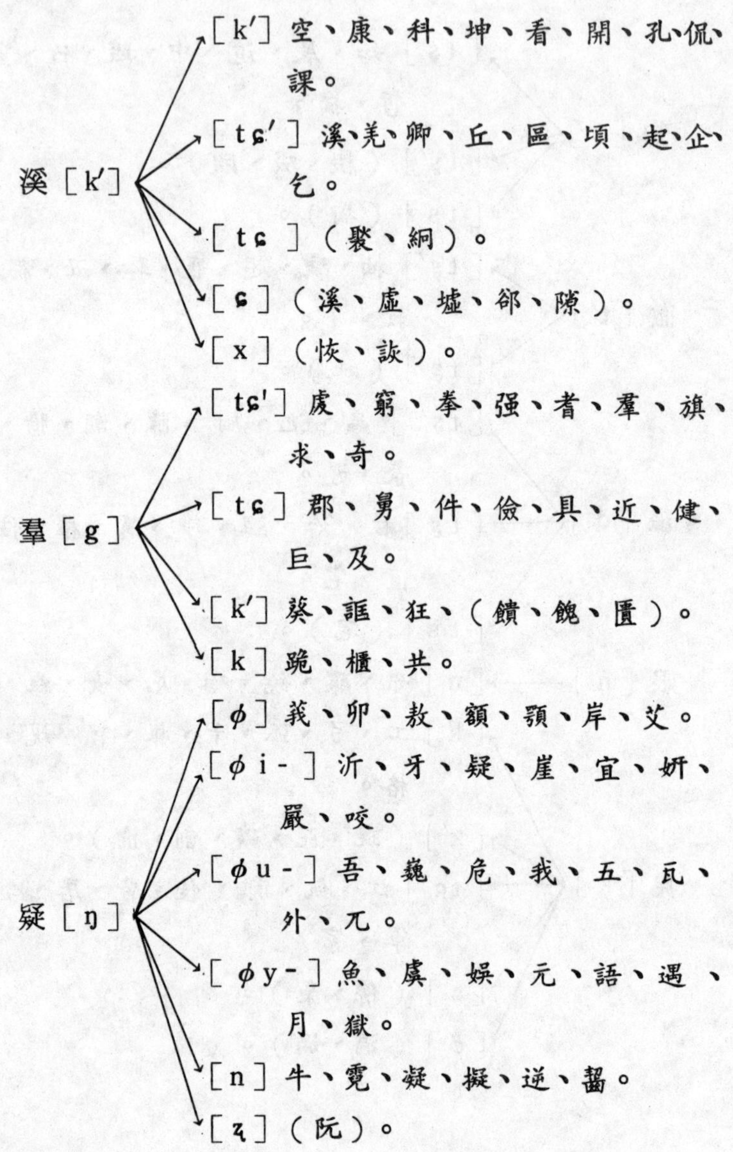
溪[k']
[k'] 空、康、科、坤、看、開、孔、侃、課。
[tɕ'] 溪、羌、卿、丘、區、頃、起、企、乞。
[tɕ] (綮、絅)。
[ɕ] (溪、虛、墟、郤、隙)。
[x] (恢、詼)。
羣[g]
[tɕ'] 虔、窮、拳、強、耆、羣、旗、求、奇。
[tɕ] 郡、舅、件、儉、具、近、健、巨、及。
[k'] 葵、誆、狂、(饋、餽、匱)。
[k] 跪、櫃、共。
疑[ŋ]
[ϕ] 義、卯、敖、額、顎、岸、艾。
[ϕi-] 沂、牙、疑、崖、宜、妍、巖、咬。
[ϕu-] 吾、巍、危、我、五、瓦、外、兀。
[ϕy-] 魚、虞、娛、元、語、遇、月、獄。
[n] 牛、霓、凝、擬、逆、齧。
[ʐ] (阮)。

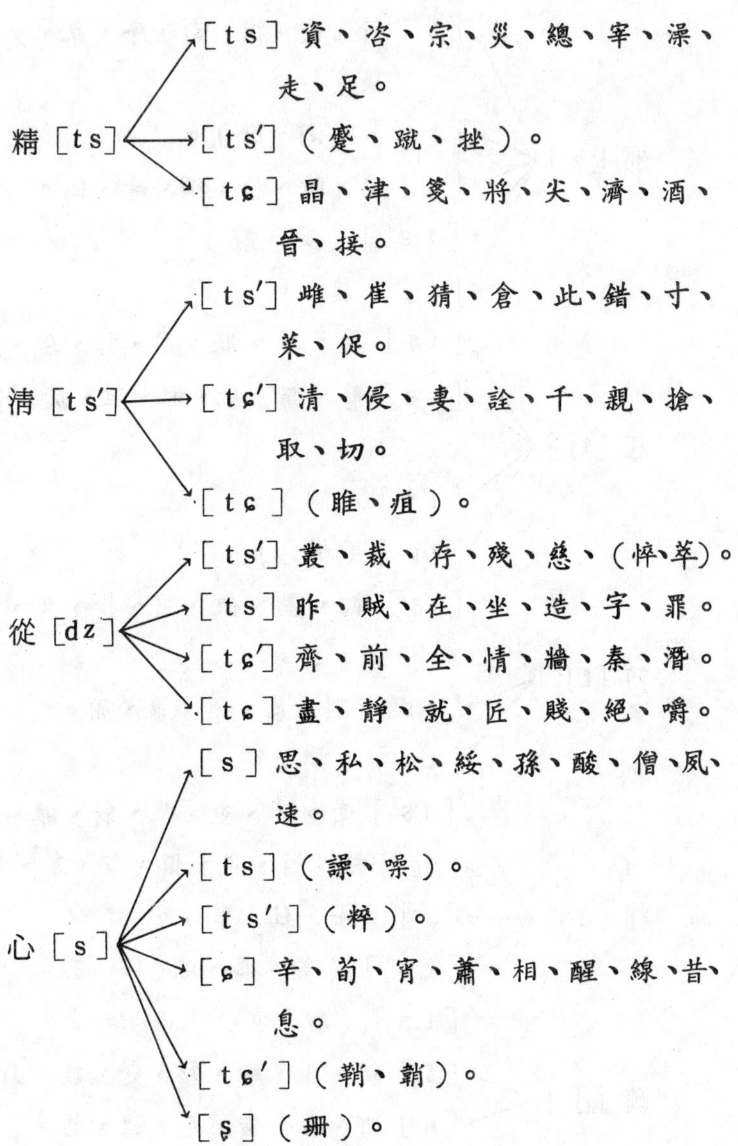
精 [ts]
[ts] 資、咨、宗、災、總、宰、澡、走、足。
[ts'] （蹙、蹴、挫）。
[tɕ] 晶、津、箋、將、尖、濟、酒、晉、接。
清 [ts']
[ts'] 雌、崔、猜、倉、此、錯、寸、菜、促。
[tɕ'] 清、侵、妻、詮、千、親、搶、取、切。
[tɕ] （雎、疽）。
從 [dz]
[ts'] 叢、裁、存、殘、慈、（悴、萃）。
[ts] 昨、賊、在、坐、造、字、罪。
[tɕ'] 齊、前、全、情、牆、秦、潛。
[tɕ] 盡、靜、就、匠、賤、絕、嚼。
心 [s]
[s] 思、私、松、綏、孫、酸、僧、夙、速。
[ts] （譟、噪）。
[ts'] （粹）。
[ɕ] 辛、荀、宵、蕭、相、醒、線、昔、息。
[tɕ'] （鞘、韒）。
[ʂ] （珊）。

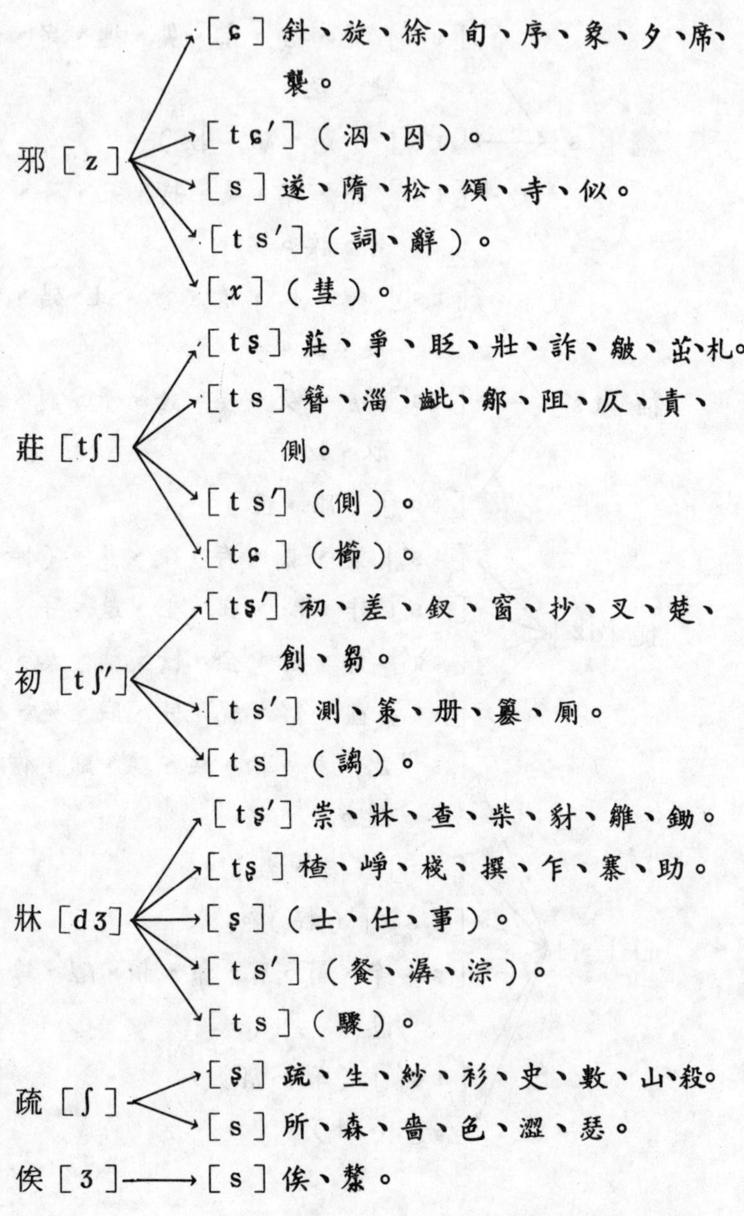
邪［z］
［ɕ］斜、旋、徐、旬、序、象、夕、席、襲。
［tɕ′］（泅、囚）。
［s］遂、隋、松、頌、寺、似。
［ts′］（詞、辭）。
［x］（彗）。
莊［tʃ］
［tʂ］莊、爭、眨、壯、詐、皺、茁、札。
［ts］簪、淄、齜、鄒、阻、仄、責、側。
［ts′］（側）。
［tɕ］（櫛）。
初［tʃ′］
［tʂ′］初、差、叙、窗、抄、叉、楚、創、芻。
［ts′］測、策、册、篡、廁。
［ts］（謅）。
牀［dʒ］
［tʂ′］崇、牀、查、柴、豺、雛、鋤。
［tʂ］楂、崢、棧、撰、乍、寨、助。
［ʂ］（士、仕、事）。
［ts′］（孱、潺、淙）。
［ts］（驟）。
疏［ʃ］
［ʂ］疏、生、紗、衫、史、數、山、殺。
［s］所、森、嗇、色、澀、瑟。
俟［ʒ］
［s］俟、漦。

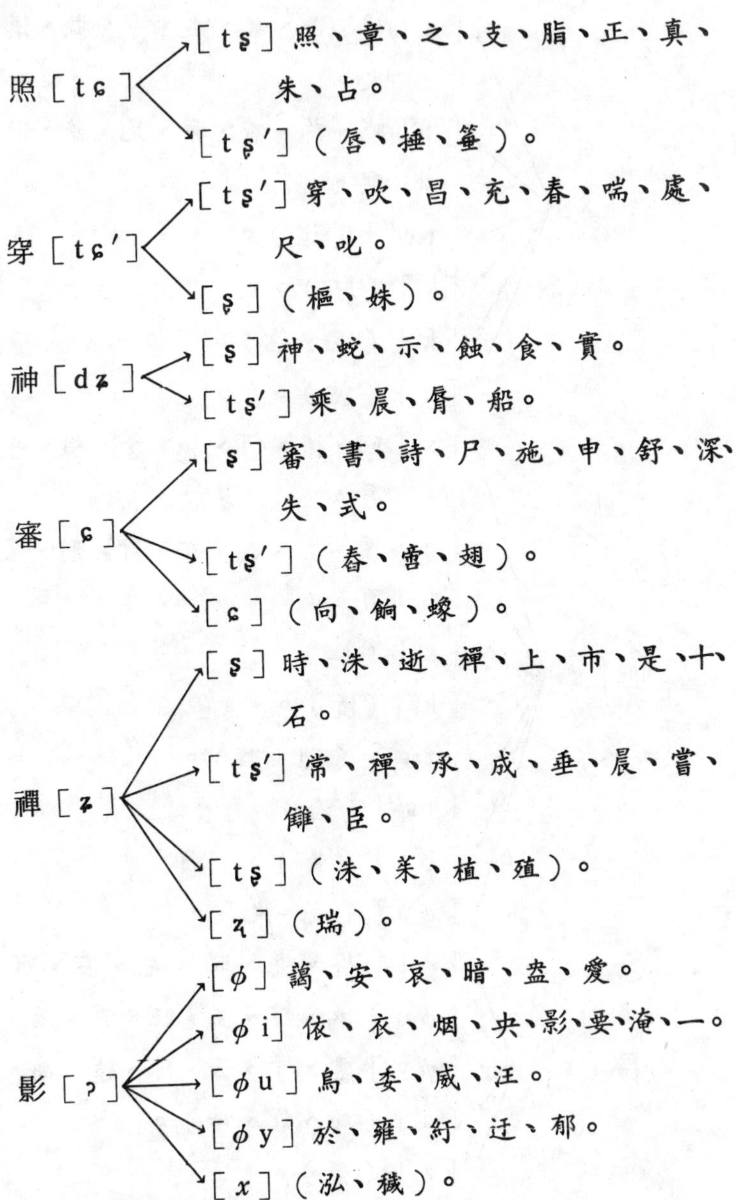
照［tɕ］
［tʂ］照、章、之、支、脂、正、真、朱、占。
［tʂ′］（唇、捶、箠）。
穿［tɕ′］
［tʂ′］穿、吹、昌、充、春、喘、處、尺、叱。
［ʂ］（樞、姝）。
神［dʑ］
［ʂ］神、蛇、示、蝕、食、實。
［tʂ′］乘、晨、脣、船。
審［ɕ］
［ʂ］審、書、詩、尸、施、申、舒、深、失、式。
［tʂ′］（舂、啻、翅）。
［ɕ］（向、餉、蠁）。
禪［ʑ］
［ʂ］時、洙、逝、禪、上、市、是、十、石。
［tʂ′］常、禪、承、成、垂、晨、嘗、鋋、臣。
［tʂ］（洙、茱、植、殖）。
［ʐ］（瑞）。
影［ʔ］
［φ］謁、安、哀、暗、盎、愛。
［φi］依、衣、烟、央、影、要、淹、一。
［φu］烏、委、威、汪。
［φy］於、雍、紆、迂、郁。
［x］（泓、檅）。

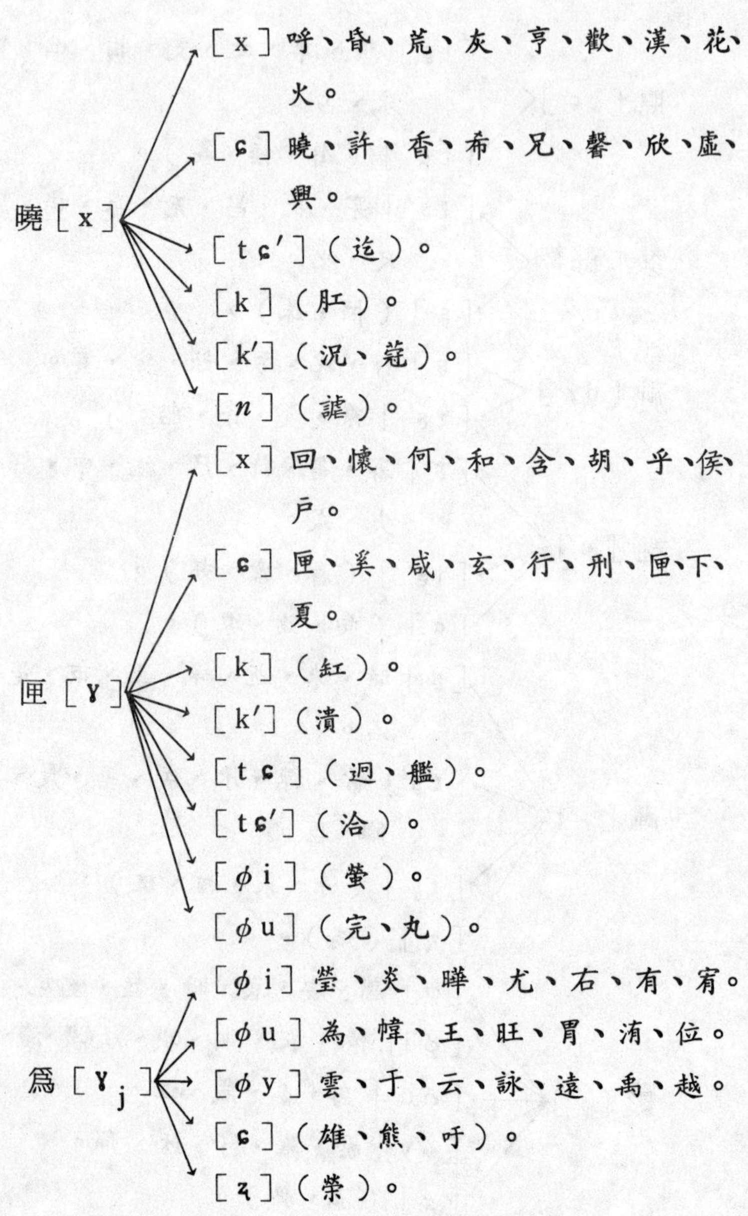

曉［x］
［x］呼、昏、荒、灰、亨、歡、漢、花、火。
［ɕ］曉、許、香、希、兄、馨、欣、虛、興。
［tɕ′］（迄）。
［k］（肛）。
［k′］（況、蔻）。
［n］（謔）。
匣［ɣ］
［x］回、懷、何、和、含、胡、乎、侯、戶。
［ɕ］匣、奚、咸、玄、行、刑、匣、下、夏。
［k］（缸）。
［k′］（潰）。
［tɕ］（迥、艦）。
［tɕ′］（洽）。
［ϕi］（螢）。
［ϕu］（完、丸）。
爲［ɣj］
［ϕi］瑩、炎、曄、尤、右、有、宥。
［ϕu］爲、幃、王、旺、胃、洧、位。
［ϕy］雲、于、云、詠、遠、禹、越。
［ɕ］（雄、熊、吁）。
［ʐ］（榮）。

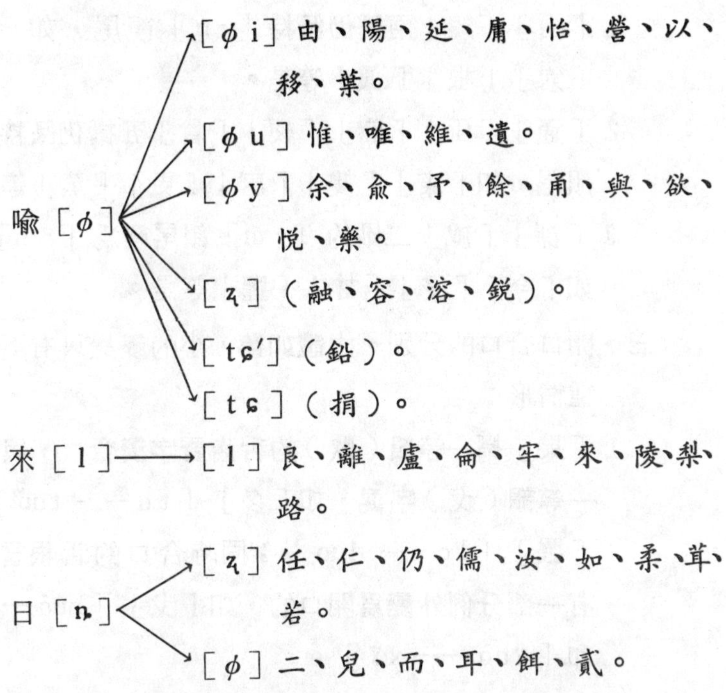

第二節　韻母及聲調之衍變關繫

壹、中古韻母與現代國語韻母的衍變關繫 ❶

一、中古入聲韻變為現代國語，其塞音韻尾完全消失，如「國」「白」「立」「渴」「各」等是。

二、中古陽聲韻變為現代國語，其結果是：

---

❶ 參見董同龢先生「中國語音史」第七章 *pp.* 114－120。

1.「山」「臻」兩攝仍保持［-n］韻尾，如「干」「寒」「根」「眞」等是。

2.「通」「江」「宕」「梗」「曾」五攝仍保持［-ŋ］韻尾，如「東」「雙」「唐」「更」「蒸」等是。

3.「深」「咸」二攝的［-m］韻尾變爲［-n］韻尾，如「今」「侵」「甘」「鹽」等是。

三、開口合口的分別，大體如舊，小的變異只有下列幾種情形：

1.「果」攝一等韻（歌）的舌齒音字變合口，與合口一等韻（戈）字混，如「多」［tɑ—→tuo］，「羅」［lɑ—→luo］；同時合口的舌根音字也有一部分例外變爲開口的，如「戈」［kuɑ→kɤ］，和［ɣuɑ—→xɤ］。

2.「陽」韻的「莊」系字本來是開口，到現代國語中都變合口，如「莊」「瘡」「牀」。

3.「清」「靑」兩韻的合口字都變開口，如「營」「頃」「役」等是。

4.「臻」攝舒聲韻一等開口（痕）的「端」系字變合口，如「吞」。

5.「蟹」「止」兩攝「泥」「來」二母的合口字變爲開口，如「內」「累」「嫩」等是。

四、一等韻完全變洪音，如「公」「該」「根」「干」等是。

五、二等韻的合口字也都變洪音，如「快」「關」「瓜」等。開口字則大部分的牙、喉音產生介音［-i-］，並影響聲母，而使聲母顎化；其他聲母的字仍然沒有介音［-i-］。

六、三等韻：

1. 一般情形是：舌音及正齒音的字，其介音［-j-］消失，如「珍」「眞」等。凡脣音字之聲母變輕脣的，介音［-j-］也消失，如「分」。其他都還保留有［-i-］，或在合口音中與［-u-］合併爲［-y-］，如「編」及「訓」「均」等。

2. 「蟹」「宕」兩攝的開口音，與上條「一般情形」同。不過合口音全無介音［-i-］，如「肺」「歲」「狂」「謊」等。

3. 「止」攝與「蟹」「宕」兩攝不同的只是開口「精」系字也沒有介音［-i-］，如「字」［dzi→tsï］，「雌」［ts'i→ts'ï］是。

4. 「通」攝入聲僅牙、喉音字有介音［-y-］，如「菊」「旭」。「來」母不定，如「綠」「錄」。其他都沒有介音［-y-］，如「福」「竹」「縮」。舒聲韻牙音則僅一二字例外有介音［-y-］，如「窮」「顒」。其他聲紐字的變化與入聲同。

七、四等韻：

1. 一般的情形：開口大致都有介音［-i-］，如「眠」

「天」「顯」；合口則都有介音［-y-］，如「犬」「玄」「淵」等是。

2.「蟹」攝開口也全有介音［-i-］，如「迷」「低」「雞」等；合口則不是［-y-］而是［-u-］，如「桂」「惠」等是。

八、中古韻母演變舉例：

茲據前文「中古韻母」所擬測之音值，以韻尾之異，分別列舉各類韻母演變為現代國語後之情形如下：

演變程式：中古韻母（前附例字）——國語音標：例字。

1.無尾韻母：

［-ɑ］韻：

何［-ɑ］→［-ɣ］何、俄、歌、可、個、賀。
　　　　→［-uo］我、佐、邏。

禾［-uɑ］→［-ɣ］禾、戈、和。
　　　　→［-o］波、婆。
　　　　→［-uo］果、火、臥、過、貨。

伽［-iɑ］→［-ie］伽。
　　　　→［-ia］迦。

靴［-iuɑ］→［-ye］靴、韡、胒。

［-a］韻：

加［-a］→［-a］加、巴、罵、馬。
　　　　→［-ia］牙、霞、下、駕。

遮［-ia］→［-ɤ］遮、車、奢、者。
　　　　→［-ie］邪、嗟、也、夜。

瓜［-ua］→［-ua］華、瓜、瓦、化。

［-o］韻：

魚［-io］→［-y］魚、居、呂、據。
　　　　→［-u］諸、渚、恕、助。

［-u］韻：

胡［-u］→［-u］胡、吳、戶、暮。

俱［-iu］→［-y］兪、于、雨、遇。
　　　　→［-u］誅、夫、主、戍。

［-i］韻：

移夷飴［-i］→［-i］移、奇、夷、利、飴、里。
　　　　　→［-ï］支、爾、私、二、之、止。

爲追［-ui］→［-i］婢、靡、秘、季、悸。
　　　　　→［-ei］累、悲、眉、類、寐、壘。
　　　　　→［-uei］規、恚、吹、毀、軌、位。

2.［-i］尾韻母：

［-ɔi］韻：

來［-ɔi］⟶［-ai］来、哀、亥、改、代、耐。

回［-uɔi］⟶［-ei］杯、胚、內、佩、妹、輩。

⟶［-uei］回、恢、罪、賄、對、隊。

［-ɑi］韻：

蓋［-ɑi］⟶［-ai］泰、害、艾、帶。

⟶［-ei］沛、貝。

外［-uɑi］⟶［-uai］外。

⟶［-uei］會、兌、最、蜕。

［-ai］韻：

佳皆犗［-ai］
⟶［-ai］債、釵、矮、拜。
⟶［-iai］崖、厓。
⟶［-a］洒、查。
⟶［-ia］佳、涯。
⟶［-ɤ］喝。
⟶［-ie］皆、蟹、介、犗。

媧懷夬［-uai］
⟶［-ai］排、買、賣、邁。
⟶［-uai］丫、乖、淮、怪、快。
⟶［-ua］媧、卦、蛙、話。
⟶［-uo］夥。
⟶［-uei］虺、匯。

［-iɛi］韻：

例［-iɛi］→［-i］例、祭、憩、蔽。
　　　　→［-ei］袂。
　　　　→［-ï］制、世、逝。

芮［-iuɛi］——→［-uei］芮、歲、稅、綴、衛。

［iɐi］韻：

刈［-iɐi］——→［-i］刈、乂。

廢［-iuɐi］→［-uei］穢。
　　　　→［-ei］廢、肺、吠。

［-iei］韻：

奚［-iei］——→［-i］雞、迷、禮、米、計、詣。

攜［-iuei］→［-i］攜、畦。
　　　　→［-uei］圭、睽、惠、桂。

［-əi］韻：

希［-əi］—→［-i］希、衣、豈、狶、旣、氣。

非［-uəi］→［-uei］韋、歸、尾、鬼、未、貴。
　　　　→［-ei］非、匪、沸。

3.［-u］尾韻母：

［-ɑu］韻：

刀［-ɑu］—→［-au］刀、毛、老、浩、到、導。

［-au］韻：

交 [-au] ⟶ [-au] 茅、嘲、爪、飽、貌、罩。
　　　　 ↘ [-iau] 交、肴、巧、絞、效、教。

[-iɛu] 韻：

聊遙 [-iɛu] ↗ [-iau] 彫、鳥、嘯、遙、小、笑、嬌、夭、廟。
　　　　　 ↘ [-au] 招、沼、照、兆、召。

[-əu] 韻：

侯 [-əu] ⟶ [-ou] 侯、鉤、口、厚、豆、候。

鳩幽 [-iəu] ↗ [-iou] 求、久、救、幽、糾、幼。
　　　　　 → [-ou] 州、謀、周、否、咒。
　　　　　 → [-u] 浮、婦、副、富。
　　　　　 ↘ [-iau] 彪。

4. [-ŋ] 尾韻母：

[-uŋ] 韻：

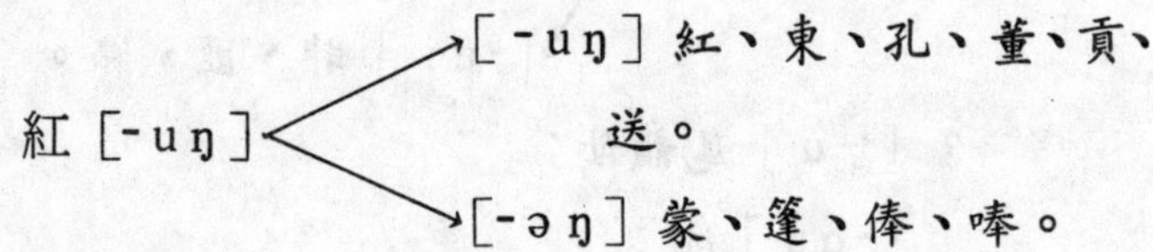

紅 [-uŋ] ↗ [-uŋ] 紅、東、孔、董、貢、送。
　　　　 ↘ [-əŋ] 蒙、篷、俸、唪。

弓〔-iuŋ〕→〔-uŋ〕戎、中、宮、終、仲、衆。

弓〔-iuŋ〕→〔-əŋ〕風、馮、豐、鳳、諷、夢。

〔-oŋ〕韻：

冬〔-oŋ〕→〔-uŋ〕冬、宗、潼、綜、宋、統。

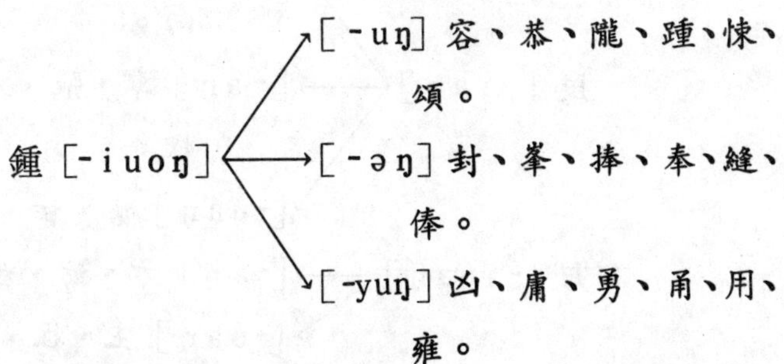

〔-ɔŋ〕韻：

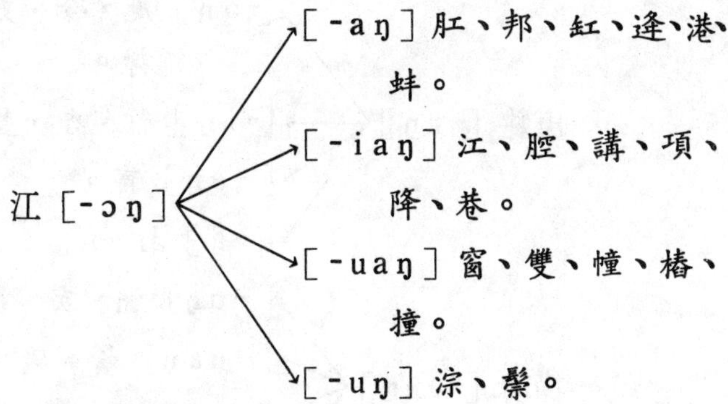

〔-aŋ〕韻：

郎［-aŋ］→［-aŋ］當、罔、朗、黨、浪、宕。

光［-uaŋ］→［-uaŋ］光、黃、晃、廣、曠、桄。
→［-aŋ］旁、滂、髈、謗、傍、漭。

良［-iaŋ］→［-iaŋ］良、羊、兩、奬、亮、向。
→［-aŋ］章、張、丈、掌、讓、帳。
→［-uaŋ］瘡、枉、罔、旺、壯。

方［-iuaŋ］→［-aŋ］方、紡、放。
→［-uaŋ］王、往、況、妄。

［-ɐŋ］韻：

庚耕［-ɐŋ］→［-əŋ］庚、冷、更、耕、耿、諍。
→［-iŋ］行、杏、莖、幸、嫈。
→［-aŋ］盲。
→［-a］打。

橫萌［-uɐŋ］→［-uŋ］觥、宏、轟。
→［-uaŋ］礦、礦、蝗。
→［-əŋ］橫、甍、倂。
→［-aŋ］盲。

京盈 [-ieŋ] → [-iŋ] 卿、景、敬、盈、井、姓。
→ [-əŋ] 貞、成、整、正、盛。

兵營 [-iueŋ] → [-iŋ] 兵、憬、命、營、頃。
→ [-yuŋ] 兄、永、詠。
→ [-uŋ] 榮。

[-ieŋ] 韻：

經 [-ieŋ] ——→ [-iŋ] 經、丁、挺、頂、定、佞。

扃 [-iueŋ] → [-yuŋ] 扃、坰、迥、炯。
→ [-iŋ] 螢、熒。

[-əŋ] 韻：

登 [-əŋ] ——→ [-əŋ] 棱、崩、等、肯、鄧、亙。

肱 [-uəŋ] ——→ [-uŋ] 肱、弘、薨。

陵 [-iəŋ] → [-iŋ] 冰、膺、痠、應、鋑。
→ [-əŋ] 蒸、仍、證、拯、甑。
→ [-yn] 孕。

5. [-n] 尾韻母：

[-ɑn] 韻：

干 [-ɑn] ——→ [-an] 寒、安、旱、但、案、贊。

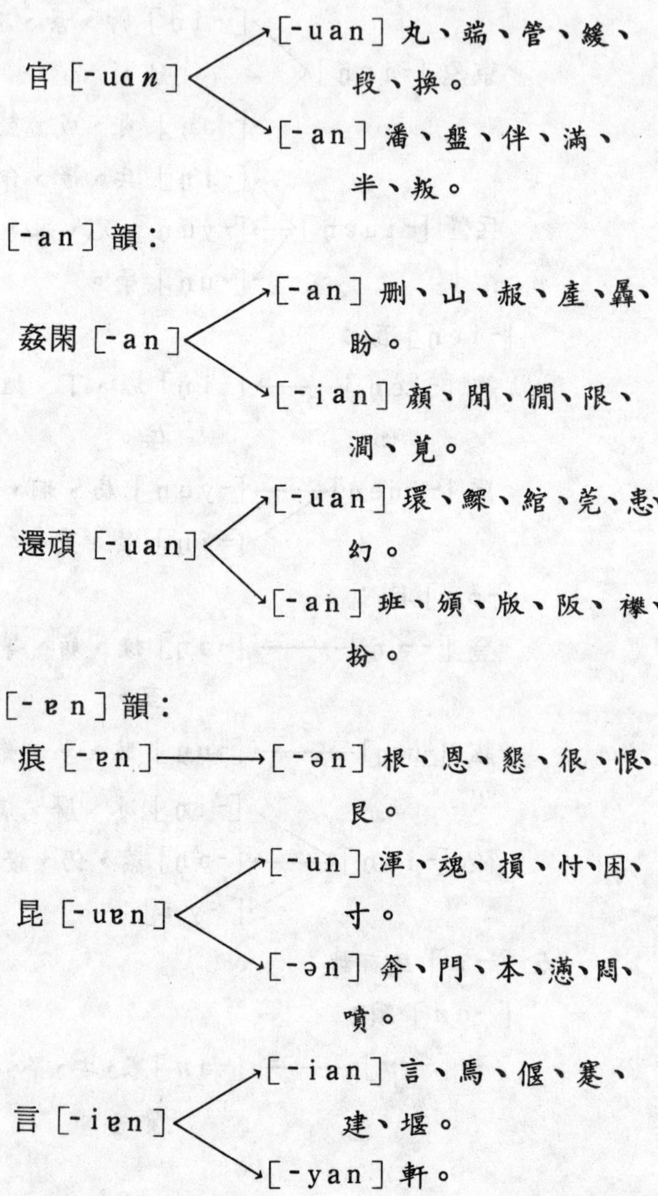
官[-uɑn]
[-uan] 丸、端、管、緩、段、換。
[-an] 潘、盤、伴、滿、半、叛。
[-an] 韻：
姦閑[-an]
[-an] 刪、山、赧、產、羼、盼。
[-ian] 顏、閒、僩、限、澗、莧。
還頑[-uan]
[-uan] 環、鰥、綰、莞、患、幻。
[-an] 班、頒、版、阪、攀、扮。
[-ɐn] 韻：
痕[-ɐn]
[-ən] 根、恩、懇、很、恨、艮。
昆[-uɐn]
[-un] 渾、魂、損、忖、困、寸。
[-ən] 奔、門、本、懣、悶、噴。
言[-iɐn]
[-ian] 言、焉、偃、蹇、建、堰。
[-yan] 軒。

袁〔-iuɐn〕→〔-yan〕袁、元、遠、苑、怨、願。
→〔-an〕煩、番、反、飯、販、曼。
→〔-uan〕蜿、晚、宛、挽、阮、萬。

〔-iɛ*n*〕韻：

前連〔-iɛ*n*〕→〔-ian〕年、連、典、演、練、線、乾、愆、箭、面。
→〔-an〕然、氈、善、展、戰、膳。

玄緣〔-iuɛn〕→〔-yan〕涓、畎、絢、宣、捲、眷、員、選、絹。
→〔-ian〕縣、兗、彥、戀。
→〔-uan〕川、攣、專、轉、篆、釧。

〔-in〕韻：

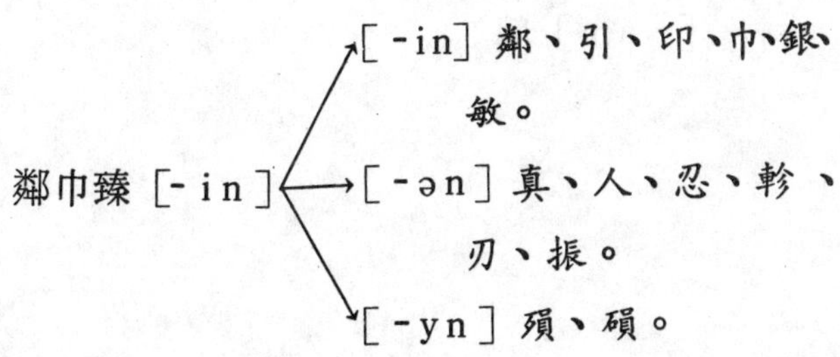

倫［-iun］→［-yn］勻、旬、允、峻。
→［-un］掄、脣、準、筍、閏、順。
→［-in］尹。

［-ien］韻：

斤［-ien］——→［-in］斤、欣、謹、隱、靳、炘。

［-iuən］韻：

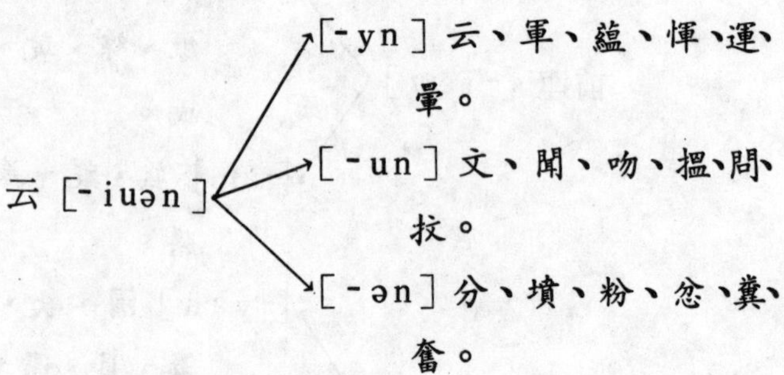

6.［-m］尾韻母：

［-am］韻：

含甘［-ɑm］——→［- an］南、感、暗、談、敢、濫。

［-am］韻：

咸銜［-am］
- →［-an］讒、斬、站、衫、巉、讖。
- →［-ian］咸、減、陷、銜、黷、鑑。
- →［-uan］賺。

［-iɐm］韻：

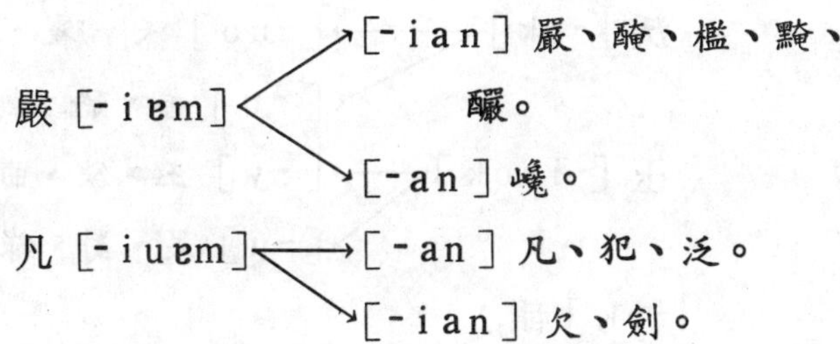

嚴［-iɐm］
- →［-ian］嚴、醃、檻、黷、釅。
- →［-an］巉。

凡［-iuɐm］
- →［-an］凡、犯、泛。
- →［-ian］欠、劍。

［-iɛm］韻：

廉兼［-iɛm］
- →［-ian］鹽、漸、豔、炎、檢、驗、兼、忝、念。
- →［-an］占、染、贍、沾。

［-im］韻：

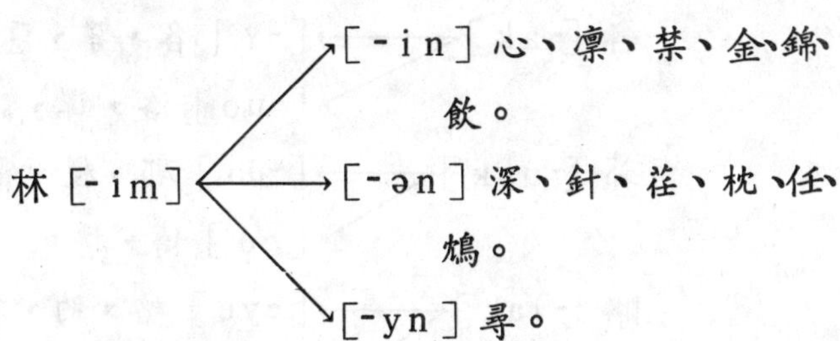

林［-im］
- →［-in］心、凜、禁、金、錦、飲。
- →［-ən］深、針、荏、枕、任、鴆。
- →［-yn］尋。

7.［-k］尾韻母：

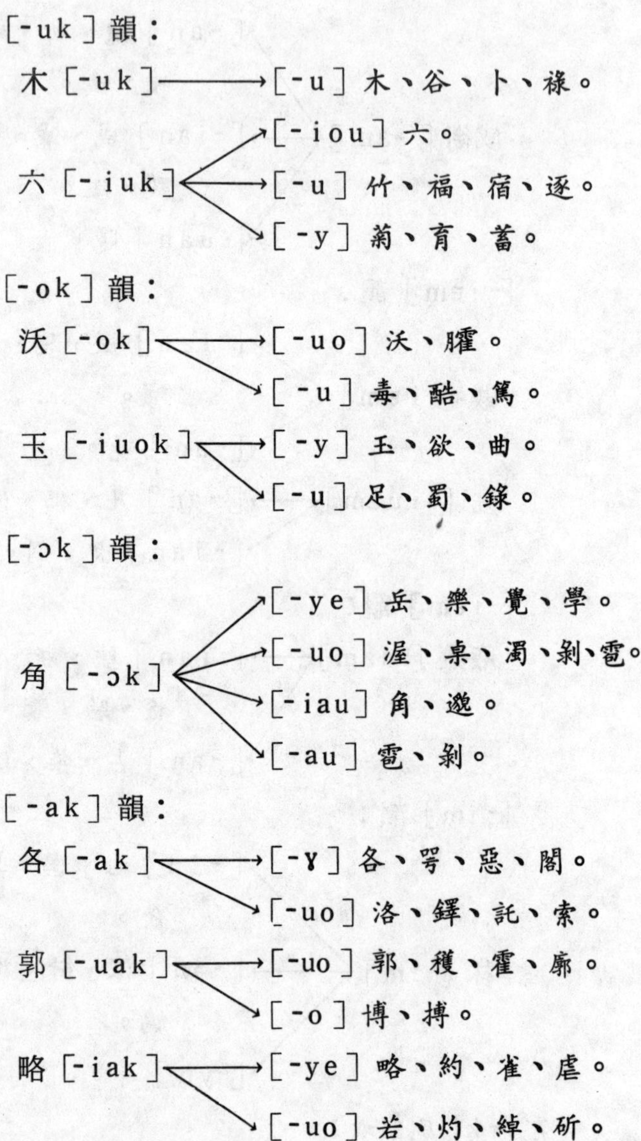
[-uk] 韻：
木 [-uk] → [-u] 木、谷、卜、祿。
六 [-iuk] → [-iou] 六。
[-u] 竹、福、宿、逐。
[-y] 菊、育、蓄。
[-ok] 韻：
沃 [-ok] → [-uo] 沃、臛。
[-u] 毒、酷、篤。
玉 [-iuok] → [-y] 玉、欲、曲。
[-u] 足、蜀、錄。
[-ɔk] 韻：
角 [-ɔk] → [-ye] 岳、樂、覺、學。
[-uo] 渥、桌、濁、剝、雹。
[-iau] 角、邈。
[-au] 雹、剝。
[-ak] 韻：
各 [-ak] → [-ɤ] 各、咢、惡、閣。
[-uo] 洛、鐸、託、索。
郭 [-uak] → [-uo] 郭、穫、霍、廓。
[-o] 博、搏。
略 [-iak] → [-ye] 略、約、雀、虐。
[-uo] 若、灼、綽、斫。

縛 [-iuak] ⟶ [-u] 縛、瓁。
　　　　　⟶ [-ye] 钁、戄。

[-ɐk] 韻：

格革 [-ɐk] ⟶ [-ɤ] 格、宅、客、革、核、厄。

伯獲 [-uɐk] ⟶ [-uo] 伯、陌、魄、踖、虢、擭。

戟益 [-iak] ⟶ [-i] 戟、逆、益、亦、積、辟。
　　　　　⟶ [-y] 劇。
　　　　　⟶ [-ï] 隻、石、炙、彳。

役 [-iuɐk] ⟶ [-i] 役、疫。

[-iek] 韻：

歷 [-iek] ⟶ [-i] 歷、擊、激、狄。

闃 [-iuek] ⟶ [-y] 闃、郥、昊、鶪。

[-ək] 韻：

則 [-ək] ⟶ [-ɤ] 則、得、勒、克、黑。

或 [-uək] ⟶ [-uo] 默、墨、國、或、北。
　　　　　⟶ [-ei] 黑、賊、北。

力 [-iək] ⟶ [-i] 力、卽、翼、息。
　　　　　⟶ [-ï] 職、食、陟、識。
　　　　　⟶ [-ɤ] 色、側。

域［-iuək］——→［-y］域、蜮。

8.［-t］尾韻母：

［-ɑt］韻：

割［-ɑt］——→［-ɤ］割、葛、曷、檗。
　　　　　——→［-a］達、但、闥、剌。

括［-uɑt］——→［-ua］括、聒。
　　　　　——→［-uo］括、活、闊、撥、撮。
　　　　　——→［-a］拔、犮、跋。

［-at］韻：

八鍩［-at］——→［-a］八、扎、拔、帕、捌、剎。
　　　　　——→［-ia］黠、戛、鍩、瞎。

滑刮［-uat］——→［-ua］滑、猾、刮、刷。
　　　　　——→［-ye］刖、朗、殉。

［-ɐt］韻：

麧［-ɐt］——→［-ɤ］麧、紇、齕。

沒［-uɐt］——→［-o］沒、勃、教、歿。
　　　　　——→［-u］骨、忽、兀、窟。

竭［-iɐt］——→［-ie］竭、謁、歇、訐。

月［-iuɐt］——→［-ye］月、掘、闕、厥。
　　　　　——→［-a］發、髮、伐。
　　　　　——→［-ua］韈、襪。

［-iɛt］韻：

結列［-iɛt］→［-ie］結、屑、蔑、列、別、竭。
　　　　　→［-ye］薛。
　　　　　→［-ɤ］熱、折。

决悅劣［-iuɛt］→［-ye］决、穴、訣、悅、雪、絕。
　　　　　　　→［-ie］劣。
　　　　　　　→［-uo］輟、啜、掇。
　　　　　　　→［-ɤ］爇。

［-it］韻：

質乙櫛［-it］→［-i］吉、栗、乙、筆。
　　　　　　→［-ie］櫛。
　　　　　　→［-ï］質、日、室、蝨。
　　　　　　→［-ɤ］瑟、飋。

律率［-iut］→［-y］聿、律、卹。
　　　　　　→［-uai］帥、率、蟀。
　　　　　　→［-u］術、述、卒。

［iet］韻：

迄［-iet］→［-i］訖、迄、乞。

［-iuət］韻：

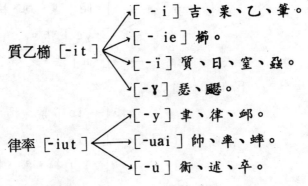

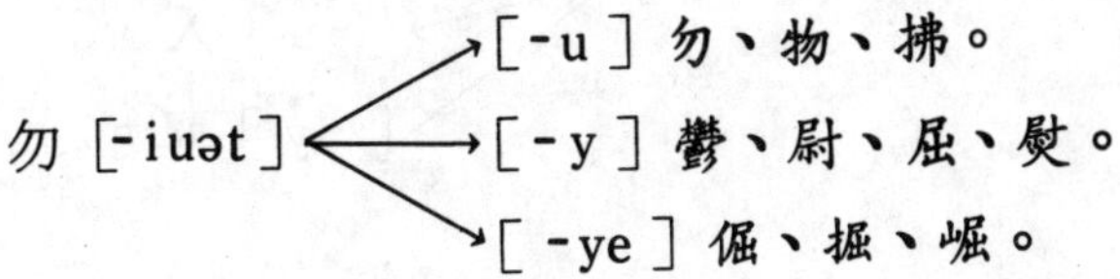

9. [-p] 尾韻母

[-ɑp] 韻：

合盍 [-ɑp] → [-ɤ] 合、鴿、閤、盍、闔、
溘。
→ [-a] 答、沓、帀、納、臘、
榻。

[-ap] 韻：

洽甲 [-ap] → [-ia] 洽、夾、甲、狎。
→ [-a] 劄、霎、閘、眉。

[-iɐp] 韻：

業 [-iɐp] → [-ie] 業、刼、怯。
→ [-ye] 怯。

法 [-iuɐp] → [-a] 法、乏。

[-iɛp] 韻：

涉協 [-iɛp] → [—ie] 葉、接、協、牒。
→ [—ia] 頰、莢、蛺。
→ [-ɤ] 攝、涉、懾、輒。

[-ip] 韻：

入 [-ip] → [—i] 立、及、習、急、汲。
→ [-ï] 十、汁、執、濕。
→ [-u] 入。
→ [-y] 熠。

貳、中古四聲與現代國語聲調的衍變關係

一、中古平聲的清聲母字，全變爲現代國語的「陰平」［˥］，如「多」「當」「身」「英」等。濁聲母字則全變爲國語的「陽平」「˧˥」，如「駝」「查」「神」「胡」等。

二、中古上聲的清聲母字及次濁聲母字，全變爲現代國語的「上聲」［˨˩˦］，如「請」「討」「領」「免」等。全濁聲母字則一律變爲國語的「去聲」［˥˩］，如「靜」「善」「舅」「皓」等。

三、中古的去聲字，無論聲母之清濁，一概變爲現代國語的「去聲」［˥˩］，如「配」「放」「換」「艷」等。

四、中古入聲的次濁聲母字，一律變爲現代國語的「去聲」［˥˩］，如「納」「列」「逆」「役」等。全濁聲母字則大部變爲國語的「陽平」［˧˥］，如「俗」「笛」「直」「核」等；小部變爲國語的「去聲」［˥˩］，如「夕」「術」「穴」「涉」等。清聲母字則分別變爲國語的「陰平」「陽平」「上聲」「去聲」［˥˧˥˨˩˦˥˩］，而無條例可尋，如「帖」「濕」「黑」「胳」等變陰平，「答」「察」「佛」「博」等變陽平，「甲」「雪」「角」「北」等變上聲，「妾」「設」「壁」「邑」等變去聲。

第五編　上古音

第十一章　上古音概說

第一節　如何研究上古音

壹、須明古今音異

上古音像其他的時期一樣，也包括了聲紐、韻部、聲調三方面，而考求這三方面的實際情況，無非是歸納先秦的詩、騷、六經、諸子中的韻語及一些雙聲、叠韻的辭語，擴而大之則及於文字的諧聲偏旁，經籍的異文、音訓、通假、譬況字音、讀若字音等諸方面而已。在考求古音的過程中，古今音異的道理，最不容忽視，若以今律古，用今語以讀古字，則所得的聲韻之結果，必是大有問題的。潘耒的「古今音論」云：

天下無不可遷之物，聲音之出於喉吻，宜若無古今之殊；而風會遷流，滑移默轉，有莫知其然而然者。楚騷之音異於風雅，漢魏之音異於屈宋。古讀「服」為「匐」，而今如「復」；古讀「下」如「戶」，而今如「夏」；古讀「家」如「姑」，而今如「嘉」；古讀「明」如「芒」，而今如「名」。此第就常用之字考其旁押而知之；其不見於風騷，不經於押用，而變音讀者，不知其幾也。古無韻書，某字某音，莫得而考。

這是講到「古今音異」不可不知的道理，但既知之後，我們又該如何去把漫長的歷史作一個適切的分期呢？段玉裁「六書音均表」中的「音韻隨時代遷移說」云：

音韻之不同，必論其世，約而言之，唐、虞、夏、商、周、秦、漢初為一時；漢武帝後自漢末為一時，魏、晉、宋、齊、梁、陳、隋為一時。古人之文具在，凡音轉、音變、四聲，其遷移之時代皆可尋究。

關於語音的歷史分期，本書第二章第一節已論之甚詳，段氏的看法，只是他當時的一個主觀標準，但能把語音作適切的分期，然後把握其各時期的「音異」之關鍵，是研究古音不可忽視的一件大事。

貳、考求上古音之途徑

清許瀚「求古音說」云：

求古音之道有八：一曰諧聲，說文某字某聲之類是也。二曰重文，說文所載古文、籀文、奇字、篆文或从某者是也。三曰異文，經傳文同字異，漢儒注某讀為某者是也。四曰音讀，漢儒注某讀如某，某讀若某者是也。五曰音訓，如仁人、義宜、庠養、序射、天神引出萬物、地祇提出萬物者是也。六曰疊韻，如崔嵬、

> 砥頹、傴僂、汚邪是也。七曰方言，子雲所錄，是其專書；故書雅記，亦多存者；流變實繁，宜慎擇矣。八曰韻語，九經、楚辭、周秦諸子、西漢有韻之文是也。盡此八者，古韻之條理秩如也。

在許瀚那個時期，雖名爲「求古音」，但他們僅只留意到「古韻」，其實前列八條，也是考求古聲紐、古聲調所必當經由的道路。

叁、須知古代語言之實況

在進行考求古音的時候，必須要顧慮到，上古時各地語音的不統一，正與現代相同，現代有一個正在推行的標準國語是普遍地被人們接受的，那麼，上古時期是否也有個標準語呢？章太炎先生「論語言文字之學」云：

> 古無韻書，而以官音為韻書，今之官書，古稱「雅言」論語：「子所雅言，詩書執禮皆雅言也」，「雅言」者，正言也，謂造次談論，或用方音；至於諷誦詩書，臚傳典禮，則其言必出於雅正。國風異於謠諺，據小序說，大半刺譏國政，此非田夫野老所為可知也。其他里巷細情，民俗雜事，雖設為主客，託言士女，而其詞皆出文人之手；視於漢魏樂府，可以得其例矣。田夫野老，或用方音，而士大夫則無有不知雅言者；故十五國風不同，而其韻部皆同。

國風是採自不同的分封之國的詩章，結果它們的韻部却能一致，這可見當時一定是有一種官用的雅言作爲標準的。在空間方面旣慮有方音的不一，則時間方面亦當考慮到古今音的不同，當我們歸納韻語，取用研究的音韻材料，就不能不注意到音韻隨時代遞嬗變遷，張成孫「說文諧聲譜」云：

詩之於韻，最為明著；分之以二十部，而條理秩如。易則冬東通用矣，清真通用矣，之幽通用矣；屈則文元又通用矣，真文元寒又通用矣；此蓋聲音之轉，隨時變易，有必如此而後諧者；要其出入甚微，大致不謬也。尚書洪範唐庚相通；漢則陽唐庚耕清青大都雜用；今且陽唐部字多轉入庚矣。老子東陽相通；後且江陽合矣。魚之字，漢晉嘗讀如歌；後且轉入麻矣。

能明古音之實況，則正當把握其音異之理，作歷史分期的區別界限，而所探求出來的上古音韻，才能得其條理，獲得可靠的結論。

肆、歸納上古音韻之方法

前文我們已提及可供我們研究的途徑和材料，但這些材料我們要如何去歸納研究它們呢？玆簡述如下：

一、在韻部方面：

如詩周南關雎一二兩章的韻語有「鳩、洲、逑、流、求」是押韻的，我們就假定它們在古韻是同部的，另外在邶風柏舟一章有「舟、流、憂、游」四字是押韻的，其中有一「流」

字是在關雎中見過的，那麼我們就可確定在關雎未見的的「舟、憂、游」也與「求、逑、鳩、洲」同部。在諧聲方面，「逑」字从「求」得聲，故「求、逑」同部，則相信「求」聲之如「球、救、俅、絿、脙……」等也必同部，而其他如與「流」同諧聲的「粇、琉、旒、蜦……」等也必同部，又與「舟」「洲」「憂」……等同諧聲的字也必同部，如此推衍，以至悉數同韻部的字皆使歸納入本部爲止。在叠韻方面，如「憂愁」叠韻，則「愁」亦可納入本部，而「愁」从「秋」聲，則擴之凡从「秋」得聲之字皆可納入本部。其他經籍異文、音訓、直音、讀若等，其運用歸納之法皆如此。

二、在聲紐方面：

凡雙聲之詞，可斷定其古代必同聲紐，如「玲瓏」；而同諧聲之字亦多同聲紐，如與「玲」同諧聲之「拎、領、黔嶺、蛉、聆……」等也必同紐；而與「瓏」同諧聲之「攏、籠、隴、櫳、聾、礱……」等也必同紐，而其他讀若、直音、異文、音訓……等之歸納運用亦同此法。

三、在聲調方面：

凡古有韻之文，統計它們押韻的出現次數，如發現某「上聲字」在所見的韻語中多與「平聲字」押韻，則可定其字於上古爲平聲字，其在後世之爲上聲，是因爲音變之所致。某去聲字在所見押韻的韻語中，常與入聲字押韻，則可定其字在上古爲入聲字。以此法統計歸納，即可得上古聲調之大概結果。

第二節　上古音研究的蒙昧時期

有人說，漢儒已開始明白古今音異的道理了，如戴東原的的「聲韻考」說：

> 鄭玄箋毛詩云：古聲「填、寘、塵」同；又注他經，言古者聲某某同，古讀某為某之類，不一而足。是古音之說，漢儒明知之，非後人創議也。

錢大昕「音韻問答」也說：

> 古今音之別，漢人已言之。劉熙釋名：「古者曰車，聲如居；所以居人也。今曰車，聲近舍」。韋昭辨之云：「古皆音尺奢反，從漢以來，始有居音」。此古今音殊之證也，但劉韋皆言古音，而說正相反，實則劉是而韋非。

雖有人偶而提到一句話，似乎是已明古今音異之理，其實那只是無意中道及，並非有意識的提示後人不可忽視「古今音異」之理。而且他們自己本身也不是專意在研究古音，說到要專意去研究古音，要到宋代的鄭庠、程迥、明代的陳第。程迥著有「音式」一書，今已不傳，只能在四庫全書總目提要「韻補」一條中見到一句話，是提到「音式」的。而鄭庠、陳第也因處在古音研究的開創初期，談不上可觀的成就。因此，自漢至宋、明的一段長時間當中，對上古音韻的研究方面來說，只能算是一個蒙昧的時期。但在這時期中的文人，對讀上古經典，亦自有他們的一套方法，至其方法是對是錯，我們姑毋論之，僅只介紹當時人對古音的一些看法罷了。

壹、南北朝人不知古今音異之理

雖然，鄭玄箋毛詩，把一些字的古讀特別提示出來；雖然劉熙提出「古音車如居」，但只是無意中一提罷了，並沒有引起後人的留意；到南北朝，沈重的「毛詩音」於燕燕的首章「遠送於野」一句的「野」字注云：「協句，宜音時預反」；又在三章「遠送於南」一句的「南」字下注云：「協句，宜音乃林反」。又徐邈「毛詩音」於邶風日月首章「寧不我顧」的「顧」字，依陸德明「經典釋文」所引的徐氏注音是：「徐音古，此亦協韻也」。在經典釋文中徵引南北朝人的音義像這一類的例子很多，有時稱爲「協韻」，有的又叫「取韻」，有的則叫「合韻」，無論名稱如何的不同，其含義都是一樣的，意思是說：「他們用自己當時的口語來讀毛詩，覺得某幾個少數的韻語，與其他多數的韻脚不能相押，就任意把它改成自己認爲比較相合的讀音。後來曾經一度盛行的「叶韻」之說，也與這「協韻」「取韻」「合韻」是一件事的異稱。所以錢大昕「音韻問答」說：

> 使沈音尚存，較之吳才老叶韻，豈不簡易而可信乎？邶風「寧不我顧」，釋文「徐音古此亦協韻也，後做此」，陸元朗之時，已有韻書，故於今韻不收者謂之

協韻，協與叶同。顏師古注漢書，又謂之合韻，合猶協也。是吳才老叶韻之所自出矣。

貳、陸德明的古人韻緩說

陸氏在他的經典釋文中對於毛詩燕燕三章「南」字下既引了沈重的「協句」說，又在後面加了一句他自己的意見說：「今謂古人韻緩，不煩改字」。他的意思是說：沈重的協句說並不合理，其實古人用韻比後人爲寬，「南」與「音」「心」在今雖不同韻，在古却可勉強相押。陳振孫「直齋書錄解題」云：

> 陸德明於燕燕詩，以「南」韻「心」，有讀「南」作「泥心切」者，陸以為古人韻緩，不煩改字；此誠名言。

戴東原「聲韻考」亦云：

> 唐陸德明「毛詩音義」雖引徐邈沈重諸人，紛紛謂「合韻」「取韻」「叶句」；而於召南「華」字云：「古讀華為敷」，於邶風「南」字下云：「古人韻緩，不煩改字」。是陸氏已明言古韻，特不能持其說耳。

陸德明的這一句話，雖對古韻沒有提出具體的分部意見，但提示後人以「古人韻緩」，後人不必用「以今律古」「削足適履」的方法去改古音以求「協韻」，是一個非常可貴的意見。不過，唐人對古韻的意見也只止於此而已，並沒有更好的進一步的意見。相反的，唐人都有妄改經籍以求「協韻」

的惡習，茲亦並舉如下：

叁、唐宋人妄改古書文字

唐宋時代的人，不僅改動字音，以求「協韻」，甚且更改古書文字以求「協韻」的，史載唐玄宗開元十三年敕文云：

> 朕聽政之暇，乙夜觀書，每讀尚書洪範至「無偏無頗，遵王之義」，三復茲句，常有所疑。據其下文，並皆協韻，惟「頗」一字，實則不倫。……其尚書洪範「無偏無頗」字，宜改為「陂」。

其實自唐玄宗以下，改古書文字以求「協韻」的還很多，如范諤昌改易經漸卦中的「鴻漸於陸」爲「鴻漸於逵」；孫奕改易經雜卦傳中的「明夷，誅也」爲「明夷，昧也」，都是有名的改動古書的故事，顧炎武「答李子德書」云：

> 三代六經之音，其失傳也久矣。其文之存於世者，多後人所不能通，以其不能通而輒以今世之音改之，於是乎有改經之病。始自唐明皇改尚書，而後人往往效之。然猶曰：「舊為某，今改為某」，則其本文猶在也。至於近日，鋟本盛行，而凡先秦以下之書率意經改，不復言舊為某，則古人之音亡而文亦亡，此尤可歎者也。

更改古書文字，這只能說是一種惡習，在學術的研究上，往往因此而產生大害，所以宋代比較謹愼的人，多不輕率改字，只用「協韻」之法來解決古音不諧的問題，因此所謂「叶韻」

之說也就被人重視而盛行起來，其實，這無非是沈重徐邈那種改變音讀之法的重演而已。

肆、宋人「叶韻說」的可笑

說到「叶韻說」的起始，應該溯源到沈重徐邈，不過，宋人却不那樣說，他們認爲是他們當代人自己的創舉，所以魏了翁說：

> 詩易協韻，自吳才老始斷言之。

陳振孫「書錄解題」說：

> 械取古書自易書詩而下，以及本朝歐蘇凡五十種，其聲韻不同者皆入焉，朱侍講多用其說於「詩集傳」「楚辭注」。

朱熹「詩集傳」「楚辭注」所用的就是「叶韻說」，方法至爲可笑，如召南行露二章云：

> 誰謂雀無角，何以穿我屋？誰謂女無家，何以速我獄？雖速我獄，室家不足。

詩集傳以「家」音「谷」，使可以與「角」「屋」「獄」「足」叶韻，但同篇三章。

> 誰謂鼠無牙，何以穿我墉？誰謂女無家，何以速我訟？雖速我訟，亦不汝從。

這當中同樣有個「家」字，詩集傳却又音「各空反」使可以與「墉」「訟」「從」叶韻。所以焦竑「筆乘」說：

> 詩有古韻今韻，古韻久不傳，學者於毛詩，離騷皆以

> 今韻讀之；其有不合，則強為之音，曰此叶也。予意不然，如「騶虞」一「虞」也，既音「牙」而叶「葭」與「豝」，又音「五紅反」而叶「蓬」與「豵」；「好仇」一「仇」也，既音「求」而叶「鳩」與「洲」，又音「渠之反」而叶「逵」；如此則東亦可音西，南亦可音北，上亦可音下，前亦可音後，凡字皆無正呼，凡詩皆無正字矣，豈理也哉？

這也難怪焦竑會有這樣的評論，這種注音法，那能算是讀古詩以求諧韻的正確方法呢？因此，我們稱自漢至宋這一段古音韻茫然而無正論的時期，爲「上古音韻研究的蒙昧時期」，是一點也不爲過的。

第十二章　上古韻母研究之成就

第一節　宋明的古韻研究

上古音的研究，在「叶韻說」時期，只是爲了讀詩求諧而已，有意地去歸納古韻部，在宋代有吳棫、鄭庠二人；明代則有陳第、顧炎武二人。陳第提出了古韻研究的理論，但無具體的古韻部歸納出來，玆分述諸人之古韻學說如下：

壹、吳　棫

吳棫字才老，武夷人❶，著有「韻補」，主張古韻通轉說，與「叶韻說」相似。「韻補」以廣韻爲據，凡某韻字古書上有與他韻字押韻的，就在那個韻目下注「古通某」，「古轉聲通某」，「古通某或轉入某」之言，照各韻所注，廣韻平聲各韻可合併爲九類。「通轉說」的毛病是以今律古，忽略古今音異，古人根本沒有韻書，何從去「通」？更何從去「轉聲通」？韻補最爲人不滿的，是取材過於宂雜，四庫總目提要云：

所引書五十種，逮歐陽修、蘇軾、蘇轍諸作，與張商

---

❶　參看「四庫全書總目提要」「韻補」條。

英「僞三墳」，旁及黃庭堅道藏諸歌，參錯宂雜，漫無體例。

但以歸納上古韻部來說，吳氏具有先導之功，縱使成就不大，其功仍不可一筆抹殺。其上古韻九部爲：

一、東部（冬鍾通，江或轉入）

二、支部（脂之微齊灰通，佳皆咍轉聲通）

三、魚部（虞模通）

四、眞部（諄臻殷痕庚耕清青蒸登侵通，文元魂轉聲通）

五、先部（仙鹽添嚴凡通，寒桓刪山覃談咸銜轉聲通）

六、蕭部（宵肴豪通）

七、歌部（戈通，麻轉聲通）

八、陽部（江唐通，庚耕清或轉入）

九、尤部（侯幽通）

貳、鄭　庠

鄭庠所著書已不傳，關於他對古韻方面的學說，見於夏炘的「詩古韻表廿二部集說」，鄭氏分上古韻爲六部，部目完全是平水韻的韻目，所以有人懷疑不是鄭氏的原作。六部的分法，系統井然，特別是六部中的第一部包括後世的[-ŋ]尾韻，第四部包括了後世的[-n]尾韻，第六部包括了後世的[-m]尾韻，三種不同的陽聲尾韻，秩然不稍淆混，只可惜那只是宋代時期的韻部系統，而不是上古音的韻部系統。其六部如下：

一、東、冬、江、陽、庚、青、蒸。

二、支、微、齊、佳、灰。

三、魚、虞、歌、麻。

四、眞、文、元、寒、刪、先。

五、蕭、肴、豪、尤。

六、侵、覃、鹽、咸。

叁、陳　第

陳第字季立，閩人。著有「毛詩古音考」、「讀詩拙言」、「屈宋古音義」，而以毛詩古音考為最重要。陳氏無具體之古韻分部，然於古韻之研究，則篳路襤褸，功不可沒，玆約略介紹其說如下：

一、陳氏之古韻考證：「毛詩古音考」中所舉四百四十四字，每字定其古音列為本證及旁證二條，焦竑序云：

> 古音考一書，取詩之同類者而臚列之為本證已，取老、易、太元、騷、賦、參同、急就、古詩、謠之類臚列之為旁證。

鉤稽參驗，本末秩然，四庫總目提要論之曰：

> 言古韻者自吳棫，然韻補一書，龐雜割裂，謬種流傳，古韻乃以益亂。國朝顧炎武作「詩本音」，江永作「古韻標準」，以經證經，始廓清妄論。而開先路，則此書（毛詩古音考）實為首功。

蓋陳氏之前，弊分二端，其一是從叶音上看問題，故字無定音；其二是從通轉上看問題，故韻無定類。到了陳第手中，叶韻之說始破除淨盡，其功至大。

二、陳氏的語音歷史觀：陳氏破除協韻，而直言古音，蓋本其語音之歷史觀念而來。陳氏之言云：

> 時有古今，地有南北，字有更革，音有轉移，亦勢所必至。

陳氏極力表彰古今音之不同，實爲清代以前最富於語音歷史觀念之一人。茲更錄其「讀詩拙言」之數語爲證：

> 說者謂自東晉以來，中原之人，流入江左，而河淮南北，間雜夷言；聲音之變，或自此始，然一郡之內，聲有不同，繫乎地者也；百年之間，語有遞傳，繫乎時者也。況有文字後有音讀，由大小篆而八分，由八分而隸，凡幾變矣；音能不變乎？所謂誦詩讀書，尚論其當世之音而已矣。三百篇，詩之祖，亦韻之祖也；作韻書者，宜權宜於此。

此種語音的歷史觀念，實爲成就「古音學」之重要基礎，而不可不重視之者也。

三、陳氏書之缺點：陳氏之功固偉，然其考證，亦多不密，四庫總目提要云：

> 其中如素音蘇之類，不知古無四聲，不必又分平仄；家又音歌，華又音和之類，不知為漢魏以下之轉韻，不可以通三百篇，皆為未密。

江永的「古韻標準例言」批評他不善於審察字音，且其直音多謬，亦其不密處，江氏之言云：

> 陳氏但長於言古音，若今韻之所以分，喉、牙、齒、舌、脣之所以異，字母清濁之所以辨，槪乎未究心焉。故其書用直音，直音之謬，不可勝數。

因爲陳氏「古音考」有這許多缺點，所以後出的顧炎武、江永等人自然就由陳氏未密而轉化以進爲精審了。

肆、顧炎武

顧炎武、字寧人，號亭林（ 1613 — 1682 ），江蘇崑山人，爲明末清初之經學大師。在音韻方面的著述有「音學五書」，包括「音論」「詩本音」「易音」「唐韻正」「古音表」五種，除五書外，又有「韻補正」，是改正吳才老之書之誤的作品。其古韻學說之大要者如下：

一、分上古韻為十部：

1. 東冬鍾江。
2. 脂之微齊佳皆灰咍，又支半、尤半；去聲祭泰夬廢；入聲質術櫛物迄月沒曷末黠鎋屑薛職德，又屋半、麥半、昔半。
3. 魚虞模侯，又麻半；入聲燭陌，又屋半、沃半、藥半、鐸半、麥半、昔半。
4. 眞諄臻文殷元魂痕寒桓刪山先仙。
5. 蕭宵肴豪幽，又尤半；入聲屋半、沃半、覺半、藥半、鐸半、錫半。

6.歌戈，又麻半、支半。

7.陽唐，又庚半。

8.耕清青，又庚半。

9.蒸登。

10.侵覃談鹽添咸銜嚴凡；入聲緝合盍葉怗洽狎業乏。

二、顧氏始能離析唐韻

顧氏所列十部，以支韻字半入脂之，半入歌戈；麻韻字半入歌戈，半入魚虞；庚韻字半入陽唐，半入耕清；尤韻字半入脂之，半入蕭宵。這就是所謂離析唐韻以言古音，顧氏以前的人從未有能做到這一點的。

三、顧氏變更唐韻之入聲分配：

於入聲之分配，顧氏變更唐韻的組織，除第十部外，所有入聲韻都配陰聲韻。王念孫云：

> 入聲自一屋至二十五德，其分配平上去之某部，顧氏一以九經、楚辭所用之韻為韻，而不用切韻以屋承東、以德承登之例，可稱卓識。

顧氏以為近代韻部，平入相承，實多謬誤，數百年來，習焉不察，故決然改易之，所以明古音，亦所以正今音也。

四、顧氏韻部之疏漏

顧氏啓廸後人，其功至偉。然其所定古韻十部，仍未冤有疏漏，而所言入聲分配，亦有未當。江永氏認爲顧氏對語音之存有復古的思想，是一大錯誤，他在「古韻標準例言」中說：

細考音學五書，亦多滲漏，蓋過信「古人韻緩，不煩改字」之說。

又云：

古音表分十部，離合處尚有未精；其分配入聲多未當。

後來王念孫❶、章炳麟❷亦謂顧氏入聲分配不依切韻之例，因爲古音之學到顧氏時才初有創獲，草創伊始，疏漏必多，自然不能如後起者那樣地精審。

五、顧氏的語音復古思想：

顧氏在他的「音學五書序」中，曾自言據唐人以正宋人之失，又據古經以正吳氏（才老）及唐人之失；所以我們知道「唐韻正」一書是想辯正吳氏分部之誤，而一一以古音定之。但是顧氏不知語音之變遷，乃自然之趨勢，古韻、今韻，各有系統，不能相紊；古之不可以正六朝唐宋，猶六朝唐宋之不可正現代也。而必曰某字後人誤入某韻，混入某韻；此

❶ 參見王氏「與李方伯書」，在經義述聞卷三，P. 52。

❷ 參見章氏「國故論衡」上，PP. 20—23。

顧氏不明語音變遷之趨勢故也。誠以考古非以復古，吾人之於古音，只有以歷史的眼光來對待之才是正確的觀念。

第二節　江永、段玉裁、戴震的古韻研究

壹、江　永

江永字愼修（ 1681 — 1762 ），安徽婺源人。氏精於音理，嘗著「音學辨微」，以析等韻之原理；於上古音之考證，則盡納於「古韻標準」一書之中。江氏謂顧炎武「考古之功多，審音之功淺」❶，因本顧書而修整之，增顧氏的古韻十部爲十三部。四庫提要謂江氏古韻標準取陳第、顧炎武而復補其譌闕❷。蓋陳氏與顧氏只長於考古，而江氏則兼明音理；即因他研究今音，深明音理，所以對他的古音研究，大有幫助。

一、江氏之古韻十三部

1. 東多鍾江。
2. 脂之微齊佳皆灰咍；分支，分尤。入聲第五部第六部屬此。
3. 魚模；分虞，分麻。入聲第四部屬此。

---

❶ 參見江氏「古韻標準例言」第四段。

❷ 參見四庫提要「古韻標準」條。

4. 眞諄臻文殷魂痕；分先。入聲第二部屬此。

5. 元寒桓刪山仙；分先。入聲第三部屬此。

6. 分蕭，分宵，分肴，分豪。

7. 歌戈；分麻，分支。

8. 陽唐；分庚。

9. 耕清青；分庚。

10. 蒸登。

11. 侯幽；分尤，分虞，分蕭，分宵，分肴，分豪。入聲第一部屬此。

12. 侵；分覃，分談，分鹽。入聲第七部屬此。

13. 添嚴咸銜凡；分覃，分談，分鹽。入聲第八部屬此。

二、江氏的入聲八部：分別配前列十三部古韻

1. 屋燭；分沃，分覺，分錫：以屋燭爲主，另收沃韻的「毒篤告」，覺韻的「角椓濁渥」，錫韻的「辿戚」，去聲侯韻的「奏」字。

2. 質術櫛物迄沒；分屑，分薛，分職：以前六韻爲主，另收屑韻的「結節噎血闋穴垤耋瓞」，薛韻的「設徹」職韻的「即」字。

3. 月曷末黠鎋薛；分屑：以前六韻爲主，另收屑韻的陂截」等字。

4. 藥鐸；分沃，分覺，分陌，分麥，分昔，分錫：以藥鐸二韻爲主，另收沃韻的「沃」，覺韻的「較駁藐濯

䨥」，陌韻的「貊白伯柏戟柞綌逆客赫格宅澤」，麥韻的「獲」，昔韻的「昔舄踖繹奕懌斁尺石碩炙席蓆夕借」，錫韻的「櫟的翟溺」，去聲御韻的「庶」，禡韻的「夜」。

5. 錫；分麥，分昔：以錫韻為主，另收麥韻的「簀讁適厄」，昔韻的「脊蹐益易蜴辟璧」。

6. 職德；分麥，分屋：以職德二韻為主，另收麥韻的「麥馘革」，屋韻的「福輻葍伏服彧牧穋」，去聲隊韻的「背」，代韻的「載」，平聲咍韻的「來」。

7. 緝；分合，分葉，分洽：以緝韻為主，另收合韻的「合軜」，葉韻的「楫厭」，洽韻的「洽」。

8. 葉合盍怗洽；分業，分狎，分乏：以前五韻為主，另收業韻的「業」，狎韻的「甲」，乏韻的「法乏」。

三、江氏古韻的特徵

1. 眞元分部：眞部❶包括「眞諄臻文殷魂痕」；元部包括「元寒桓刪山仙」。江氏又析先韻為二：

---

❶ 明清古韻學家之部目，有只稱部次「第一部，第二部，第三部……」而不立部目名稱者，如顧炎武、江永、段玉裁，亦有以廣韻韻目為部目名稱者，如王念孫、江有誥、章太炎、黃季剛；有另用其他部名者，如戴震、孔廣森、張惠言等是。本書為方便計，有時用韻目名以稱僅有序次而無部名之各家古韻。

(1)「先千天堅賢田闐年顚巓淵玄」等字歸眞部。

(2)「肩前戔箋豣蹮燕蓮幵研駢鵑涓邊籩縣」等字歸元部。

2. 侵談分部：侵部以「侵」韻爲主，另收覃韻的「驂南男湛耽潭楠」，談韻的「三」，鹽韻的「綅潛僭」，東韻的「風楓」。談部則有覃韻的「涵」，談韻的「談惔餤甘藍」，鹽韻的「詹」，嚴韻的「嚴」，咸韻的「讒」，銜韻的「巖監」。

3. 幽宵分部：幽部以尤侯幽三韻爲主（尤韻有小部分歸入之部），另蕭韻的「蕭瀟條聊」，宵韻的「陶儦」❶，肴韻的「胞呶怓茅包苞匏炮」，豪韻的「牢鼛櫜滔慆騷袍陶綯翿曹漕叟」❷。宵部則以宵韻爲主，另收蕭韻的「恌苕蜩僚曉」，肴韻的「殽郊巢」，豪韻的「號勞高膏蒿毛旄刀忉桃敖」。

4. 魚侯分部：魚部包括魚模，侯則歸入幽部，因侯部不是獨立，而是併入幽部，所以江氏只比顧氏多了三部。

江氏把虞韻析爲兩部：

(1)「虞娛吁訏盱芋夫膚」等字歸入魚部。

(2)「禺齵儒須需誅邾貙殊俞踰揄臾區軀朱珠符凫甌雛

❶ 江氏以「儦」是「方音借韻」，段玉裁則歸之以入「宵」部，段氏是。

❷ 「叟」是上聲的。

郛輸厨拘」等字歸入幽部。

5. 江氏分入聲爲八部：單以入聲而言，江氏的入聲比顧氏多出四部。八部入聲分別與前十三部中之第二、三、四、五、十一、十二、十三部相配；而第二部則配以入聲的第五、第六兩部。

四、江氏之數韻共一入：

江氏精於等韻之學，他的數韻共一入之相配法，來說明上古韻的系統，頗有音理上之價值，很值得吾人去留意。茲據其「四聲切韻表」抄錄他的入聲、陰聲、陽聲之配合如下表：

陽聲	入聲	陰聲
東一	屋一	侯
東三	屋三	尤（鳩），幽
冬	沃	豪（鼛）
鍾	燭	虞（劬）
江	覺	肴
清	昔（易）	支
真，先（堅）	質	脂開
諄	術	脂合
臻	櫛	
蒸	職	之
殷	迄	微開

文	物	微合
陽	藥開（脚）	魚
陽	藥合（矍）	虞（衢）
唐	鐸	模，豪（高）
先（肩）	屑	齊
仙	薛	祭
寒	曷	泰開，歌
桓	末	泰合，戈
耕	麥（策，革）	佳
刪	黠	皆
山	轄	夬
魂	沒	灰
登	德	咍
元	月	廢
青	錫（戚），屋（肅）	蕭
陽	藥開（虐）	宵
耕	麥（啞，獲）	麻二（加，瓦）
庚	陌	麻二（家，瓜）
清	昔（夕）	麻三
	屋三（福）	尤（丘）
侵	緝	
覃	合	
談	盍	

鹽	葉
添	帖
嚴	業
咸	洽
銜	狎
凡	乏

貳、段玉裁

段玉裁字若膺，一字懋堂，江蘇金壇人（ 1735 — 1815）著有「說文解字注」，書後附有「六書音均表」，其古韻研究之成績，盡在其中。

一、段氏發明以諧聲偏旁歸納古韻

段氏之前，對古韻的考證，總以古書中的韻語爲主要材料。到了段氏因注解說文解字，發現凡形聲字諧聲偏旁相同者，其古韻部亦同，於是除了以古韻語歸納古韻部以外，又益以形聲字的諧聲偏旁，漢字中的形聲字，十居八九，能以諧聲偏旁歸納古韻，則許多原先不能歸入古韻分部的字，便可網羅無遺，悉數納入古韻部之中，這是段氏的一大發明。自斯以後，才算是把周秦兩漢的全部音讀，納入古韻的系統。

二、段氏分古韻爲十七部

段氏之古韻十七部，是按照音的遠近來排列的，分十七部爲六類，凡同類之韻，多有相通之現象，此種相通之現象，段氏稱之爲「合韻」，因創「合韻說」，依韻之遠近，以明其相通之跡，而產生「異平同入」之論，異平同入爲合韻之樞紐，此即陰陽對轉說之所由生也。茲列段氏六類十七部如下：

1.之部❶（第一類）。

2.宵部。　3.幽部。　4.侯部。　5.魚部（第二類）。

6.蒸部。　7.侵部。　8.談部（第三類）。

9.東部。　10.陽部。　11.耕部（第四類）。

12.眞部。　13.文部。　14.元部（第五類）。

15.脂部。　16.支部。　17.歌部（第六類）。

三、段氏的四聲分配❷：

1.具備上去入三聲的：(1)之部。　(3)幽部。　(5)魚部。　(15)脂部。

2.只有平上兩聲的：(4)侯部。

3.只有平入兩聲的：(7)侵部。　(8)談部。　(12)眞部。　(16)支部。

4.只有平聲的：(2)宵部。　(6)蒸部。　(9)東部。　(10)陽

❶ 段氏十七部古韻並無部目名稱，僅有部次而已，茲爲方便揣摩其內容計，故爲附益部目名稱。

❷ 參見王了一先生「漢語音韻」P．156。

部。 ⑾耕部。 ⒀文部。 ⒁元部。 ⒄歌部。

四、段氏韻部之特徵：

段氏之十七部，其實只是本於顧、江二氏之所分，而益加縝密而已，不過，這却是古韻學上的一大進步。

1. 支脂之分立爲三部：段氏的第十六部支、佳是一部；第十五部脂、微、齊、皆、灰是一部；第一部之、咍是一部。這三部的分立，是段氏的特見。

2. 第四侯部的獨立：顧氏的魚侯是合爲一部的，江氏則是侯尤不分的，到了段氏，他把侯部獨立，以爲毛詩中凡侯、尤、幽通押者，並非同韻，乃是轉韻。

3. 眞文分立爲二部：段氏的十二眞部、十三文部、十四元部，江永只分作兩部，而段氏則析之爲三。

五、段氏韻部變更了唐韻之次第：

關於韻部的先後次序，在段氏之前，如顧氏之離析唐韻，然尚未敢把次序變更，到了段氏，他大膽地更動了唐韻的次第，他認爲韻部的排列，應該把音近的排在一起，而不應受唐韻的拘制，前文所列的六類，就是以音近爲次序的，以前人總是把「東」列在第一部，在段氏則把它移到第九部去了。

叁、戴　震

戴震字東原，安徽休寧人（ 1723 — 1777 ），他在音韻方面的著作有「聲韻考」「聲類表」二書。聲類表原先是分古韻爲七類二十部的；後來又改訂爲九類二十五部，部目用「阿」「烏」「堊」等喉音的影母字來表明各類韻部的音讀。文字音讀屢因方言之異而不同，玆錄其九類二十五部並注以今日之音標，以明示其欲表達之音值如下：

一、戴氏之古韻二十五部

1. 歌魚鐸類
   - ①阿（平）：歌戈麻……………［-o］
   - ②烏（平）：魚虞模……………［-u］
   - ③堊（入）：鐸…………………［-ok］
2. 蒸之職類
   - ④膺（平）：蒸登………………［-iŋ］
   - ⑤噫（平）：之咍………………［-i］
   - ⑥億（入）：職德………………［ik］
3. 東尤屋類
   - ⑦翁（平）：東多鍾江…………［-uŋ］
   - ⑧謳（平）：尤侯幽……………［-ou］
   - ⑨屋（入）：屋沃燭覺…………［-uk］
4. 陽蕭藥類
   - ⑩央（平）：陽唐………………［-aŋ］
   - ⑪夭（平）：蕭宵肴豪…………［-au］
   - ⑫約（入）：藥…………………［-ak］
5. 庚支陌類
   - ⑬嬰（平）：庚耕清青…………［-eŋ］
   - ⑭娃（平）：支佳………………［ -e ］
   - ⑮戹（入）：陌麥昔錫…………［-ek］
   - ⑯殷（平）：眞諄臻文欣魂痕…［-in］

類	韻部	韻目	擬音
6. 眞脂質類	⑰衣（平）	脂齊微皆灰………	[-ie]
	⑱乙（入）	質術櫛物迄沒……	[-it]
7. 元祭月類	⑲安（平）	元桓寒刪山先仙…	[-an]
	⑳靄（平）	祭泰夬廢…………	[-ai]
	㉑遏（入）	月曷末黠鎋屑……	[-at]
8. 侵 緝 類	㉒音（平）	侵鹽忝……………	[-im]
	㉓邑（入）	緝………………	[-ip]
9. 覃 合 類	㉔醃（平）	覃談咸銜嚴凡……	[-am]
	㉕諜（入）	合盍葉怗業洽狎乏‥	[-ap]

二、戴氏之審音分韻

戴氏認爲顧炎武及段玉裁等都是考古功多，審音功淺的人，他自認頗能審音，他說依審音本爲一類，就不可因古人之文偶有不相涉而斷以爲分，其「答段若膺論韻」書云❶：

> 僕謂音本一類，而古人之文，偶有相涉，有不相涉；不得捨其相涉者，而以不相涉者為斷。審音非一類，而古人之文偶有相涉，始可以五方之音不同，斷為合韻。

他既有了這麼一個基本的觀念，因此就無法客觀了，凡是他認爲該分的，他就說依審音非爲一類；凡是他認爲該合的，

---

❶ 參見「聲韻考」卷首「答段若膺論韻」書，P．8。

他就說依審音本爲一類。而且書中的審音及分合的問題，多以等韻爲據，以宋元以後的音去推測上古語音，其問題之多，自是不言可喻的。

三、戴氏陰陽入之分配

戴氏分古韻爲二十五部而括爲九類，每一類中均含「陽」「陰」「入」三個韻部。又說陽聲韻部是有入的韻部，陰聲韻部是無入的韻部；歌麻近於陽，故用魚虞與之相配❶，拿現在的音理來看，這一點似過勉強。不過，陰陽相配，實是戴氏開的先河，所以王國維先生的「韻學餘論五聲說」❷云:

> 自明（朝）以來，古韻上發明有三；一為連江陳氏古本音不同今韻之說；二為戴氏陰陽二聲相配之說；三為段氏古四聲不同今韻之說；而部目之分析，其小者也。

後來孔廣森、章太炎之陰陽對轉學說，實在都是以戴氏爲之先導的。

四、戴氏古韻通轉之論

戴氏曾用音理來闡明通轉的道理，其「答段若膺論韻」

---

❶ 參見「聲韻表」卷首「與段若膺論韻」書。

❷ 參見王氏「觀堂集林」卷八。

書❶云：

其正轉之法有三：一為轉而不出其類，脂轉皆，之轉咍，支轉佳是也。一為相配互轉，真文魂先轉脂微灰齊，換轉泰，咍海轉登等，侯轉東，厚轉講，模轉歌是也。一為聯貫遞轉，蒸登轉東，之咍轉尤，職德轉屋，東冬轉江，尤幽轉蕭，屋燭轉覺，陽唐轉庚，藥轉錫，真轉先，侵轉覃是也。以正轉知其相配及次序，而不以旁轉惑之，以正轉之同入相配定其分合，而不徒恃古人用韻為證，僕之所見如此。

於此可見戴氏通轉之理的大概，後世如章太炎之「成均圖」等，實亦發耑於此也。

五、戴氏古韻之疏謬

戴氏全憑主觀的審音爲準，有許多分合上的問題，也就不免武斷了，所以他的古韻分部及陰陽入之相配，仍有許多疏謬的地方，如他以爲「侵」以下九韻沒有陰聲字，據他自己說是「以其爲閉口音，而配之者更微不成聲也」，這種說法與語音學的道理相印證，可以說是完全無稽的。再如他認爲「歌」「戈」近於陽聲，而用「魚」「虞」「模」與之相配，更是不合音理的了

---

❶ 見戴氏「答段若膺論韻書」，在「聲韻表」卷首。

第三節　孔廣森、嚴可均、江有誥的古韻研究

壹、孔廣森

孔字衆仲，一字撝約，號顨軒，曲阜人（1752—1786），自幼受經於戴震。其在音韻方面的著作有「詩聲類」「詩聲分例」，有關古韻方面的學說，大部收納於「詩聲類」中，茲約略介紹其古韻學說如下：

一、孔氏之古韻十八部

孔氏分古韻爲十八部，陰聲九、陽聲九，兩兩相配，而可以對轉。茲錄其十八部部目及併合廣韻韻目，舉平以晐上去如下：

陽聲九部：

1. 原類：元寒桓刪山仙。
2. 丁類：耕清青。
3. 辰類：眞諄臻先文殷魂痕。
4. 陽類：陽唐庚。
5. 東類：東鍾江。
6. 冬類：冬。
7. 侵類：侵覃凡。
8. 蒸類：蒸登。
9. 談類：談鹽添咸銜嚴。

陰聲九部：

1. 歌類：歌戈麻。

2. 支類：支佳；入聲：麥錫。

3. 脂類：脂微齊皆灰；去聲：祭泰夬廢；入聲：質術櫛物迄月沒曷末黠鎋屑薛。

4. 魚類：魚模；入聲：鐸陌昔。

5. 侯類：侯虞；入聲：屋燭。

6. 幽類：幽尤蕭；入聲：沃。

7. 宵類：宵肴豪；入聲：覺藥。

8. 之類：之咍；入聲：職德。

9. 合類：入聲：合盍緝葉帖洽狎業乏。

孔氏把段玉裁十七部中的第十二、十三兩部合爲「辰類」，又將第九部分爲「東」「多」兩類，將第七、八兩部的入聲合併另立爲「合」類，共得十八部如上。

二、孔氏的陰陽兩類說

孔氏以爲古無入聲，故只有陰陽兩類而已，所以他說❶：

> 至於入聲，則自緝合等閉口音外，悉當分隸自「支」至「之」七部，而轉為去聲。蓋入聲創自江左，非中原舊韻。

❶ 參見孔氏「詩聲類」自序。

其實孔氏的陰陽兩類，是發源於戴氏的，所不同的是戴氏於陰陽之外，另列入聲，孔氏則以爲古無入聲，他認爲今之入聲是去聲之短音，故不必另列，所以將入聲韻諸部附於陰韻，只有「緝」「合」諸韻是閉口急讀的音，不能「長言之」，沒有平上去聲，而「談」類各韻，無陰聲可配，然亦不可用「緝」「合」等入聲韻與之相配，若承認「緝」「合」等是去聲「短言之」的音，則也就可當作陰聲韻相配了。

三、孔氏的陰陽對轉說

孔氏的陰九部、陽九都是兩兩相配而可以對轉的，其對轉的情況如下：

1. 歌元（原）對轉。　2. 支耕（丁）對轉。
3. 脂眞（辰）對轉。　4. 魚陽對轉。
5. 侯東對轉。　6. 幽多對轉。
7. 宵侵對轉。　8. 之蒸對轉。
9. 葉（合）談對轉。

這種對轉的關係，除了葉談對轉不算陰陽的關係，宵侵對轉不合理，幽多的關係模糊以外，其他六類對轉的關係都是有許許多多的證據可以證明的。從詩經的押韻來看，邶風北門的「敦遺摧」三字相押，是脂眞對轉。從諧聲偏旁看，「難」聲有「儺」，是歌元對轉；「禺」聲有「顒」，是侯東對轉；「寺」聲有「等」，「乃」聲有「仍」是之蒸對轉。從一字兩讀看，「能」讀「奴來切」又讀「奴登切」，是之蒸對轉。

從古音通借看，「亡」字借爲「無」，是魚陽對轉。因爲孔氏充分發揮了陰陽對轉的學說，對後世從事上古音之擬測方面，也提供了很大的貢獻，因爲如果把陰陽入分析至當，給以正確而合理的配合，然後就可確定陰陽入的主要元音之相同；除了韻尾之異以外，使人們知道各部元音的對應之關係。

四、對孔氏古韻之批評

1.孔氏之創獲：除前述孔氏對陰陽對轉學說之充分發揮以外，孔氏之「東多分部」，是他的卓識之見，段玉裁「答江有誥書」云：

孔氏之功，在屋沃為一，東冬為二，皆以分配尤侯。

董同龢先生亦云❶：

所謂「東冬分部」，是他（孔氏）的創獲。

2.孔氏古韻之疏漏：段玉裁「答江有誥書」中提到，認爲「詩聲類」十八部中「合緝」以下諸入聲韻之爲陰聲第九類，以之配陽聲第九類之「談鹽」諸韻，未免有鹵莽滅裂之過。章太炎先生則曰：

孔氏之謬，但在古無入聲之說❷。

---

❶ 參見董先生著「漢語音韻學」第十章P.243。

❷ 參見章太炎先生作「重刊古韻標準序自注」。

孔氏云：無入聲。而談與緝、盍乃為對轉。……皆若自亂其例❶。

總之，孔氏爲求陰九部、陽九部之兩兩相配，勉強求其整齊，因此也就不免牽強而不自然了。

貳、嚴可均

嚴字景文，烏程人，清嘉慶舉人。著有「說文聲類」，修正孔氏十八部的分韻，嚴氏謂孔氏以「幽」配「多」，以「宵」配「侵」，實有未當，故作「說文聲類」以糾正之。

嚴氏的「說文聲類」，共分上下兩篇，上篇陰聲八類，下篇陽聲八類，據許叔重的 9353 字，以聲爲經，以形爲緯，以韻分字，以子繫母，共列爲十六類。各類陰陽相通，復依次順逆循環，得互相通轉。他併「多」入「侵」；又以緝合以下九韻，附於「談」類，使「侵」與「幽」相配，「談」與「宵」相配，而成十六類，比孔氏少了二類。蓋有意彌縫「詩聲類」而作也。茲錄其十六類及併合廣韻之韻目如下：

一、陰聲八類

1.之類：之 咍；入聲：職德。

2.支類：支佳；入聲：麥錫。

❶ 參見章太炎先生著「二十二部音準」。

3. 脂類：脂微齊皆灰；去聲：祭泰夬廢；入聲：質術櫛物迄月沒曷末黠鎋屑薛。

4. 歌類：歌戈麻。

5. 魚類：魚虞模；入聲：鐸陌昔。

6. 侯類：侯；入聲：屋燭。

7. 幽類：幽尤蕭；入聲：沃。

8. 宵類：宵肴豪。

二、陽聲八類

1. 蒸類：蒸登。

2. 耕類：耕清青。

3. 眞類：眞諄臻文欣魂痕先。

4. 元類：元寒桓刪山仙。

5. 陽類：陽唐庚。

6. 東類：東鍾江。

7. 侵類：侵覃咸銜凡多。

8. 談類：談鹽添嚴；入聲：緝合盍葉怗洽狎業乏。

嚴氏的上古韻十六類，又可依陰陽對轉之關係合爲八類；更可依「音相比近」之關係合爲四類，以示各部相通之理。如之蒸二類，旣得以陰陽自相對轉，又與支脂幽宵及耕眞侵談因比近而得相通，或因比近之對轉而亦得相通。章太炎先生的「正轉」「旁轉」諸例之產生，是遠承戴氏、中採孔氏而近取嚴氏之說以成者也。

叁、江有誥

江字晉三，歙縣人（　？　—1851　），江氏在經學方面的名聲雖不及戴、段諸人，但他對於古韻的研究，却十分精深，且其成就亦大。在音韻方面的著述有「音學十書」，計包括「詩經韻讀」「羣經韻讀」「楚辭韻讀」「子史韻讀」「漢魏韻讀」「二十一部韻譜」「二十部諧聲表」「入聲表」「唐韻再正」「古韻總論」等十種。此外又有「說文彙聲」「唐韻四聲正」「唐韻更定部分」諸書。他在古韻學上的貢獻是提出古音四聲之說❶，及立古韻爲二十一部，對後人的影響極大，茲略述如後：

一、江氏的古韻二十一部之特點

江氏最初分古韻爲二十部，是本於段氏「六書音均表」之十七部，再分出祭泰夬廢❷月曷末鎋薛九韻獨立爲一部，有去入而無平上，不和脂齊通；又分析緝合盍洽爲一部，使盍洽之一半歸緝部，另一半歸葉部；葉怗業狎爲一部，皆無平

---

❶ 參見本書第十四章第一節「前人對上古聲調的看法」。及拙著「中國語音中的上古聲調問題」（見臺灣淡江大學中文系漢學論文集第一集）。

❷ 祭脂二部分立，江氏與戴氏不謀而合，非江氏襲自戴氏，音學十書凡例云：「拙著旣成後，始得見休寧戴氏聲類表」。

上去，不與侵覃以下九韻通，故得二十部，其後又見孔氏「詩聲類」一書，遂取孔說，分東多爲二，別立「中」部，而成二十一部。

二、二十一部部目及所包之廣韻韻目

1. 之部：之咍；灰尤三分之一；入聲職德；屋三分之一。
2. 幽部：尤幽；蕭肴豪之半；入聲沃之半；屋覺錫三分之一。
3. 宵部：宵；蕭肴豪之半；入聲沃藥鐸之半；覺錫三分之一。
4. 侯部：侯；虞之半；入聲燭；屋覺三分之一。
5. 魚部：魚模；虞麻之半；入聲陌；藥鐸麥昔之半。
6. 歌部：歌戈；麻之半；支三分之一；無入。
7. 支部：佳；齊之半；支紙寘三分之一；入聲麥昔之半錫三分之一。
8. 脂部：脂微皆灰；齊之半；支三分之一；入聲質術櫛物迄沒屑；黠之半。
9. 祭部：去聲祭泰夬廢；入聲月曷末鎋薛；黠之半；無平上。
10. 元部：元寒桓山刪仙；先三分之一；無入。
11. 文部：文欣魂痕；眞三分之一；諄之半；無入。
12. 眞部：眞臻先；諄之半；無入。
13. 耕部：耕清青；庚之半；無入。

14.陽部：陽唐；庚之半；無入。

15.東部：鍾江；東之半；無入。

16.中部：多；東之半；無上入。

17.蒸部：蒸登；無入。

18.侵部：侵覃；咸凡之半；無入。

19.談部：談鹽添嚴銜；咸凡之半；無入。

20.葉部：葉怗業狎乏；盍洽之半；無平上去。

21.緝部：緝合；盍洽之半；無平上去。

三、江氏在古韻上之成就

江氏在古韻研究上之成就，是鎔鑄顧江（永）戴、段、孔諸家於一爐，而作進一步之探討，段玉裁評之曰❶：

> 余與顧氏、孔氏皆一於考古，江氏、戴氏則兼以審音，而晉三于二者尤深造自得。據詩經以分二十部，大抵述顧氏、江氏及余說為多。其脂祭之分，獨見與戴氏適合者也；分屋沃以分隸尤侯，改質櫛以配脂齊，獨見與孔氏適合者也；東冬之分，則近見孔氏之書而取者也。於前人之說，無所偏徇。

關於入聲的分配，江氏一以偏旁諧聲及詩騷用韻爲依據，他

❶　參見「詩經韻讀」段玉裁序。

說「此部之入，他部不能假借」❶，不贊成戴、段異平同入之論，所以也不主張陰陽對轉之說。此外江氏復立「通韻」「合韻」「借韻」❷諸例，將段氏「合韻」之說加以修正，但在應用上仍不能脫離古韻的通轉。

四、江氏古韻學對後人之影響

江氏確立古韻爲二十一部，及主張古音四聲之說，對於當時及以後的古韻學影響至深且大，如夏炘的「古韻表集說」分古韻爲二十二部；張成孫之「說文諧聲譜」分古韻爲二十部；黃以周的「六書通故」分古韻爲十九部；章太炎之古韻二十三部，大都依江氏之所分，而參以王念孫之說者也。至此後之主張古有四聲之說者，皆本於江氏之說而爲言者，於此也就可以看出江氏在古韻學上的地位之重要了。

第四節　王念孫、張惠言、劉逢祿的古韻研究

壹、王念孫

王字懷祖，高郵人（ 1744 — 1832 ），他在古韻方面的著述有「詩經羣經楚辭韻譜」，見於羅振玉氏所輯之「高郵王

❶ 參見「音學十書凡例」。

❷ 參見「音學十書凡例」。

王氏遺書」，除此之外，又有「韻譜」與「合韻譜」，均未刊刻行世❶。其子王引之於「經義述聞」卷三十一載有王念孫「與李方伯書」，知王氏主張分古韻爲二十一部，並認爲古有四聲❷。茲分述如下：

一、王氏之古韻二十一部

1. 東：平上去。
2. 蒸：平上去。
3. 侵：平上去。
4. 談：平上去。
5. 陽：平上去。
6. 耕：平上去。
7. 眞：平上去。
8. 諄：平上去。
9. 元：平上去。
10. 歌：平上去。
11. 支：平上去入。

---

❶ 見北京大學國學季刊五卷二號陸宗達作「王石臞先生韻譜、合韻譜稿後記」一文。

❷ 參見本書第十四章第一節「前人對上古聲調的看法」及拙著「中國語音中的上古聲調問題」。

12.至：去入。

13.脂：平上去入。

14.祭：去入。

15.盍：入。

16.緝：入。

17.之：平上去入。

18.魚：平上去入。

19.侯：平上去入。

20.幽：平上去入。

21.宵：平上去入。

二、王氏韻部分有入無入二類

王氏二十一部古韻是據顧江（永）戴段之說而更張之，幾與江有誥之所分全同；唯無「中」部，而有「至」部；「至」部亦如「祭」部之無平上而有去入。王氏「與李方伯書」云❶：

> 不揣寡昧，僭立二十一部之目而為之表，分為二類；自「東」至「歌」之十部為一類，皆有平上去而無入；自「支」至「宵」之十一部為一類，或四聲皆備，或有去入而無平上，或有入而無平上去；而入聲則十一部

❶ 見「經義述聞」卷三十一。

皆有之，正與前十類之無入者相反。此皆以九經楚辭用韻之文為準，而不從切韻之例。

王氏雖不言陰陽兩類之相配，而分無入之韻與有入之韻爲兩類；這可以說是跟孔氏之說相應而不悖的。

三、王氏分部之特點

1.至部獨立：王氏以爲此部之字，旣非脂部之入聲，亦非眞部之入聲，而應獨立自成一部。在去聲「至」「霽」兩韻，及入聲「質櫛黠屑薛」五韻中，凡从至、从疐、从質、从吉、从七、从日、从疾、从悉、从栗、从桼、从畢、从乙、从失；从八、从必、从卪、从節、从血、从徹、从設之字，都歸至部。他這一部的獨立，江晉三並不贊同，但後來的人却同意這種分法了。

2.祭部獨立：廣韻當中的「祭泰夬廢」四韻不跟平上聲相承，却跟入聲「月曷末黠鎋屑」等韻相配，戴震早已留意到這一點，但戴震只說是去入相配罷了，明確地提出去入同部的見解者，王念孫爲第一人。

3.緝部獨立；盍部獨立：緝部從侵部分出；盍部從談部分出，這是王氏的獨見。王氏以爲顧炎武以入聲承陰聲，可稱卓識，但自緝至乏等九個入聲韻却仍從廣韻，以緝承侵……以乏承凡，成了兩歧不統一的見解，顧氏以詩秦風小戎「驂合軜邑念」爲韻，詩小雅常棣「合琴翕湛」爲韻；其實小戎是以「中驂」爲一韻，「合軜邑」爲一韻，「期之」爲一韻，常棣是「合翕」爲一韻，「琴湛」爲一韻。孔廣森也曾主張「緝」以下九韻獨立，不過是合爲一部，而不是如王氏那樣地分「緝」「盍」爲兩部。

4. 侯部有入聲：段氏「六書音均表」中侯部沒有入聲，那是前修未密，王氏的侯部有入聲，是後出轉精。王氏把「屋谷欲禿木沐卜族鹿讀朴僕祿束獄辱豖曲玉蜀足局粟角珏岳彀」等字劃爲侯部之入聲。

四、王氏東冬不分：

王氏東多沒有分部，其在「寄江晉三書」中云：

孔氏分東冬為二，念孫亦服其獨見；然考「蓼蕭」四章皆每章一韻，而第四章之「冲冲」「雝雝」既相對為文，則亦相承為韻。孔以「冲冲」韻「濃」，「雝雝」韻「同」，似屬牽强。「旄邱」三章之「戎」「東」「同」，孔謂「戎」字不入韻，然「蒙戎」為疊韻，則「戎」之入韻明矣。左傳作「尨茸」，亦與「公」「從」為韻也。又「易彖傳象傳」合用者十條，而孔氏或以為非韻，或以為隔協，皆屬武斷。又如「離騷」之「庸」「降」為韻，凡若此者，皆不可析為二類。

故此部至今尚未分出。

這是王氏不從孔氏東多分部的意見，但夏炘「古韻表集說」云：

核以易傳、楚辭，東冬或可不分；核以詩三百篇，則分用劃然。不得以其偶通者，而並不通者亦通之也。

唯其如此，故江晉三依孔氏分東多爲二，別立「中」部，而王氏竟不之從，江王二氏，分韻大同，見解俱不謀而合，蓋以其所用材料、探究方法都是一致的，所以結果都能趨向於同一的眞理。唯東多分部一事，兩家相異，則王之遜於江處也。

貳、張惠言

張字臯文，江蘇武進人（1761—1802），作「說文諧聲譜」，輯錄未竟而卒，其子成孫續成之。自序其書云：

> 以詩、易、屈之韻討其原，以漢以前之韻窮其變，而攝之以說文，說文之字盈萬，見古韻者不及十二，而諧其聲以次之，若合符節，許氏之學所以精且確也。

蓋本先秦用韻爲主，而賅以說文形聲字，以列古韻爲十二部。

一、張氏之古韻二十部

1.中。	2.僮。	3.薨。	4.林。
5.巖。	6.筐。	7.縈。	8.蓁。
9.詵。	10.干。	11.萋。	12.肄。
13.揖。	14.支。	15.皮。	16.絲。
17.鳩。	18.芼。	19.篗。	20.岨。

以上二十部蓋本段氏之十七部，而分出多、泰、緝三部以成二十部者，「說文諧聲譜序」云：

先君子曰：冬，一部也；泰，一部也；緝，一部也；冬有平去而無上入，泰、緝有去入而無平上，當得二十部。

又云：

曲阜孔廣森為「詩聲類」，於段氏十七部，東別出冬，合真諄為一……合盍緝葉怗洽狎業乏為一部，凡十八部……出冬、出合，並與先君子之意同，其幷真諄同江氏，則未善也，歙江有誥復於孔增三部，為二十一部；其分真文為二，脂祭為二，則是也；其分葉緝為二，則拘矣。

從此可知張氏之分部，除葉緝二部併爲一部外，其餘與江有誥之分部全同。張氏「說文諧聲譜敍」自註云：

蕤部別出至部，成二十一部，則更密，以部分為先君子所定，未敢遽分。

於此又可知成孫於續纂時，已知至部之應當別出，共爲二十一部，則又取王念孫之說者也。

二、張氏部目不宗廣韻

張氏二十部，以詩中先出字爲建首，而不以廣韻韻目爲其部目名稱。說文諧聲譜序云：

諸家皆以廣韻標目，其不合者，割裂分之，是取其虛目也。孔雖自建類首，而類中復以廣韻為文，亦自繫其文也。今之讀二百六部者少矣。求之於古，既不合，以出於今，則未曉；而徒牽引之，分割之，其無謂也。今故舉而空之，以詩求韻，以聲諧說文之字而已，韻書音切，概無取焉。

張氏以廣韻部居，多不合於古，而遂擯棄不言，立論或嫌過當，然數百年來，拘滯於今音以言古音之弊，至張氏已廓清無遺矣。

三、張氏之入聲分配及其正紐說

張氏入聲之分配，略同於江有誥之說，說文諧聲譜序云:

入聲分配則以正紐、反紐為則：正紐不韻，而反紐韻焉。故緝、合、盍、葉、怗、恰、狎、業、乏為一部;術、物、迄、月、沒、曷、末、黠、鎋、薛入泰;質、櫛、屑入脂;麥、錫入支;職、德入之；屋入尤；藥入蕭；沃、燭、覺入侯；鐸、陌、昔入魚也。

其所謂正紐、反紐之義，劉逢祿「詩聲衍條例」第五則嘗論述之，其言云：

張臯文「合韻表」五篇，其四曰：同入四聲，有正紐、反紐。正紐者，自平之入；反紐者，自入至平。凡入聲字反紐為韻，正紐不為韻。……蓋入聲古時謂之短言，短言不成永歌，必引而長之。正紐者，聲之收；反紐者，聲之引也。

入聲音促，引而長之則爲平，是即所謂反紐。平聲音長，急收其音則爲入，是即所謂正紐。凡以入聲與平聲爲韻者，則必使入聲引長；故曰反紐為韻，正紐不為韻也。張氏以正紐、反紐定平入之分配，即屬異平同入之理，亦即合韻、轉韻之自來也。

四、張氏亦主合韻之說

張氏對段氏合韻之說，推崇備至，其說文諧聲譜序云：

> 古人用韻，亦有不入部者，不知者，乃以為方音，或以為非韻，或以為學古之誤，或以為古本二音，惟段氏合韻之說，最為有見。今故卽異平同入而推廣之，以驗古韻之出入。蓋詩歌之為道也，必諧乎節奏，節奏有變，遂適而之他，遂諧乎他部之字。然所適之部必與所韻之部有關合焉，否則，紊亂而節奏不諧矣。異部相諧，必於有關合之韻者，總不外平入之相互轉化，足以調適節奏而已。

這是張氏對於「合韻說」的主張。除此之外，張氏又主張古無四聲❶，此則又與顧炎武四聲一貫、平入通押之說無異者也。

叄、劉逢祿

劉字申受，武進人，嘉慶進士，著「詩聲衍」，未成書，

---

❶ 參見本書第十四章第一節「前人對上古聲調的看法」及拙著「中國語音中的上古聲調問題」。

惟「劉禮部集」中載有「詩聲衍序」「詩聲衍條例」「四聲通轉略例」「詩聲衍表」四篇，可推知劉氏古韻學說之大概。

一、劉氏之考古審音

劉氏自云於顧、江（永）、段、孔、莊、張諸家之外，酌古以言今，定古韻爲二十六部，爲長篇二十六卷，蓋非特以考存古音，而兼以審辨今音者也。其詩聲衍條例六云：

> 今采諸家之書，更正廣韻標目，仿陸法言之意，如支、脂、之之韻，分之以存古，類之以通今；江韻之分，以東、鍾之音，將轉入陽也；庚韻之分，以陽唐之音，將轉入耕青也；尤侯幽之分，以尤為古之之咍灰韻，將轉入蕭；侯為古虞音，將轉入蕭幽也。今分二十六部，為長篇二十六卷，其注字則以說文為本，兼采爾雅、釋名、經籍、訓詁等書，以博其義，庶幾長孫訥言所謂「酌古沿今，無以復加」者焉。

以此可知，劉氏之二十六部，是兼賅古今音的著作，考「詩聲衍表」所列諸部，知與戴東原二十六部頗相類似。

二、劉氏之古韻二十六部

1. 多：無上聲，入聲；轉侵入緝；古不同用。
2. 東：無入聲；轉蕭，愚入屋；古不同用。
3. 蒸：無上聲，入聲；轉灰入職；古不同用。
4. 侵：入聲在緝；古不同用。江孔莊張說同。

5. 鹽：入聲在緝；古不同用。

6. 陽：無入聲。

7. 青：無入聲。

8. 眞：無入聲；段云入聲在質；古不同用。

9. 文：無入聲；轉微入未；古不同用。

10. 元：無入聲；轉微入未；古不同用。

11. 支：入聲在錫；古同用。

12. 錫：支之入。

13. 歌：無入聲。

14. 灰：入聲在職；古同用。

15. 職：灰之入。

16. 蕭：入聲在屋；古同用。

17. 屋：蕭、愚同入；古同用。

18. 肴：入聲在藥；古同用。

19. 藥：肴之入。

20. 魚：入聲在陌；古同用。

21. 陌：魚之入。

22. 愚：入聲與蕭同在屋；古同用。

23. 微：入聲、去聲在未；莊云：古不同用。

24. 未：莊云：古獨用。

25. 質：王觀察云：古獨用。孔莊幷入未部，段合眞部，皆誤。

26. 緝：侵、鹽同入；江孔皆云：古獨用。

上列二十六部，較之戴氏二十五部，其所異者：戴氏之泰、曷二部，劉氏并入未部；又劉氏分東、多爲二，眞、文爲二，蕭、肴爲二，皆戴氏所不分者，故戴氏二十五部，劉氏二十六部也。

三、劉氏入聲之分配

劉氏二十六部中，錫、職、屋、藥、陌、質、緝爲入聲韻，未爲去入韻，除緝部外，皆以配陰聲；陽聲除侵、鹽外，皆無入。變更廣韻分配之組織，蓋原本於顧氏之說以來者也，而與戴氏陰陽二聲同入相配的說法，又大異其趣了。

四、劉氏的合韻之例

劉氏雖入聲同隸陰陽，但也很推崇段氏異平同入的理論，他認爲異部相協，也無非是同入通合之理罷了。詩聲衍條例四云：

> 段氏以異平同入為合韻之樞紐，其義極精；如東、愚、陽、魚、蒸、之、耕、支、真、脂、元、未、灰，以同入通合者，無論矣。侵與灰不近也，而侵之入緝，與灰之入職，則相近；故急，入可協飭、服、國、式（六月，思齊）。支與魚不近也，而魚之入在昔，支之入在錫，故釋可協積、擊、策；適、狄（亦聲，錫韻）可協髯、揥、晢、帝。以此類推，同入通合之理，可得其概矣。

於此可知劉氏也是同意異部同入相通之理的，與王念孫、江有誥之入聲分配，固定不移者，又自不同也。劉氏的詩聲衍條例八，論詩以雙聲合韻；條例九論詩以轉注爲韻；條例十論毛詩以假借爲韻。於此可知劉氏之論毛詩用韻之例，是不斤斤於韻部上的分合與通協之理的，此則又與錢大昕的音近假借以合韻之理相似了。此外，劉氏又主張古有四聲，則詳於本書第十四章第一節中。

第五節　章太炎、黃季剛的古韻研究

壹、章太炎

章名炳麟，字太炎，浙江餘杭人（ 1868 — 1936 ），著有「章氏叢書」，其音韻之學，大部在叢書中的「國故論衡」及「文始」裡，其古韻學說則在「小學略說」及「二十三部音準」當中。

一、章氏之古韻二十三部

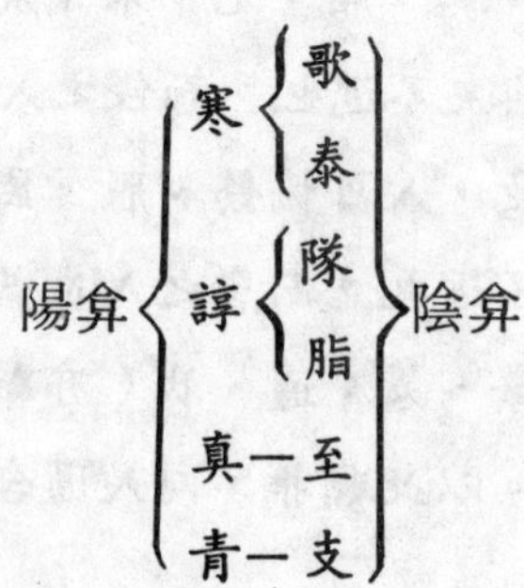

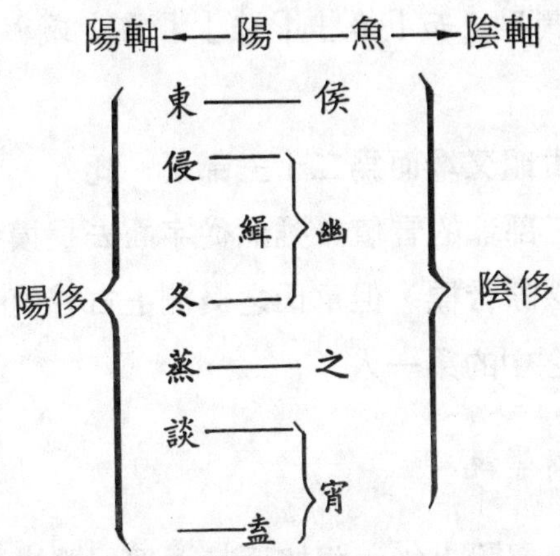

二、章氏古韻之特點

章氏初定古韻爲二十二部，其「與劉光漢書」❶云：

古韻分部，僕意取高郵王氏外，復采東冬分部之義；王故有二十一部，增冬部則二十二。清濁斂侈，不外是矣。

這與夏炘的二十二部是相同的，後來他又覺得「脂」部去入聲的字，在詩經裡往往不與平上押韻，因而確定他「平上」與「去入」兩分的學說❷，同時也就把「脂」部分立爲「脂」「隊」兩部了，他在「文始」二裏說：

隊脂相近，同居互轉，若「聿出內朮戾骨兀鬱勿弗卒」

❶ 參見章氏「文錄」二。

❷ 今按平上與去入兩分，實源於段氏。

諸聲，諧韻則詩皆獨用；而「自」「佳」「靁」或與脂同用。

「隊」部獨立，故章氏之古韻又增而爲二十三部了。此外，章氏又用漢字去描寫二十三部韻的音值，雖然從字面去捉摸，其音值的準確性不如今之國際音標，但章氏之擬測上古音值，却是明清以來研究古韻者之中的第一人。

三、章氏之陰陽對轉及旁轉學說

章氏繼孔廣森陰陽對轉學說之後，根據通轉之理以談漢字之轉注，與夫假借及孳乳的理論。章氏之通轉，主要在釋述文字之衍生及運用，故並未泯滅二十三部古韻之疆界。孔氏則以其通轉之說以分析古韻，把古韻因旁轉而併爲十二部，又因對轉而併爲六大類，分部的界限就泯滅不存了。章氏將

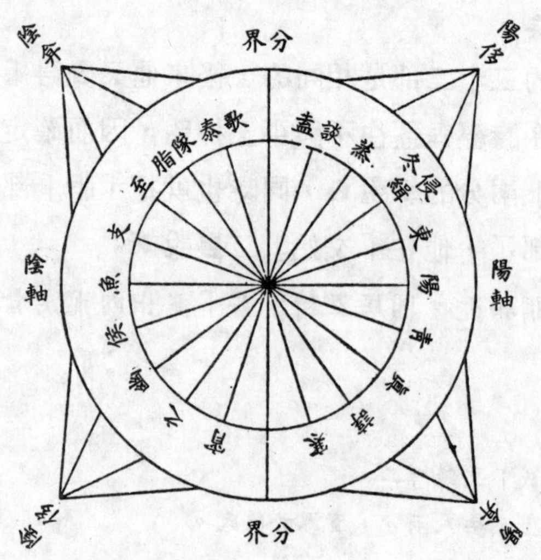

其所論之通轉之理，作了一個「成均圖」，茲錄其圖及他自己的說明如下：(圖見上頁)

其說明之言曰：

1. 同列：陰弇與陰弇爲同列；陽弇與陽弇爲同列；陰侈與陰侈爲同列；陽侈與陽侈爲同列。

2. 近轉：凡二部同居爲近轉。

3. 近旁轉：凡同列相比爲近旁轉。

4. 次旁轉：凡同列相遠爲次旁轉。

5. 正對轉：凡陰陽相對爲正對轉。

6. 次對轉：凡自旁轉或對轉爲次對轉。

7. 正聲：凡近轉、近旁轉、次旁轉、正對轉、次對轉爲正聲。

8. 變聲：凡雙聲相轉，不在五轉之例爲變聲。

貳、黃季剛

黃先生名侃，字季剛，湖北蘄春人（1886 — 1935）。其在音韻方面之著作除「集韻聲類表」外，尙有「音略」「聲韻通例」「與友人論小學書」等。先生以爲凡人不過五十，思想未成熟，不可輕率著作，不幸適滿五十而溘逝，故凡論述，都未成編，近人張世祿嘗整理其部分論著，都爲一集，名爲「黃侃論學雜著」❶，其於古音方面之學說，述之者甚

❶ 中華書局1964年第一版。

多，而以黃永鎮氏之「古韻學源流」二十九部❶爲最詳；以吾友謝一民教授所撰「蘄春黃氏古音說」爲最得先生本心❷。茲述黃氏於古韻方面之學說如下：

一、黃氏補正章太炎先生之學說

黃氏爲章太炎先生之高徒，章氏審音分韻，雖已集前人之大成，然前修未密，理所必至，其有缺失，乃所不免，而其所訂古韻二十三部，亦未臻至善。章氏主張古「平上韻」與「去入韻」二分，凡平上韻無去入，去入韻亦無平上。是以泰、至、緝、盍四部，從戴震、孔廣森、王念孫、江永諸家析出而獨立之；又於脂部分出去入韻而立「隊」部。然章氏於陰聲支、魚、侯、幽、之、宵諸部之入聲韻，仍未分出，而說古音無藥、覺、職、沃、屋、燭、鐸、陌、錫諸部，此其說之未臻至善者也，於是黃氏補正之，以定古韻爲二十八部：

---

❶ 「古韻學源流」（臺灣商務民國五十五年一月臺一版），張世祿「中國音韻學史」第八章第一節註二十五云：「聞黃永鎮二十九部之說，即爲黃侃晚年的主張」。

❷ 謝一民「蘄春黃氏古音說」列入臺灣嘉新水泥公司文化基金會研究論文第廿七種。

二、黃氏古韻之考定

章太炎先生嘗謂廣韻所包，有古今各系之音，所謂有「正韻、支韻」之異❶，不是同時同地所能有 206 種韻者。黃氏秉承此意，更發現廣韻中凡無古紐如輕脣、舌上等之韻類皆爲古本韻，因乃驗之宋元等韻，凡居圖中一四等者，皆爲古本韻，而一四等韻所有之紐亦爲古本紐，於是以此假設居一四等之韻三十二部爲上古韻部，其中歌戈、曷末、寒桓、痕魂八韻，開合對待，古本四韻，黃氏亦復之爲四部，計得二十八部，包括陰聲八部：歌、灰、齊、模、侯、蕭、豪、咍；陽聲十部：寒、痕、先、青、唐、東、多、登、覃、添；入聲十部：曷、沒、屑、錫、鐸、屋、沃、德、合、怗。此二十八之目，黃氏因自中古韻書韻圖之古本紐各韻所見，因乃作爲一個假設，然後自「經籍用韻之歸納」、「說文讀若重文之考證」、「廣韻 206 韻正變作旁證❷」，以證明古韻二十八部，果爲碻鑿可靠者，非如今人所謂之純以廣韻古本紐以證古本韻，又以古本韻證古本紐，嚴重地犯了論理學上

---

❶ 參見「國故論衡」上。

❷ 參見謝一民著「蘄春黃氏古音說」中之「古本韻二十八部之證明」，PP. 54－81。

的「乞貸論證」（Begging the question）法❶。其實這是今人的誤解及偏見，黃氏二十八部取自韻書，只是受韻書之啓示而得的一個假設，證明的材料還是用的最可靠的上古材料，所以結論是無可疑議的，也是絕對可信的。王了一先生在他的「漢語音韻」❷中說法已自加修正了，他說：

> 黃氏（季剛）的陰陽入的搭配，比戴氏更為合理。歌元對轉，幽冬對轉，是繼承了孔廣森的說法；歌元相配，文物相配，是繼承了章炳麟的主張。黃氏認為上古的聲調只有平入兩類，因此他的入聲韻部實際上包括了廣韻裏大部分的去聲字。在這一點上，他比戴氏高明。
>
> 王力晚年也主張陰陽入三分。他把古韻分為十一類廿九部，卽在他早年的廿三部的基礎上，增加之幽宵侯魚支六部的入聲，卽職覺藥屋鐸錫六部。

王氏的二十九部實際上就是以章太炎先生的二十三部和黃季剛先生的二十八部爲基礎的，他比黃氏多了一個幽部（黃氏稱蕭部）的入聲「覺」部。黃永鎭「古韻學源流」的二十九

---

❶ 參見王了一「漢語音韻學」第三十三節，P. 402及張世祿「中國音韻學史」第八章第二節PP. 313－319。

❷ 參見王氏「漢語音韻」PP。165－166（雲飛按：此書後出，與「漢語音韻學」大不同）。

部已增加了蕭部的入聲「肅」部，而二十九部之學據張世祿氏說「即爲黃侃晚年的主張」❶，則王氏之說已非新意矣。可見正確的學說，雖或一時遭人誤解，但到末了總是會被人賞識的，即使黃氏眞的少了一個「覺」部，那也只是「前修未密」的必然過程罷了，但事實上黃氏已有先見在前，且黃永鎭氏早已述而以見世了。

三、黃氏之古韻二十八部

黃氏古韻自謂皆本昔人，未曾以肊見加入❷。茲列其二十八部之部目及其所本之昔人如下表：

1. 歌：顧炎武所立。
2. 灰：段玉裁所立。
3. 齊：鄭庠所立。
4. 模：鄭所立。
5. 侯：段所立。
6. 蕭：江永所立。
7. 豪：鄭所立。
8. 咍：段所立。
9. 寒：江所立。

---

❶ 參見張氏「中國音韻學史」第八章第一節註二十五。

❷ 參見黃氏著「古韻表」及謝一民「蘄春黃氏古音學」P．45 。

10.痕：段所立。

11.先：鄭所立。

12.青：顧所立。

13.唐：顧所立。

14.東：鄭所立。

15.冬：孔廣森所立。

16.登：顧所立。

17.覃：鄭所立。

18.添：江所立。

19.曷：王念孫所立。

20.沒：章太炎所立。

21.屑：戴震所立。

22.錫：戴所立。

23.鐸：戴所立。

24.屋：戴所立。

25.沃：戴所立。

26.德：戴所立。

27.合：戴所立。

28.怗：戴所立。

四、黃氏之陰陽入分配：（附一般之名稱）

1.歌（歌）	2.寒（元）	3.曷（月）
——————	4.先（眞）	5.屑（質）

6.灰（微）	7.痕（文）	8.物（物）
9.齊（支）	10.青（耕）	11.錫（錫）
12.模（魚）	13.唐（陽）	14.鐸（鐸）
15.侯（侯）	16.東（東）	17.屋（屋）
18.蕭（幽）		
19.豪（宵）	20.冬（冬）	21.沃（藥）
22.咍（之）	23.登（蒸）	24.德（職）
	25.覃（侵）	26.合（緝）
	27.添（談）	28.怗（葉）

五、黃氏古韻之定論

黃季剛先生以逝世太早，故其音學之理論都未完全確定。然與黃氏之前的各家古韻分部相比，則黃氏之古韻允稱最爲精密，惟黃氏本身仍思有所修訂。黃氏沒有把「蕭」部的入聲分立，這可能就是他「未密」的一點，但事實上他已有獨立蕭部入聲的意向了，所以張世祿氏說❶：

> 我們只能說三百年來，古韻分部的研究，可以推黃氏這二十八部最為詳密罷了。

張氏又說❷：

❶ 參見張氏「中國音韻學史」第八章第一節 P. 281。

❷ 同前註，及同書 P. 300「註二十五」。

可是蕭部的入聲仍沒有獨立，因之黃氏晚年頗想改為二十九部（張氏註此語云：「參看黃永鎮古韻學源流❶，聞黃永鎮二十九部之說，卽為黃氏晚年的主張)。

於此可知，如把黃氏的蕭部入聲獨立起來，則其古韻分部，就可以說是三百年來的定論了。

第六節　上古韻總論

壹、後人對顧氏十部的分析和更立新部

關於顧炎武的十部古韻，因爲是明清古韻研究的初創階段，自然不可能精密到不容更動的程度，所以顧氏之後的古韻家都或多或少地有些貢獻，我們現在就以顧氏的十部古韻作出發點，來看後人分析並獨立各韻部的情況如何。

一、眞元分立

這是江永的貢獻，他發覺「大雅崧高」的「天神申翰宣」相押，實際上是中途換韻，而不是眞元同部，因此他認爲「翰宣」是元部，可以獨立的。至於「大雅生民」的「民嫄」相押，那只是「合韻」的現象，也不是眞元同部。其他眞元相混的現象就很少了。

---

❶ 「古韻學源流」臺灣商務印書館民國五十五年臺一版。

二、文元分立和真文分立

文元兩部相混的現象，在詩經中都是「合韻」，而不是同部，江永既讓眞元分部，但他的眞部之內是包括有文部之韻的，因此到了段玉裁手中，又把眞文分立，因爲他發覺「小雅楚茨」和「秦風小戎」是文元合韻，而「小雅正月」則是眞文合韻，於是他把「眞」「文」「元」三個部都分立開來，這是繼江永眞元分立後的一大貢獻。

三、幽宵分立

這是江永的貢獻，他發覺「邶風柏舟」的「髦」字、「小雅彤弓」的「弨」字、「十月之交」的「交」字。「采綠」的「釣」字、「小雅桑扈」的「敖」字、「角弓」的「髦」字，它們雖都屬宵部，似與其餘的幽部字相押，其實都在單句，是不入韻的，所以這不是幽宵同部，而是宵部的這些字根本非韻。至「大雅公劉」則是「舟」字不入韻，「衞風周頌絲衣」則又是「敖」字不入韻，而「衞風木瓜」的「桃瑤」與「報好」則根本是換韻，也不是幽宵同部，因此江氏把幽宵分立開來。至「齊風載驅」、「豳風七月」、「大雅思齊」、「王風君子陽陽」、「大雅抑」、「周頌良耜」等，則又是「合韻」的現象，也不是幽宵同部。

四、侵談分立

這也是江永的功勞，「衞風氓」的「葚耽」相押，段氏氏認爲「葚」是侵部，「耽」是談部，顧氏以爲同部，段氏以爲江永把它們分爲兩部是對的，因爲它們只是合韻的現象，但江永、孔廣森、江有誥則根本就認爲「耽」字就是侵部，沒有合韻的事。近人都認爲江、孔、江三氏的看法是對的。

五、侯魚分立

這也是江永的功勞，他認爲「陳風株林」的「馬野」與「駒株」，「大雅板」的「怒豫」與「渝馳」，其實都是換韻，根本不是同部。「大雅皇矣」則是合韻。侯韻和虞韻在詩經中相押的地方很多，不過自江永把「虞」之半歸「侯」了以後，也就沒有問題了。

六、侯幽分立

段氏發現「鄘風載馳」的「驅侯」與「悠漕憂」是換韻，而不是相押。至「唐風山有樞」首二兩章、「小雅南山有臺」四五兩章，都是兩章不同韻，而不是同部。其餘則都是「合韻」的現象，因乃分之而爲兩部。

七、支脂之分立

這也是段氏的功勞，他發現這三部在詩經中，分用極嚴楚辭及羣經諸子中分用也很顯明，是不容淆混在一起的。「鄘風相鼠」二三章是不同韻，「小雅魚麗」二三章也是不同韻，「周頌載芟」的「積」字則是不入韻，「大雅桑柔」的「疑」字也是不入韻，「邶風靜女」三章則是交韻（單句與單句押，雙句與雙句押），所以支脂之三部應該分立。

八、質脂分立

質部和脂部很少糾葛不清的地方，王念孫把質部獨立以後，只認爲有三處是質術的合韻，一是「鄘風載馳」的「濟閟」相押，二是「大雅皇矣」的「類致」相押，三是「大雅抑」的「疾戾」相押。至「小雅賓之初筵」則是「以洽百禮，百禮既至」，以兩個「禮」字押韻，「至」字不入韻。王了一則按照語音系統，把脂微分部與質物分部作了對比，在質部增收了「器弃轡繼計戾洫隶閉季惠穗屆闋疑」等字❶。這一來，「疾」與「戾」相押就不算是合韻了，而「小雅節南山」以「惠戾屆闋」相押，也就和「大雅抑」的「疾戾」連接上了。

九、月物分立

段玉裁的「月」「物」兩部是歸入「脂」部的，後來王念孫把「月」部獨立出來，章太炎又再把「物」部獨立出來，

---

❶ 參見王著「漢語音韻」PP. 171 — 172 。

「曹風候人」的「薈蔚」、「小雅出車」的「旆瘁」、「大雅生民」的「旆穟」相押，都是合韻的現象，而非同部押。

十、脂微分立

黃季剛先生的「灰」部是「脂」「微」兩部合併的總稱，王了一把詩經中的脂微押韻作了一個統計，在 110 個押韻的地方，發覺脂微分用者 84 處，佔全數的四分之三，合韻的 26 處，不及全數的四分之一。尤其長篇用韻不雜的例子，更提示了吾人脂微之該當分立，於是脂微分部的意見也就確立了。再以語音系統來看，眞文分部，脂微分部，物質分部正好是對比的，所以脂微分部自是毋庸置疑的。

十一、緝侵分立

緝侵分部，原是沒有問題的，因「秦風小戎」二章被顧炎武看成是「驂合軜邑念」相押，其實前面是「中驂」合韻，後面是「合軜邑」換韻，再下又換「期之」相押，「念」字不入韻。「小雅常棣」七章顧氏以爲是「合琴翕湛」相押，其實這是交韻，單句「合翕」相押，雙句「琴湛」相押，所以王念孫把它分立是對的。

十二、東冬分立

孔廣森把冬聲、衆聲、宗聲、中聲、蟲聲、戎聲、宮聲、農聲、夅聲、宋聲的字從東部分立出來，現代的人都同意此種分法，至多侵相押，則是合韻的現象。所以董同龢先生說:「東多分部，是他（孔氏）的創獲」❶，這是確實不誣的。

十三、葉談分立

在詩經中葉談二部並無轇轕，只因顧炎武時期侵談未分，所以他也就認爲緝侵同部，而葉談也就自然是同部的了。江永、段玉裁拘于平入相配，結果緝葉沒有獨立。孔廣森建立了一個合部，意似葉談須當分立，但緝葉仍混爲一部。到王念孫、江有誥，才把這兩部分立起來。

貳、本書之古韻分部

本書遵照上述十三項三百年來的音韻學家之研究分析，所列韻部，從分不從合，以黃季剛先生之「入聲獨立」爲準則，析其「灰」部爲「脂」「微」二部，又立其「蕭」部之入聲「覺」部，而易其若干部目名稱爲常用之名，並附黃氏原稱於括弧之內，附以可能之音值，而使陰陽入相配爲十一類如下表：

一、1.脂（灰）[ei] 2.眞（先）[en] 3.質（屑）[et]
二、4.微（灰）[əi] 5.文（痕）[ən] 6.物（沒）[ət]
三、7.歌（歌）[ai] 8.元（寒）[an] 9.月（曷）[at]

❶ 見董氏「中國語音史」第八章 P. 129。

四、10. 支（齊）[e] 11.耕（青）[eŋ] 12.錫（錫）[ek]
五、13. 魚（模）[a] 14.陽（唐）[aŋ] 15.鐸（鐸）[ak]
六、16. 侯（侯）[o] 17.東（東）[oŋ] 18.屋（屋）[ok]
七、19. 幽（蕭）[əu] ———————— 20.覺（屋）[əuk]
八、21. 宵（豪）[io] 22.冬（冬）[ioŋ] 23.藥（沃）[iok]
九、24. 之（咍）[ə] 25.蒸（登）[əŋ] 26.職（德）[ək]
十、———————— 27.侵（覃）[əm] 28.緝（合）[əp]
十一、———————— 29.談（添）[am] 30.葉（怗）[ap]

叁、本書三十部諧聲表❶

本書諧聲表從簡不從繁，僅以偏旁見於詩經者為準，又在每部附列一些散字，以示這些字已從諧聲偏旁所屬的韻部轉到本韻部來了。

一、脂　部

二（二聲有次、資、茨）、七（七聲有旨指比妣尼泥）、尸、厶（私）、示（祁、視）、矢（醫）、米、齊、妻、美、𠂔、死、履、豊（禮體）、尒（爾）、皆、眉、癸、伊、師、豈。

---

❶ 參見王了一「漢語音韻」PP. 182—194。

二、真　部

因、臣（堅賢）、人（仁）信、申（神陳電）、頻（賓）
㐱、粦、眞、塵、民、身、旬、匀、命、令、千（年季）、田、㶣、玄、天、扁、㶳（盡燼）、引、卂（訊迅）。矜（這是侵部今聲轉過來的散字）。

三、質　部

一、七、至（室）、必（瑟密毖）、疐、日、乙（失秩瓞）
疾、實、桼、匹、吉（壹噎懿）、栗、血、穴、逸、卩（即節
櫛）、抑、畢、季、隶（肆）、弃、替、惠、戾、肄、畀、四、兕、利。

四、微　部

𠂤（追歸）、隹、畾（雷累）、貴（遺匱）、虫（虺）、回、鬼、畏、褢、韋、尾、辠（罪）、微、非、飛、希、衣（哀）、水、毀、妥（綏）、枚、威、委。火（此爲散字）。

五、文　部

文、困、分、屯、㐫、辰、巾、殷、𦎫（享錞犉敦）、先、西、門（聞問）、云、員、焚、尹（君羣）、熏、斤（旂祈頎）、堇、昆、孫、飧、存、軍（煇翬）、川、眔（鰥）、刄、允、昷、豚、壼、冤、卉（奔濆）（亹、昏、

亜、典。

六、物　部

勿、卒（醉萃瘁）、夂（沒）、孛、聿、朮、出、弗、鬱、乞、旡（既㤅愛）、退、內、對、未、胃、彖(隊遂）、位、类、尉。

七、歌　部

可（奇）、左、差、我（義羲儀議）、沙、加、皮、為、吹、离、羅、那、多（侈哆移宜）、禾、它、也（地施馳池）、瓦、咼、化、罷（羆）。儺（散字，由元部轉來）。

八、元　部

泉（原願嫄）、袁（還環遠）、亘（垣宣）、爰、釆、（番蕃燔卷倦）、樊、緐、半、言、干、倝、吅（單蟬癉）、難（歎熯漢）、安、夗、萈（寬）、戔、元（完冠）、丸、專、丱（關）、厂（彥顏鴈）、反、官、山、閒、閑，睘、犬（然）、延、丹（旃）、廛、連、肙、鬳、夗、展、巽、憲、柬、虔、毌（貫）、弁、羨、散、見、燕、鮮、㒼。

九、　月　部

兌（脫說閱）、世（泄勩）、彗（雪）、丯（害轄割）

萬(厲邁蠆)、匄(丐曷渴竭)、乂、大(達)、帶、外、會、介、祭(察)、拜、貝(敗)、吠、喙、最(撮)、衞、歲、戌(歲威)、列、舌、昏(活括佸)、折(逝)、伐(蔑)、市(肺芾旆)、月、戉(鉞越)、犮(髮拔)、癶(發撥潑)、末、寽(捋)、叕(綴掇惙輟)、桀、截、桀、熱、殺、奪、𡿺(辥糱孽)、徹、設。怛(散字,自元部轉來)。

十、支　部

支、斯、圭、巂、卑、虒、氏、是、此、只。

十一、耕　部

丁(成)、爭、生(青清)、嬴、盈、熒、貞、壬(廷挺庭聽呈酲程)、殸、正(定)、名、頃(潁穎熲)騂、巠、吅(靈)、寍、冥、平、敬、鳴、甹。刑屏(以上二字爲散字)。

十二、錫　部

益、易、厄、析、狊(鶪闃)、狄、辟、帝(適滴謫蹢)、脊、鬲、解、朿(刺責績簣)。

十三、魚　部

魚、余(舍舒涂)、与(與舉)、旅、者(書)、古、車、疋(楚胥)、巨、且、去、于(亐華)、虍(虎虛盧麌）、父（甫浦）、瓜、乎、壺、無（舞）、圖、土（徒）女（奴如）、烏、叚（瑕葭）、家、巴、牙（邪）、五（吾語）、圉、宁（貯）、卸（御禦）、鼠、黍、雨、午、戶（所顧）、呂、鼓、股（羖）、馬、下、寡、夏、吳、武、羽、兔、兆、素、亞、斝、朋（瞿）。

十四、陽　部

羊、量、畺、昌、方、章、商、香、襄、相、向、昜、亡（良喪）、長、爿（牆臧將壯牀）、㓜（梁粱）、尙（當常堂）、上、倉、王、㞷（往匡狂）、央、桑、爽、网（岡剛綱）、兩、卬、光、黃、亢、庚（唐康）、京、羹、明、彭、亨、兵、兄（貺況）、行（衡）、皀（鄉卿）、慶、丙（更）、永、競。

十五、鐸　部

睪、各、蒦、屰（逆朔愬㖾咢）、昔、舄、夕、石（柘橐）、壑、若、霍、郭、百、白、谷（谷即臄字，綌从谷聲）、乇（宅託）、尺、亦（夜）、赤（赫）、炙、戟、庶（度席）、乍、射、莫。薄（散字）。

十六、侯　部

侯、區、句、婁、禺、芻、需、俞、殳、朱、取、豆、口、后、後、厚、斗、主、臾、侮、奏、冓、扇、具、付、畀、壴（樹厨櫥蹰）。飫（散字）。

十七、東　部

東（童重僮鍾衝）、同、丰（邦逢）、充、公、工（江鴻）、冢、囪、從、龍、容、用（庸誦勇）、封、凶、邕（雝雍）、共（巷）、送、雙、厖。

十八、屋　部

谷、屋、蜀、賣（讀續）、殻、束、鹿、族、菐、卜、木、玉、獄、辱、曲、足、角、豖（琢啄）、局。

十九、幽　部

幺（幽）、求、九、丣（古酉字）、丣（昴聊柳）、酉、流、秋、斿、攸、由、翏、收、州、周、舟、舀、孚、牟、憂、囚、休、叟、矛、雔（讎）、壽、咎、叟、叉（蚤騷）、缶（寶）、棘（曹）、裒、丑、丂（考朽孝）、韭、首、手、阜、卣、受、秀、鳥、昊、早（阜草）、呆（古文保）卆（鴇）、帚、牡、戊、好、簋、守、臭、褎、售、報、冃（冒帽）。椒（散字）。

二十、覺　部

尗（叔俶戚蹙菽寂）祝、六（陸）、复、宿、夙、肅、畜、學（覺）、毒、竹（篤鞠）、逐、匊、肉（育）、穆、告、就、奥。稑（即稑字）廸滌（以上三散字）。

廿一、宵　部

小（肖消悄）、朝、麃、苗、要、票、爻、尞、勞、堯、巢、𦈢、夭、交、高（喬驕）、敖、毛、刀、兆、ㄐ、喿、到、盜、号、弔、少、焦。呶（散字）。

廿二、冬　部

多、眾、宗、中、蟲（融）、戎、宮（躬窮）、農、夅、宋。

廿三、藥　部

卓、丵（鑿）、勺（的）、龠、弱（溺）、虐、樂、翟、暴、皃（貌）。

廿四、之　部

㞢（蚩寺時恃）、㠯（似矣台）、絲、其、𦣞（頤姬熙）、里、才（哉載）、茲、來、思、不（否丕）、龜、某、母、尤、郵、丘、牛、止、喜、己、已、史、耳、子、士、宰（（梓）、采、音、又、舊、久、婦、負、司、事、佩、而、臺、疑。裘（散字）。

廿五、蒸　部

丞、徵、夌、應、朋、仌（冰）、黽、升、朕（勝騰縢）、兢、興、登、曾、厶（厷雄肱弘）、弓、瞢（夢薨）、亙（恆）、乘。陾能熊（散字，能熊从目得聲轉入本部）。

廿六、職　部

戠、弋（忒式試）、亟、塞、葡（備）、北（背）、畐、直、力、食（飾蝕）、敕、息、則（賊）畟、色、棘（襋）、或、奭、㝵、匿、克、黑、革、伏、服、牧、戒、異（翼）、意。特螣（散字）。

廿七、侵　部

㚸、旡（僭譖潛簪）、林、品（臨）、罙、甚、壬、心、今（念含金錦陰飲歆）、音、彡（參衫驂）、三、南、男、冘（枕髧耽）、马（函菡）毚、凡、各、占、覃。貶（散字）。

廿廿、緝　部

咠、合、㚔、執、立、入、及、邑、集。軜（散字）。

廿九、談　部

炎、甘、監、詹、敢（嚴巖儼）、斬。

三十、葉　部

枼、業、疌、涉、甲。

第十三章　上古聲母研究之成就

第一節　錢大昕的上古聲母研究

錢大昕，字曉徵，號辛楣，又號竹汀，江蘇嘉定人（1727～1786），他在音韻方面的著作都在「十駕齋養新錄」卷五，及「潛研堂文集」卷十五之中。

壹、古無輕脣音說

錢氏「十駕齋養新錄」卷五云：「凡輕脣之音，古讀皆爲重脣」。其舉例云：

一、古讀「封」如「邦」：論語「且在邦域之中矣」。釋文「邦或作封」。而「謀動干戈於邦內」。釋文「鄭本作封內」。此蓋「非」紐字古讀「幫」紐之證也。

二、古讀「敷」如「鋪」：詩大雅常武四章「鋪敦淮墳」。釋文「韓詩作敷」。又「敷時繹思」。左傳引作「鋪」。此蓋「敷」紐字古讀「滂」紐之證也。

三、古讀「扶」如「匍」：詩邶風谷風「凡民有喪，匍匐救之」。檀弓引詩作「扶服」。家語引作「扶伏」。此蓋「奉」紐字古讀「並」紐之證也。

四、古讀「文」如「門」：水經注漢水篇「文水即門水也」。此蓋「微」紐字古讀「明」紐之證也。

貳、舌音類隔不可信說

錢氏十駕齋養新錄卷五又有「舌音類隔不可信」一篇，謂「古無舌頭舌上之分，知徹澄三母，以今音讀之，與照穿牀無別也；求之古音，則與端透定無異」。又謂「古人多舌音，後來多變爲齒音，不獨知徹澄三母爲然」。其舉例云：

一、古讀「中」如「得」：周禮地官「師氏掌王中失之事」。故書「中爲得」。杜子春云「當爲得，記君得失，若春秋是也」。三倉云「中，得也」。此「知」紐字古讀「端」紐之證也。

二、古讀「抽」如「搯」：詩鄘風清人三章「左旋右抽」。釋文云「抽，敕由反。說文作搯，他牢反」。此「徹」紐字古讀「透」紐之證也。

三、古讀「直」如「特」：詩鄘風柏舟二章「實維我特」。釋文云「韓詩作直」。孟子曰「直不百步耳」。趙注「直，但也；但直聲相近」。又古讀陳如田，呂覽不二篇「陳駢貴齊」，「陳駢」即「田駢」也。此「澄」紐字古讀「定」紐之證也。

叁、喉牙雙聲說

錢氏「潛研堂文集」卷十五中的「音韻答問」及「十駕齋養新錄」卷五，謂古音「影、喻、曉、匣」四母，多相混無別，而與「見、溪」諸母，亦無顯然之區分，此即所謂

「古喉牙雙聲」之論也❶。章太炎先生謂「喉牙二音，互有蛻化」，又謂「審紐莫辨乎錢」❷，這眞是不易之論，章氏論古音聲紐及雙聲相轉，多本於錢氏。

肆、錢氏主張古今音類有異

在錢氏之前，如顧、江（永）、戴、段諸家，大都專言古今韻部之異同，即令偶或兼及聲紐之論，然並無專意下功夫去鑽研的。江永則極尊信三十六字母，以爲不可增減，不可移易；戴震「聲類表」裡分古聲爲二十紐，以「影」「喻」「爲」爲同紐，又以「疑」雜於「精、清、從」和「心、邪」之間，不但不合古音，且亦不合於宋、元的等韻。到了錢氏始發明「古無輕脣音」、「古無舌上音」之說，言古今聲類有異，實首創於錢氏。

第二節　章太炎的上古聲母研究

壹、古娘日二母歸泥說

章氏「國故論衡」上，古娘日二紐歸泥說云：「古音有舌頭泥紐，其後支別，則舌上有娘紐，半舌半齒有日紐，于

❶ 參見潛研堂文集卷十五中之「音韻答問」十二，pp. 18 — 19。

❷ 參見章氏「國故論衡」上。

古皆泥紐也」。其舉例云：

一、涅，从日聲。廣雅釋詁「涅，泥也」，「涅而不緇」，亦爲「泥而不滓」，是日泥音同也。

衵，从日聲。說文引傳「不義不衵」（左傳鄭伯克段於鄢「不義不暱」），考工記杜子春注引傳「不義不昵」，是「日」「昵」音同也。此古「日」紐字歸「泥」之證也。

二、今音「泥」「屔」在「泥」紐；「尼」「昵」在「娘」紐。「仲尼」三蒼作「仲屔」。夏堪碑曰「仲泥何侘」。足明「尼」聲之字，古音皆如「屔」「泥」，有「泥」紐無「娘」紐也。

「狃」之聲，今在「娘」紐。「公山不狃」，「狃」亦爲「擾」，往來頻復爲「狃」，說文作「猱」，「擾」「猱」今在「日」紐，古無「日」紐，則「狃」亦在「泥」紐。此古「娘」紐字歸「泥」之證也。

貳、古正齒齒頭不分說

章氏又說上古時之「正齒」音和「齒頭」音是不分的，因此他認爲古音僅有「喉、牙、舌、齒、脣、半舌」六類，章氏說：「精、清、從、心、邪本是照、穿、牀、審、禪之副音，當時不解分等，析爲正齒、齒頭二目」❶。因此在章

---

❶ 參見章氏「國故論衡」上及「文始」。

氏的上古音「紐目表」❶中，是古音「精」歸「照」、「清」歸「穿」、「從」歸「牀」、「心」歸「審」、「邪」歸「禪」的。在這一點上來說，後來的黃季剛先生，說法剛與章氏相反，而黃氏的精密程度是遠在章氏之上的。

叁、古音雙聲說

章氏的「文始」紐目表言雙聲之例云：

> 諸同紐者為正紐雙聲；諸同類者為旁紐雙聲，深喉（見系）、淺喉（影系）❷亦為同類；舌音、齒音，鴻細相變。

所謂「同紐」即指同屬一聲之字；所謂「同類」，即指不同聲母而同發音部位之字。喉、牙二音亦爲同類雙聲；舌、齒二音又得互相通轉。章氏在「國故論衡」上「古雙聲說」中云：

> 類隔舌齒有時旁轉，喉牙二音亦互有蛻化。

又云：

> 喉、牙足以衍百音，百音亦終馴復喉、牙。

又云：

---

❶ 參見章氏「文始」中之「紐目表」。

❷ 黃季剛則稱「影喻」爲深喉，「見溪羣疑曉匣」爲淺喉，黃氏是對的。

古音紐有舌頭，無舌上；有重脣，無輕脣，則錢大昕所證明。娘日二紐古並歸泥，則炳麟所證明。正齒、舌頭慮有鴻細，古音不若是繁碎，大較不別。齊莊中正，為齒音雙聲；今音「中」在舌上，古音「中」在舌頭；疑於類隔舌齒，有時旁轉；錢君亦疏通之矣。此則今有九音，於古則六，曰喉、牙、舌、齒、脣、半舌也。

章氏又以爲舌、齒、脣諸音，有時遒歛爲喉、牙，喉、牙有時亦發舒爲舌、齒、脣；以明喉、牙爲生人之元音，古時本得貫穿諸音而與之通轉也。

肆、古音紐目表

章氏根據以上諸說，定了一個「紐目表」，載於所著之「文始」之中，茲引列其表如下：

喉音	牙音	舌音	齒音	脣音
見	曉	端知	照精	幫非
溪	匣	透徹	穿清	滂敷
羣	影喻	定澄	牀從	並奉
疑		泥娘日	審心	明微
		來	禪邪	

上表以「見」等四紐爲喉音，「曉」等四紐爲牙音，乃見於

晁公武所定者，「文始」更名曰「深喉」「淺喉」，則用韓道昭說。又謂「右紐目，其旁注者，古音所無」，則章氏以爲古無「齒頭」而有「正齒」，以今考之，剛好相反，故黃季剛先生的說法與章氏不同也。

第三節　黃季剛的上古聲母研究

壹、承前人之已發者

黃氏之上古聲母研究可分兩方面，其一是承前人之已發部分，則如前述之「古無輕脣音」「古無舌上音」「古娘日二紐歸泥」等；其二是他自己所創發的，則如「照系三等諸紐古讀舌頭音」、「照系二等諸紐古讀齒頭音」等。關於承前人之成說者，除「古無輕脣音」「古無舌上音」「娘日歸泥」之外，又有「喻（爲）歸影」「羣紐歸溪」「邪紐歸心」三說，茲分述如下：

一、「喻（爲）古歸影紐」說：此說首見於戴震「聲類表」，章太炎「國故論衡」亦主之，黃氏「音略」據之以爲其古紐之學說依憑，「喻」「影」乃清濁相變，「影」爲正聲，「喻」爲變聲，故今音讀「喻」「爲」者，古音皆讀如「影」。舉例爲證云：

从「肙」（影紐 烏縣切）　得聲之「捐」（喻紐 與專切）。
从「益」（影紐 伊昔切）　得聲之「溢」（喻紐 夷質切）。
从「㔾」（影紐 烏皎切）　得聲之「𦥑」（喻紐 弋照切）。

从「蒦」（影紐 乙虢切）　得聲之「篗」（爲紐 王縛切）。
从「燕」（影紐 於甸切）　得聲之「嬿」（爲紐 于甸切）。

又爾雅釋詁云：「于，於也」，說文同。段玉裁說文注云：「凡詩書用于字，凡論語用於字，蓋于於二字，在周時爲古今字，故釋詁、毛傳以今字釋古字也」❶。「于」屬「爲」母，「於」屬「影」母。

二、「羣紐古歸溪紐」說，此亦黃氏「音略」之本於戴氏「聲類表」之先發者，其言云：

此（羣）溪紐之變聲，今音讀羣紐，求古音皆當改入溪類。

黃氏以韻圖二三等韻之字母爲今變音，「羣」紐字只有三等，故非古紐可知。「羣」「溪」乃清濁相變，而「羣」紐古當歸「溪」。茲舉例證如下：

从「囷」（溪紐 去倫切）得聲之「菌」（羣紐 渠殞切）、「箘」（羣紐 渠隕切）。
从「欠」（溪紐 去劍切）得聲之「芡」（羣紐 巨儉切）。
从「喬」（羣紐 巨嬌切）得聲之「蹻」（溪紐 丘消切）、「繑」（溪紐 牽遙切）。
从「谷」（羣紐 其虐切）得聲之「綌」（溪紐 綺戟切）、「卻」（溪紐 去約切）。

三、「邪紐古歸心紐」說：此亦戴氏「聲類表」先知之，黃氏「音略」據之，以爲「心」「邪」乃清濁相變，於韻圖

---

❶ 參見拙著「爾雅義訓釋例」第三十二例，P. 85（臺北華岡叢書民國五十八年版）。

「邪」紐只出現於於三等❶，以黃氏古本紐之說，「邪」爲今變紐，「心」則爲古本紐。舉例證如下：

从「司」（心紐 息慈切）得聲之「祠」（邪紐 似茲切）、「嗣」（邪紐 詳吏切）。

从「彗」（邪紐 詳歲切）得聲之「雪」（心紐 相絕切）。

从「旬」（邪紐 詳遵切）得聲之「珣」（心紐 相倫切）、「筍」（心紐 思允切）。

「辛」（心紐 息鄰切）亦聲之「辭」（邪紐 似茲切）、說文籀文亦从「司」作「辭」，故「辛」爲亦聲可知也。

貳、「照系三等諸紐古讀舌頭音」說

錢大昕「十駕齋養新錄」卷五「舌音類隔之說不可信」條云：

> 古人多舌音，後世多變為齒音，不獨「知」「徹」「澄」三母為然也。

又云：

> 今人以「舟周」屬「照」母，「輈啁」屬「知」母，謂有齒舌之分，此不識古音者也。

章太炎先生云：❷

> 正齒、舌頭，慮有鴻細，古音不若是繁碎，大較不別，齊莊中正，為齒音雙聲；今音「中」在舌上，古音

---

❶ 「邪」紐出現於韻圖四等，但係三等韻借四等之地位。

❷ 參見章氏「國故論衡」上「古雙聲說」。

「中」在舌頭，疑於類隔舌齒，有時旁轉。

凡此諸說，雖疏略未及細論，然予黃氏以啓悟之契機，黃氏「音略」因乃定「照」紐古歸「端」紐，「穿」「審」二紐古歸「透」紐，「神」「禪」二紐則古歸「定」紐，此一假設，旋即獲得大量之證據，王了一先生說「這是黃氏的主張，這是很有道理的」❶。茲略舉數端以見例，不煩細列❷：

一、「照」紐古歸「端」紐之例證：

1. 諧聲：

从「登」（端紐都滕切）得聲之「證」（照紐諸應切）。

从「丹」（端紐都寒切）得聲之「旃」（照紐諸延切）。

从「旦」（端紐得案切）得聲之「靼」（照紐旨熱切）。

2. 經籍異文：

爾雅釋天「太歲在乙曰旃蒙」，史記曆書作「端蒙」（旃照紐諸延切 端端紐多官切）。

爾雅釋地「宋有孟諸」，書禹貢作「孟豬」，史記夏本紀作「明都」（諸照紐章魚切 豬知紐陟魚切 都端紐當孤切）。

3. 音訓

說文「戰，鬥也」（戰照紐之膳切 鬥端紐都豆切）。

---

❶ 參見王氏「漢語音韻」pp. 195—196。

❷ 詳例參見謝一民「蘄春黃氏古音學」pp. 27—35。

釋名釋天「冬，終也」，說文段注「冬之為言終也」

（冬端紐都宗切終照紐職戎切）。

二、「穿」紐古歸「透」紐之例證：

1. 諧聲：

从「隹」（照紐職追切）得聲之「推」（穿紐尺隹切又透紐湯回切）。

从「充」（穿紐昌終切）得聲之「統」（透紐他綜切）。

2. 經籍異文：

禮記儒行「不充詘於富貴」，注「充或作統」。

3. 音訓：

釋名釋言語「出，推也」（出穿紐尺律切推透紐他回切）。

三、「神」紐古歸「定」紐之例證：

1. 諧聲：

从「盾」（定紐徒損切）得聲之「楯」（神紐食尹切）。

2. 經籍異文：

詩召南羔羊一二三章「委蛇委蛇」，詩鄘風君子偕老首章作「委委佗佗」（蛇神紐食遮切顧炎武「唐韻正」卷二以為「蛇佗」均音「陀」定紐徒河切）。

3. 音訓：

釋名釋州國「四丘為甸，甸，乘也，出兵車一乘也」

（甸定紐堂練切乘神紐實證切）。

四、「審」紐古歸「透」紐之例證：

1.諧聲：

从「罙」（審紐式針切）得聲之「探」（透紐他含切）。

2.經籍異文：

易蒙卦「用說桎梏」。釋文「說作稅，云本亦作脫，又作說，同音，他活反」（說、稅審紐舒芮切脫透紐土活切）。

3.音訓：

釋名釋親屬「叔，少；亦言俶也」（叔審紐式竹切俶穿紐一古歸透昌六切）。

雲飛按：本師紹興許詩英（世瑛）先生以為黃季剛先生所言「照」紐古歸「端」，「穿」紐古歸「透」，「神」紐古歸「定」，「禪」紐古歸「定」，均極有理而可從；許先生以為獨「審三」古歸「透」則不可從，蓋「審三」古歸「定」而不歸「透」，其例證云：

1.諧聲：

从「首」（審紐書九切）得聲之「道」（定紐徒皓切）。

从「庶」（審紐商署切）得聲之「度」（定紐徒故切）。

从「申」（審紐失人切）得聲之「電」（定紐堂練切）。

2.經籍異文：

書君奭「天不庸釋」，魏三體石經作「天不庸澤」（釋審紐施隻切澤澄紐一古歸定場伯切）。

3.音訓：

詩大雅大明「矢于牧野」，傳「矢，陳也」（矢審紐式視切陳澄紐—古歸定直珍切）。

五、「禪」紐古歸「定」紐之例證：

1.諧聲：

从「是」（禪紐承旨切）得聲之「題提」（定紐杜兮切）、「踶」（定紐特計切）。

从「蜀」（禪紐市玉切）得聲之「獨髑」（定紐徒谷切）。

2.經籍異文：

易蹇象傳「往蹇來譽宜待也」，張璠本作「宜時也」。又歸妹象傳「愆期之者，有待而行也」，釋文云「一本待作時」（時禪紐市之切待定紐徒亥切）。

3.音訓：

釋名釋宮室「圌，以草作之，團團然也」（圌禪紐市緣切團定紐度官切）。

叁、「照系二等諸紐古讀精系」說

黃氏「音略」以爲「莊」紐古歸「精」紐，「初」紐古歸「清」紐，「牀」紐古歸「從」紐，「疏」紐古歸「心」紐。茲亦略舉數端以見例：

一、「莊」紐古歸「精」紐之例證：

1.諸聲

从「祭」（精紐子例切）得聲之「𨛜瘵」（莊紐側介切）。

从「則」（精紐子德切）得聲之「萴側」（莊紐阻力切）。

2.經籍異文：

周禮考工記「居幹之道，菑栗不迆」。釋文「菑、側冀反又側其反。沈云子冀反」。古災害字多作「菑害」，如魯頌閟宮「無菑無害」（菑莊紐側持切災精紐祖才切）。

書舜典「黎民阻飢」，漢書食貨志作「祖飢」（阻莊紐側呂切祖精紐則古切）。

3.音訓：

釋名釋形體「睫，插也」（睫精紐卽葉切插莊紐側洽切）。

釋名釋姿容「走，奏也」（走精紐子苟切奏莊紐側候切）。

二、「初」紐古歸「清」紐之例證：

1.諧聲：

从「倉」（清紐七岡切）得聲之「滄愴」（初紐初亮切）、「鎗」（初紐楚庚切）、「創」（初紐楚良切）。

从「朿」（清紐七賜切）得聲之「茦敇策」（初紐楚革切）。

2.經籍異文：

書禹貢「又東爲滄浪之水」。史記夏本記作「蒼浪」（滄初紐初亮切蒼清紐七岡切）。

3.音訓：

釋名釋宮室「窗，聰也」（窗初紐楚江切聰清紐倉紅切）。

三、「牀」紐古歸「從」紐之例證：

1.諧聲：

从「才」（從紐 昨哉切）得聲之「豺」（牀紐 士皆切）。

从「戔」（從紐 昨干切）得聲之「棧」（牀紐 士限切）。

2.經籍異文：

詩小雅車攻五章「助我舉柴」，說文引詩作「舉㧗」（柴 牀紐 士佳切　㧗 從紐 前智切）。

3.音訓：

廣雅釋詁「淙，漬也」（淙 牀紐 士江切　漬 從紐 疾智切）。

四、「疏」紐古歸「心」紐之例證：

1.諧聲：

从「相」（心紐 息良切）得聲之「霜」（疏紐 所莊切）。

从「先」（心紐 蘇前切）得聲之「詵侁駪」（疏紐 所臻切）。

2.經籍異文：

詩大雅緜九章「予曰有疏附」。尚書大傳作「胥附」（疏 疏紐 所葅切　胥 心紐 相居切）。

左傳成公十二年「公會晉侯衞侯于瑣澤」。公羊傳作「沙澤」（瑣 心紐 蘇果切　沙 疏紐 所加切）。

3.音訓。

釋名釋天「霜，喪也」（霜 疏紐 所莊切　喪 心紐 息郎切）。

又「朔，蘇也」（朔 疏紐 所角切　蘇 心紐 素姑切）。

肆、古音十九紐

黃氏依據前人既發之古聲紐理論，益以他本人所創發的理論，得上古音十九聲紐，茲列其十九紐紐目表❶並注以古音所無之其餘紐目如下：

深喉音	淺喉音	舌音	齒音	脣音
影喻爲	見	端知照	精莊	幫非
	溪羣	透徹穿審	清初	滂敷
	曉	定澄神禪	從牀	並奉
	匣	來	心疏邪	明微
	疑	泥娘日		

上表所列正書者十九紐，十九紐以外之旁注者，爲上古音所無之紐，而其音則併於正書之紐者也，如古音「喻爲」二紐，皆當歸併於「影」紐，是也。餘倣此。

第四節　今人的上古聲母研究

壹、曾運乾的喻母古讀考

近人曾運乾氏作「喻母古讀考」，以爲「喻」母三等字

❶ 參見錢玄同先生「文字學音篇」P. 33 及本師林景伊先生「中國聲韻學通論」pp. 44 — 46 。

古讀「匣」母，「喻」母四等字則古讀「定」母❶，茲分別簡舉數例如下：

一、「為」紐（喻三）古歸「匣」紐：

1. 古讀瑗（爲紐王眷，于願二切）如奐：春秋左氏經襄二十七年「陳孔奐」，公羊作「陳孔瑗」（按「奐」匣紐胡玩切）。
2. 古爰（爲紐雨元切）緩（匣紐胡管切）聲同：詩「有兔爰爰」，毛傳「緩意」，爾雅釋訓「爰爰，緩也」。
3. 古讀羽（爲紐王矩，王遇二切）如扈（匣紐侯古切）：周官考工記「弓人弓而羽𣪠」，注「羽讀爲扈，緩也」（緩匣紐胡管切）。

雲飛按：曾氏於「爲」紐（喻三）古歸「匣」紐一事，凡舉經傳所見之四十六例，此處但舉三例以見意耳。又曾氏四十六例中，首三例爲「古讀營爲環」「古讀營爲還」「古音營魂相近」，以「營」爲「于傾切」，此曾氏不愼而致誤也，「營」非「喻三」，應爲「喻四」，音「余傾切」。

二、「喻」（四等）紐古歸「定」紐：

❶ 詳例請參閱曾氏著「喻母古讀考」，載楊樹達編「古聲韻討論集」（臺北學生書局民國五十四年五月版）。

1. 古讀夷（喻紐以脂切）如弟（定紐特計，徒禮二切）：易渙「匪夷所思」，釋文「夷荀本作弟」。又明夷「夷於左股」，釋文「子夏本作睇，又作眱」。說文「鶇，从鳥，夷聲」，重文作「鵜，从鳥，弟聲」。按：睇，特計切；鵜，杜奚切；並定紐。

2. 古讀斁（喻紐羊益切）如度（定紐徒故，徒各二切）：後漢書張衡傳「惟盤遊之無斁兮」，章懷注「斁，古度字」。

3. 古音易（喻紐羊益，盈義二切）如狄（定紐徒歷切）：管子戒篇「易牙」，大戴記保傅篇、論衡譴告篇均作「狄牙」。又說文易聲之字或从狄聲，如逖字古文作逷，从易聲；惕字或體作悐，从狄聲。

貳、戴君仁先生的「邪」母古讀考

錢玄同先生嘗以爲古音「邪」母讀如「定」母，其弟子戴君仁先生乃作「邪母古讀考」，其例證如下：❶

一、循：詳遵切，邪紐；从盾得聲，盾音徒損切，定紐。

詳：似羊切，邪紐；从羊得聲，羊音與章切，喻紐──→古歸定紐（曾運乾說）。

似：詳里切，邪紐；从以得聲，以音羊已切，喻

❶ 戴先生此文不識發表於何處，本書作者未及見，此中所舉材料係本師許詩英先生所口述者。

紐──→古歸定紐。

二、斜：史記張儀傳「塞斜谷之口」，集解引徐廣曰「斜一作尋」，索隱云「尋斜聲相近」，按：尋古音讀如覃（定紐徒含切　見爾雅釋言孫炎注）。斜，說文讀若荼，廣韻斜音以遮切又似嗟切，似嗟切屬邪紐，以遮切屬喻紐，喻四古歸定紐。

續：經典釋文論語音義「申棖鄭云蓋孔子弟子申續」，史記云「申棠字周」，家語云「申續字周也」，廣韻「續」音似玉切，邪紐；「棖」音直庚切，澄紐；「棠」音徒郎切，定紐（史記仲尼弟子列傳正義引家語作「申繚字周」，按：繚當爲續之訛，蓋繚音與棖、棠均遠，續與棖、棠古聲爲一類，故鄭（玄）氏得云「申棖蓋申續也」；續，說文訓「連」；周，則訓「密」，義亦相應）。

祥：左傳昭公十一年「盟于祲祥」，公羊傳作「侵羊」。廣韻「祥」音似羊切，邪紐；「羊」音與章切，喻紐──→古歸定紐（曾運乾說）。又「吉祥」古器物款識均作「吉羊」。

詳：毛詩鄘風牆有茨二章「不可詳也」，釋文引韓詩作「不可揚也」。廣韻「詳」音似羊切，邪紐；「揚」音與章切，喻紐──→古歸定紐。

叄、本書作者的古無次清音說

本書作者撰「經典釋文異音聲類考」❶一文，於篇末嘗提出「古無次清音」一說，雖其時更世未深，所學淺薄之甚，所論乃屬少年未經熟慮之說，然亦係一說，要皆不可抹殺也。因亦於此略一提及，以博知者之教正。其論以爲上古無「滂透清溪曉」五次清聲紐，凡此五紐之字，古或歸入全清聲紐，或歸入全濁聲紐，要皆於古無之也。作者於文中所舉之例證及理由凡六❷，玆單提取其理由之第二點「以諧聲偏旁爲證」，以觀其梗概：

一、「滂」紐之字：如「滂从旁聲」、「普从並聲」、「譬从辟聲」、「披从皮聲」、「丕从不聲」、「鋪从甫聲」、「伻从平聲」、「盼从分聲」，其諧聲偏旁俱非次清音，蓋以次清音後起之故也。

二、「透」紐之字：如「通从甬聲」、「台从㠯聲」、「湯从昜聲」、「託从乇聲」、「他从也(或它)聲」、「滔从舀聲」、「町从丁聲」、「脡从廷聲」、「蛻从兌聲」、「稌从余聲」。

---

❶ 參見國立臺灣師範大學國文研究所集刊第四期。

❷ 參見拙著「經典釋文異音聲類考」pp. 119—121，（在國立臺灣師範大學國文研究所集刊第四期內）。

三、「清」紐之字：如「親从辛聲」、「遷从𨸏聲」、
「醋从昔聲」、「千从人聲」、「此从止聲」、
「雌从止聲」、「鏘从將聲」、「糙从告聲」。

四、「溪」紐之字：如「穹从弓聲」、「空从工聲」、
「康从庚聲」、「枯从古聲」、「謙从兼聲」、
「楷从皆聲」、「客从各聲」、「詰从吉聲」、
「窺从規聲」、「綺从奇聲」、「恪从各聲」、
「羌从羊聲」、「韝从冓聲」、「塊从鬼聲」、
「敲从高聲」、「埆从角聲」、「堁从果聲」。

五、「曉」紐之字：如「荒从亡聲」、「海从每聲」、
「呵从可聲」、「許从午聲」、「曉从堯聲」、
「吁从于聲」、「䮷从肙聲」、「獷从廣聲」、
「虛从虍聲」。

肆、本書作者的古匣紐歸見紐說

本書作者作「從諧聲中考匣紐古讀」❶一文，詳明上古音無「匣」紐字，凡後世讀「匣」紐之字，在上古皆歸入「見」紐。玆約略舉數例說明如下：

一、諧　聲：

❶ 見新加坡「南洋大學學報」第四期。

「洪从共聲」、「紅从工聲」、「項从工聲」、「旱从干聲」、「狐从瓜聲」、「䞨从圭聲」、「諧从皆聲」、「酣从甘聲」、「痕从艮聲」、「槐从鬼聲」，諸聲偏旁皆爲「見」紐，而所諧之字則爲「匣」紐，作者嘗舉出廣韻全部「匣」紐字 1064 個，逐字爲之考證，而證明其百分之九十以上皆爲古「見」紐字。

二、音 訓：

1. 壺：說文「昆吾圜器也」，以「昆吾」合音以訓「壺」，昆爲「見」紐字。

2. 爻：說文「爻，交也」，交爲「見」紐字。

3. 下：禮射儀云「下而飲」，注云「下，降也」，降爲「見」紐字。

4. 畫：說文「畫，介也」，介爲「見」紐字。

三、或 體：

1. 阠：集韻云「或作阷」，或體从工，屬見紐。

2. 猇：字本作「虓」，从九得聲，屬見紐。

3. 羍：或體作「鎋」、作「轄」，皆从丰聲，丰爲見紐字。

4. 闆：古文「患」，患从串聲，串音古患切，屬見紐。

第五節　上古聲母總論

壹、上古聲母的從多從少問題

從前面幾章的討論，我們發覺在古聲母這一方面的研究，成績遠不如古韻，主要原因是早期研究古音的人，只留意在古韻一方面，而忽略了聲母的研究；另一原因是因客觀方面受研究材料的限制，因爲早期研究古音的人，只在古韻語的歸納上用工夫。我們知道古韻語的歸納，對聲母的研究是毫無用處的。至於在讀若、重文、假借、音訓、經籍異文等的運用，爲時較晚，所以直到錢大昕才在古聲母的研究方面有了成績，自從諧聲偏旁被運用了以後，於是後來的研究古聲紐者，除去讀若、重文、假借、音訓和經籍異文之外，又再加上諧聲偏旁的歸納，所以章太炎、黃季剛先生在古聲母研究方面，才會有那麼大的成就。在江永時期，古音學家對古聲母的看法是以三十六字母爲至高無上的準則的，似乎一般人都把它們看成不得增減一字，但到錢大昕手中，他在「古無輕脣音」「古無舌上音」方面的成就，明顯地告訴人們，三十六字母並不是不可更動的，於是後來的研究者，都在三十六字母的基礎上，進行一些合併的工作，都不約而同的認爲上古聲母一定比中古爲少，如果我們採取「從少」的主張，把認爲可以歸併的都予以歸併，那麼上古聲母可能會少到只有十三個，那就是：據「古無輕脣音說」「古無舌上音說」，可減去七個；據「娘日歸泥說」「羣母歸溪說」「喻母歸影說」「邪紐歸心說」，又可減去五個；據「照系三等古歸端系」「照系二等古歸精系」又可減去五個；據「古無次清音說」「古匣紐歸見說」，又可減去六個。這樣一來，上古聲紐就只有十三個了。但完全「從少」的一方面來看，是否完全合理，這是一個很大的問題，因爲：

一、每一家所提出的主張，是否能把研究材料百分之一百地納入條例，而絕無例外，或例外極少，這是我們要詳審深考的。

二、以讀若、重文、音訓、諧聲、假借這一類材料來考證，我們是否可以認定：「讀若音和被注音的字完全同音」、「重文的偏旁和本字的音是否完全相同」、「音訓語的上下兩字是否完全同音」、「諧聲偏旁和被諧字是否完全同音」、「假借字中的借字與被借字是否完全同音」，這些問題，我們都一時（甚或永遠）無法獲得確切的答案的。既然如此，那麼對古聲母完全持「從少」的看法，就可能有必要變通了。

三、各家所提出的「某紐古歸某紐」，這只是一種現象的提示，不能把這個「歸」字看得太死。既不能看得太死，那麼在各家所提出的見解當中，自有取捨的餘地了。

根據這三點原則，參以個人的學養（對音韻學的素養）來取捨上古聲紐，不能完全「從多」，也不能完全「從少」，但能恰到好處，也就可能獲得比較合理的結果了。

貳、本書上古聲紐之依據

本書在上古聲紐方面的取捨，是根據本章一二三四節之主張，擇取其中最爲可靠的幾項，而認定上古聲紐的可能性是如此。至於是否完全可靠，那就很難肯定地答覆了，因爲作者本人的主觀見解還是不能完全消除的，加上「上古」去今太遠，研究的材料，也不能盡如理想，所以，獲得的結果，只是提示語音系統上的一個格架，也不能把它看得太死，應該是大有修訂和改移的餘地的。茲列本書上古聲紐之依據如下：

一、古聲輕脣音說：錢大昕氏所提出。

二、古無舌上音說：亦錢氏所提出。

三、古娘日二紐歸泥說：章太炎先生所提出。

四、爲紐古歸影紐說：戴震所提出，黃季剛先生更爲之詳考求證以確定者。

五、羣紐古歸溪紐說：戴震所提出，黃季剛先生更爲之詳考求證以確立者。

六、邪紐古歸心紐說：戴震所提出，黃季剛先生更爲之詳考求證以確立者。

七、照系三等古讀舌頭音說：黃季剛先生所發明。

八、照系二等古讀精系說：黃季剛先生所發明。

九、喻四古歸定紐說：曾運乾氏所提出。

十、審三古歸定紐說：本師許詩英先生所提出。

十一、古匣紐歸見紐說：本書作者所考定。

叁、本書的上古紐目表

根據以上十一項主張，本書也列出一個紐目表，並附以可能的音值，以為研究上古聲紐者的參考。

一、脣　音：

1. 幫（非）[p]　　2. 滂（敷）[p′]
3. 並（奉）[b]　　4. 明（微）[m]

二、舌　音：

5. 端（知照）[t]　　6. 透（徹穿）[t′]
7. 定（澄神審禪喻）[d]　　8. 泥（娘日）[n]
9. 來 [l]

三、齒　音：

10. 精（莊）[ts]　　11. 清（初）[ts′]
12. 從（牀）[dz]　　13. 心（疏邪）[s]

四、牙　音：

14. 見（匣）[k]　　15. 溪（羣）[k′]
16. 疑 [ŋ]

五、喉　音：

17.影（爲）［〇］　　18.曉［ x ］

第十四章　上古聲調之推測❶

第一節　前人對上古聲調的看法

壹、四聲不分說

所謂「四聲不分」的意思，就是指上古的時候，根本沒有固定的四聲，談話發音時的輕重緩急，高低疾徐，隨語氣而自由變化，某一字在甲「句子」可能是低沉的調子，到乙「句子」中去，可能會變成高揚的調子。既然沒有固定的四聲，而只是隨語變化的話，那麼當時的某一個音的聲調究竟是四聲、五聲，抑或是六聲甚至有無盡的變化的聲調，那就無法確定了。因此我們給它安上一個「四聲不分」的說法。

一、宋吳棫的「古四聲互用」說：江永的「古韻標準」例言引宋代程迥之言云：

> 吳說雖多其例，不過「四聲互用」，「切響同用」二條。

談論上古四聲問題的人，以吳氏爲最早，而論上古音能打破

❶ 本章內容係擷取拙著「中國語音中的上古聲調問題」一文而成者(見臺北私立淡江大學中文系漢學論文集第一集)。

中古四聲之藩籬的，也是以吳氏爲第一人。

二、陳第的「四聲通韻」說：陳氏的「毛詩古音考」邶風谷風「怒」字下注云：

> 四聲之說，起於後世，古人之詩，取其可歌可詠，豈屑屑毫釐，若經生為耶？且上去二音，亦輕重之間耳。

又「毛詩古音考」綢繆「隅」字下注云：

> 或問二平而接以去聲可否，曰：「中原音韻」聲多此類，音節未嘗不和暢也。

陳氏的「四聲通韻」之說，是本於吳才老的「四聲互用」之例而來的，可惜的是，陳氏的書中，又不能固守自己的說法，每逢四聲隔韻之處，便加上很多的注釋，既知上古的四聲是不拘的，其註釋之說又往往泥於一聲，而成爲兩歧不統一之見，所以顧炎武「音論」批評陳氏說：

> 一字之中，自有平上去入，今一一取而註之；字愈多，音愈雜，而學者愈迷，不識其本；此所謂大道以多歧亡羊者也。陳氏之書，蓋多此病。至其末卷，乃曰：四聲之辨，古人未有；「中原音韻」，此類實多；舊說必以平叶平，仄叶仄也，無以今而泥古乎？斯言切中肯綮。不知季立既發此論，而何以猶扞格於四聲，一一為之引證，亦所謂勞脣吻而費簡册者也。

陳季立雖承吳棫之後而主張上古「四聲通韻」的說法，但他的思想中仍免不了受中古四聲藩籬的束縛，因此其說雖云「活動」，却不免自現紛歧，亦無怪乎顧氏要以「勞脣吻而費簡册」識之了。

三、顧炎武的「古四聲一貫」說，顧氏以爲上古四聲是沒有嚴格的區分的，只在隨文應用，適乎高低抑揚之語氣而已，所以他認爲上古的平仄是可以互叶的，其「音論」卷中有云：

> 古之為詩，主乎音者也；江左諸公之為詩，主乎文者也。文者，一定而難移；音者，無方而易轉，夫不過喉舌之間，疾遲之頃而已。諧乎音，順乎耳矣；故或平或仄，時措之宜，而無所窒礙。

顧氏所說的「主乎音」，是指上古時期的詩句，完全本乎自然的音節而制作成的。至於「主乎文」，則是說作品拘泥於文字的平仄之相對，而至於死板不可改移的意思。因此顧氏對四聲的見解是：上古雖有入聲，但可轉爲平、上、去。所以他有一個「入爲閏聲」的說法，這也就是他所主張的「四聲一貫」之說的要點之所在，其「音論」卷中又云：

> 詩三百篇中，亦往往用入聲之字。其入與入為韻者，什之七八；與平、上、去為韻者，什之三；以其什之七，而知古人未嘗無入聲也；以其什之三，而知入聲可轉為三聲也。故入聲，聲之閏也，猶五音之有變宮、變徵而為七也。

從這裡我們可以看出來，顧氏的「四聲一貫說」，最主要的是說上古四聲可以互叶，並沒有嚴格的區分，而入聲則尤不固定，可上轉至平、上、去，因此稱入聲爲「閏聲」。但在冥冥之中，他的思想中還是有一個「四聲」的觀念，只是認爲上古的四聲不像後世那樣地嚴格區分罷了。在顧氏的「音論下」有一句話說：

去入之別，不過發言輕重之間，非有此疆彼界之分。

四、錢大昕的「古無四聲」說：錢氏本顧氏「四聲一貫」之義，加以發揮，認爲上古漢語是四聲不分的，其「音韻問答」❶有云：

古無平上去入之名，若音之輕重緩急，則自有文字以來，固區以別矣。虞廷賡歌，朋、良、康與脞、隋、墜，即有輕重之殊。三百篇每章別韻，大率輕重相間；則平側之理已具。緩而輕者，平與上也；重而急者，去與入。雖今昔之音不盡同，而長吟密詠之餘，自然有別。

這是錢氏對古無四聲的主張，很明顯地，錢氏覺得平、上、去、入的名稱是起自江左，上古自然是沒有的；至於在語音中自然具有的「輕重緩急」那只是自然的現象，也就是說，沒有一種語言，它會是毫無高低抑揚，一氣到底的，至於中古的四聲，那當然是因上古的「輕重緩急」，爲時遷延運用既久，乃漸次形成了固定的聲調，於是「四聲」也就因此而產生了。

❶ 見錢氏作「潛研堂文集」卷十五。

五、張惠言的「古無所謂四聲」說：張氏之論也是本於顧氏的「四聲一貫」「平仄通押」之說而發揮出來的。張氏以爲：上古語音的長短輕重，只求一時的諧和，彼此轉變，是可以完全相通的，並不像後世那樣地每一字音的聲調是固定的。其「說文諧聲譜❶敍」云：

> 古無所謂四聲也，長言則平，短言則上，重言則去，急言則入。詠歎之詞宜乎平，比興之詞宜乎上去入。而上去入之音短，不足以成永歌，則或引而長之；至於繁縟促節，戛然閡止，則又或以短言為宜。是故四聲或錯雜相諧，去入或自為諧，務得其音之和而已。

以上數家，對上古聲調的看法，大體上是認爲：上古的語音在聲調方面，除有隨語變化的、出自本然的輕重疾徐、高低抑揚以外，並沒有像後代那樣的、字字有固定的平上去入四聲，或稱「四聲互用」，或謂「古無四聲」，或云「四聲一貫」，或謂「古無所謂四聲」，其詞雖異，而其所指則同。是皆爲「古無四聲」之主張也。

貳、平上去與入聲兩分說

一、程迥的「古三聲通用」說：程氏繼吳才老「韻補」之後而論古音，有古三聲通用之說，迥所著「音式」一書，

❶　「說文諧聲譜」見皇清經解續編142與143兩冊。

今已不傳，四庫總目提要「韻補」條下云：

自宋以來，著一書以明古音者，實自棫始，而程迥「音式」繼之。迥書以「三聲通用」「雙聲互轉」為說，所見較棫差的，今已不傳。

程氏所指的「三聲通用」，據明清古韻家的歸納古韻語所顯示，係指「平上去」通用，換言之就是程氏主張「平上去」與「入聲」是兩分的。

二、江永的「平上去與入聲兩分」說：江氏以爲上古的平上去韻是可以通諧的，入聲雖其音近於去聲，但不得轉爲平上去，其「古韻標準例言」云：

四聲雖起自江左，按之實有其聲，不容增減；此後人補前人未備之一端。平自韻平，上去入自韻上去入者恆也。亦有一章兩聲或三四聲者，隨其聲諷誦詠歌，亦有諧通，不必皆出一聲。

此蓋承顧炎武「四聲一貫」之說而來的，至其「平上去與入聲兩分」，則見於古韻標準的「入聲第一部總論」，其言云：

入聲與去聲最近，詩多通為韻；與上聲韻者間有之；與平聲韻者最少，以其遠而不諧也。韻雖通而入聲自如其本音。顧氏於入聲皆轉為平、為上、為去，大謬，今亦不必細辨也。

古韻標準例言中之所云，是講上古詩文押韻，不必限於一聲，可隨諷詠之便，而有諧通之現象；入聲第一部總論則明言「平上去」與「入聲」爲兩分的了。

叁、平上與去入兩分說

一、段玉裁：段氏主張古四聲不同於後代，同時又主張上古聲調是平上與去入兩分的。其論古四聲不同於後代，見於「六書音均表」中的「古四聲說」，其言云：

> 古四聲不同今韻，猶古本音不同今韻也。考周秦漢初之文，有平、上、入而無去。洎乎魏晉，上、入聲多轉而為去聲，平聲多轉而為仄聲；於是四聲大備而與古不侔；有古平而今仄者，有古上、入而今去者。

這種上古聲調不同後世的說法，後來竟爲江有誥、王念孫所本，從而立下「古有四聲」之說。關於段氏對上古的「平上與去入兩分」的說法，也見於「六書音均表」的「古四聲說」中，其言云：

> 古平、上為一類，去、入為一類；上與平一也，去與入一也。上聲備於三百篇，去聲備於魏晉。

江有誥認爲上、去與平是無異的，段氏則以爲少有不同；他認爲入聲與去聲最接近，所以段氏乃有「平上與去入兩分」之說，因此也就有了「有平之去入」與「無平之去入」的說法。段氏在「答江有誥書」中說：

> 各韻有有平無入者，未有有入無平者。且去入與平上不合用者，他部多有然者；足下突增一部無平之韻，豈不駭俗？……僕謂無入者，非無入也，與有入者同入也；入者，平之委也；源分而委合，此自然之理也。

> 無上去者，非無上去也。古四聲之道有二無四，二者，平入也；平稍揚之則為上，入稍重之則為去；故平上一類也，去入一類也。抑之、揚之、舒之、促之，順遞交逆而四聲成。

二、章炳麟：第二位主張「平上與去入兩分」之說的，是清末的章太炎先生，其「國故論衡」上「二十三部音準」云：

> 江、戴以陰陽二聲同配一入，此於今韻得其條理，古韻明其變遷，因是以求對轉，易若截肪；其實古韻之假象耳，已知對轉，猶得兎可以忘蹏也。然顧氏以入聲麗陰聲，及「緝盍」終不得不麗「侵談」；孔氏云無入聲，而「談」與「緝盍」乃為對轉。戴氏以一陰一陽同趣入聲，至「緝盍」獨承陽聲，「侵談」無陰聲可承者，皆若自亂其例。此三君者，坐未知古「平上韻與去入韻塹截兩分」；「平上」韻無「去入」，「去入」韻亦無「平上」。

以上兩家的主張，其主要材料是從歸納上古韻語所得出來的結果，無論詩、騷、六經中押韻之文，歸納它們的韻語，大抵都是平上互諧者最多，去入互諧者最多；平上與去入之間容有少數互諧的現象，但以其爲數不多之故，所以段、章二氏都認爲在上古的聲調中，「平上」與「去入」是兩分的。

肆、平入兩聲說

主此說者為蘄春黃季剛先生。段玉裁「古無去聲」，但有「平上入」的說法及「平上與去入兩分說」，都為季剛先生所留意，因此他特別考校詩音，徵稽韻語，作了一篇「詩音上作平證」的文章，以發明「古無上聲」，同時又用這些材料去證明段氏「古無去聲」，而立下了上古僅有「平」「入」二聲調的說法。黃氏在他的「音略」「略例」❶中說：

> 四聲：古無去聲，段君所說；今更知古無上聲，惟有平、入而已。

主張上古只有「平入二聲」之說的，雖止有黃季剛先生一人，但因其從歸納詩騷等古韻語中得到充分的證據，所以頗為後人所重視。

伍、古有四聲說

一、江有誥：江氏是認為「古有四聲」的第一人，其「再寄王石臞先生書」云：

> 有誥初見，亦謂古無四聲，說載初刻凡例；至今反覆紬繹，始知古人實有四聲。特古人所讀之聲，與後人

---

❶ 見「黃侃論學雜著」一書（一九六四年九月中華書局版）。

> 不同。陸氏編韻時，不能審明古訓，特就當時之聲，誤為分析：有古平而誤收入上聲者，如享、饗、頸、顙等字是也；有古平而誤收入去聲者，如訟、化、震、患等字是也；有古上而誤收入平聲，如偕字是也；有古上而誤收入去聲者，如狩字是也……有誥因此撰成「唐韻四聲正」一書，仿「唐韻正」之例，每一字大書其上，博采三代兩漢之文，分注其下；使知四聲之說，非創於周、沈❶。

在江有誥的上古韻二十一部中，江氏發覺並不是每一部都是四聲全具的，有些部是具備平、上、去而無入聲；有些部是具備去、入而無平、上；也有些部是具備平聲而無上、去、入的。其「再寄王石臞先生書」又云：

> 其四聲俱備者七部，曰之、曰幽、曰宵、曰侯、曰魚、曰支、曰脂；有平、上、去而無入者七部，曰歌、曰元、曰文、曰耕、曰陽、曰東、曰談；有平、上而無去、入者一部，曰侵；有平、去而無上、入者一部，曰真；有去、入而無平、上者一部，曰祭；有平聲而無上、去、入者二部，曰中，曰蒸；有入聲而無平、上、去者二部，曰葉、曰緝。一以三代兩漢之音為準，晉、宋以後遷變之音不得而疑惑之。

---

❶ 謂周顒、沈約二人。

二、王念孫：與江有誥同時之王念孫亦主張「古有四聲」，其「復江有誥書」云：

顧氏四聲一貫之說，念孫向不以為然，故所編古韻，如札內所舉：顙、饗、化、信等字，皆在平聲；偕、茂等字，皆在上聲；館字亦在去聲。其他指不勝屈，大約皆與尊見相符。至字則上聲不收，惟收去、入為稍異耳。其侵、談二部，仍有分配未確之處，故至今未敢付梓；旣與尊書大略相同，則鄙箸雖不刻可也。

三、劉逢祿：除江有誥、王念孫之外，劉氏是清代主張「古有四聲」的第三人。劉氏著的「詩聲衍條例一」，是論古有四聲的，同時也是辨孔廣森「古無入聲說」之誤的；其「詩聲衍條例二」，則是論長言、短言、重讀、輕讀，且辨段玉裁所主張的「古無去聲」之誤的。就此兩個條例來看，可知劉逢祿是主張「古有四聲的」。劉氏另有「古今四聲通轉略例」一篇，說是「以誌由古入今，由今入古之轍」的，這也就是他主張「古四聲不同於今韻」的看法和理論了。

陸、古有五聲說

王國維先生主張「古有五聲」，他認爲上古韻分陰聲韻和陽聲二大類，陽類只有平聲而無上、去、入；陰類則平、上、去、入四聲全具。其「韻學餘說」「五聲說」❶云：

❶ 見觀堂集林卷第八「五聲說」。

古音有五聲，陽類一，與陰類之平、上、去、入四而已。

王氏以爲陽聲韻悠揚，所以沒有上去入，而且在先秦典籍中，陽聲韻的上去多與平聲通叶，陰聲韻則上去偶與平聲叶，而仍多自相叶。且陽聲韻諸部以平聲爲調的有十之八；而陰聲韻部字則以上去入爲調的，比以平聲爲調的多得多，惟其如此，所以王氏斷言陽聲韻是無上去入的。其「韻學餘說五聲說」云：

戴氏始從「廣韻」區別此兩類，而謂兩者相配，異平而同入。孔氏本其說，而謂「廣韻」有入者為陽聲，無入者為陰聲，陰陽二聲各分九部，兩兩對轉，而以入聲為之樞紐。至高郵王氏，歙江氏更考之周、秦用韻，及文字之偏旁諧聲，而謂「廣韻」有入之平，古本無入；無入之平，古本有入。正與陸法言以來言今韻者相反，然其分平聲為二類，則所同也。段、王、江三君，雖不用陰聲、陽聲之名，然陽聲諸韻，皆自相次；段君謂此大類有平、入無上、去，王、江二君則謂有平、上、去而無入。今韻於此類之字，謂為上、去者，皆平聲之音變，而此類之平聲，又與陰類之平聲性質絕異；如謂陰類之平為平聲，則此類不可不別立一名。陽聲一，與陰聲平、上、去、入四，乃三代、秦、漢間之五聲；此說本諸音理，徵諸周、秦、漢初人之用韻，求諸文字之形聲，無不脗合。

如果說陽聲韻只有平聲，陰聲韻則有平、上、去、入四聲的話，仍然只有「平上去入」四個調類，不可能說是「五聲」的，因爲我們討論上古聲調只是研求在上古韻中是否有平上去入四個調類，並不論陰聲調、陽聲調的問題，而王國維先生指的是平聲可分陰聲韻和陽聲韻，上去入則只有陰聲韻一種，所以以聲調來說，只有四聲，並沒有提出第五個調類來。

第二節　從方言中去看上古聲調

壹、從方言中歸納上古可能有之調類

一、從統計古籍中的文獻資料入手：古籍中的資料是死的資料，方言中的資料是活的語言資料，兩者都是我們考求上古聲調的研究對象。文獻中的資料，前人所下的統計和歸納的工夫已多，所應得的結果，也大致都已得到。至於各家意見之所以歧異，是因各家都有自己主觀的見解，不能徹底作全面性的觀察，而以一偏之見爲重所形成的。不過，無論如何，這種歧異還是容易統一的，所以我們只須把前人研究古籍資料的結果，予以疏理統一，整理出上古漢語在聲調方面的一些特點，把它們羅列在一邊，另一邊我們則在活的語言中去找漢語在聲調方面的特點，如此一來，對上古漢語在聲調方面的探究，自然是可以得出一些結果來的。

二、以活的語言資料與文獻資料比列考求：除了古籍材料中所能顯示的上古聲調之大概情形以外，我們還可到現在

的各地漢語方言中去看上古聲調，這話的意思並不是說各地的漢語方言中有上古聲調存於其中，而是因爲現有的各類方言，它們都是從上古漢語慢慢地演變到現在而成的，我們不能說現在的各類漢語方言，一定保留有很多的上古漢語的聲、韻、調的成素，因爲語言在短短的幾十年之間就會感覺到它的變化，而漫長的幾千年，其變化之大是可以想像的，所以我們根本就不可能冀望在某一方言中得到古聲調，事實上也不可能有某一個地方的方言，它會一直保留上古的聲調絲毫不變地到今日的。不過，假如說每一類漢語方言，它們都有一個共同的特點（如：今日所有的漢語方言都以四聲分調），那麼這一個共同的特點，我們很可以把它看成是：所有的各類方言中的這一個特點，都是受之於它們最初的母語。換言之，我們在許許多多的漢語方言中去探求它們有關聲調方面的共通特點，以這些共通特點去和從古籍中所歸納統計出來的結果，相互印證，這或許會更明白地顯示出上古聲調的面目的。因此，我們認爲今日各地的漢語方言，也是探求上古漢語聲調的一種重要研究對象。

三、今日的漢語方言之共通特點——四個調類：漢語的「中古音」是以「四聲」分調的，四聲歷來都用「平、上、去、入」四個字作代表，又因聲母的清濁之異，影響到實際語言中的調值，於是四聲之外又有陰聲調和陽聲調的不同，音韻學家稱清聲母字的聲調爲「陰聲調」，稱濁聲母字的聲調爲「陽聲調」；因爲平、上、去、入四聲的字都有清濁聲母之異，於是聲調也就有「陰平、陽平；陰上、陽上;陰去、陽去；陰入、陽入」的不同了。如「東、董、凍、篤」在中古是陰聲調的平、上、去、入四聲的四個字；而「同、動、洞、毒」在中古則是陽聲調的平、上、去、入四聲的四個字。因此，有人說中國字有「四聲八調」，這實在是不錯的。儘管中古人的方言有多麼複雜，但表現在語言中的調類仍只是四個，不過調值則隨語而異，而且是無法從文字資料中得知的，因爲調值是實際語言的音高之值，古人的發音已不存在，則調值自然是無法考知的，因爲到現在爲止，我們還沒有發現有類似錄音帶或錄音唱片等的東西從中古傳下來。在今日的吳屬方言中，四聲八調都保存得相當完全❶，但我們確信，吳語的聲調不可能就是中古人說話的聲調。粵語有八個調，甚至有九個調值，但粵語的聲調也不可能是中古人說話的聲調。域外方言中，越南語的四聲八調保存得很完全，但它們的調值跟吳語，粵語完全不同，而越南語的四聲八調也不可能就是中古人的語音的聲調。因爲聲調跟語言的其他成素一樣，它們歷經多少年之後，總是會起許多變化的。吳語、粵語、越南語和其他各地的方言，都只是保留了中古語音中的四個調類，和清濁聲母之影響調值的現象而已，但它們的實際調值，却不可能會是中古語音標準語的調值。它們只保

---

❶ 吳語的上聲不分陰陽，只有七個調值。

存了中古音的特點——分四個調類，但調值是會因年代久長而不斷地起變化的。所以，從漢語方言中去找它們共同的聲調特點是可以的；要想從現代漢語中去找中古漢語的調值，那是不可能的。

貳、各地方言的聲調

既希望在現代的漢語方言中探求出一個在聲調方面的共同特點，而作為與古籍資料比證對照的依據，那麼我們就必須先列出一些現代漢語方言的調類和實際調值，以作觀察、參考之用。

一、北平方言

第幾聲	相當於中古音	現在名稱	現在調值
一	陰平（包括部分陰入）。	陰平	55
二	陽平（包括部分陰入及大部陽入）。	陽平	35
三	上聲（包括部分陰入）。	上聲	315
四	去聲（包括部分陰入及少數陽入）。	去聲	51

二、成都方言：

第幾聲	相當於中古音	現在名稱	現在調值
一	陰平。	陰平	44
二	陽平、陰入、陽入。	陽平	31

三	陰上、陽上。	上聲	53
四	陰去、陽去。	去聲	13

三、揚州方言：

第幾聲	相當於中古音	現在名稱	現在調値
一	陰平。	陰平	31
二	陽平。	陽平	34
三	陰上、陽上。	上聲	42
四	陰去、陽去。	去聲	55
五	陰入、陽入。	入聲	4

四、蘇州方言：

第幾聲	相當於中古音	現在名稱	現在調値
一	陰平。	陰平	44
二	陽平。	陽平	24
三	陰上、陽上。	上聲	41
四	陰去。	陰去	513
五	陽去。	陽去	31
六	陰入。	陰入	4
七	陽入。	陽入	23

五、福州方言：

第幾聲	相當於中古音	現在名稱	現在調値
一	陰平。	陰平	44
二	陽平。	陽平	52
三	陰上、陽上。	上聲	31
四	陰去。	陰去	213
五	陽去。	陽去	242
六	陰入。	陰入	23
七	陽入。	陽入	4

六、廈門方言：

第幾聲	相當於中古音	現在名稱	現在調値
一	陰平。	陰平	55
二	陽平。	陽平	24
三	陰上、陽上。	上聲	51
四	陰去。	陰去	11
五	陽去。	陽去	33
六	陰入。	陰入	32
七	陽入。	陽入	5

七、廣州方言：

第幾聲	相當於中古音	現在名稱	現在調値
一	陰平。	陰平	55或53
二	陽平。	陽平	21

三	陰上。	陰上	35
四	陽上。	陽上	23
五	陰去。	陰去	33
六	陽去。	陽去	22
七	上陰入（陰入的一部分）。	上陰入	5
八	下陰入（陰入的另一部分)。	下陰入	33
九	陽入。	陽入	22 或 2

八、梅縣方言：

第幾聲	相當於中古音	現在名稱	現在調值
一	陰平。	陰平	44
二	陽平。	陽平	12
三	陰上、陽上。	上聲	31
四	陰去、陽去。	去聲	42
五	陰入。	陰入	21
六	陽入。	陽入	4

九、越南東京方言：

第幾聲	相當於中古音	現在名稱	現在調值
一	陰平。	陰平	33
二	陽平。	陽平	22
三	陰上。	陰上	13
四	陽上。	陽上	454

五	陰去。	陰去	35
六	陽去（包括部分陽上）。	陽去	121
七	陰入。	陰入	35
八	陽入。	陽入	22

我們列舉了以上的九大重要方言，雖然那只是幾個代表性的「方言點」，但以此足可窺見中國各地方言的聲調之大概。在以上所列舉的九類方言當中，除了官話方言以外，都是四聲全備的，而官話方言中的平、上、去三個聲調，也可以明顯地看出來，它們是從中古漢語的四聲八調所演變而成的。而且我們發現西南官話中，自金沙江、泯江流域以至四川的嘉陵江以上，入聲都是獨立存在的；而江淮官話，更是顯明地有着獨立性的入聲；可見官話方言中的四聲也並不是處處都不全的，只是部分（比較大部分）地區不全罷了。因此，我們可以很肯定地說：在各地的漢語方言中，它們都是有四聲、或者具有四聲的痕跡的，以這個「各地漢語方言均具備四聲」的現象去推測上古聲調，我們自然可以把它看作是重要的依據之一的。

第三節　對上古漢語聲調的推測

壹、上古漢語是有聲調的

一、早期學者的看法：在那些早期的研究上古音韻的學者看來，上古漢語是沒有聲調的。他們認爲：「聲調」這個東西，原是一種發生得很晚的中古漢語中的特殊現象，雖然，魏晉以下的學者都很重視音律，主張爲文要有音節之美，於是研究四聲，提倡運用平仄以增加詩文的音律之美，但「聲調」那東西畢竟是後起的，我們不能說後代的字音有四聲，就確定上古字音也一定是有聲調的。而且，空間的不同往往促使語音因而有異；同樣地，時代的早晚不同，也是促使語音不同的因素之一；我們總不能因後代的漢語有聲調，就認爲上古的漢語也必然是有聲調的。因爲早期的古音學家都作如此的看法，所以「上古漢語沒有聲調」的說法，也就出現於初期研究古音的學者的篇籍當中了。如陳第的「毛詩古音考」中就有這樣的話：

> 四聲之辨，古人未有。……舊說必以平叶平，仄叶仄也，無亦以今泥古乎？

又說：

> 四聲之說，起於後世。古人之詩，取其可歌可詠，豈屑屑毫釐，若經生為耶？

二、統計古韻語，顯示上古漢語是有聲調的：我們從詩經的用韻來看，發覺前人「上古沒有聲調」的看法，並不能使我們滿意，因爲詩經中「之、幽、宵、侯、魚、佳」等上古韻部的平、上、入三個聲調的界限是相當分明的，特別是入聲部分，往往跟平聲有很嚴格的區界。即主張「四聲一貫」的顧炎武「音論」也說古人用韻「平多韻平，仄多韻仄」，江永的「古韻標準」也說「平自韻平，上去入自韻上去入者恆也」。由此可知，我們只消從詩經的用韻情況中，就看出上古「四聲」的梗概了。

三、同族系語言的共同特點：除統計古韻語外，我們又發覺跟漢語同族系的其他「單音語」（monosyllabic language）如暹羅語、緬甸語、西藏語等，也都是有聲調的，很可能聲調是「單音語」的特徵和基本成素，而且在中國上古，文字的數量很少，語言中的語詞也同樣地很少，爲了使用方便起見，把這少量的單音詞，用聲調之異，來區分爲許多不同意義的詞，以濟語詞之不足，這在語言上來說，是一個很經濟的辦法。趙元任先生認爲用聲調來區別同音異義字，在利用的時間上說，是一個很經濟的法子，他說❶：

> 中國語言用聲調，在時間上，就利用時間，是一個經濟的法子。比方英文裏頭，mix這麼一字有四個音位［miks］。中國話説「混」，四個音位［xuən˩］，加一個不佔時間的去聲調。英文形容詞mixed加一個音位［-t］，成［mikst］。可是中國話「渾」只把去聲改成陽平，這在時間上就省了，這樣子就經濟了。

❶ 見趙元任「語言問題」（民國四十八年臺灣大學文學院印行）第十六講 pp. 216 — 217。

王了一先生也說❶：

> 假設上古漢語裏共有八百個音，加上了四個聲調的分別，不同的音就能有三千二百個，這也許是單音語對於「同音異義字」（Homonym）的一種補償。

基於以上「上古韻語」的四聲分押，及聲調爲單音語的特徵之一的理由來看，我們認爲上古漢語是有聲調的。而且，六朝時的音律論中，已早在適當地安排運用聲調，以增加文學的音節之美了。六朝時既已熟論音律，則先秦時不可能會沒有聲調的，同時，假定先秦沒有聲調的話，到漢以後，不可能會在一個綿延已久的語言中，突然地產生一個既規律又自然的「四聲」出來的。因此，我們確信：中國上古的漢語是有「聲調」的。

貳、上古漢語也有四個調類

一、後來的古韻家認爲上古漢語是有四個聲調：中古漢語的調類是四個，那麼上古漢語是否也是四個調類？這是一個可以推斷的問題。首先我們看清代人研究上古韻，歸納「古韻語」及「諧聲偏旁」，直到王念孫、江有誥時期，可以說一切問題都大體上有了結論，王念孫和江有誥都是主張上古

---

❶ 見王著「漢語音韻學」（1956年3月中華書局版）第三十五節 P. 452。

有「四聲」的，後來又有劉逢祿著「詩聲衍條例」，也是主張上古有「四聲」的。王國維的「五聲說」，實際上也是說上古有「平、上、去、入」四個調類，他把平聲的陰聲韻和陽聲韻分開是沒有必要的。

二、漢語的現代方言都有四聲：現代的漢語方言，不論那一地區，都是從上古漢語慢慢地演變到今日而成的。今日漢語方言中的共同特徵之一——分四聲，是從它們最初的共同母語中遺留下來的。在前文所列的九大方言之中，除了北方官話已消失了入聲之外，江淮官話中是有入聲的，西南官話中還有好些地區也是有入聲的，可見官話方言也不是完全都沒有入聲的，至少我們可以說，它們還有部分保留了入聲，或有着入聲的痕跡。除了官話方言以外，其餘各地區的漢語方言，都是四聲全具的。而且上推中古，從韻書及論音律的文獻中也都可以證明，當時是四聲全具的。方言中有四聲，中古漢語也有四聲，即此二因，我們便可認為上古漢語也是四聲全具的。

三、由調類不易變之理去推測：在語言的諸般現象中，王了一先生認為有兩個定則，那就是：音類難變，音值易變；調類難變，調值易變❶。漢語中的四個調類，自上古以迄中古，再而衍變至現代的方言，都還是四個。但調值因為只是

❶ 見王著「漢語音韻學」第三十五節，P. 454。

音高的升降抑揚而已，所以自古以來有着數不清的變化；而以空間來說，各地的漢語方言，調類也都是四個，但調值却各地都不相同。由這個道理我們去推測上古漢語的調類有幾個，我們還只有傾向於相信上古的調類是四個；換言之，也就是同意王念孫、江有誥的看法，上古是有四聲的。

叁、上古的四聲不同於後代

一、由調值易變之理去推測：前文我們曾說到「調值」是易變的，因爲聲調本身是藉音高的升降抑揚而形成的。平常的人唱歌唱走了調本是一件很容易發生的事，而聲調既是由音高形成的，那麼，因時代的遷延，口舌的轉移，生理的改易，山川氣候之不同等因素而起變更，當然也會像唱歌一樣發生變調的現象的。至於調類，當它既形成之後，就很不容易增加或減少的，縱使因聲母的清濁可影響到調值，但對調類來說，仍是沒有什麼影響的。

現代各地的漢語方言是四個調類，中古漢語是四個調類，據前文我們的推測，上古漢語的調類還是四個。那麼，上古的四聲是不是跟現代的方言相同呢？跟哪一地區的方言相同呢？如果不是跟現代方言相同的話，會不會跟中古的四聲相同呢？我們這裡所提出來的「是否相同」，只是指上古漢語的調值與後世是否相同，調類的問題，我們在前文已大抵獲得推測的結論了。

二、因調值易變，故上古四聲必不同於後代：要說上古漢語的調值跟現代方言是否相同的話，我們可以很肯定地說，那是不可能會相同的，因爲在前文我們已經說過，調值是易變的，漢語從上古到現代，經過四五千年的歲月，調值的遷變，自是必然的事，從上古一直到今天，隨時在變，及變爲今日的各地方言，其調值之必不同於上古漢語的調值，也是可以確定的。古韻的分類，尚且不同於今韻，又何況那易變的「調值」呢？所以段玉裁說：「古四聲之不同於今韻，猶古今音不同於今韻也」，這話是完全正確的。單以去今未遠的中古來說，我們只能見到切韻系的韻書中，把所有的文字因聲調之異，分成四類，但是四類的調值，却無自以考知。你或者可以把「東、董、凍、篤」「江、講、絳、覺」等四聲有別的字用不同的今日方言誦讀出它們的調值，但這一讀，你却會發覺，上海、福州、厦門、廣州、梅縣、成都、北平、揚州等各地不同的方言，表現這四類字的調值，都是完全不同的，於是你仍然不知道中古四聲的調是什麼，因爲你根本就不可能把某一地的方言調值看作爲中古漢語的調值。中古的調值尚且茫然不可知，則上古漢語的調值就更難考求了。事實上，古代既無記調的符號，又無錄音唱片等東西留下來，易變的調值，當然無法從今日的漢語中去考知。至於從上古韻語及諧聲偏旁的歸納來看，從各地漢語方言在韻尾的共同特徵上去推知，清代的古韻學家已作了很多的工作，文獻具在，展卷便可見到。以這些材料去推測古聲調，我們可以肯定地說，雖古今都有四聲，都是四個調類，但它們的調值是完全不同的，其不同的程度就好像這個方言的聲調和那個方言的聲調之異一樣。

三、上古聲調之可能的概況：王了一先生把前人研究歸納的那些材料，視韻尾與聲調有關的部分，得出幾句類似上古聲調之結論的話❶，其言曰：

> 顧炎武以為古人「四聲一貫」，意思是說上古的聲調是無定的。段玉裁以為古人沒有去聲，黃侃以為古人只有平入兩聲。王念孫和江有誥都以為古人實有四聲，不過上古的四聲和後代的四聲不一致罷了。我們以為王、江的意見，基本上是正確的。先秦的聲調除了以特定的音高為其特徵外，分為舒促兩大類，但又細分為長短。舒而長的聲調就是平聲，舒而短的聲調就是上聲。促聲不論長短，我們一律稱為入聲。促而長的聲調就是長入，促而短的聲調就是短入。根據段玉裁和王國維的考證，上古陽聲韻沒有去聲，也就是說沒有長入。長入實際上只有［-t］［-k］兩類；［-p］類沒有長短之分❷。關於聲調區分的理論根據是這樣：(1)依照段玉裁的說法，古音平上為一類，去入為

❶ 見王著「漢語史稿」（1958年8月科學出版社出版）上册 P. 64—65。

❷ ［t］［k］及［p］是入聲韻收塞音韻尾的類別，因韻尾之異，入聲韻可分成［-p］［-t］［-k］三類。

一類。從詩韻和諧聲看，平上常相通。這就是聲調本分舒促兩大類的緣故。⑵中古詩人把聲調分為平仄兩類，在詩句裡平仄交替，實際上像西洋的「長短律」和「短長律」。由此可知古代聲調有音長的因素在內。

王氏的意思是：上古的陰、陽、入都各有兩個聲調——一長一短；陰、陽的長調到後代變爲平聲，短調到後代變爲上聲；入聲的長調到後代變成了去聲（由於元音較長，韻尾的塞音逐漸失落了），短調到後代則仍爲入聲❶，這還只是調類的說明，對於上古漢語之調值的意見，王氏也與所有的語言學家一樣，因去古太遠，調值易變，而不能得其彷彿了。

❶ 參見王著「漢語音韻」（知識叢書委員會編，中華書局1963年版）的上古音部分。

第六編　聲韻學之實用

第十五章　爲什麼要學中國聲韻學❶

第一節　從學習語言方面來看

壹、學習分析語音

在學習漢語音韻的第一步，就是要學會分析語音，和明瞭一套漢語語音學所特有的理論和術語。漢語音韻的研究，已經有一千多年的傳統了，在早期，漢語的注音是用文字直音的，如「蝀音東」「辛讀若愆」「孚讀爲浮」等是。除了直音以外，其後又用反切注音，如「東，德紅切」「江，古雙切」等是。其他還有「音訓」、「譬況字音」等，但無論如何，都是用文字去注文字之音，在語音的分析上，如果不是對音學有相當基礎的，總是感覺含糊而摸不着頭腦的。一個普通能識字而不能分析語音的人，對單音節的漢字來說，

❶ 本章內容係擷取拙著「漢語音韻學的實用功能」一文而成的（見新加坡星洲日報1971年新年特刊）。

總以爲是一個字一個音，更以爲一個完整的音，是無法分割的，怎麼可能會有「聲、韻、調」的區分呢？直到近代，西學侵入國內，漸漸地有人用音素（ phoneme ）去分析漢語語音，又用音標去標注漢語的音值，使用一些特制的音學儀器來觀察語音，實驗語音，於是不僅是分析了漢語一個一個音節的「聲」「韻」和「調」，同時也深入到每一個細微的基本成素，如一個「田」字，在以往的人只知它有一個完整的音，讀起來與「塡」字的音一樣，却不知分析開來以後，聲母是［ t´- ］，韻母是［-ian］，聲調是由半高升到最高的［35］陽平調❶；而韻母再經分析則韻頭是［i］，韻腹是［a］，韻尾是［n］；而韻腹的［a］是全音節中最響亮的「「主要元音」（main-vowel），如果以「音位學」（phonemic）的觀點來看，它可以用「低前元音」［a］，但若以嚴式標音來標注的話，還必須寫成「半低前元音」［ɛ］或［æ］才算準確。以這種現代的語音學理論去分析漢語現代的標準音、各時代的語音，及各地方言的語音，學習的人首先第一步就是要學會分析語音、耳聽語音、口讀語音、筆錄語音；學會最新的語音學知識而去分析語音，這種能力不僅可以用爲分析和標注、記錄漢語的各支系、各朝代的語音，同時也可用爲學習各種外國語言，因爲標注和分析語音，以

❶ 這裡標的聲、韻、調是標準國語的聲、韻、調，只是作爲說明用的。

及國際音標的運用，是學習任何一種語言，方法和理論都是一樣的。由此看來，因學習漢語音而可學得一般語音上的理論、術語、方法和知識，進而能分析語音、標注語音，原是十分實用的，而且也不是什麼高深莫測的學說，只是在運用普通語音學的知識罷了。

貳、研究語音的發展歷史

漢語音韻學本身就不是單純的語音學，而是研究漢語語音之發展歷史的一門學問，即因如此，故凡是研究漢語音韻學的人，對漢語語音的歷史分期、各時期的研究材料、及各種材料將如何運用，都必須有相當的深度之認識，如：我們將怎樣地從現代的各種漢語方言中去探求近代期的漢語聲母和韻母，而各種方言與文獻資料要如何配合運用；又怎樣利用現代方言與中古的等韻圖、韻書及譯述域外語言的對音等的相與排比對照，以求得中古期漢語的聲韻之音值；又如何從中古漢語上推先秦，怎樣地去配合文字的「諧聲偏旁」、經籍中的「音訓」、先秦韻文的「韻語」、與夫「直音」「讀若」等的資料以求得上古漢語的音值。如果能對漢語語音的發展歷史有深刻的認識，則以此已具備之條例，用以研究他種語言的語音歷史，也必然是可以輕車熟路、迎刃而解的，如此說來，單就研究一般語音的發展歷史一方面來說，學過漢語音韻學的人，便是先已取得入門之鑰的先驅者，至其研究之必較常人為尤便捷，及其深具實用之價值而論，這自然也是其中重要的一大端。

叁、學習一般語言

學習漢語音韻學者，既須具備基本之語音知識，須能分析語音、記錄語音，口審耳辨，以從事「描寫語音學」和「歷史語音學」之鑽研，則其人欲學習各種漢語方言，或學習他國語言，以其已具備語音學之各方面的能力，自必較常人爲尤事半而功倍，甚或極易接受需當學習之新語言，此何以故？蓋以其對學習語言時須當持有之若干重要觀念經已具備，對各類語言既不偏愛，亦無成見故也。學習語言須當明白之基本觀念爲何？茲略述如下❶：

一、語言無是非，無好壞，只有異同：多數人均以爲自己的母語最好、最美；其他的語言都很難學，也很難聽，此爲主觀成見所促成者，如某人因祖國曾受日本人侵略，於是一聽到日語便覺得厭惡，蓋成見作祟之故也。若以客觀之見解論之，兩種語言之間，只能有某部分相同，某部分相異，但並無好壞是非之別的；如果有，那只是主觀成見，如某人極厭惡日本語，但因認識了一位漂亮的日本小姐，深覺其談吐風雅，口齒淸麗，於是他就從此轉而認爲世界上最美的語

---

❶ 請參見拙作「漢語音韻學的實用功能」（星洲日報1971年新年特刊）及新加坡「新社季刊第三卷第二期」中「語言的社會意義」。

言是日語了，如若推其因由，只是此人的主觀成見在作祟罷了。

二、音與義之關係，爲偶然之結合，而非絕對之相關：如「鳥」國語的讀音是［niau ˨˩˦］，英語則爲「Bird」［bə:d］，日本語則爲［Tori］，須知一隻能飛翔天空的羽毛動物，你切不可因爲自己的母語叫牠爲［niau ˨˩˦］，認爲只有稱［niau ˨˩˦］才是對的，其他稱爲［bə:d］、［Tori］都是錯的，這種以自己的母語爲主觀的出發點，而不能超越在諸語言之上以看待各種語言，是無法把握語言構成之眞理的。因爲音與義只是偶然的結合，也可以說一個事物的意義該用什麼語音來表達，那完全是任意的，而不是絕對的。

三、語音是不斷地在變化的：因爲人類生活方式的轉變，新事物的產生，語言固一直在不斷地起新陳代謝的變化；而語音因歲月的遷延，而起很大的轉變，上古漢語、中古漢語、近代漢語、與現代的各地方言和標準國語，它們的發音之不同，是因時轉地異所產生的變化而促使它相異的，若研究語音，忽略它的時代性，而誤認某種方言音與某朝代的古音完全相同的話，研究的人已被主觀與誤解所蒙蔽，其進行的研究工作將無法得到正確的結果。

四、語言的成立，在於大衆相互間的約定俗成：唯其如此，所以不同地區、不同國籍的同種語言，其語詞、語音、語法是可以自成標準的，如美語與英語之不同是也。只要在那一地區，那一國家的人相互間已承認某些新語調、語法、語音的存在，那麼這些新的語言也就可以成立而發生表情達意的作用的。

學習漢語音韻學要具備這些重要的基本觀念，才不會受自身的主觀偏見之束縛，也才能輕而易舉地接受要學習的它種語言，而無絲毫厭惡與反感，則吸收一種新語言也就不會有阻力了。

肆、學習漢語

在學習漢語一方面來說，如果我們已學得了漢語構成的許多知識、漢語音韻的許多術語，及自上古到現代的漢語語音之體系，及其演變之樞紐、演變之原因，那麼我們以這些已具備的音韻知識作為學習漢語的基礎，而去學習各時代的漢語或各地的漢語方言都是輕而易舉的。如你因學過漢語音韻學而知道了何謂「聲」、「韻」、「調」；何謂「韻頭」、「韻腹」、「韻尾」；如何把握發音的方法和原則；則無論學習標準國語也罷，學習各地的漢語方言也罷，學習各時代的漢語古音也罷，都會較常人事半而功倍的。

第二節　從讀書和教書方面來看

壹、聲韻學與讀書識字

我們研究漢語語音的發展歷史，並不是僅僅能擬訂每一時期的「聲」與「韻」之音值，就算了事的，而且擬定出來的音值，也必須發揮它的實用價值，這所謂「實用價值」，即是憑藉着這種音值的探求，進而去閱讀歷代的典籍，掌握正確的字音和字義，尋繹典籍所載的人生道理，以改善這枯竭險躁的人生，使發揮生命的潤澤和光輝。在古籍中，對漢字的運用有所謂「轉注」「假借」與「同音通假」者，皆是因字音相同之故而作如此之用法的。「轉注」一道，章炳麟先生的意見是因音同或音近而「義有衍伸」、「形有數體」之用字法則❶。如說文云「依，倚也」，「倚，依也」;「逆迎也」，「迎，逆也」之類即是轉注之法也。假借之法，係因古代之漢字字數太少，不敷應用，凡口語中已有「音」和「義」在表達情意，然於字形則尚未製造者，乃以同音之它字代之，所謂本無其字，依聲託事是也。如借本義爲「麥」（ barley ） 之「來」以代「來往之來」（ come ）；借本義爲「鳳鳥」（ phoenix ）之「朋」以代「朋友之朋」(fri-end ）等是也❷。別有一種所謂「同音通假」者，據唐陸德明「經典釋文敍」云：

> 鄭康成云：其始書之也，倉卒無其字，或以音類比方，假借為之，趨於近之而已。

則古籍之中，比比可見，此種通假之法，黃季剛先生謂之爲

---

❶ 參見拙著「中國文字學通論」第九章第五節 PP. 313－334。

❷ 參見拙著「中國文字學通論」第九章第六節 PP. 355－374。

「本有其字，依聲託事」之假借，如尚書云「時日曷喪」，史記引作「是日曷喪」，「是日」即「此日」也，經典多用同音字「時」爲之，「時」之本義爲「四時」，今假之以代「此」者，以音同而通假之故也。孟子云「爲叢敺爵者鸇也」「敺」者今之「驅」字，「爵」者以代「雀」者也，「爵」本酒器之名，今借以代鳥名者，以其於古同音故也。又漢字之中，以形聲字爲最多，大抵形聲字之孳生，先起於假借，其後再加注「義旁」以表明所指之方向，如「犬走」爲「猋」，有風名「扶搖」者，因急讀「扶搖」（扶上古讀如蒲）二字，其音即與「猋」同，乃借「犬走」而爲風名，久之又加注「風」旁以成「飆」，以形聲字孳衍之道如此，故漢字中之形聲字，凡「諧聲偏旁」相同者，其義多相同或相近，如「濃、穠、醲、膿」四字皆有「稠厚」之義，「鉤、笱、拘、跔、枸」諸字皆有「彎曲」之義是也，即音以求漢字之義，往往多有所獲，此與文字孳生之途徑有關故也，此爲漢字之特殊現象，與他國文字之「音與義爲偶然之結合」，應分別觀之。進而言之，即令漢字之諧聲偏旁不同，但因字音相同之故，字義亦往往相近者，如「宏、弘、洪、鴻、閎、皇、黃；光、廣；荒、茫、旺」多有「廣大」之義；「暮、沒、密、冥、迷、悶、盲、霧、覓、晚」等都有「昏黯矇昧」之義，於此可知，如欲認識漢字，閱讀漢文典籍，則研究各時代之漢語語音，把握正確之字義，爲不可或緩之要務矣。至謂漢語音韻學之實用價值，於此亦可見其一斑也。

貳、聲韻學與運用工具書

讀書做學問，時時會遇到許多困難，諸如字義不明瞭，字音不會讀等，每當此時，若就近有人可資詢問，自然是最爲方便，但事實上不可能時時都有如此方便的，因此就不得不求之於工具書了，古來工具書之種類甚多，把範圍擴大一點來說，以往的經籍注疏之類的書，也可以算是工具書；把範圍縮小一點來說，則如漢代許慎的說文解字，劉熙的釋名，南朝陳顧野王的玉篇，隋陸法言的切韻，唐陸德明的經典釋文，以及宋代的廣韻、集韻，鄭樵的七音略、司馬光（？）的切韻指掌圖，劉淵的平水韻，元周德清的中原音韻，清代的康熙字典，駢字類編，佩文韻府，音韻闡微，及現代的辭源、辭海，與夫各種大小不同的字典、辭典，都是正統的工具書，但這些工具書並不是人人都會查閱的，如果沒有經過聲韻學的基本訓練，往往是不知所云，望而生畏的。如多數的工具書都是用「反切」注音的，若不懂反切注音的時代性，不知拼音的方法，根本就無法知曉要查檢之字的「音讀」；又如要查韻書，却不知某字屬某韻，自更難以檢出需要查檢的字；至若現代字典，則或用注音符號，或用羅馬字拼音，甚或用國際音標注音，若未經聲韻學之基本訓練，自然也是視而不識，不知所云的。反之，若已受過聲韻學之基本訓練的，則一看就心領神會，一點也不覺陌生，且應用起來，每有得心應手之利，其實用價值之大，是不言可喻的。

叁、聲韻學與教習國語文

在教習國文一方面來說，具有聲韻學之基礎的人與未具此項基礎的人，是迥乎有其大別的。研究過漢語語音歷史的人，他因具有一般語音學的知識，能分析語音，能細密正確地聆聽語音，也能於口齒之間發出正確的語音，又能標注字音，則方其教學之際，就可把文字的音很正確地傳授給學生，因音以及義，則學生所能得到的字義，也可牢記腦中，歷久不忘。又因教學的人曾研究過各時期的漢語語音之歷史發展及變遷，則其對漢語的各時期之語音，必定有相當深刻之認識，如知「江」字於隋唐之際讀爲［kɔŋ］，「豬」字在周秦之際讀如「都」等，從字音的變遷，再去考查字義的變遷，其中有許多平常人不知的線索及關繫可尋，而把此線索及關繫傳給學生，使其在學習時能夠省時省力，且可固執不忘。再以文字的構造來說，六書之中，以形聲字爲最多，自形聲字之「諧聲偏旁」以求字音，往往可收大效，又自「諧聲」以尋字義，亦往往可得聲與義之重要關係。文字之構成，雖謂有形、音、義三大要素，而其間實有輕重之別者，語言之所重爲聲音，文字爲語言之書面表現，故文字之所重者亦在聲音，且因漢字多係先有語言之音，而後才制造字形的，故音與義往往有極密切之關係，沈存中「夢溪筆談」云❶：

❶ 見「夢溪筆談」卷十四藝文一。

王聖美治字學，演其義為右文，凡字其類在左，其義在右，如木類其左皆从木，所謂右文者：如戔，小也。水之少者曰淺，金之小者曰錢，歹之小者曰殘，貝之小者曰賤，如此之類皆以戔為義也。

今按此即論六書而名於世之「右文說」也，亦即「諧聲偏旁」必兼義之論，「戔」者，字之音也，蓋言音同之字其義相近也。其後論此者輩出，顯著者如戴東原、段玉裁、章太炎、黃季剛、劉師培等，皆以爲漢字之音義有不可分割之關係，能明其音，則執其義非難事矣。此惟能通聲韻學者最利於此途，若教習生徒之際，能以此傳諸其徒，則受益也非淺矣。他如文字之「轉注」及「通假」，若不通音，則於其義必昧然而無自以把握，如此以教習國文，其不可得預期之效也必矣。故欲通轉注，明假借與其音義之關係，亦爲不可緩之要務也。再者，教學之人如能通聲韻學，善用各種工具書，以此傳諸其徒，凡有疑惑之所，即可信手稽考字書，辭典，既能讀其音，兼又會其義，學習之人，其事半功倍乃必然之事。如此而論，則通曉中國聲韻學之人，其獲益之宏，運用之便，其所得之學識實用價値之高，知者皆可自喩之矣。

參考書目

（各書出版之書局及年月均見各章節稱引時之附註）

1. 中國聲韻學通論　林尹
2. 漢語音韻學導論　羅常培
3. 中國音韻學史　張世祿
4. 中國語音史　董同龢
5. 中國音韻學研究　高本漢（趙元任等譯）
6. 漢語音韻學　王了一
7. 漢語音韻　王了一
8. 文字學音篇　錢玄同
9. 聲韻學大綱　葉光球
10. 漢語音韻學　董同龢
11. 中國聲韻學　姜亮夫
12. 日華漢語音論考　日本真武直
13. 漢語史稿　王了一
14. 語言學大綱　董同龢
15. 韻學源流　莫友芝
16. 漢語音韻論文集　周祖謨
17. 問學集　周祖謨

18. 語言問題　趙元任
19. 中國文字學通論　謝雲飛
20. 漢語方言詞彙　北大中文系
21. 新加坡華語的殊異部分　謝雲飛（星洲新社學報第三期）
22. 漢語音韻學的實用功能　謝雲飛（星洲日報 1971 年新年特刊）
23. 語言的社會意義　謝雲飛（星洲新社季刊三卷二期）
24. 研究中國文字的新途徑　謝雲飛（星洲南洋商報 1771 年新年特刊）
25. 標準華語　李星可
26. 國語發音　那宗訓
27. 國音標準彙編　臺灣省國語推行委員會
28. 國音常用字彙　國語統一籌備會
29. 我的國語論文集　王玉川
30. 官話合聲字母　王　照
31. 中華第一快切音新字　盧戇章
32. 豆牙字母　吳敬恆
33. 閩腔快字　力捷三
34. 拼音字譜　王炳耀
35. 代聲術　李元勳
36. 傳音快字　蔡錫勇
37. 簡字譜　勞乃宣
38. 音標簡字　蔡　璋

39. 國語運動史綱　黎錦熙
40. 中國語文研究　周法高
41. 語言自邇集　韋卓馬（Sir Thomas Wade）
42. 國語語音學　鍾露昇
43. 華語注音的各式音標之比較　謝雲飛（星洲新社季刊三卷三期）
44. 音韻闡微　李光地等
45. 五方元音　樊騰鳳
46. 明顯四聲等韻圖（在康熙字典之前）
47. 明顯四聲等韻圖之研究　謝雲飛
48. 中原音韻　周德清
50. 中州音韻　卓從之
50. 洪武正韻　樂韶鳳等
51. 洪武正韻聲母音值之擬訂　應裕康（中華學苑六期）
52. 洪武正韻韻母音值之擬訂　應裕康（淡江中文系漢學論文集）
53. 韻略易通　蘭　茂
54. 韻略滙通　畢拱辰
55. 西儒耳目資　西洋人金尼閣（Nicolas Trigault）
56. 集韻　丁度等
57. 禮部韻略　戚綸等
58. 音學辨微　江　永
59. 五音集韻　韓道昭

60. 詩韻　劉淵（？）
61. 韻府羣玉　陰時夫
62. 十韻彙編　北京大學
63. 廣韻　邱雍等
64. 一切經音義　慧琳
65. 書巴黎國民圖書館所藏唐寫本切韻後　王國維（觀堂集林卷八）
66. 跋切韻殘卷　董作賓（中研院史語所集刊第一本第一分）
67. 唐寫本切韻殘卷跋　丁山（中山大學歷史語言學週刊25、26、27期）
68. 書內府藏唐寫本王仁煦刊謬補缺切韻後　王國維（觀堂集林卷八）
69. 式古堂書畫彙考　卞令之
70. 書蔣氏唐寫本唐韻後　王國維（觀堂集林卷八）
71. 李舟切韻考　王國維（觀堂集林卷八）
72. 書元槧唐韻後　顧廣圻（在「思適齋集」內）
73. 切韻考　陳澧
74. 聲韻考　戴震
75. 求進步齋音論　張煊（北大國故月刊第一期）
76. 廣韻聲紐韻類之統計　白滌洲（北平女師大學術季刊二卷一期）
77. 慧琳一切經音義反切　黃淬伯
78. 古今音論　潘耒

79. 說文解字篆韻譜　徐　鉉
80. 韻鏡
81. 七音略　鄭　樵
82. 四聲等子
83. 切韻指掌圖　司馬光（？）
84. 經史正音切韻指南　劉　鑑
85. 韻鏡考　日本大矢透
86. 等韻源流　趙蔭棠
87. 韻圖歸字與等韻門法　謝雲飛（星洲南洋大學學報第二期）
88. 切韻指掌圖與四聲等子之成書年代考　謝雲飛（臺北學粹九卷一期）
89. 七音略之作者及成書　謝雲飛（國立政治大學文海七期）
90. 國故論衡　章太炎
91. 章氏叢書　章太炎
92. 小學略說　章太炎
93. 二十三部音準　章太炎
94. 文始　章太炎
95. 音學五書　顧炎武
96. 音論　顧炎武
97. 中國聲韻中的上古聲調問題　謝雲飛（淡江中文系漢學論文集）
98. 經典釋文　陸德明

99. 玉海　王應麟
100. 觀堂集林（古音部分）　王國維
101. 中國古音學　張世祿
102. 小學考　謝啓昆
103. 玉篇研究　日本岡井慎吾
104. 說文諧聲譜　張成孫
105. 六書音均表　段玉裁
106. 求古音說　許　瀚
107. 音韻問答　錢大昕
108. 筆乘　焦　竑
109. 詩古韻表廿二部集說　夏　炘
110. 毛詩古音考　陳　第
111. 讀詩拙言　陳　第
112. 古韻標準　江　永
113. 四聲切韻表　江　永
114. 說文解字注　段玉裁
115. 聲類表　戴　震
116. 詩聲類　孔廣森
117. 詩聲分例　孔廣森
118. 說文聲類　嚴可均
119. 音學十書　江有誥
120. 說文彙聲　江有誥
121. 唐韻四聲正　江有誥

122. 唐韻更定部分　江有誥
123. 六書通故　黃以周
124. 高郵王氏遺書　王念孫
125. 經義述聞　王引之
126. 王石臞先生韻譜合韻譜稿後記　陸宗達（北大國學季刊第五卷第二號）
127. 音韻學叢書　渭南嚴氏校訂
128. 劉禮部集　劉逢祿
129. 黃侃論學雜著　黃季剛
130. 古韻學源流　黃永鎮
131. 蘄春黃氏古音學　謝一民
132. 十駕齋養新錄　錢大昕
133. 潛研堂文集　錢大昕
134. 古聲韻討論集　楊樹達
135. 喻母古讀考　曾運乾
136. 經典釋文異音聲類考　謝雲飛（臺灣師大國文研究所集刊第四期）
137. 從諧聲中考匣紐古讀　謝雲飛（星洲南洋大學學報第四期）
138. 爾雅義訓釋例　謝雲飛（華岡叢書）
139. 釋名　劉　熙
140. 夢溪筆談　沈　括
141. 七錄　阮孝緒

142. 聞見記　封　演
143. 隋書經籍志
144. 南史陸厥傳
145. 舊唐書藝文志
146. 新唐書藝文志
147. 通志藝文略　鄭樵
148. 宋史藝文志
149. 梁書沈約傳
150. 魏志王肅傳
151. 漢書地理志
152. 四庫全書總目提要
153. 直齋書錄解題　陳振孫
154. 康熙字典
155. 爾雅
156. 廣雅疏證　王念孫
157. 左傳
158. 史記
159. 論語
160. 孟子
161. 大學
162. 禮記
163. 公羊傳
164. 淮南子

165. 顏氏家訓
166. 尚書注疏
167. 周易注疏
168. 毛詩
169. 莊子
170. 老子
171. 水經注

附 錄

中古敷微二字母之音値再擬測

（本文曾於民國七十五年十二月廿九日在
中央研究院第二屆國際漢學會議宣讀）

一、前 言

脣音中雙脣閉塞音及鼻音的弱化（Weakened），是在一般語言中最爲常見的現象❶，如古印歐語的〔*p〕〔*b〕、〔*t〕〔*d〕、〔*k〕〔*g〕到了日爾曼語裡都因弱化而變成了〔f〕〔v〕、〔θ〕〔ð〕、〔x〕〔ɣ〕或〔h〕〔ɦ〕，而我們漢語中古音中的「幫、滂、並、明」〔p〕〔p′〕〔b〕〔m〕也因爲弱化而變爲元明時期語音中的〔f〕〔v〕，這是語音演化歷程中非常自然的一種現象。

在隋唐乃至宋初研究及描寫當時語音的一些語言學家，他們因沒有音標，而在漢字中選了若干個與某一聲類漢字同

❶ 參見拙著「語音學大綱」PP. 139-140.

聲母的代表字作爲當時語音標音的基準字，其作用略同於今世的音標，但終因漢字是象形字，音標是負專責的符號，因中國的疆域之廣大，各地對文字的「音讀」之頗不一致，兼又沒有確定的標準音，因此，以文字代音標，便會形成「音值」（ value ）無法掌握的弊病。

在漢語的歷史上，聲母之有字母，應該是源於歸納韻書中反切拼音的「切語上字」而得的結果。字母之名是襲取佛典傳譯的譯名而來的，較早的時候，也稱作體文❶，明呂維祺「同文鐸」據釋眞空的「篇韻貫珠集，總述來源譜」謂大唐舍利創三十字母，其後溫首座益以「孃、牀、幫、滂、微、奉」六母，而爲三十六字母。但根據近年敦煌發現的「P. 2012 唐寫本守溫韻學殘卷」來看，守溫的字母却只有三十個❷，那就是：

脣音 不芳並明

舌音 端透定泥 是舌頭音

知徹澄 是舌上音

牙音 見（君）溪羣來疑 等字是也

齒音 精清從 是齒頭音

審穿禪照 是正齒音

喉音 心邪曉 是喉中音清

匣喻影 亦是喉中音濁

❶ 參見章太炎先生「國故論衡．音理論」及張世祿「中國音韻學史」下册PP.5-12.

❷ 見「瀛涯敦煌韻輯新編」P.606.

三十字母中，脣音尚不分輕重脣，自然談不上什麼「敷」「微」二母的音值擬測問題。

有關三十六字母的傳說，屢見於宋人的著述之中，而且似乎都認定是唐沙門守溫所撰的，計有：

宋鄭樵通志藝文略載：三十六字母圖一卷，僧守溫撰。

宋王堯臣崇文總目稱：三十六字母，唐守溫撰。

宋王應麟玉海稱：三十六字母圖一卷，唐守溫撰。

宋史藝文志載：清濁韻鈐一卷，唐守溫撰。

以上數見的載籍書目，都是有目無書，完全亡佚了，實際內容如何，不可得知。但是根據敦煌發現的「P.2012 唐寫本守溫韻學殘卷」來看，守溫所訂的字母，實在只有三十個。儘管宋代載籍守溫有三十六字母的說法有數見，但都因書佚人亡，無從可考。至於後世出現的三十六字母，據一般聲韻學家比較可靠的推測，應是後人以守溫的三十字母爲基礎，再加增訂之後而產生的。既然三十字母是守溫所撰述的，則後人增訂爲三十六字母之後，仍標守溫所撰，也是可能的。

今所見宋元韻圖中所載的三十六字母，其先後次第及「五音」、「清濁」等名稱，各圖略有出入，現在我們根據「韻鏡」的分類，再參酌各家的異同，爲之整理如下❶：

❶ 參見拙著「中國聲韻學大綱」PP.30-34.

		全清	次清	全濁	次濁	全清	全濁
脣音：	重脣	幫	滂	並	明		
	輕脣	非	敷	奉	微		
舌音：	舌頭	端	透	定	泥		
	舌上	知	徹	澄	娘		
齒音：	齒頭	精	清	從		心	邪
	正齒	照	穿	牀		審	禪
喉音：		見	溪	羣	疑		
		影	曉	匣	喻		
半舌：					來		
半齒：					日		

三十字母的脣音是「不、芳、並、明」，很明顯地可以看出來，撰訂三十字母是輕重脣尚未區分的時期，換言之，還在全讀重脣音的時期；可是一到三十六字母之產生，便反映出輕重脣音已經區分了。

三十六字母比三十字母所多出來的是「非、敷、奉、微」和「牀」「娘」六母。研究中古漢語語音歷史的人，往往都以宋元韻圖字母所注明的「五音」「清濁」，配合以切韻系韻書的切語上字之歸納統計，加上韻圖四等中某等字母易起顎化（ palatalization ），某等字母不起顎化等現象，來擬測中古聲母的音值。而各家所擬測的中古聲母之音值，大體上都遵用瑞典漢學家高本漢的「中國音韻學研究」（ Etudes Sur la Phonologic Chinoise）中的擬音，縱有修正，但出入很少。

高本漢所擬測的中古聲母音值，其中「敷」「微」二母的值是〔f'〕〔ɱ〕，從許多條件看來，這種擬音似乎是合理的，但若能深一層地去推敲，便可發覺這兩個母的音值是無法令人滿意地接受的。因此，本文即爲此而作多方面的探討，重新擬測其新的音值。茲分別諸端分析探討如下文。

二、敷微二字母的來源

很明顯地，我們知道：「敷」「微」二字母是從「重脣音」中變出來的。在中古的重脣音「幫、滂、並、明」四字母當中，基於某些輔音易於弱化（Weakened or Delayed-release）的理由，於是就衍變產生了「非、敷、奉、微」四個字母，單就演變的明顯軌跡來看，它們相互之間的關係是這樣的：

幫——非

滂——敷

並——奉

明——微

但是，語音的變化，實際上並不完全如想像中的那麼整齊，這是我們的老祖先所忽略了的問題，也可以說是沒有音標時期對於音值審辨不夠精細的一種弊病。「幫、滂、並、明」四字母只是類聚諸多同聲母字中所取出來的一個代表字，字母的本身除了聲母之外，還牽附着一個沒辦法去掉的韻母，這對審音不能精慎的人來說，只是含含糊糊地掌握一個大概而已，於是由這一系列的大概又要變出另一系列的「一個大概」，其所產生的新字母之仍然是含含糊糊，想是非常難以避免的毛病。這其中比較方便而合乎理想，且又是一種相當討巧的演變辦法就是：既然「重脣音」是四個字母，那麼，每一個字母都衍變出另一個新字母來；四個「重脣音」的字母，最好的方法就是變出四個「輕脣音」的字母來。可是，實際的語言是不是如此呢？誰也沒辦法有更深入的審辨方法。不過，無論如何，中古後期（約當唐宋之交）的某些重脣音已明顯地開始變為輕脣音，這却是人人可以感覺得出來的事實。因此，輕脣音的字母也就不得不誕生了。

如何誕生才算合理呢？怎麼樣來訂定新產生的輕脣音字母？究竟用幾個字母才能恰到好處？在那個「發音學」（Phonetics）還不夠發達的年代，審音無法十分精慎的時期，最簡便的方法便是採用一對一的衍變原則，既整齊又合乎理想，也不容易被人挑出多少弊病來，於是「幫、滂、並、明」就產生出「非、敷、奉、微」四個字母來了。

所以，我們可以很簡明地說：「敷」「微」二字母之所以誕生，是因為撰訂字母的音韻學家，在發覺重脣音已有部分衍化為輕脣音的時候，順着重脣四母產生輕脣四母的過程中，以相當近乎「紙上作業」（可能忽略了實際語音的音質變化）的方式，援一個重脣字母必然變出一個輕脣字母的想法而製訂出來的。

三、敷微二字母音的特質

若要探討「敷」「微」二字母音的特質，先須從「滂」「明」二母開始，「滂」「明」二母是「敷」「微」二母的所從誕生之母，其衍化的方式是緣於一般語音演化的自然例則，就是：緊音變鬆，輔音弱化的現象而形成的。

「滂」母所統括的全部漢字，在所有的漢語方言中都發清雙脣閉塞的送氣音〔p'〕，因此，所有研究漢語歷史的音學家，對「滂」母的音值是〔p'〕，都無人異議。

「明」母所統括的全部漢字，在閩南語中是發濁雙脣閉塞的不送氣音〔b〕，而在閩南語以外的各種漢語方言中則都發濁雙脣鼻音〔m〕，以捨少取多的原則推測中古漢語的「明」母字，多數人都遵用高本漢先生的作法，擬定中古「明」母字的聲母音值爲〔m〕而不是〔b〕；當然，另外還有一個重要的原因是「並」母是〔b〕，而且韻圖上註明「明」母是「次濁」而不是「全濁」。

「敷」「微」二字母字音的聲母輔音既然是由「滂」「明」二字母的輔音弱化而來的，則我們就得看一看「滂」「明」二字母的聲母音值〔p'〕〔m〕弱化後的可能音值是什麼？

㈠　敷母的特質：

「滂」母的音值爲〔p'〕，根據全世界所有各種不同的語言來看，閉塞音弱化之後會變成摩擦音，清音仍變清音，因此〔p'〕弱化後變成的摩擦音有兩種可能，一是變成雙脣摩擦音〔Φ〕，又因〔Φ〕與開口度較大的韻母元音相拼的結果，其雙脣間的摩擦系數會減低到完全消失的程度，而到最後有變成舌根擦音〔X〕或喉擦音〔h〕的。閩南語的重脣音弱化就走的是這一條路線，日本語或高麗語讀輕脣音也往往如此。〔p'〕弱化後所變成的另一種摩擦音，就是比較常見的脣齒擦音〔f〕，由〔p'〕到〔f〕的變化，在宋元時期以來的北音系漢語，大致上都是如此的。

在討論「滂」母這一音值的特質時，有一件事也許是我們不可忽略的，那就是「滂」母所統括的所有字音都是送氣（aspirated）的，而送氣與不送氣（unaspirated）在漢語中是區分「音位」（phoneme）的重要成素之一❶。現在我們要問的是：當「滂」母字弱化而為「敷」母時，其送氣的成分還能不能再存在？在這裡，我們站在純客觀的語音學立場來看，當「滂」〔p'〕衍化為「敷」〔f〕時，其中的送氣成分已經無法存在，換言之已無法存在送氣與不送氣的區分之可能性。在理論上說：除了塞音和塞擦音以外，其他輔音的送氣音和不送氣音是無法區別的，如果我們要把〔f〕和〔f'〕分為兩個不同的音位，而且要使用到音節（syllables）拼音的辨別意義（meaning）上去，這在任何語言學

❶ 參見拙著「語音學大綱」PP. 26-27.

家來看，都必然知道那是不可能的。因此，我們寧願很簡單地說：「滂」〔p'〕母弱化之後所衍化出來的「敷」〔f〕母，其音值的特質是脣齒擦音，且是無分於送氣與不送氣的。

㈡ **微母的特質：**

「明」母字依照一般的漢語歷史語言學家的擬測音是〔m〕，這從各種現代漢語方言來看，應該是正確無訛的；但「明」母字在現代的閩南語中，却是發雙脣濁塞音〔b〕的。若參照「非、敷、奉」三母字都是由「幫、滂、並」弱化爲擦音而產生的例則來看，很明顯的，「微」母字應是由「明」母字弱化爲擦音而產生的。可惜的是：從世界各種語言來看，一應的鼻音都沒有弱化爲擦音的，因此，高本漢給「微」母字的聲母仍擬測爲「鼻音」〔ɱ〕，說這是一個「脣齒鼻音」。如果我們仍把它擬爲鼻音，則由「明」到「微」並未經過「弱化」的過程，只是由雙脣閉塞鼻孔出氣而改變成以脣齒閉塞再由鼻孔出氣而已，如果我們承認高本漢的擬音是完全正確的，那麼「微」母字的聲母就是一個有着十分怪異特質的輔音，是用脣齒閉塞，然後再由鼻孔出氣的一種鼻音，這便是「微」母的特質了。

在這裡，我們必須特別強調說明一下鼻音的特質：所謂鼻音，也就是閉塞音的全鼻化；換言之，即是發閉塞音時，口腔某個部位受阻，若當阻力增強到某一程度時，突然放開阻礙，讓氣流猛烈地從口腔衝出去，這就形成了閉塞音；若受阻的部分始終不放開，而軟顎下垂，鼻腔放開，氣流全部由鼻腔衝出去，這就成了全鼻化音，全鼻化音也簡稱爲鼻音。所以，鼻音就是閉塞音的氣流改道而從鼻腔出氣所形成的，因此，鼻音也叫鼻閉塞音，同一發音部位的鼻音必各有一個與它相配的清的口閉塞音和濁的口閉塞音，如：

與〔m〕相配的口閉塞音是〔p〕〔b〕

與〔n〕相配的口閉塞音是〔t〕〔d〕

與〔ŋ〕相配的口閉塞音是〔k〕〔g〕

如果要再分得細一點兒的話，則如：

與〔ɳ〕相配的口閉塞音是〔ʈ〕〔ɖ〕

與〔ȵ〕相配的口閉塞音是〔ȶ〕〔ȡ〕

與〔ɲ〕相配的口閉塞音是〔C〕〔ɟ〕

與〔N〕相配的口閉塞音是〔q〕〔G〕

唯獨這個脣齒鼻音〔ɱ〕是沒有相當的塞音和它相配的，講語音學的人爲了遷就高本漢前輩所擬製的這個音標，勉強深入到世界各種語言中去尋找這個音，就說義大利語中的「invento」和「anfora」兩個字中的「n」一般人雖標〔n〕音，實際上精確的發音却是〔ɱ〕，不過，這個音很少見，也沒有跟它配對兒的閉塞音❶。又如英語中的「nymph」❷

❶ 參見董同龢先生「語言學大綱」P. 51.

❷ 參見王力先生「漢語音韻學」P. 204.

中的「mph」也是〔ɱ〕音。而高本漢先生自己在解說〔ɱ〕這個鼻音時也說只在德文「kampher」中遇到過，在現代漢語中根本沒見過這個音❶。

關於義大利語「invento」及「anfora」的「n」唸起來有一點點「脣齒」相接的感覺，實際上不是有眞確的〔ɱ〕產生，只是前一字的「n」受到相接連的「v」之影響，而約略有點兒脣齒近接「n」的感覺，而後一字的「n」則是受相接連的「f」之影響，也同樣地有點兒脣齒近接「n」的感覺。這只是同化作用(assimilation)過程中的過渡前奏的現象，實際上「n」和「v」「f」之間根本沒有完成同化，而且鼻音緊而擦音鬆，鼻音受擦音同化而改變了發音部位，所產生出來的仍然是鼻音，這當中根本沒有弱化，不合「幫、滂、並」弱化爲「非、敷、奉」的同等規例。所以這個音可以說是「因近接同化之故，兩音靠得太近而可能產生這種過渡(transition)現象」，但不能視之爲「常音」(constant phoneme)而與其他三十五字母並列出現。換言之，若說有〔ɱ〕這種音在「正常音位」中出現，是非常可笑的。如果說義大利語這兩個字中的「n」都應標〔ɱ〕音的話，那麼一般英語字典中的「inf」以下的百餘字(如：infallible、infer、infinite、inflame、inform 等

❶ 參見趙元任先生等合譯高本漢的「中國音韻學研究」P. 173.

等）及「inv.」以下的近百字（如：invade、invent、inviable、invocation等等）和「anfractuosity」、「anvil」等等，其「f」「v」前的「n」也都應該標〔ɱ〕才對了。因爲它們的發音境況與前舉義大利語是完全一樣的，但是，事實上一般字典的標音並不如此。

再說英語中的「nymph」，根本唸的是〔nimf〕,而高本漢自己所舉的唯一德文「kampher」例子，德語的讀音是〔kamfer〕，這兩字中的〔m〕和〔f〕雖極爲接近，但並未使兩個音合爲一個〔ɱ〕，最主要的原因是因〔f〕是擦音，〔m〕既未受〔f〕的同化而使自己變爲摩擦，〔m〕也沒法使〔f〕變成緊音中的〔ɱ〕。

如此看來，〔ɱ〕在任何語言當中，只是偶然地出現，是兩個音素交接之間的過渡音，不可能，也沒有例子以「常用音」的姿態出現於當今各類活語言之中，今語如此，古亦猶然，因此筆者認爲「明」〔m〕母弱化以後根本不是變作〔ɱ〕，「明」母演變的過程似乎比「非、敷、奉」稍多一點兒曲折的道路，它應該說是先由〔m〕變爲閩南語中的〔b〕，然後再弱化爲〔v〕而與「奉」母的〔v〕合而爲一的。

四、廣韻中的敷微二字母字

廣韻中的「敷」「微」二母字不多，以韻圖分等來說，只有東、鍾、微、虞、文、元、陽、尤、凡諸韻及與它們四聲相承的上、去、入韻和只有去聲的廢韻的三等脣音，才可能有輕脣音的字，也只有這些有輕脣音的韻才有「敷」「微」二母的字，茲分別抄錄如下：

㈠　**敷母字：**

芳無切：敷麩鯆孚檷郛鄜鋪筟俘痡殍怤荂蘛孵豧尃麱罦稃粖莩泭郙甫桴鮒撫㲒荂紨莩毰荂𥌆。

敷空切：豐酆蘴灃寷犩僼豊。

敷容切：峯鋒丰半䥔妦蠭蜂螽蘴桻漨烽峯仹犎。

芳非切：霏𩅦妃菲𩇯婓騑裶悲。

敷文切：芬紛帉衯衯翁棻砏岎氛雰闅錀。

孚袁切：飜翻旛番幡瀿潘轓繙反。

敷方切：芳妨汸。

敷奉切：捧。

敷尾切：斐菲朏悱騑棐朏。

芳武切：撫改弣䎉拊殕䋨俌剖𢻘髻䪔䞯。

敷粉切又敷問切：忿魵。

妃兩切：髣紡仿紡鶭髣。

芳否切：恒紑罘。

芳婦切又孚悲切：秠。

峯犯切：釩。

撫鳳切：賵犩。

芳未切：費鬅𧸐櫕昲櫕。

芳遇切：赴䞯趏䩉䴇䉦訃趠仆趴娩。

芳廢切：肺柿怖䟛。

芳萬切：嬎㤇畚奔販㤇娩尯䡊汳。

敷亮切：訪妨邡。

敷救切：副仆䝰覆㾟㤅福。

孚梵切：汎泛仈温䒦氾芝。

芳福切：蝮覆覆䝰副堛復蕧。

敷勿切：拂怫䨪茀祓艴刜乀䎮髴彿跸。

拂伐切：怖。

孚縛切：霩。

孚法切：䂲。

㈡　**微母字：**

無非切：微㣲溦薇䉠䥩㵟䊝。

武夫切：無毋膴膴蕪誣巫莁璑隲蕪鷡翻蝥慔无憮譕墲䳜憮𣞤。

無分切：文聞䎦彣紋雯駇蟁蚊䖨㰅䲙閺汶䰚闅。

武方切：亡芒㡃鋩硭亾䖟卬鄳望望。

無匪切：亹尾亹浘娓梶梶䊊。

文甫切：武舞儛嫵侮䈇憮僫珷碔廡㢊甒潕䳜鵡㥢膴膴娬敄儛䊏㵟。

武粉切：吻䏬刎抆伆勿㺷。

無遠切：晚娩挽輓䥇挽脕。

亡兩切：𦉪網罔輞棢惘菵誷𡉀𦖿蛧䰚。

亡范切：錽㚲鋄。

無沸切：未味菋䵋粖沬䲕峚。

亡遇切：務婺霧雺騖鶩雺蝥嵍縸帑嵍孜鶩。

亡運切：問璺絻汶紊聞莬脕抆鼤娩。

無販切：万萬輓蔓曼蟃鰻鄤娩獌貓䵫絻䑙鞔鳗脕鬘。

巫放切：妄望朢忘汒𧬉。

亡劒切：芠。

文弗切：物勿䀛芴岉伆迿昒沕。

望發切：韤韈襪𡟧伐。

武元切：樠。

五、前人的敷微二母擬音

大體說來，一般音學家對中古聲母音值的擬測，都以切韻系韻書及早期韻圖中的聲母資料作爲擬測音值的依據，可是切韻系韻書中的資料，自隋開皇年間至宋代的大中祥符年間，綿延五百餘年，其間的語音，不能完全無變，單以脣音而言，近世研究中古語音歷史的音學家，有許多人主張中古脣音，只有重脣四母，有的人則主張有輕重脣八母，所以竺家寧先生認爲中古聲母實際應分中古早期和中古晚期兩個時期，輕脣音則是早期無而晚期有❶。無論輕脣是起於中古晚

❶ 參見竺家寧「古漢語複聲母研究」P. 400.

期抑或中古早期，只要有了輕脣音之後，便當討論中古聲母中輕脣音的問題，當世諸漢語音學大家中，主張中古無輕脣音者姑無論之，茲抄錄諸前輩大家的「敷」「微」二母擬測音值如下：

㈠高本漢（Bernhard Karlgren）❶：

敷〔f'〕

微〔ɱ〕

㈡錢玄同先生❷：

敷〔pf'〕

微〔ɱ〕

㈢王力先生❸：

敷〔f'〕

微〔ɱ〕

㈣董同龢先生❹：

敷〔f'〕或〔pf'〕

微〔ɱ〕或〔bv〕

㈤林尹先生❺：

敷〔pf'〕

微〔ɱ〕

❶ 參見「中國音韻學研究」PP. 407-436.

❷ 轉引自林尹先生「中國聲韻學通論」P. 76.

❸ 參見王力「漢語音韻學」P. 204面之附表。

❹ 參見董先生「中國語音史」P. 91.

❺ 參見林先生「中國聲韻學通論」P. 76.

㈥陳新雄先生❶：

敷〔 pf′〕

微〔 ɱ 〕

諸家的意見大體上都認為：由「滂」「明」到「敷」「微」是因重脣音受到三等韻特有的輔音性介音〔 j 〕的顎化而使硬性的音質軟化，形成了

〔 p′〕——→〔 p′j〕——→〔 pf′〕——→〔 f′〕

〔 m 〕——→〔 mj 〕——→〔 ɱ 〕

的變遷型式。這種變遷型式大體上是可以接受的，只是本文認為〔 p′〕不是變成〔 f′〕，而〔 m 〕也不是變成〔 ɱ 〕，詳情容後文討論。

六、再擬音的理由

㈠ 求證於漢語方言音：

從漢語方言音中去看「敷」「微」二母的聲母發音，可藉以推求「敷」「微」二母在中古時的聲母音值，據現有的各種方言調查紀錄資料❷來看，「敷」「微」二母字音的聲

❶ 參見陳先生「廣韻四十一聲紐聲值的擬測」（木鐸第八期）。

❷ 於今普及而可見的方言調查資料有高本漢「中國音韻學研究」、王力「漢語音韻學・現代音」、北大中文系的「漢語方言記彙」「漢語方音字彙」、袁家驊等的「漢語方言概要」及各家的專區方言調查等。

母在不同的方言中，有以下各種不同的讀法，即：

敷：〔 p'— 〕

〔 h — 〕或〔 x— 〕

〔 f — 〕

微：〔 m — 〕

〔 b — 〕

〔 w — 〕或〔 u— 〕

〔 v — 〕

以上「敷」母尚發〔 p'— 〕音，「微」母尚發〔 m— 〕、〔 b — 〕音的方言，仍保留着重脣時代的音，根本尚未弱化爲輕脣音，我們不必論它；至於已弱化爲擦音、半元音甚或純元音的，若不在輕脣音範圍內的如「敷」母之弱化爲〔 h— 〕〔 x— 〕、「微」母之弱化爲〔 w— 〕〔 u— 〕，我們也可以不必論它。因爲我們現在要討論的是輕脣音，這麼說，則「敷」母弱化爲輕脣音後，應該是〔 f — 〕，但不必是〔 f '—〕，因爲擦音衝出口腔的氣流之強弱是無法計量的，換言之是無法作爲「辨別理性的詞義」的；也就是說，擦音是不分「送氣」與「不送氣」的，事實上，目前我們漢語各方言中，沒有一種方言能把擦音分別爲「送氣音」與「非送氣音」，如此說來，從活語言中的各地方言來看，「敷」母的音值只能是〔 f 〕，而且是與「非」母字合爲一流了。至於「微」母字則除掉了弱化爲非脣齒的〔 w— 〕或〔 u — 〕以外，各地方言中都發〔 v 〕音，我們的設想是：由「明」

到「微」的過程是先從雙脣鼻音變爲口腔的濁閉塞音，再由口腔的濁雙脣閉塞音弱化爲濁脣齒擦音❶，這是一個非常合理的過程，即〔m〕──→〔b〕──→〔v〕的過程。

(二) 求證於宋元以來的北音轉化：

大約從集韻及壬子禮部韻略開始，「非」「敷」已合爲一途，「奉」「微」也已合爲一途，我們只消歸納統計這些韻書的切語注音及聲類用字就可得到結果了。此後的平水韻、古今韻會、韻府羣玉，大體都不出這一條衍變的道路，事實上我們沒有理由說「非」與「敷」的區別是送氣與不送氣；更沒理由說「微」母字的聲母是一個「脣齒的閉塞鼻音」，而在重脣四母並列同期弱化的「非、敷、奉」之下，竟還保留了一個沒有弱化的鼻音，那是很難使人信服的。

至於到元周德清的「中原音韻」以下，連同「中原音韻」本身在內，以下如「中州樂府音韻類編」、「洪武正韻」、「中州全韻」、「韻略易通」、「韻略滙通」、「五方元音」等，更是「非」「敷」合一，「奉」母清化，「微」或讀如「奉」或變爲無聲母，或有少數也清化如「非」「敷」❷，則更可看出「非」「敷」不能以「送氣」與「不送氣」區分，

❶ 參見前文「三」。

❷ 參見陳新雄先生「廣韻以後韻書簡介」（木鐸第八期）。

而應合爲一流，「微」母不宜爲「脣齒鼻音」了。筆者以爲：把「非」「敷」擬爲〔 f 〕〔 f' 〕根本無法區分語詞相互間的詞義；〔 ɱ 〕音則根本只是某些語言中〔 f 〕〔 v 〕與〔 n 〕〔 m 〕鄰接所形成的同化作用❶，只是語音接合的一種過渡現象，在「常音」中是沒有〔 ɱ 〕的。

㈢從發音學觀點來看：

從發音學（ phonetics ）和實驗語音學（experiemental phonetics ）的觀點來看，如果把「敷」母的音值擬成爲〔 f' 〕的話，是相當不合理的，因爲擦音氣流之強或弱，在任何一種語言當中都是無人去特意區分，而且也是無法特意區分的。所以，當「幫」「滂」共同弱化爲擦音時，它們之間應該是完全同值的一個輔音〔 f 〕，不必也無法區分「送氣」與「不送氣」，至於三十六字母之分「非」「敷」，是因切語上字在傳承上所形成的一脈統緒和自然界限，以實際發音來說，當它們弱化爲擦音之後，就必然只是一個完全相同的〔 f 〕。因此，我們可以說字母「非」「敷」之有區別，是受理論和「紙上作業」的牽絆所形成的結果，實際的語音不可能與想像中的虛空理論和「紙上作業」相脗合。

至於「微」母弱化以後也不可能是〔 ɱ 〕，因爲〔 ɱ 〕

❶ 參見前文「三」。

在一般語言中只是〔 f 〕〔 v 〕碰到〔 n 〕〔 m 〕相拼音時，相互結合的偶然現象❶，因此，我們可以確定〔 ɱ 〕不是「常音」，只是偶然出現的過渡語音現象，從發音學的觀點來看，「微」母的正常現象應是：當它從「明」母將要弱化時，先經過一個雙脣濁塞音〔 b 〕的階段，而後再弱化爲脣齒濁擦音，而與「奉」母合爲一流，所以，「奉」「微」的標準值應是完全相同的〔 v 〕。不過，到後世有一個比較有趣的現象是：當北音系統中的濁音開始清化時，與「奉」「微」同値的〔 v 〕，其原本來自於「奉」母的〔 v 〕都清化爲〔 f 〕，而原本來自於「微」母的〔 v 〕却仍保留原音值而不變，延續了相當長的一段時間，如果時間再往後推的話，這些來自於「微」母的〔 v 〕，便更進一步地消失了它們的摩擦性，而衍化爲〔 w— 〕或〔 u— 〕了。

㈣　從音位學觀點來看：

從音位學（ phonemics ）的理論來看，一個音位（ phoneme ）不管你能不能再分析爲更小的音素（ phone ）單位，但是不同的音位之間，必須具備明確地辨別語義的功能。在我們的漢語當中，塞音和塞擦音的送氣與不送氣是必須列爲「辨義」單位的，但擦音、邊音、鼻音和半元音等却是自來

❶ 參見前文「三」。

沒有把送氣和不送氣列入辨義單位的。不僅漢語如此，其他如印度境內的若干語言，有把濁音的送氣和不送氣列爲辨義單位的，也同樣是不見有把擦音和其他廣義的摩擦音❶的送氣與不送氣列爲辨義單位的。既然如此，則也就可知擦音的送氣與否是無法作爲辨義之依據的，換言之，即擦音的「送氣」與「不送氣」是不可能列爲兩個不同的對立「音位」的。這也正是廣韻中一字既音「非」母又音「敷」母的有相當數量的原因了。今考廣韻中既音「非」母又音「敷」母的字如下：

郙：芳無切（敷）又方矩切（非）

眥：芳非切（敷）又方市切（非）

反：孚袁切（敷）又方晚切（非）

鈲：芳武切（敷）又方九切（非）

簠：芳遇切（敷）又甫于、方武二切（非）

葍：芳福切（敷）又音富（方副切，非）

祓：敷勿切（敷）又音廢（方肺切，非）

騑：甫微切（非）又音菲（敷尾切，敷）

轓：甫煩切（非）又音幡（孚袁切，敷）

祓：方肺切（非）又敷物切（敷）

福：方六切（非）又敷救切（敷）

❶ 廣義的摩擦音包括「擦音」、「邊音」、「顫音」、「閃音」、「半元音」五種不同發音方法的音。

鬅：分勿切（非）又敷勿切（敷）

騑：甫微切（非）又芳非切（敷）

由以上同一字音切之「非」「敷」互出現象來看，我們認爲其所以產生這些一字兩音的原因就是因當時的語音中「非」「敷」已經無法辨義了，而那些「非」「敷」有别的字，則是因受傳統音切源於「幫」與源於「滂」的歷史軌跡所拘制所致，於實際語言而論，在「音位」上已無法發生辨義的作用了，既不能辨義，則「非」「敷」的擬音自當合一而爲一個共同的〔 f 〕。

至於「微」母之擬測爲〔 ɱ 〕，在音位上來說，也是無法存在的，誠如前文所論，因爲〔 ɱ 〕既是語言行爲進行當中〔 f 〕〔 v 〕碰到〔 n 〕〔 m 〕拼音時的一種偶發過渡現象，它不是一個「常音」，則其必不能在音位中佔一席之地是可知的，它既不能佔一個音位的地位，則〔 ɱ 〕就不必存在，當然，它也沒有「辨義」的功能，因此，本文確認在「明」母弱化爲「微」母後的某一階段，於當時語言施用的過程中，一定有相當一段時間是與「奉」母合一而爲一個共同的〔 v 〕的，這在吳語方言中便可很清楚地顯示出來，至於以後再因來源之異，「奉」母又單獨離羣走上「清化」爲〔 f 〕的道路，而獨步前程；「微」母則走上了放鬆摩擦而衍化爲〔 w— 〕或〔 u— 〕的新路，那是進入近世北音轉化時期的另一現象了。

㈤ 從重脣弱化的觀點來看：

一種語言，在社羣中施用久了之後，或者施用者發音技巧圓熟了之後，共同地爲求發音省力起見，往往在某些音素中會發生弱化的現象，所以，發音漸趨弱化是一般運用語言個體的共同情勢，也是一致的要求。音素弱化在元音如〔 a 〕弱化爲〔 ə 〕，〔 i 〕弱化爲〔 I 〕，〔 u 〕弱化爲〔 ʊ 〕；在輔音則大部是閉塞音弱化爲摩擦音，如〔 p 〕〔 b 〕弱化爲〔 f 〕〔 v 〕，〔 t 〕〔 d 〕弱化爲〔 θ 〕〔 ð 〕，〔 k 〕〔 g 〕弱化爲〔 x 〕〔 ɣ 〕或〔 h 〕〔 ɦ 〕等是。

但是，語音的弱化是有其必然的規律的，雙脣音弱化爲脣齒擦音或雙脣擦音是有其可能的，但弱化後既已成爲擦音，而仍保留「送氣」與「不送氣」之區別的可能就完全消失了。我們不能因爲「非」母的來源是「幫」，「敷」母的來源是「滂」，就認定弱化以後的擦音也是一〔 f 〕和一〔 f'〕，在一般語音現象上，擦音是不分「送氣」與「不送氣」的，而擦音的「送氣」與「不送氣」也是沒有辨義的功能的。因此，從弱化這個觀點來看，「非」「敷」雖分別來自「幫」「滂」，但形成「非」「敷」以後的音值應是一個共同的〔 f 〕才對。

至於「明」母弱化爲「微」母之後，其音值應爲〔 v 〕，因爲，縱使「明」母曾經可能在很短的時間內因消失鼻腔氣流而轉變爲〔 b 〕，但弱化以後的「微」母，則應該是〔v〕。

因爲，如果「明」母弱化後是變爲〔ɱ〕的話，在理論上就說不通，因爲由〔m〕變〔ɱ〕根本沒有弱化，仍然是一個很緊的鼻閉塞音，與「幫、滂、並」之共同弱化爲輕脣音就無法並列而居了，而且，事實上由重脣之變爲輕脣，並不在由雙脣音變爲脣齒音而已，而必定要由塞音和鼻音變爲擦音才算弱化，而「微」母也唯有變爲〔v〕才能與「非、敷、奉」並列而居，若變爲鼻閉塞音〔ɱ〕，就不可能與「非、敷、奉」並列而居了。因爲，人家都是擦音，而你却是一個鼻音，根本就擠不上他們的行列了。所以，從重脣弱化的觀點來看，「明」母弱化後的「微」母，其音值應該是〔v〕才對，是〔ɱ〕就完全不對了。

(六)　從要求字母數目的整齊來看

以擬測中古聲母音值的運用資料來看，三十六字母似乎是一個非常重要的參考資料，但運用之妙，存乎一心，也不可死死地泥於字母的數目，而擬測出一些不可能有的音值出來，如果完全只作理論性的推衍，或流於紙上談兵的作法，而罔顧實際語言中「有」或「沒有」的可能性，則擬測出來的音值，就可能會「無法切合實際」了。高本漢之擬「非、敷、奉、微」爲〔f〕〔f'〕〔v〕〔ɱ〕，是因遵循我們的老祖先「紙上談兵」的作業方法，把四個重脣音很整齊地衍化爲四個輕脣音，因爲礙於數目是四個，所以就不敢把「四」縮減爲「二」。可是有一點我們必須留意，我們的老祖先那個年代，在語言的分析和研究上，沒有後世那樣的科學化，沒有那麼深入的分析字音和審辨字音的學術理論和依據，也沒有那麼多的域外語言理論和語音紀錄可資比較和審辨。在語言知識不夠的局面下，單憑口耳的直覺，把重脣四母很整齊地衍化爲輕脣四母，這是「自認最爲精愼」的作法了。但是時在今天的我們，就必須儘可能地運用現有的語言學說去爲擬測音值作更精密的探求：我們探索各種語言及實際的語音運用上，發覺〔f′〕〔ɱ〕是不存在於一般語言之中的，即使有，也只是在語言施用時偶然出現的過渡音（transitional phoneme），不能算爲「常音」（constant phoneme），實際上，「幫」「滂」弱化以後都是〔f〕，「並」「明」弱化以後都是〔v〕，「非」「敷」不必分開，「奉」「微」也不必分開，更不必把它們擬測爲〔f〕〔f′〕和〔v〕〔ɱ〕了。

事實上，擬測中古音值的人，也並不是死守中古三十六字母而一成不變地擬測出三十六個音值的，有人把「泥」「娘」合併爲一個〔n〕，又把「日」母擬爲〔ȵ〕，而與「知、徹、澄」同列，更把「照、穿、牀、審、禪」依二三等之異而分爲二等的〔tʃ〕〔tʃ′〕〔dʒ〕〔ʃ〕〔ʒ〕和三等的〔tɕ〕〔tɕ′〕〔dʑ〕〔ɕ〕〔ʑ〕，也把「喻」母分化爲零聲母〔ϕ〕和〔ɣj〕❶，這些現象都明示我們，

❶ 參見董同龢先生「中國語音史」PP. 89-97。王力「漢語音韻學」PP. 203-210。高本漢「中國音韻學研究」PP. 239-428.

擬測中古音不能死死地拘泥於三十六字母的數目，而必須就活語言中存在的現象去追求它們實際的可能性。

(七) 從外國語言的發音來看：

從外國語言的發音來看，我們找不出一種語言的〔 f 〕和〔 f'〕是可以析爲兩個音位的，事實上，就是把塞音和塞擦音用「送氣」和「不送氣」來辨義的語言就非常的少，而〔 f 〕〔 f'〕有區別的是根本就沒有。從發音的理論上來說，要使廣義的摩擦音和狹義的擦音，把它們的氣流強弱作有標準程度地區分爲「送氣音」和「不送氣音」，在各國的語言當中，似乎從來尙未產生過。以語言發音的習慣來說，摩擦音不分「送氣」與「不送氣」是理所當然的事，至於說以它們來作辨義的區分音位標準，那也是不可能的事。既然如此，則「非」「敷」二母之擬爲相同的一個〔 f 〕，而不分「送氣」與「不送氣」也就是應該的了。

至於「微」母之擬爲〔 ɱ 〕，在各種語言之中，高本漢自己似乎也找不出這麼一個音，他只能不很明確地說❶：

> ɱ，濁，齒脣鼻音，是齒脣的m，我們在德文的「 kampher」字中可以遇到的。在現代漢語裡，除去連音變化現象以外，我沒有見過這個音，但是在古代漢語裡，它曾經佔過重要地位的。

❶ 參見趙元任先生等合譯高本漢的「中國音韻學研究」P. 173.

董同龢先生舉〔ɱ〕這個音的例子，則說❶：

義大利語 lnvento 或Anfora 的 n，事實上是個脣齒鼻音，可以標作〔ɱ〕，在我們說過的塞音中沒有對兒。

王力先生舉〔ɱ〕這個音的例子，則說❷：

〔ɱ〕代表「微」母，是脣齒性的鼻閉塞音，例如英語的「Nymph」。

本文也曾舉出許多在英語中的〔f〕〔v〕和〔n〕〔m〕拼音的現象❸，在〔f〕〔v〕和〔n〕〔m〕拼音的過程中，偶然會產生類似〔ɱ〕音質的現象，但却不可能在一般語言中出現〔ɱ〕這個音值的常用音位，所以，追根到底推究起來，〔ɱ〕這個音是不存在的，它只是在拼音的過渡時際中偶然出現而已，因此，從任何不同種族的語言角度來看，〔ɱ〕都不可能存在於一般語言的正常音位當中的，〔m〕不弱化則已，要弱化只能變成〔v〕或〔w〕，甚至可以變成〔u〕，在〔m〕的弱化過程中，不可能只停留在脣齒鼻閉塞音〔ɱ〕這個層次上的。

七、結　論——本文的再擬音

❶ 見董著「語言學大綱」P.51.

❷ 見王著「漢語音韻學」P.204.

❸ 參見前文「三」之(一)「微母的特質」。

根據本文以上各節的採證、分析和綜論的結果，我們可以很有理由地認爲：高本漢對中古「敷」「微」二母的音值之擬測爲〔 f′〕 和〔 ɱ 〕是很有問題的，那麼本文所提出的「敷」「微」二母的音值又是什麼呢？其實，這個結果我們在前文很多處都已很明顯地提到過，我們旣認爲在「幫」「滂」弱化爲「非」「敷」的過程完成之後，它們的音值都應該是〔 f 〕，而這個〔 f 〕是無法區分爲「送氣」和「不送氣」的，那麼它們弱化的音變過程及音值的擬測應如下式：

幫〔 p 〕——→非 ↘
　　　　　　　　　〔 f 〕
滂〔 p′〕——→敷 ↗

至於「明」母嘛，也與「奉」母同樣地弱化而爲脣齒濁擦音〔 v 〕，因爲由〔 m 〕到〔 ɱ 〕並未弱化，這不是「明」母與「幫、滂、並」類同衍化的並列趨勢。也許由「明」〔 m 〕到〔 v 〕之間可能會經過一個不明顯的極短時間的「從〔 m 〕到〔 b 〕的過程」，但明顯地出現於語言運用中的實際語音應該還是〔 v 〕，那麼這其中的衍化過程應該如下式：

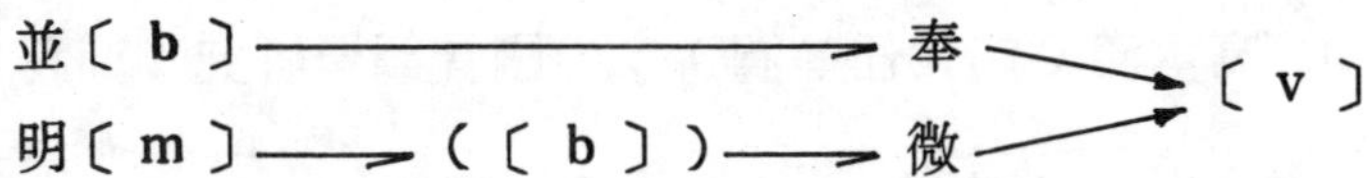

因此，本文認爲中古輕脣音的「敷」母的音值是與「非」母相同的〔 f 〕，而「微」母則是與「奉」母相同的〔 v 〕。

可能本文的蒐證還不夠完備，而求證的方式也容或不夠周密，但筆者相當主觀地認爲：這的確是一個問題，至其不備不密之處，則切望音學界的先進多賜指教。

一九八六年九月二十日于韓國漢城

參考書目

（以文中引用或參考先後為次）

① 謝雲飛　民63　語音學大綱　蘭臺書局　台北

② 章太炎　國故論衡・音理論　世界書局　台北

③ 張世祿　民54　中國音韻學史　商務印書館　台北

④ 潘重規　民61　瀛涯敦煌韻輯新編　新亞書院　香港

⑤ 鄭樵　通志・藝文略　新興書局　台北

⑥ 謝雲飛　民60　中國聲韻學大綱　蘭臺書局　台北

⑦ 龍宇純　民49　韻鏡校注　藝文印書館　台北

⑧ 司馬光　切韻指掌圖　新興書局　台北

⑨ 鄭樵等　等韻五種　育民出版社　台北

⑩ 高本漢（趙元任等譯）　中國音韻學研究　商務印書館　台北

⑪ 董同龢　民53　語言學大綱　中華叢書委員會　台北

⑫ 王　力　1957　漢語音韻學　中華書局　上海

⑬ 邱雍等　廣韻　聯貫出版社　台北

⑭ 陳新雄　民71　聲類新編　學生書局　台北

⑮ 竺家寧　民70　古漢語複聲母研究　作者自刊　台北
⑯ 錢玄同　民53　文字學音篇　學生書局　台北
⑰ 林　尹　民71　中國聲韻學通論　黎明文化事業公司　台北
⑱ 董同龢　民47　中國語音史　中國文化出版事業委員會　台北
⑲ 陳新雄　民68　廣韻四十聲紐聲值的擬測　木鐸雜誌八期　台北
⑳ 袁家驊等　1960　漢語方言概要　文字改革出版社　北平
㉑ 北大中文系　1962　漢語方音字彙　文字改革出版社　北平
㉒ 北大中文系　1964　漢語方言詞彙　文字改革出版社　北平
㉓ 丁聲樹・李榮　1966　古今字音對照手册　太平書局　香港
㉔ 陳新雄　民69　廣韻以後韻書簡介　木鐸雜誌九期　台北
㉕ 周德清　中原音韻　廣文書局　台北

國立中央圖書館出版品預行編目資料

中國聲韻學大綱 / 謝雲飛著 -- 初版 -- 臺北市：臺灣學生，民 83 三刷
19,429 面；21 公分 --（中國語文叢刊；3）
參考書目：面 389-397
ISBN 957-15-0045-3（精裝）-- ISBN 957-15-0046-1（平裝）

1.中國語言 - 聲韻
802.4

中國聲韻學大綱（全一册）

著作者：謝　雲　飛
出版者：臺　灣　學　生　書　局
發行人：丁　文　治
發行所：臺　灣　學　生　書　局
臺北市和平東路一段一九八號
郵政劃撥帳號〇〇〇二四六六一八號
電　話：3 6 3 4 1 5 6
FAX:(02)3636334
本書局登記證字號：行政院新聞局局版臺業字第一一〇〇號
印刷所：信　利　印　製　有　限　公　司
地址：臺北市德昌街261巷10號
電話：3052380・3094525

定價　精裝新台幣 $330.
　　　平裝新台幣 二八〇元

中華民國七十六年十月初版
中華民國八十四年三月初版三刷

ISBN 957-15-0045-3（精裝）
ISBN 957-15-0046-1（平裝）

臺灣學生書局出版

中國語文叢刊

①古今韻會舉要的語音系統	竺家寧著
②語音學大綱	謝雲飛著
③中國聲韻學大綱	謝雲飛著
④韻鏡研究	孔仲温著
⑤類篇研究	孔仲温著
⑥音韻闡微研究	林慶勳著
⑦十韻彙編研究（二冊）	葉鍵得著
⑧字樣學研究	曾榮汾著
⑨客語語法	羅肇錦著
⑩古音學入門	林慶勳 竺家寧著
⑪兩周金文通假字研究	全廣鎭著
⑫聲韻論叢　第三輯	中華民國聲韻學學會 輔仁大學中國文學系所主編
⑬聲韻論叢　第四輯	中華民國聲韻學學會 東吳大學中國文學系所主編
⑭經典釋文動詞異讀新探	黄坤堯著
⑮漢語方音	張琨著
⑯類篇字義析論	孔仲温著
⑰唐五代韻書集存（二冊）	周祖謨著
⑱聲韻論叢　第一輯	中華民國聲韻學學會 臺灣師範大學國文系所主編
⑲聲韻論叢　第二輯	中華民國聲韻學學會 臺灣師範大學國文系所主編 高雄師範大學國文系所
⑳近代音論集	竺家寧著
㉑訓詁學（上冊）	陳新雄著

中國語文叢刊

①古今韻會舉要的語音系統	竺家寧著
②語音學大綱	謝雲飛著
③中國聲韻學大綱	謝雲飛著
④韻鏡研究	孔仲溫著
⑤類篇研究	孔仲溫著
⑥音韻闡微研究	林慶勳著
⑦十韻彙編研究	葉鍵得著
⑧字樣學研究	曾榮汾著
⑨客語語法	羅肇錦著
⑩古音學入門	林慶勳、竺家寧著
⑪兩周金文通假字研究	全廣鎮著